U0102786

沉浸式 3D体验设计

Designing Immersive 3D Experiences
A Designer's Guide to Creating Realistic 3D Experiences for Extended Reality

[美] 蕾妮·史蒂文斯（Renée Stevens）著

王晓雷 刘嘉凝 译

机械工业出版社
CHINA MACHINE PRESS

图书在版编目（CIP）数据

沉浸式 3D 体验设计 /（美）蕾妮·史蒂文斯著；王晓雷，刘嘉凝译 . —北京：机械工业出版社，2023.9

（游戏开发与设计技术丛书）

书名原文：Designing Immersive 3D Experiences: A Designer's Guide to Creating Realistic 3D Experiences for Extended Reality

ISBN 978-7-111-73872-5

Ⅰ. ①沉…　Ⅱ. ①蕾…②王…③刘…　Ⅲ. ①游戏程序 – 程序设计　Ⅳ. ① TP311.5

中国国家版本馆 CIP 数据核字（2023）第 174590 号

机械工业出版社（北京市百万庄大街 22 号　邮政编码 100037）
策划编辑：王　颖　　　　　　责任编辑：王　颖
责任校对：梁　园　梁　静　　责任印制：常天培
北京宝隆世纪印刷有限公司印刷
2024 年 1 月第 1 版第 1 次印刷
186mm × 240mm · 17.75 印张 · 395 千字
标准书号：ISBN 978-7-111-73872-5
定价：129.00 元

电话服务　　　　　　　　　网络服务
客服电话：010-88361066　机 工 官 网：www.cmpbook.com
　　　　　010-88379833　机 工 官 博：weibo.com/cmp1952
　　　　　010-68326294　金 书 网：www.golden-book.com
封底无防伪标均为盗版　机工教育服务网：www.cmpedu.com

从醒来的那一刻开始，我们就以各种各样的方式感受着这个世界并与之互动，直到入眠。这些互动可能看起来并不起眼，比如端起水杯喝水，但这只是因为我们已经习惯了这个现实世界的运行"规则"。实际上，当我们喝水的同时，我们已经在判断杯子的材料、形状、水的特性（温度、重量、黏性），以及手拿杯子的姿势和位置。值得庆幸的是，我们的大脑简化了对这些动作难度的感知，使许多实际上相当复杂的任务感觉上几乎毫不费力。

在虚拟现实或混合现实世界中，这些日常生活中的规则需要被一一构建。如果我们试图重新经历一次喝水的过程，如何才能自然地握住杯子？如何放手？如何判断水的温度？如何从杯子里喝下一口水并且确定这一动作已经顺利完成？在《沉浸式 3D 体验设计》一书中，作者阐述了一系列诸如此类的问题。

《沉浸式 3D 体验设计》一书为初学者揭开了扩展现实的神秘面纱，清晰地介绍了技术与设计两方面的关键要素。对于团队而言，此书可作为开发人员与设计师合作和平等沟通的桥梁。

回首望去，虚拟现实与增强现实相关技术曾被认为是可以跨越距离、文化甚至时代的工具。作为虚拟现实与增强现实的早期采用者，在三十多年开发经历中，我和很多同行一样经常陷入"技术狂热"的陷阱，困扰于对先进技术的追求。相较于提出"当前可用的最高分辨率是多少？纹理能够做到多么细腻？"这类问题，我们更应该问的是"如何才能为尽可能多的受众创造美妙体验？"的问题。开发人员和设计师可将本书的内容应用到项目中，从而实现真正的变革性体验。

John E. Ray

美国俄亥俄州立大学信息系统研究办公室主任

前　言 *Preface*

增强现实（AR）、虚拟现实（VR）和混合现实（MR）三项技术共同构成了扩展现实（XR）。扩展现实技术通过数字内容来丰富周围的物理空间，为我们开启了一个全新的世界，带来了无限的可能性。借助本书，设计师以及开发人员可以学习如何将他们在传统二维世界中的设计经验扩展到三维世界。3D 设计是平面设计的未来。掌握 3D 设计，并在扩展现实中实践所掌握的知识与技能，对设计师的未来发展来说是必不可少的。随着 XR 行业的不断发展，交互设计师和产品设计师需要比以往任何时候都更加了解如何进行空间设计。

对于专业人士而言，这些知识将进一步扩展他们的技能，为其职业发展添砖加瓦。对于学生和职场新人来说，这些知识则能够帮助他们提前掌握工作技巧，增强职场竞争力。本书将帮助读者了解如何将设计原则和理论拓展到三维世界。本书作为相应补充阅读材料，也可用在涵盖沉浸式设计的课程中。

本书主旨在于呈现沉浸式体验，我们鼓励读者在阅读的同时以各种方式与周围的物理环境进行交互，你会在书中找到各种机会。此外，除了第 1 章和第 14 章，其他章都将以一项设计挑战结尾。

设计挑战

在接下来的内容中，我们将探索 3D 和沉浸式设计在技术与体验两个方向的融合。第 2 章至第 13 章结尾的设计挑战将使读者能够将刚刚学到的新技能付诸实践。每项挑战都将以不同的方式推动读者形成三维设计思维。这些设计挑战均不需要花费很长时间来完成，但每项挑战应该在阅读相应章节后立即完成，活学活用以巩固对新知识的理解。从最基础的纸张和胶水开始，然后慢慢扩展到使用 3D 软件，最后开启增强现实移动体验。

所需物料

提前准备好下述物料以便更好地完成本书的学习：素描本、记号笔、便条纸、透写纸（或者任何透明纸张）、迷你棉花糖（是的，你没看错）、牙签、胶水或胶带（最好是速干的）、剪刀、建模泥。当然，若不具备相应条件，在书中也会给出替代方案。最后要注意的是，保持开放思维。

下列材料（没有也没关系）有助于我们更好地制作纸质原型图和 3D 草图：一把专业刻刀（而不是剪刀），一把带有软木垫的金属尺子，外加一张裁纸时垫在下面的自愈切割垫板。

所需软件

在本书中，我们提供了各种可供选择的软件解决方案，以便读者可以根据自己的偏好以及工作流程规范进行相应选择。无论如何，在本书的学习中你需要用到一个 3D 建模软件。你可以选择免费的开源程序，比如 Blender；也可以选择网页版应用，比如 Vectary；也可以选择桌面版软件，如 Cinema 4D、Adobe Dimension 或 Unreal Engine。Cinema 4D 的轻量级版本（Cinema 4D Lite）也可以使用 Adobe After Effects 访问，但没有完整的渲染功能。

书中有一项设计挑战用到了 Adobe Aero（一款免费的移动应用程序），也可以找到其桌面版。如果你使用的是 iOS 设备，你可以直接下载这个应用程序；如果你使用的是 Android 设备，则需要使用桌面版。目前，Aero 仅适用于 iOS 移动设备。

所需硬件

你需要一台支持增强现实的移动设备。如果你的 iPhone 或 iPad 能够运行 iOS 11.0 或更高版本的操作系统，具备 A9 或更新的处理器（比如 iPhone 6s 或更新的产品），那么你就已经具备了开启增强现实世界的条件。如果你用的是 Android 设备，可以通过谷歌开发者网站查看兼容性，谷歌 Pixel 2 和三星 Galaxy S9 这两款手机已经能够支持增强现实。

阅读和学习本书并不需要你拥有任何 AR 或 VR 头戴式显示器。但我强烈建议你测试你所能接触到的所有扩展现实设备，尤其在开始为特定的头戴式设备设计体验之前至少试用一下。

踏上征途

我们的未来世界与扩展现实密不可分，在踏上这一沉浸式设计之旅的同时，你将逐步了解并掌握扩展现实体验设计所需的每个步骤。它并不完美，因为人和技术两者本身都是不完美的。但我们将致力于使用扩展现实技术结合人机交互体验解决种种设计问题，为运动设计、交互设计和产品设计的未来发展奠定基础。

致　谢 *Acknowledgements*

在写作本书的过程中，我一直在尝试寻找某种平衡——在白天与黑夜之间，在咖啡与清茶之间，在教与学之间，在研究与创作之间，在真实与虚拟之间，在现在与未来之间。

感谢那些推动扩展现实行业发展的设计师和 XR 采用者，感谢你们愿意分享自己的工作与愿景，能够让求知者学到更多知识。正是由于你们的贡献，整个行业才会有今天的繁荣。

本书能够顺利成稿也离不开我的人生伴侣 Brian，感谢你支持我每一个疯狂的创意，感谢你自始至终支持我的梦想，感谢你对家庭琐事的操劳，让我有足够的时间进行创作。非常感谢你，拥有你是我最大的幸运。

致我亲爱的女儿，我最可爱的读者。感谢你和我一起测试新的增强现实应用程序，为我们的现实生活带来无穷的乐趣。

致我亲爱的儿子，我所知道的最棒的问题解决者之一。感谢你与我一起玩乐高积木，并分享你的发明创作，让我对 3D 世界有了更全面的认识。

感谢我的父亲，感谢你在我孩童时期就带我一起去工作，让我和你一起研究建筑图，直到今天，那八角形的设计还历历在目。感谢我的母亲，感谢你让我用有创意的方式来阐述定性与定量的研究方法，使本书中的概念更加丰富。感谢我的父母，始终为我提供无条件的支持和指导。

感谢我的学生们，本书的灵感来自你们，来自和你们一起在教室里度过的每一天。

感谢纽豪斯学院的同事们，感谢你们对我的研究工作的支持，也感谢你们为推动视觉通信领域的发展做出的惊人贡献。尤其要感谢 Bruce Strong，谢谢你一直相信我，并鼓励我写更多的书。

感谢我的研究助理 Paula Nelson，感谢你敏锐的视觉和对细节的关注；还要感谢

Francesca Ortega，感谢你对扩展现实技术的热爱，并尝试推动它发挥社会影响力。

感谢我所有的老师、所有的前辈，感谢你们在我的职业生涯中留下的宝贵记忆。你们披荆斩棘，为我们这一代创作者的前进道路扫清了障碍。

最后，感谢 Pearson 出版社的优秀员工，感谢你们的指导与支持，本书的创作离不开你们。

目　录 *Contents*

融 入 现 实

时不我待，让我们从了解扩展现实（eXtended Reality，XR）的技术背景、发展历程，以及应用现状开始。如果你还不是一位扩展现实用户，那么现在开始还不算晚。

奇观背后的科技：本节将为读者降低大量新术语和专有名词缩写的学习门槛，简要概括扩展现实的技术原理，并挖掘其背后用户的真实偏好，以此带领读者进一步了解扩展现实的技术特征。

扩展现实无处不在：为了掌握这项技术未来的演进方向，首先我们需要关注这项技术当前的应用现状。本节中，通过大量的扩展现实应用案例，读者可了解这项技术对日常生活产生的影响。

知识分解：学习新东西，尤其是大规模的新知识，往往令人望而生畏。本书把涉及的新知识进行了分解。

1.1 奇观背后的科技

你是否曾亲临世界七大自然奇观之一？亲眼看见漆黑天空下跳舞的极光？亲手摸过美国大峡谷中矗立的巨石（见图 1.1）？有趣的是，这七大奇观不约而同地体现了同一个主题：对空间和光线的独特使用。

人们从来没有停下追寻与研究这些自然奇观的脚步，有大量文史资料从各个方面对这些奇观进行了研究和介绍。然而，仅仅是听到或读到这些描述并不等同于身临其境，我们需要真正地站在那里去体验这一切。不管是听广播、读文字还是观看照片，这些只唤起了我们的一种感官。而当你真正站在大峡谷边缘的时候，你可以调动自己的所有感官进行体验。对大自然的感受因人而异：你可以听到鸟鸣声声和水流潺潺；你可以感觉到风吹在脸上，亲手触摸到坚硬的岩石；你可以看到几英里外色彩斑斓的岩层山体；你可以闻到新鲜的杜松或黄松的味道；你可以尝到雷雨过后潮湿而清新的空气。也许你正踩在岩石边缘尝试着保持平衡，也许你正在山谷中向下一个峰顶攀爬，这些都属于亲身体验的一部分。每一个细节都在体验中扮演着极其重要的角色。

图 1.1　美国大峡谷中矗立的巨石

摄影师：Ronnybas，就职于 Shutterstock

　　人越是全身心投入沉浸在某种体验中，在情感上与它建立的联系就越紧密。也就是说，当你尝试体验某件事时，参与的感官越多，与它产生的联系就越强。当我们听到广播电台介绍一处风景时，或看到关于某处风景的文字描述时，我们可能会在精神上甚至可能在情感上与它建立某种联系。但是我们并没有获得相应的物理感受。通常来说，我们很难凭空获得物理世界中的某种感受，但在扩展现实（XR）技术中却可以实现。顾名思义，扩展现实技术所带来的这些体验是我们面前这个真实三维物理世界的延伸。这项技术能够激活我们的感官和对物理存在的感知，从而复制并增强实际体验。

　　现在有大量不同的方法用以创造增强现实体验，有各种技术和平台可供人们体验不同的内容与空间。在本书中，我们将针对这一系列技术与应用进行讲解。不过更重要的是，掌握 3D 体验的设计和创造这件事情不仅本身就充满了趣味，而且有助于改进我们的日常生活、我们的学习方式，甚至我们的一举一动都将面临全新的改变。扩展现实技术能够帮助我们延展在现实世界的感受。它能够帮助我们进行沟通和分享的不仅仅是信息，还可以为我们提供一种将精神上、身体上、情感上的体验联系在一起的沉浸式体验。

　　虽然这个领域的许多术语和缩写你可能闻所未闻，但设计的基础总是万变不离其宗，就好像你能够顺利地从带着油墨香味的印刷书本切换到手机上的电子书一样。当然，在开始针对 3D 体验进行设计时，我们往往需要考虑不同于传统设计的限制条件和主题特性。沉浸式设计本质上是运动设计、UI（用户界面）设计和UX（用户体验）设计的高级版本，还有增强的音频设计。如果你在这些领域已经拥有了一定的知识与经验，你可借此机会进一步提升自己的技能水平，或者尝试设计一个真正不同的现实空间。如果你对其中某些方面较为陌生，那么接下来的内容将会带你了解这些领域。

在这令人兴奋且快速发展的领域中，我们可以构思、设计、实现，然后将自己沉浸在数字环境的这些数字体验中，甚至可以将其扩展为我们身处的物理世界的一部分。作为旅程的开始，我们首先需要理解如何对扩展现实中的不同领域进行分类，当然，还要了解它们在行业中常用的缩写。扩展现实（XR）是指人与计算机基于虚拟元素和物理元素进行沟通交互的空间。它并不限制于某种特定的技术，而是一个更广泛的术语，包含虚拟现实（VR）、增强现实（AR）和混合现实（MR）3个不同技术场景（见图1.2）。这些场景的定义依赖于技术的使用方式：是让用户体验一个完全虚拟的空间，还是将用户当前所在的物理世界与数字世界混合起来，又或者是分层进行体验设计？

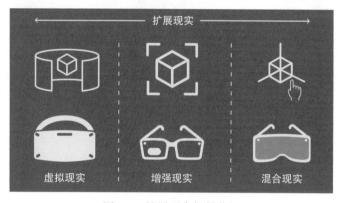

图 1.2 扩展现实场景分解

虚拟现实（VR）提供了完全沉浸式的体验，如图1.3所示，通过头戴式显示器（HMD）或计算机辅助虚拟环境（CAVE）来展示全面数字化的环境。如图1.4所示，增强现实（AR）提供了一种混合视图，允许用户看到自己所在的物理世界，同时在用户视野中增加了一层数字信息，如文字、图像、3D模型、视频和音频等。也就是说，数字内容增强了物理世界。

如图1.5所示，混合现实（MR）允许物理环境和数字环境之间存在某种更为动态的关系。它通常被称为虚拟现实和增强现实的最佳结合。你仍然可以像在增强现实中一样感知周围的环境，但是混合现实具有更先进的成像能力，这项技术通常需要具备空间计算的能力。混合现实能够根据用户所在的物理空间进行定制化设计，为我们带来更加个性化的体验。在混合现实中，通过使用不同的技

知识拓展
虚拟现实（VR）：由计算机生成的参与者可在虚拟数字环境中进行互动的完全沉浸式体验。
增强现实（AR）：由计算机生成的通过增加数字信息来增强物理世界的交互体验。
混合现实（MR）：由计算机生成的通过先进的空间计算和手势识别或控制器输入，将数字环境与物理世界融为一体的交互体验。

术，设备能够在你进入沉浸式体验之前获得目标空间的全息地图，因此，它可以提前对物理环境进行学习和理解，然后在此基础上锚定并调整数字环境，以使两者更加融合。如果你对 AR 和 MR 两者之间的区别感到困惑，这是正常的。事实上，随着增强现实变得越来越智能以及能够更好地适应用户所处的具体空间，这两者之间的界限也就变得越来越模糊。至少在撰写本书时，混合现实这个术语仍在使用，但预计在不久的将来，增强现实将会代替混合现实。

图 1.3　虚拟现实　　　　　　图 1.4　增强现实　　　　　　图 1.5　混合现实

如果你从未访问过任何网站，那么你如何着手设计一个网站呢？如果对现存的人机交互界面没有任何了解，不清楚当前的人机交互界面的类型等，也就不可能设计出人机交互的最佳实践。增强现实设计师这一角色的使命之一，是使用户的第一次沉浸式体验和第一百次体验都是愉悦而放松的。对于许多新用户来说，增强现实这项新技术本身就令人望而生畏，所以如果你的设计能够增加体验舒适度，那么整个体验就会呈现得更加自然。

因此，如果想要真正成为一个扩展现实设计专家，你首先需要让自己成为一个用户。扩展现实技术领域众多，不妨从中选择一个更贴近自身需求的，基于此开始你的扩展现实之旅。如果你已经有了一个较为具体的扩展现实项目作为目标，那么也许可以尝试一下这一项目中用户所需的设备。例如，如果你正在为魔术飞跃⊖头戴式显示器设计一款应用，那么你首先需要试用一下这款设备，看看它究竟是什么样子的，并记录使用过程中都有哪些优缺点。这项研究是必不可少的。如果你还没有想好要做什么，那不妨从现在开始就策划一个目标。在本书中，我们将探讨沉浸式体验的设计过程，所以即使你现在还没有一个明确的项目计划，也请保持一个开放的心态，做好时刻记录下自己创意的准备。最好的学习方法是在实践中学习。不妨尝试着让自己沉浸其中，就像我们将要学习的那样。

如果你还在尝试如何迈出扩展现实应用交互体验第一步，最方便的体验设备是移动增强现实。利用新款的智能手机或平板电脑，你可以迅速对各种增强现实示例进行测试。通过 ARCore（安卓系统）和 ARKit（iOS 系统），扩展现实交互体验所需的基础技术现在已经内置在你的设备中了。

⊖　Magic leap 此处译为魔术飞跃，是由同名公司（一家成立于 2010 年的美国扩展现实公司）开发的扩展现实体验设备，产品形态为头戴式显示器。——译者注

如果你有一部正在运行 iOS 11.0+ 的 iPhone，并且它搭载了 A9 处理器（如 iPhone 6s 及更高版本），那么你就已经具备了体验增强现实应用的基础。如果想要迅速上手体验，不妨打开 iOS 12 及以上版本附带的测距仪（Measure）应用程序。这是一种能够快速在物理世界中测量真实物体尺寸的方法，其实现原理是通过手机摄像头和其他技术在手机相机视野内动态叠加一层增强现实标尺。如果你用的是安卓系统，你可以通过谷歌开发者网站找到测距仪的兼容版本。谷歌也在操作系统中内置了基于增强现实技术的测距应用程序，你可以在谷歌像素（Pixel）2 代或三星银河（Galaxy）S9 手机上查看。

> 小贴士：创意往往在不经意的时候出现在你的脑海里。所以，请在手头准备一个速写本，随时随地记录你的想法，以备后续参考。

智能手机实际上可以算是可穿戴增强现实眼镜的过渡阶段。由于大量增强现实可穿戴设备仍在开发中，拥有与之媲美的计算能力的智能手机暂时成为了扩展现实技术的试验田。尽管存在着多种不同的算法模型，但手机与眼镜的关系在未来将会比今天紧密得多。正如你看到的手机配件，如智能手表和蓝牙耳机，它们都让我们离增强现实眼镜更近了一步。

扩展现实领域有相当数量公司的目标是让增强现实尽可能移动化。许多虚拟现实体验对算力要求较高，以及需要连接到台式机上，才能够提供较好的体验。因为虚拟现实没有那么依赖周围的环境，所以这种方案是可行的。然而，增强现实与混合现实与用户所处环境息息相关，并且需要允许用户在物理世界中进行移动。这意味着，便携式扩展现实设备与移动化体验设计是必不可少的。

设计一款戴在用户面部与头部的设备需要考虑很多因素，很大程度取决于头戴式设备芯片的处理能力。为环境绘制立体地图并允许用户在三维空间中与之进行交互，对算力的要求非常高，几乎等同于一台工作站。芯片处理能力越强，产生的热量也就越多，没有人会愿意戴着一个又重又热的设备来体验扩展现实技术。因此，有大量开发人员都在关注如何减少头戴式设备所需的算力。其中一个选择是设计一个外部处理源，比如智能手机，甚至可以是一款独立的处理设备，用户可以将其挂在腰带上或是放在口袋里（在一部分产品上我们已经看到了这种设计）。

与其他技术一样，有相当一部分用户希望使用云服务作为外部处理源，以减少增强现实与混合现实技术对于头戴式设备算力的需求。现实之光（Nreal Light）公司提供了一种新的混合现实头戴式设备，它看起来和普通的眼镜一样，其数据处理主要依赖使用 5G 网络的智能手机。

日前，高通公司基于其骁龙 XR1 平台开发了能够轻松完成具备增强现实或虚拟现实功能的头戴式设备设计的一套智能浏览器，并将其向相关行业进行推广。其他公司诸如此类的技术进步逐渐开始模糊虚拟现实、增强现实及混合现实的边界，这也是为什么出现了扩展现实这一术语，可涵盖各个模糊边界的创新方案。

扩展现实（包括虚拟现实、增强现实及混合现实）领域中的各项技术都正在经历日新月异的发展。矛盾的是，用户所体验到的产品概念却没有跟上技术的迭代。因此，比起紧跟每一项最前沿技术的进步，我们更应该将注意力集中在最终的目标上。第一优先级的目标应该是为用户提供更完整和美好的体验；为此，我们需要收集各种环境信息，并进行针对性的处理。

现在，我们可以戴上头戴式设备，亲身体验自然奇观带来的震撼，而不仅仅是听别人讲述他们站在大峡谷边赏景时的故事。我们可以戴上智能眼镜，沉浸式地探索化学反应是如何发生的，而不只是借助枯燥的公式和数字进行想象。

更重要的是，我们可以打破眼前这块矩形屏幕对于互动与交流的限制，我们可以让所处的物理世界成为新的交互界面。如图 1.6 所示，如果没有屏幕，世界会变成什么样？图中给出了人们关于混合现实工作空间的想象，键盘和铅笔是仅存的物理对象。随着算力的发展，扩展现实头戴显示器将从具有处理能力的计算机中分离出来，我们的交流方式也将发生改变：人的工作与交流将不再局限于计算机所在的位置。这就是扩展现实迅猛发展背后的驱动力。随着新的创意不断产生，对创新解决方案与工程实践的需求也逐渐浮出水面：特别是在将技术迅速融入日常生活以及让扩展现实能够帮助人们更轻松地完成生活中的各项任务方面。我们需要深入挖掘这一领域中所存在的挑战与机遇，了解如何基于扩展现实技术设计最佳的沉浸式 3D 体验。时不我待，这就开始吧。

图 1.6　3D 工作空间

设计师：Claudio Guglieri

1.2　扩展现实无处不在

最早期的一系列增强现实案例并没有太多技术含量，它们的出现只是为了帮助我们解决日常生活中的某些典型问题。比如枪支瞄准器的发明，猎人通过观察步枪顶部瞄准镜中的小十字图标，可以大大提高射击的精度。这项发明可以追溯到 1901 年。它并不依赖先进的技术，而是依赖我们的视野如何聚焦于前景和背景。只要足够留心，你能在日常生活中发现大量增强现实的实际应用。

1.2.1　十码距离

出现在我脑海里的第一个案例是 NFL 比赛电视转播中使用的明显边线，如图 1.7 所示（蓝色与黄色的边线展示了进攻队在球场上所需前进的十码距离。基于绿屏技术结合运动传感器，这些边线得以被增强。这项技术从 1998 年开始被实际应用）。这些出现在球场上的白色或黄色（有时是蓝色）的线条并不是真实球场的一部分：这种增强现实场景能够让观众更容易获取到每场比赛的关键信息。由于球迷能够清晰地看到球员需要将球推进多远，他们观看比赛的积极性就会得到提升，从球赛中得到的乐趣也会相应提升。如果没有这些线条进行提示，观众将难以准确地判断球场上的距离，也就难以根据比赛进度给出实时响应。

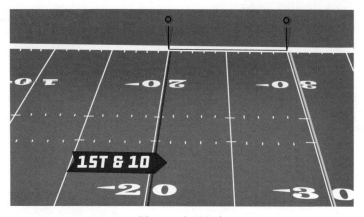

图 1.7　十码距离

这项技术的实现得益于运动传感器与绿屏技术。在球赛开始时，对比赛场地进行 3D 扫描以绘制地图，同时识别场地的绿色背景。在转播过程中，技术人员可以让球员处于前景，以遮挡背景中的增强边线。这样能够有效减少增强边线对观众注意力的分散，甚至可以让边线的增强效果更为逼真。体育运动这一领域拥有着大量扩展现实案例，并且随着直播与流媒体技术的发展，还有更大的发展潜力。

球赛是第一项在电视转播中使用数字技术对信息进行增强的运动，但它不会是最后一项。这种利用数字技术对转播内容进行增强的方法已经被相当数量的体育运动所采用，为观众提供视觉分析、细节回放、投球速度、击球区域等一系列比赛信息的增强。更有甚者，可以为球迷量身定制广告，以帮助不同品牌在世界各地触达其目标受众。

1.2.2　平视显示

另一种人们耳熟能详的增强现实场景是驾驶汽车。平视显示器（Head-Up Displays，HUD）是一种能够将导航信息投影到挡风玻璃上的显示设备，这样，驾驶员在观察前方道路的同时就能够获得驾驶所需的必要信息（见图 1.8）。不同平视显示器的展示内容因制造商而异，其中常见功能包含里程计数、导航方向、发动机转速、盲区警告和速度限制等。顾名思义，平视显示器的优势在于驾驶员能够以水平视角获取自己所需要的信息，不需要低头看，也不需要调整自己的坐姿，因此也不会影响到行驶安全。这项技术起源于军用飞机，最初用于飞行器导航，后来被通用汽车公司迁移到赛车设计上。如今，这已经成为一系列汽车品牌与车型的特色功能。

图 1.8　驾驶员使用宝马汽车所配 HUD 进行导航的视野示意

1.2.3　仰望星空

随着移动增强现实技术的发展，许多应用程序尝试基于此来展示现实世界中更多的信息。移动增强现实技术往往依赖相机的使用，并且通常使用手机内置的陀螺仪来确定当前的位置与方向。"Star Walk"是一款饱受用户好评的增强现实移动应用，它成功地使人们在仰望天空看星星时的体验变得更为科学且美好。它的设计者介绍说：它将成为你的夜空互动指南，实时跟踪你的每一个动作，通过信息增强，帮助你探索超过 200 000 个天体，揭开你想知道的神秘夜空中的一切秘密。这段话中最关键的一个词是"实时"。当你对着广阔的夜空移动手机或平板电脑时，这款应用程序会实时识别视野中的星星，甚至包括一些肉眼不可见的星星。它同时还为我们展示了其他相关信息，比如行星升起和落下的时间，又比如形形色色的星座和卫星的历史背景。图 1.9 为"Star Walk"应用程序中的独角兽（麒麟座）界面示意图。

图 1.9　"Star Walk"应用程序界面示意图

设计师：维托科技

1.2.4 先试后买

增强现实正在迅速改变市场营销与广告行业。"先试后买"这一概念最初来自宜家推出的"空间（Place）"应用程序。在你下单之前，可以通过这一应用在家里看到宜家家具的摆放效果。这一设计理念已经被引入家居设计、衣物展示、花园设计甚至城市规划等领域。图 1.10 所示为基于元虚拟 3D 网络游戏引擎设计的虚拟展厅。

图 1.10　基于元虚拟 3D 网络游戏引擎设计的虚拟展厅

设计师：元虚拟产品团队

在"先试后买"这一概念的启发下，化妆品行业也开始尝试让消费者可以真正体验到特定色调化妆品的呈现效果，以确保消费者能够选择更适合自己的色调化妆品。通常来说，消费者很难隔着外包装看到化妆品的颜色，更难以想象它们真正用在自己脸上是什么效果。欧莱雅与完美公司（Perfect Corp.）合作开发了一款名为"玩美彩妆（YouCam Makeup）"的应用程序，这样，在购买之前，潜在客户就可以基于强大的增强现实技术看到妆容的效果。

房地产市场也发现了这一技术的应用机会，允许潜在购房者在房屋建造之前就能够体验其空间效果，或者如果消费者不能亲自前来的话，他们可以远程看房（见图 1.11），这将带来相当可观的收益。远程看房与虚拟看房业务能够允许房地产经纪人根据卖家的偏好来修改房子的装修风格，从而促成交易。

1.2.5 添加滤镜

扩展现实具备社会属性。无论是在线游戏、网络会议还是社交媒体，互联网时代存在着各种各样的交流形式允许你基于扩展现实技术与其他人建立联系。基于人脸识别与增强现实技术，社交媒体推出了面部滤镜与表情贴纸的新功能（见图 1.12）。借助手机所具备的（通常不止一个）前置摄像头，应用程序能够对你的面部进行深度分析，然后为你提供趣味十足的动态滤镜，并且能够随着你的移动而自动调整相应位置。独乐乐不如众乐乐，没有人会拒绝将这种乐趣分享给自己的朋友，所以大量用户开始通过自己喜欢的社交媒体分享加了滤镜的自拍视频，如抖音、快手等。

图 1.11　RealAR 的技术团队基于移动增强现实技术，帮助人们在房产建造
之前就能够看到自己未来的家是什么样子的

设计师：丹尼尔·斯旺博士

图 1.12　一款在即时电报（Instagram）、脸书（Facebook）与阅后即焚（Snapchat）
等社交平台上十分风靡的增强现实游戏（水果狂潮），能够为用户提供各
种各样的滤镜

设计师：奥尼里克实验室

1.2.6　虚拟体验

当你无法亲自到达某个地方时，也许最好的替代方案就是虚拟体验。随着摄影测量技
术的发展（详见第 2 章），通过对环境与地图的扫描建模，虚拟现实的体验日趋完美。只需

要戴上头盔，你就可以发现自己身处另一个世界。

现在，只需要利用手机或平板电脑，你就能够以全新的互动方式来欣赏闻名中外的艺术家的作品。酷博物（Cuseum）基于增强现实技术所创造的体验正在不断刷新参观者体验博物馆艺术品的方式，甚至突破了参观者体验艺术的极限。不能出门时，酷博物允许用户坐在家里参观各大博物馆。如图 1.13 和图 1.14 所示，借助移动增强现实技术所实现的数字叠层足以使艺术品栩栩如生。

图 1.13　生命之树。在世界最著名艺术家之一古斯塔夫·克里姆特 100 周年诞辰之际，
其标志性杰作《生命之树》被增强现实技术赋予了生命

设计师：Cuseum

图 1.14　黑客入侵。借助增强现实技术，被盗艺术品的图像回到了其原本所属的空画
框中。图中所示为伦勃朗所作《加利利海上的风暴》，画作位于马萨诸塞州
波士顿的伊莎贝拉·斯图尔特花园博物馆

设计师：Cuseum

1.2.7 主动学习

当前人们已经针对各种各样的学习方式展开了一系列的研究，并在其中发现了一项有趣的共性：主动学习能够导致更高比例的信息留存。通过扩展现实技术，可以让你穿越到历史上的某个时刻，或躺在卧室的床上探索太阳系，能够将学习的参与度提升到一个新的水平。更好的是，扩展现实技术允许我们使用多种感官进行交流，包括而不限于视觉和听觉，这可以为那些存在学习障碍的人提供额外的帮助。扩展现实技术能够实现定制教学模式与个性化教学功能，允许教师与学生根据具体情况调整进度和体验，而不是采取一成不变的传统教学方式。

制造工厂，比如位于辛辛那提的通用航空工厂，已经开始使用头戴式增强现实设备来帮助工人制造喷气式发动机。该技术能够提供实时反馈，让操作员知道应该在什么时候以什么力度拧紧螺母，以确保发动机表现出最佳性能。从第一次执行这项任务时，操作员就能够得到诸如此类的反馈；也就是说，从一开始操作员就能够学习到如何才能正确地完成工作任务，并在持续反馈中不断改进产品性能。这种互动体验使得飞机的制造更加高效，也更加精确。

医学领域往往有大量的关键信息需要学习，实践经验也是增长知识的重要组成部分，扩展现实技术提供了从解剖练习到辅助手术等一系列工具。3D 可视化学习能够帮助医务人员更好地掌握并练习临床技能，如图 1.15 所示，基于增强现实技术，外科医生正在为三维动态可视化人脑进行脑外科手术。

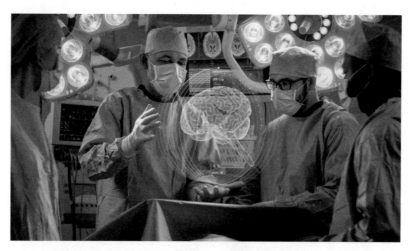

图 1.15 增强现实脑外科手术

1.2.8 量变到质变

如前文所述，智能手表、蓝牙耳机以及其他智能终端设备正逐渐为未来的增强现实头戴式设备设计奠定基础。我们已经在使用和测试各种各样为这些设备所开发的功能，这些功能又助推了增强现实头戴式设备的开发与优化。

回想一下苹果无线耳机（AirPods）是怎么一步步变得如此智能的。当你第一次使用它们时，也许你会认为，将耳机从耳朵上取下后自动暂停播放音乐，或者将耳机戴上时自动通过蓝牙连接到相应设备开始播放音乐等是有帮助的附加功能。但这些进步不仅仅为我们带来了方便，更重要的是，它们在一次次迭代中所进化出的功能，正是未来紧贴面部佩戴的增强现实设备（如眼镜）所需要的。设计这些看似微小的功能点有助于我们逐步理解用户的需求，同时也使这个原本小众而聚焦的领域不断实现技术的更新换代。这些功能也展示了未来的技术和音频在其他新产品中的应用，如眼镜。

扩展现实已经成为我们日常生活中的一部分，尽管这一领域对创新有着迫切的需求，但它的实际应用可以追溯到几十年前。在第 2 章中，我们将回顾扩展现实发展历程中的众多关键场景，你会发现技术从无到有的创造性力量。从现在开始，请不要忘记观察你周围的世界，尝试寻找那些不知不觉提升了我们生活质量的增强信息。

1.3　知识分解

扩展现实技术不断进化，可使创意的过程变得更容易。一般来说，能够学到最多东西的时期反而是人们探索其工作原理的早期。一旦有了成熟的工具，我们就很难沉下心来去关注它的工作原理与细节功能，反而会把更多注意力放在视觉效果上。但是，如果你想要真正设计出一款有价值的产品，你需要对它的工作原理有相当深入的了解。

在用户界面设计领域，体现技术进步的一个常见案例是网站设计的预设模板。作为一个设计师，如果你并没有花时间去了解这套模板是如何工作的，也没有掌握网页交互的基本原则，那么你的设计将很容易陷入某个瓶颈。不妨想象一下，你需要为某一网站定制用户登录的基础页面，但你并未掌握 HTML 与 CSS 的基础知识，也不清楚网站是如何构建和设计的，那么你的定制化设计将会寸步难行。你首先需要理解盒子模型，然后才能理解 HTML 是如何工作的，因为如果你不具备类似的先验知识，你将很难理解为什么网站需要基于块和模块构建。

不积跬步，无以至千里，学习的过程其实与登山类似，纵然一步只能迈上一个台阶，但总有一天你能够站在云雾缭绕处，一览众山小。不要让仰望山顶的不知所措影响到你迈出第一步的勇气。不妨先准备好第一步所需的东西，登上一个台阶后，再为下一步进行准备。这就是所谓的**知识分解**。

> 知识拓展
> 知识分解：根据需要学习知识的行为。

初看起来，有些新的想法和创意可能相当惊人。不过一旦你静下心来仔细思考，将其分解为更详细的步骤，那么这些创意就会更容易被接受。宏大的设计，尤其是超出舒适区的新观点，往往会让人们感到紧张。但是，具体而有序的行动计划能够绘制成一张较为清晰的路线图，可以让人们感觉目的地并没有那么遥不可及。

随着技术不断发展，无处不在的变化有时会让人感到困惑，甚至不知所措。但是，我们可以通过从一开始就能预见的变化，强化相关能力，为持续迭代做好准备。现在，你将要踏上成为增强现实设计专家的旅程。一旦你掌握了迈出第一步所需要的知识，迈出下一步将是顺理成章的事情。小步快跑的学习方式将会让你在这条充满变化的道路上走得更快更远。如果你等到完全了解如何到达目的地之后才开始旅程，那么到达它的道路可能已经完全改变了。预先做好项目计划，将一切保持在可控范围内，确实能够让自己的工作更加舒适。然而，始终存在一些时刻，你必须把规划好的日程表放在一边，并对接下来可能发生的事情保持开放的心态。

本书采用小步快跑的教学方式，逐步为读者展开扩展现实的世界。在每一章结尾都会设置一个相应的设计挑战，以帮助读者将本章中所讨论的一系列关键概念应用到实践中。请抓紧时间完成挑战，不要拖延。这些练习不会花费你很多时间，将夯实你学习的基础，帮助你逐步扩展自己的舒适区。现在，敞开你的心扉，保持着热情，让我们一起沉浸在你将要创造的现实中。

关键技术

扩展现实（XR）行业的技术正在迅速发展、变化和演进。行业内的公司正在经历着投资、收购、合并。

扩展现实的发展历程：突破性的进展绝非一蹴而就，事实上，20 世纪的技术突破为 XR 技术的发展铺平了道路。

增强现实：移动增强现实技术拥有巨大的力量，并将拥有惊人的未来。当前许多人已经拥有了移动设备，这是进入增强现实体验的最快切入口。

投影映射：随着几十年来技术的发展，投影技术变得更加智能。通过投影技术可以添加具有空间感的视频，能够使用熟悉的工具创造出强大的视觉效果。

头戴式显示器：用户可以选择将一套完整的计算机设备戴在头上，通过它来观察整个世界。在扩展现实（XR）中，头戴式显示器（HMD）将数字内容带入用户的视野。

摄影测量：空间计算有助于弥合我们身处的物理世界和数字空间之间的差距，使得数字体验更加人性化。

2.1 扩展现实的发展历程

近些年来，扩展现实领域受到了市场的广泛关注和重视，也成为了热门融资赛道，头部公司纷纷获得了大量投资。因此，我们经常听到关于这些"新兴"技术的消息，仿佛这项技术此前从未存在过。但事实上，与大多数技术进步一样，今天乃至未来的技术成就都是在大量过往技术成果的基础上获得的。要回过头来寻找奠定了今天技术水平的历史起点，或者发展历程中的关键亮点，首先必须确定我们要寻找的是什么。这是一个复杂的行业，所以我们可以甄选出虚拟现实和增强现实的各种组件，并逐一通过过去的技术成果进行追踪。

如果想回顾通信技术创新的历史发展，那么需要从第一台电话的产生或者第一次无线电广播开始，从此，人可以在一个地方体验发生在另一个地方的事情。我们还可以进一步回溯到探索那些促进这些技术产生的发明方式。从另一个角度来说，也可以关注那些使人们体验到新的现实或者能够提供不同于当前所处的物理世界体验的技术手段。

我们可以在科幻小说中找到许多有趣的概念和想法，这些想法为扩展现实领域的技术演进提供了灵感。1901 年莱曼·弗兰克·鲍姆（L. Frank Baum）在他的著作《万能钥匙》中生动地描绘了使用一副眼镜将信息投射到使用者物理空间的场景，这就是今天为人所知的增强现实的基本概念。该书中的例子就是人们对于体验那些尚不存在于所处物理空间中的物体的早期构想。

在阅读本书的过程中，你也会看到众多其他案例，以了解扩展现实行业发展至今的关键性进展。有一些技术起源可以追溯到 19 世纪末和 20 世纪初，这说明这个领域拥有真正强大的技术演进历史，尽管现在的技术发展速度比以往任何时候都快得多，但关于扩展现实的这些想法和概念都并非全新事物。图 2.1 中通过时间轴展示了扩展现实一系列突破性技术进展。

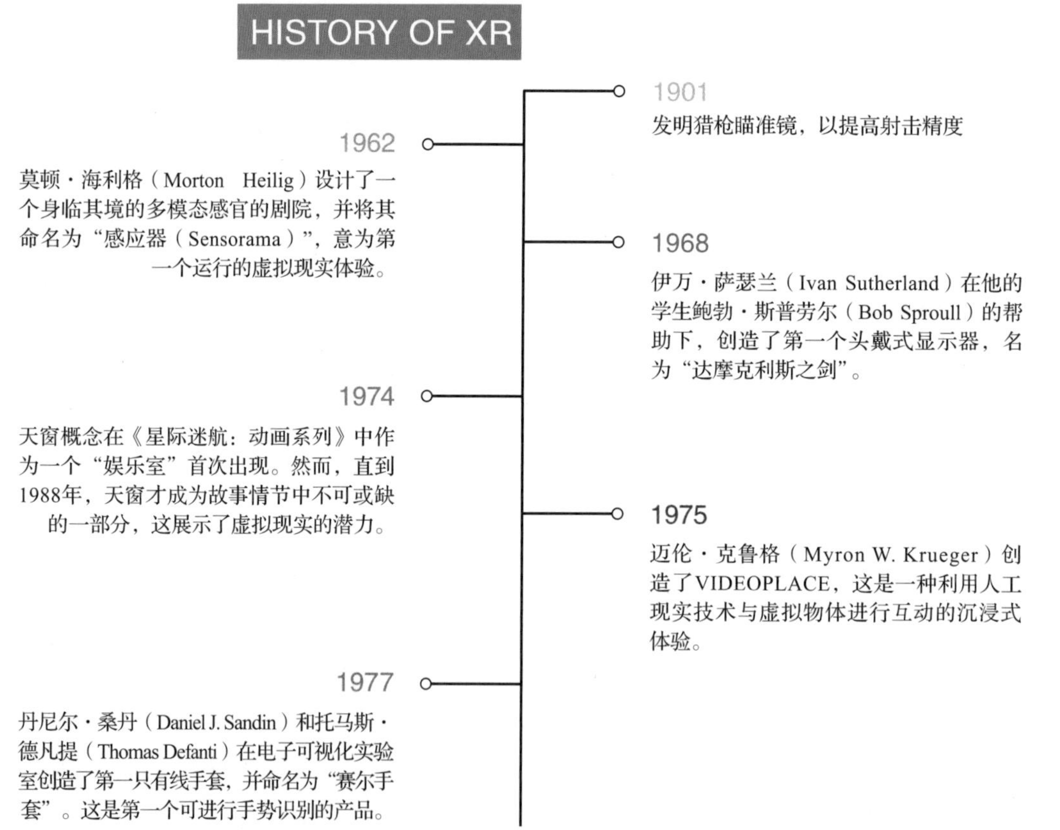

HISTORY OF XR

1901
发明猎枪瞄准镜，以提高射击精度

1962
莫顿·海利格（Morton Heilig）设计了一个身临其境的多模态感官的剧院，并将其命名为"感应器（Sensorama）"，意为第一个运行的虚拟现实体验。

1968
伊万·萨瑟兰（Ivan Sutherland）在他的学生鲍勃·斯普劳尔（Bob Sproull）的帮助下，创造了第一个头戴式显示器，名为"达摩克利斯之剑"。

1974
天窗概念在《星际迷航：动画系列》中作为一个"娱乐室"首次出现。然而，直到1988 年，天窗才成为故事情节中不可或缺的一部分，这展示了虚拟现实的潜力。

1975
迈伦·克鲁格（Myron W. Krueger）创造了VIDEOPLACE，这是一种利用人工现实技术与虚拟物体进行互动的沉浸式体验。

1977
丹尼尔·桑丹（Daniel J. Sandin）和托马斯·德凡提（Thomas Defanti）在电子可视化实验室创造了第一只有线手套，并命名为"赛尔手套"。这是第一个可进行手势识别的产品。

图 2.1　扩展现实的发展历程

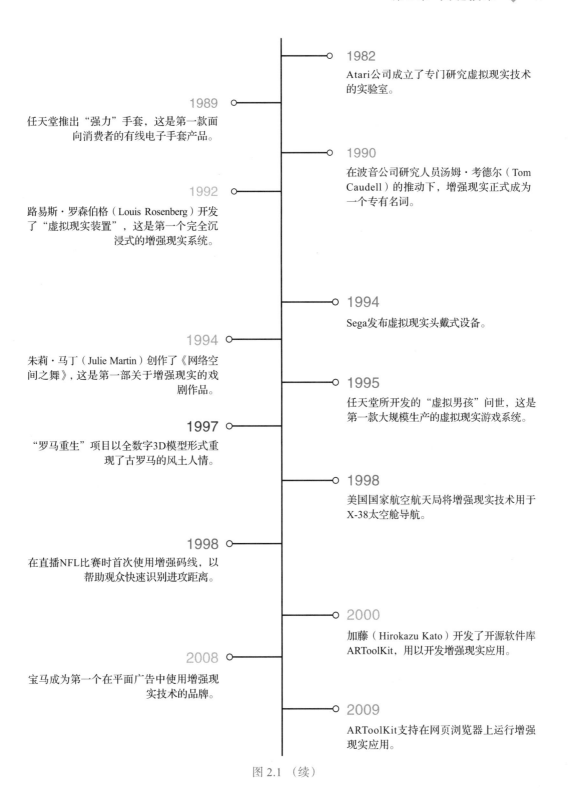

1982
Atari公司成立了专门研究虚拟现实技术的实验室。

1989
任天堂推出"强力"手套，这是第一款面向消费者的有线电子手套产品。

1990
在波音公司研究人员汤姆·考德尔（Tom Caudell）的推动下，增强现实正式成为一个专有名词。

1992
路易斯·罗森伯格（Louis Rosenberg）开发了"虚拟现实装置"，这是第一个完全沉浸式的增强现实系统。

1994
Sega发布虚拟现实头戴式设备。

1994
朱莉·马丁（Julie Martin）创作了《网络空间之舞》，这是第一部关于增强现实的戏剧作品。

1995
任天堂所开发的"虚拟男孩"问世，这是第一款大规模生产的虚拟现实游戏系统。

1997
"罗马重生"项目以全数字3D模型形式重现了古罗马的风土人情。

1998
美国国家航空航天局将增强现实技术用于X-38太空舱导航。

1998
在直播NFL比赛时首次使用增强码线，以帮助观众快速识别进攻距离。

2000
加藤（Hirokazu Kato）开发了开源软件库ARToolKit，用以开发增强现实应用。

2008
宝马成为第一个在平面广告中使用增强现实技术的品牌。

2009
ARToolKit支持在网页浏览器上运行增强现实应用。

图 2.1 （续）

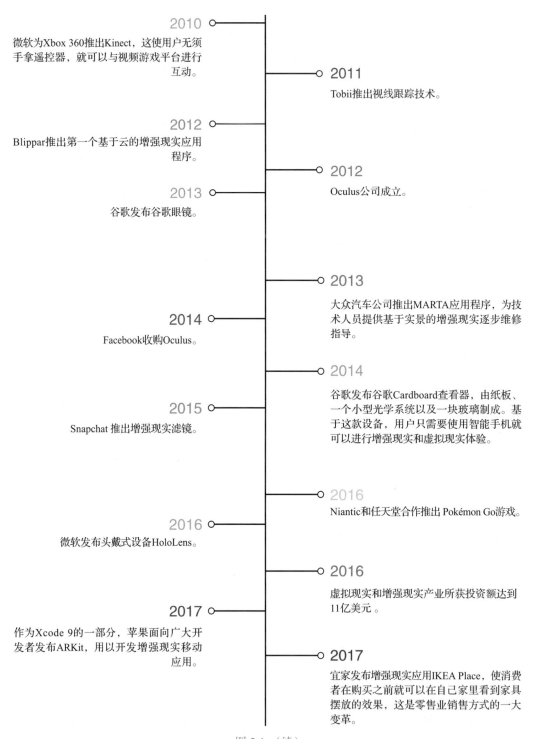

2010
微软为Xbox 360推出Kinect，这使用户无须手拿遥控器，就可以与视频游戏平台进行互动。

2011
Tobii推出视线跟踪技术。

2012
Blippar推出第一个基于云的增强现实应用程序。

2012
Oculus公司成立。

2013
谷歌发布谷歌眼镜。

2013
大众汽车公司推出MARTA应用程序，为技术人员提供基于实景的增强现实逐步维修指导。

2014
Facebook收购Oculus。

2014
谷歌发布谷歌Cardboard查看器，由纸板、一个小型光学系统以及一块玻璃制成。基于这款设备，用户只需要使用智能手机就可以进行增强现实和虚拟现实体验。

2015
Snapchat 推出增强现实滤镜。

2016
Niantic和任天堂合作推出 Pokémon Go游戏。

2016
微软发布头戴式设备HoloLens。

2016
虚拟现实和增强现实产业所获投资额达到11亿美元。

2017
作为Xcode 9的一部分，苹果面向广大开发者发布ARKit，用以开发增强现实移动应用。

2017
宜家发布增强现实应用IKEA Place，使消费者在购买之前就可以在自己家里看到家具摆放的效果，这是零售业销售方式的一大变革。

图 2.1 （续）

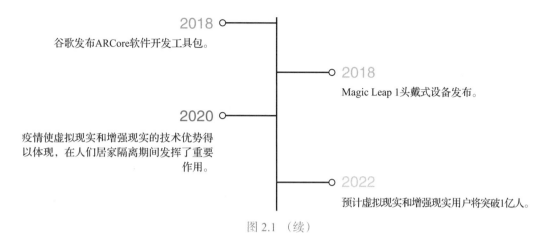

图 2.1 （续）

在扩展现实的发展历程中，最重要的关注点是技术进步的路径。你可以看到各种各样的技术以不同方式影响着下一代技术。这就是朝着创新方向迈出步伐的方式，即小步快跑。通常我们会注意到较大的技术进步，尤其是意义重大的突破性进展，它们往往会由于推出这些产品的公司（如 Apple、Facebook 或 Google）知名度而变得更加引人注目。但人们很少意识到这些产品的推出是一系列小的技术进步的迭代和组合。在解析扩展现实领域目前正在快速迭代的主要功能时，仍然可以清晰地看到技术发展的影响链：它们既脱胎于已往的技术成果，又与未来的主流趋势紧密联系。

2.2　增强现实

几年前，我曾有机会到爱尔兰参加一个会议。那个时候，我安排了莫赫悬崖的观光行程，试图在最后时刻寻找一些灵感以准备第二天的演讲。莫赫悬崖是个四周环绕着雄伟山景、气势磅礴的风景名胜。我在那里找了一个地方坐下来，一边观察四周，一边寻找灵感。就在那个地方，我从熙熙攘攘的人群中发现了一个一致的现象：当人们看到美景时，他们做的第一件事就是举起手机，拍下照片。这意味着人们已经将手机这种设备纳入他们的日常生活，并且愿意在他们一天中最重要的时刻使用它，这就是移动增强现实的力量。就在那刻，我意识到增强现实将成为主流技术。

与增强现实相比，虚拟现实面临的一大挑战是其更难实现这种大范围、普及性的主流应用。头戴式设备的成本仍然很高，而且许多头戴式设备需要与台式电脑相连，这种缺乏自由度的使用条件限制了其进一步推广。然而，有了增强现实，人们甚至不需要任何额外的设备，因为该技术已经内置在人们随身携带而且不离手的智能手机中。此外，智能手机已经成为了生活中不可分割的一部分。

移动增强现实通过手机中的摄像头，可实现**视频透视**，实时

> 知识拓展
> 视频透视：通过摄像机和屏幕，将物理环境和数字环境结合起来的技术。

将物理世界进行数字化。当前，已经存在许多不同的方式可以让你在智能手机上体验增强现实。

与视频透视相反的是**光学透视**（也称为 OST），它提供了一个透明镜头，数字内容被投影或内置其中。这可以让你无需相机就能看到真实的物理世界。由于 OST 技术存在的挑战，我们在移动 AR 中使用视频透视变得越来越普遍。

> 知识拓展
> 光学透视：在物理世界的场景中，叠加由计算机生成的数字内容的技术。

2.2.1　功能整合

目前，许多用户已经在移动设备上成功体验了增强现实技术。例如，如果你在亚马逊、宜家或其他在线购物网站上购买家居用品，你可以在浏览商品时看到"沉浸式家具展示"这一功能。尽管每个功能的表述可能有所不同，但其实际运行原理是一致的。一旦消费者点击这一功能，应用程序会申请使用相机权限，然后消费者可以选择家中的某个平面或任意想摆放家具的地方来查看产品展示效果。如果你要买一块地毯，你可以在你的相机视图中点击地板（平面）；如果你要买一盏台灯，你就选择桌面。然后，你所选择的产品将仿如真实地展示在相应空间里。之后你可以保存这张家具摆在家里的照片，也可以将照片分享给他人以获取购买建议。这个功能虽然简单，但对于买家来说，却能够快速有效地帮助他们为房间选择最合适的家具。事实证明，这一功能的使用还可以减少买家退货率。

另一个增强现实技术整合应用的场景是社交媒体和消息应用程序。Snapchat 创建了面部表情滤镜，使用户可以在脸部添加花环、喜欢的动物头部甚至动画人物头部等多种图案。苹果手机在消息应用程序中推出了动画表情 Memoji 功能，允许用户在发送信息时，将自己的面部表情细节投射在虚拟动画人物头部。这两个例子都使用了依赖手机前置深度摄像头的面部追踪功能。

2.2.2　独立应用程序

在移动设备上实现完整的增强现实体验往往需要用户下载独立的应用程序。例如宜家的一款增强现实体验独立应用程序 IKEA Place，购物者可以在该应用程序上提前看到宜家的产品，在购买前先进行家具"试摆"。另一款在移动设备上常见的增强现实应用程序是 PeakVisor，这是一款结合了增强现实和虚拟现实技术的移动应用程序，用户在该应用程序上可实时获得身边风景的信息，并据此计划旅程。它能够实时识别用户相机视图中山峰的名字和海拔高度，同时提供如图 2.2 所示的其他功能。

与在线网络程序相比，可下载的移动应用程序具备很多优点。其中最典型的一项优点是移动应用程序可以极大限度地利用手机实现增强现实的强大功能，充分发挥智能手机的数据存储与计算处理能力，在网络卡顿或不佳的情况下，应用程序依然可以正常运行；反之，依赖在线网络的增强现实程序则会受限于网络处理能力。此外，在线网络应用不能像手机软件一样使用手机的深度传感器和摄像头。手机应用程序的另一项优点是其自身能够成为一个小型生态系统，人们在使用手机应用程序时不会受到其他浏览器窗口和链接的干扰；也就是说，当启动一款应用程序时，就好像进入了一个独立的空间，这可以帮助用户集中注意力。

图 2.2　PeakVisor 应用

设计者：PeakVisor 团队

　　当然，创建本地增强现实应用软件也存在一定困难。首先，开发移动应用程序是一项复杂的工作，整个过程需要完整的开发和维护团队，而且需要使用不同的计算机语言分别开发安卓和 iOS 版本。在开发增强现实功能时，安卓系统往往使用 ARCore 平台开发，而 iOS 系统则倾向于使用 ARKit 平台开发。虽然开发者可以专注于某一个平台进行开发以提高工作效率，但如果想要所设计的应用程序被更多用户使用，则仍然需要开发和维护两套独立的应用程序。显然，这需要占用很多资源和成本。除此之外，这种方法还有一个内在的障碍，用户必须等待应用程序下载完成并安装之后才可以进行操作。我们接下来要探讨的网络增强现实（WebAR）则提供了更快和更便捷的解决方案，可以使用户随时随地快速沉浸在扩展现实中。

2.2.3 WebAR

有些时候，项目启动资金可能有限，没有足够的预算开发一套完整的独立应用程序；或者项目本身不需要开发独立手机应用程序。幸运的是，WebAR[⊖]已经成为解决以上问题的一种可行性选择。尽管 WebAR 尚处于飞速发展阶段，但就其发展程度而言，现在已经足以成为一种选择。WebAR 能够让智能手机用户通过网页，以最简单的方式，即在不下载应用的情况下允许用户体验增强现实。

WebAR 允许用户只需要扫描海报、路标、广告牌、卡片、演示文稿或其他载体上的网页链接或二维码，在任何地方都可进行互动体验，短短几秒用户就可以进行沉浸式体验。对于预算较少的项目来说，WebAR 的另一个巨大优势是它能够运行在浏览器上，轻松实现跨平台使用。

当然，WebAR 也有其不足之处，主要是当前发展速度依然较慢，而且其实际运行速度会受限于用户网络浏览器的速度。如果用户连着 Wi-Fi，那么就可以使用 Wi-Fi 的高网速。然而，并非每个地方都有 Wi-Fi，在不具备 Wi-Fi 连接的情况下，用户很可能遇到加载缓慢的问题。高带宽移动网络的普及可以实现更强大的 WebAR 体验，因此许多扩展现实开发者都很期待 5G 信号的全面覆盖。

当前在 WebAR 开发领域有两家公司脱颖而出。第一家是位于加州的开发 8th Wall[⊜]的公司。这家公司为 WebAR 开发设计了一套持续迭代的软件开发工具包（SDK），目前主要服务于 WebAR 设计中的面部识别、视线跟踪和图像识别功能（见图 2.3）。无论是苹果和安卓系

图 2.3　图像识别

设计者：8th Wall

⊖　WebAR：一种增强现实体验，可通过 Web 浏览器而不是应用程序进行访问。它通过使用诸如 WebGL、WebRTC、WebVR 和 API 等技术来提供基于 Web 的增强现实体验。——译者注

⊜　8th Wall：一款跨平台 AR 开发工具，用于开发 WebAR App。使用 8th Wall 开发的基于 WebAR 的 App可以直接使用手机自带浏览器，通过链接或二维码直接体验。——译者注

统的智能手机，基于网络的增强现实体验均可以直接在浏览器中运行，无须下载应用程序。通常来说，开发完全自定义的体验需要设计者掌握 JavaScript、HTML 和部分 CSS 技术。然而，8th Wall 为设计者提供了预制模板和强大的支持系统，能够帮助设计者更轻松地进入这一领域。另外，8th Wall 所有的编码都是在线共享的，这允许多个用户在同一个文件上工作。虽然使用 8th Wall 设计体验的价格比开发一款完整的应用程序低，但开发者一定要阅读他们的许可要求、每月计费并在预算中考虑这一点。稍后，在第 13 章中，我们将探讨设计师在编码中的作用。

> 小贴士：在使用收费软件时，一定要检查软件的所有许可及订阅收费项目，并在项目预算中计入该费用。

第二家脱颖而出的 WebAR 公司是开发 Vectary[⊖]的公司。Vectary 有一项独特功能，即在浏览器中提供了 3D 编辑器，使设计者可以在同一个地方创建 3D 模型和增强现实体验。如果使用 8th Wall，设计者则需要在其他地方创建模型并导入（Vectary 也提供了上传自己模型的选项）。在同一个地方创建 3D 模型和体验设计的另一个附加优势是，更为便捷地允许用户进行交互，例如，要为用户展现多种颜色时，可以在同一个地方完成所有颜色的创建，无须单独创建每种颜色的模型再上传。我们将在下一章讨论更多关于创建 3D 模型的问题，所以现在还不用担心这个问题。对于设计者来说，最重要的是要掌握不同平台可以实现的功能类型，以便做出相应的设计计划。

2.2.4 智能相机

随着近年来相机功能的不断发展，用户在移动设备上体验增强现实的方法也日渐丰富。苹果公司甚至在 iPhone 12 Pro 系列和 iPad Pro 中搭载了激光雷达（LiDAR[⊜]）扫描仪，如图 2.4 所示，激光雷达扫描仪就是图中与白色闪光灯相同大小的黑圈，用于 3D 扫描和增强现实技术。这一举措的重要性体现在如下两个方面：首先，它将更智能的扩展现实功能置于苹果手机中（无须使用其他任何额外设备），这使得增强现实功能能被更多人接受和使用；其次，这代表着备受期待的苹果增强现实眼镜的发布也近在咫尺。这项技术表明，苹果公司已经能够在极小型激光器中实现强大的长距离空间探测。这一激光器是如此之小甚至很难被用户注意到。你可以看一下自己的手机相机，检查一下其上是否有一个与白色闪光灯差不多大的小黑圈，来确定你的 iPhone 是否具有这个传感器。

对于那些只用相机拍照和录像的人来说，激光雷达相机最大的优势是在低亮度的拍摄条件下能够增强照片清晰度。但对于那些试图获得增强现实体验的用户来说，激光雷达相机可以有更多用途。

⊖ Vectary：一款在线 3D 建模工具，用户可以使用任何设备建模，无须特别安装或者配置，设计的模型将自动保存到云空间里，本地成员可以快速共享和评估 3D 模型。——译者注

⊜ LiDAR：激光雷达，是一款对目标物件发射激光脉冲来测量距离的器件。——译者注

图 2.4　激光雷达扫描仪

你可能对苹果公司的 TrueDepth⊖相机很熟悉，它是为了在 iPhone X 上实现面部识别而引入的。这项技术与激光雷达（LiDAR）类似；不过，激光雷达扫描仪与 TrueDepth 的区别在于前者能识别更大的范围。TrueDepth 相机使用短程红外激光，扫描距离只能达到几英尺（1 英尺 =0.3048 米），因此针对脸部扫描效果较好；而搭载在 iPhone 12 Pro 上的激光雷达扫描仪通过使用脉冲式红外光，扫描距离可达 16 英尺以上。当红外激光击中一个物体时，光线会反射回传感器，红外激光到达传感器的时间越长，该物体的距离就越远，这也可以被称为飞行时间（ToF）相机或三维激光扫描。如果令传感器向所有方向发射光线，就可以创建空间（以及其中物体的）网格或三维地图。根据实际用途的不同，这项技术可以用来了解周围环境，也可以用来创建被扫描物体的 3D 副本。比如当我们知道空间里有一堵墙或一张桌子后，就可以掌握这个物理空间中各项物体的位置关系，并基于此进一步优化所增强的数字物体。例如可以在桌子下方创建数字对象，其中对于物体深度的测量和判断称为**遮挡**⊜。

如果你有过测绘经验，或使用过辅助泊车功能，那你应该会对这项技术很熟悉。同样，激光雷达技术也被应用于其他设备，包括其他头戴式设备，如微软的 HoloLens 2⊜。它是一款用以创建物体及其周围环境三维图像的强大工具。截至本书写作时，其他智能手机也曾试图在产品中应用类似的概念，但并未达到与 iPhone 一样先进的水平。

> 知识拓展
> 遮挡：一个对象在视线中遮挡住另一个对象的情况，这在增强现实中可以增强用户的沉浸感。

⊖ TrueDepth，苹果推出的 3D 摄像头（True Depth Camera），它的主要作用是录入用户的 Face ID——扫描用户面部三维数据，作为解锁屏幕和移动支付的生物识别 ID，搭载于 iPhone X 及以上版本。——译者注

⊜ 遮挡，指一个物体被其他物体遮挡的情况。在增强现实中，这是指物理对象遮挡虚拟对象的现象。——译者注

⊜ HoloLens 2，微软公司研发的混合现实头戴式显示器，于 2019 年全球发布。——译者注

2.2.5 陀螺仪和加速计

也许你认为自己已经足够了解智能手机的功能，但下面两个很重要也很常用的内置功能很可能会被忽略。智能手机除了依赖 Wi-Fi 及网络、相机和处理器来实现移动增强现实，还有两个功能也发挥了至关重要的作用：陀螺仪和加速计（见图 2.5）。基于 x、y、z 坐标轴，陀螺仪和加速计能够协同感知设备的方向和速度。这两个功能经常协同工作，尤其针对各类运动跟踪场景，但它们也具有不同的功能。

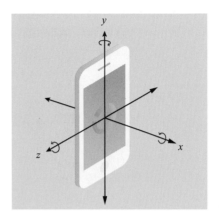

图 2.5　陀螺仪和加速计

□ 陀螺仪：检测运动，如旋转和转动。
□ 加速计：测量加速度或者速度的变化，即速度除以时间。

陀螺仪和加速计都广泛用于包括地图或导航在内的各种应用程序。在谷歌的 ARCore[⊖]中，运动追踪能够帮助手机了解用户周围的空间以及用户与该空间的关系，理解这种关系的过程被称为同步定位与地图构建（Simultaneous Localization And Mapping，SLAM）。最终目标是识别手机的**姿态**。

智能手机主要依靠陀螺仪和加速计来识别摄像头的位置和方向，并通过这两者获得的数据来校准虚拟世界和真实世界，确保数字物体的视角与用户真实世界的视角相匹配。有了这种匹配，用户才会产生真正的**沉浸感**。

> 知识拓展
> 姿态：三维场景中摄像机的位置和方向。
> 沉浸感：体验者认为看到的数字对象属于自己所处的真实世界。

另外，还需要关注智能手机的芯片。如果你是 iPhone 用户，那么你可能知道 AirDrop 功能，它可以实现苹果设备之间近距离的文件共享与传输。如果你附近的人同时打开了 AirDrop 功能、蓝牙和 Wi-Fi，那么你只需轻轻一点，就可以快速、轻松地向他们发送文件（如视频、照片或 PDF）。实现这种快速传输的是手机中嵌入的 U1 芯片。有趣的是，U1 芯片现在也植入在苹果手表中，这是否意味着未来有将其应用于智能眼镜中的可能？

> 小贴士：如果数字对象没有按照用户期望的方式呈现，就会打破用户的沉浸感。打破沉浸感会影响用户对体验的信任。

U1 芯片使用了一种全新的无线技术，称为超宽带[⊜]（Ultra Wideband，UWB）。本书作者开发的名为"tagAR[⊜]"的移动应用，

⊖ ARCore：ARCore 是谷歌推出的搭建增强现实应用程序的软件平台，类似苹果的 ARKit，它可以利用云软件和设备硬件的进步，将数字对象放到现实世界中。——译者注

⊜ 超宽带：超宽带（Ultra Wideband，UWB）技术是一种无线载波通信技术，它不采用正弦载波，而是利用纳秒级的非正弦波窄脉冲传输数据，因此其所占的频谱范围很宽。——译者注

⊜ tagAR：tagAR 是一个为 Android 系统开发的增强现实标记应用，它可以让你实时标记位置，并看到其他用户张贴的标签。——译者注

常用于现实世界的现场活动中（通常来说，所有与会者都将使用这个应用）。它允许你用手机环顾四周，看到每个人头上所显示的增强姓名标签。为了保持实时体验，重要的是只跟踪识别那些离你很近的人，而不是这场活动中的所有参与者，更不是在其他地方使用这款应用程序的人。基于 UWB 技术，开发团队可以创建一个小型本地网络以实现更快、更准确地跟踪。总之，U1 芯片是迈向更强大移动体验的重要一步，而且它已经内置于推动这些体验的移动设备中。

移动增强现实的未来正在蓬勃发展。人们早已习惯了不管走到哪里都拿着手机。然而，如果你试图用手机录制整场音乐会，或使用 GPS 导航走过整个城市，那么你的手会因为长时间拿着手机而感到疲劳。这意味着，即使移动设备已经足够小、足够便携，它仍然存在着物理限制。

2.3 投影映射

数字投影仪和模拟投影仪是增强现实早期的典型应用，它们利用光线将信息投影在物理空间中进行展示。过去的投影机往往是大而笨重的，但现在的投影仪经过改进变得更小、更高效。当前，人们主要在会议室或教室里使用投影仪展示内容。然而，投影仪还可以扩展到更多应用场景。简单投影和投影映射之间最大的区别是图像对物理空间的适应性。从本质上讲，**投影映射**是具备计算机视觉特性加成的投影技术，能够将任何物体转化为显示器，也可以展示根据环境定制的视频、图像和音频。如果你认为屏幕是制约投影仪显示效果的最大障碍，那么假想一下，如果我们不再需要屏幕，当任何地方都可以成为投影仪的投影界面之后，将会发生什么。这就是投影映射的力量。

知识拓展
投影映射：通过视频投影技术，将几乎任何物理物体的表面转化为显示屏的投影技术。

如果你对增强现实及其应用感兴趣，那么投影映射就是你进一步了解增强现实技术的很好切入点。当前随着 Lightform⊖此类产品的面世，投影映射的实现过程已经被大大简化，投影映射的创意成为决定投影映射质量的核心因素。Lightform 的 LF2+ 投影仪通过使用 "可见结构光⊖" 的方式实现对场景的智能扫描。其操作过程分为以下三步：首先，用户需要将投影仪设备接入与计算机相同的 Wi-Fi 网络，然后用投影仪扫描想要投影的场景，以生成该场景的智能图像；其次，使用 Lightform Creator 软件选择要投影到的物体表面，就像在 Adobe Photoshop 中使用选择工具一样；最后，将扫描下来的数字图像（或从 Lightform 库中选择的图像）投射到所选择的物体表面上。据此，只需短短几分钟，设计者就可以创建并

⊖ Lightform 产品可以将物体变成影像投影到显示表面，利用特制的软件，可以用程式投影二维或立体的影像，而且配合物体调整其影像，使影像符合物体及其环境。——译者注

⊖ 结构光：通常采用特定波长的不可见的激光作为光源，其发射出来的光带有编码信息，投射在物体上，通过一定算法来计算返回的编码图案的畸变，得到物体的位置和深度信息。——译者注

体验动态投影映射。

　　Lightform 公司[一]与旧金山花卉博物馆合作，为博物馆带来了更高水准的夜间花卉展示活动（见图 2.6）。在此之前，即使最有经验的投影艺术家也很难做到在投影中直观展示复杂的植物生命，然而，借助 Lightform 计算中心（Lightform Compute，LFC）的扫描技术，无须提前在 Lightform Creator 软件中嵌入植物专业知识的情况下，就能将植物最精微的细节展现得栩栩如生，创造出令观众难以忘怀的视觉效果。

图 2.6　Lightform 公司的夜间花卉展示

　　客户：旧金山花卉博物馆；公司：Lightform；投影仪：Epson L1505U 和 EpsonG7500；软件：Lightform Creator；硬件设备：LFC

　　为了获得身临其境的体验，设计者可以在不触碰物体周边物理世界的情况下，在物体不同区域分别添加不同的数字内容。该软件不仅能够把数字内容投影到平面物体上，还有着更广阔的应用潜力。例如创建交互装置、制作低成本标牌、共享信息、在现实中投射艺术品以及其他任何能够想到的应用方式。

　　Argodesign 公司[二]的马克·罗斯顿（Mark Rolston）和杰瑞德·菲克林（Jared Ficklin）提出了交互式投影的概念，即利用投影和计算机视觉技术，从而创造多用户界面的数字体验。这种投影映射需要数字内容与投影环境相匹配，但如果颜色和对比度使用得当的话也可以很好地融入物体表面。随着投影映射技术变得越来越具有互动性，其应用场景也将进一步扩大。诸如上述 Argodesign 公司正在探索通过交互式投影技术（见图 2.7）使空间协作成为可

　　[一]　Lightform 是美国的一家 AR 技术研发公司，专注于现实叠加虚拟技术领域产品研发制造，让人们可以在不佩戴 AR 设备的情况下也能体验扩展现实技术。——译者注
　　[二]　Argodesign，一家设计公司，总部位于美国得克萨斯州。——译者注

能。空间协作指的是，所有人都观看同一个空间，并可以随意移动该空间内的元素进行协作，而不是各自盯着自己的屏幕。众多研究表明，投影映射技术还可以应用于帮助失聪或听力障碍的婴儿与父母进行沟通，甚至让婴儿和他们的父母一起学习。安东尼（Antony）、布鲁门撒尔（Blumenthal）、邱（Qiu）、特内萨卡（Tenesaca）、Hu（胡）和 Bai（白）六位学者在 2020 年的一项研究中发明了一种新技术，能够将父母在家中为孩子唱的童谣转化为 ASL 符号投射在屏幕上。设计内容可以展示在建筑物侧面、置物架、雕像、水面、岩石等物体上；在某种意义上，整个世界都可以成为你的画布。值得注意的是，由于被投影平面的形状、大小、采光和纹理都能影响到观看体验，在最终展示前，设计者需要提前在不同的地点进行投影实验。此外，投影到采光不同的地方会带来完全不同的观看体验，因此，设计者一定要在一天中的不同时段、采用不同的辅助光源对目标投影场所进行实验。在扫描过程中，设计者需要注意，在全光照环境下扫描效果更好；一旦扫描完成，扫描图像将会被保存，你可以在任何时候进行投影实验。

图 2.7 交互式投影技术——网飞（Netflix）的菜单

设计师：Mark Rolston 和 Jared Ficklin，Argodesign 的创始合伙人；创意技术专家：Jarrett Webb，就职于 Argodesign

在第 3 章中，我们将探讨更多创作 3D 内容的工作流程。现在，还有一条给设计者的建议：投影映射过程中，请不要忘记高效利用空间扫描时保存下来的静态图像。虽然设计者通常设计的是有时序的动态内容，但静态图像也会在以下两个方面很有帮助：第一，如果需要移动投影仪，静态图像可以确定基准视角，以供调整投影位置时参照；第二，在创建要投射的内容时，这一静态图像可以被导入 Adobe After Effects 或其他编辑软件中，以供校准数字内容的位置，使数字内容与物理空间的连接更加精确。

2.4 头戴式显示器

想象一下，现在你正在公园里散步，当你抬起头来，忽然看到一个飞来的球即将打中自己时，你的第一反应是什么？你可能同时会有两个反应：一是躲开，二是保护你的头部。人们大概率都会做这两件事，但先做哪件呢？你的第一直觉可能是抬起手臂来保护自己，以防自己不能足够快地躲开。通过调查一些实验者，请他们展示他们会怎么做，实验结果是每个人的第一反应都是抬起手臂护住自己的头部。

人们会下意识地保护自己的头部，尤其是脸部。理解这一点对于理解可穿戴技术意义重大，因为可穿戴显示器需要穿戴在使用者的头上，并覆盖脸部。就像人们会首先选择采取必要预防措施来防止头部受伤一样，没有人会愿意把任何不信任或不放心的东西戴在自己头上。现在，我们甚至还没有提到人们的视觉将依赖于这个设备的事实。显然，这又会为使用者增加另一层不适。不过，为了尝试这套设备，人们必须克服这种不适。

为了让用户接受头戴式显示器（HMD），我们需要让用户明白它所带来的体验益处。无论是好奇心的满足，还是其他因素，都可能成为其愿意尝试的动机。随着设计过程的进一步深入，我们将致力于帮助用户理解体验的目标，进而观察用户体验将如何影响他们的整体感受。体验的前 1 分钟可以极大地影响一位新用户的整体感受。因此，为了更好地设计体验，你需要首先了解一下 HMD 这项可穿戴技术。

2.4.1 选择你的现实

头戴式显示器（HMD）的技术和设备将在未来几年内飞速迭代创新，因此不必执着于了解其每一个技术细节。对设计者而言，更重要的是要了解头戴式显示器（HMD）的不同种类及作用，以及如何最好地在设计中应用它们。作为设计者，你必须首先确定体验项目具体要采用虚拟现实、混合现实还是增强现实技术。在这一基础上，设计者需要进一步确定需要使用的计算空间，然后明确为哪种类型的头戴式显示器（HMD）创造体验，这样就可以根据设备的限制和特性来调整设计。并非所有的头戴式显示器（HMD）都是一样的，所以在这一点上，并没有一个通用的解决方案。设计者将需要根据不同的头戴式显示器进行有针对性的设计。

2.4.2 追踪方式

不同类型的头戴式显示器的工作原理不同，适用场景也不同。有一个非常有效的方法可以快速筛选出最适合项目的设备，即考虑如何追踪用户的运动、位置和移动方向。大多数头戴式显示器遵循两种追踪方式：**由外向内追踪**或**由内向外追踪**，其中区别主要在于摄像头的位置（见图 2.8）。由外向内追踪方式是摄像机被固定在空间中某个位置，没有连接到用户或任何设备上。这种方式可以实现精准追踪，即使摄像机被挡住看不到用户身体的

知识拓展
由外向内追踪：使用外部摄像机或传感器来跟踪使用者位置并检测运动。
由内向外追踪：使用设备内的摄像机或传感器来跟踪其在现实世界空间中的位置。

某个特定部分，也可以利用用户佩戴的隐形传感器来进行更精确的追踪。然而，这种方式也有局限性，因为它要求用户进入某个预先安装摄像头传感器的特定空间，这降低了其便携性。这种方式当前已被用于视频门铃警报：门铃被固定于门的某个位置，当有人靠近门前时，其运动感应功能将会感应到物体并发出警报提醒屋主。用户可以调整运动传感器的灵敏度，以减少误报数量。对于不会移动的门框这一场景来说，这是一个成功部署由外向内追踪的典型用例。

a）由外向内追踪　　　　　　　　　b）由内向外追踪

图 2.8　追踪方式

由内向外追踪方式是通过内置摄像机或传感器来追踪设备在空间内的位置。这对设备本身的要求更高，但由于追踪器件全部在设备内部，所以会更加便携。设备上的传感器能够检测头戴式设备与空间内各关键点之间的距离，与前文中提到的苹果公司在移动增强现实中所用激光雷达扫描仪的原理类似，绝大多数激光雷达传感器都依赖光束或激光来识别空间位置关系和重新创建空间。因为由内向外追踪的装置更为简单，所以它通常是设计者的首选。

这两种方式的追踪都可以实现实时追踪。过去，由于虚拟现实体验需要精确的坐标跟踪，设计者为了准确的跟踪效果常选择由外向内追踪的方式。然而，随着技术的不断进步，由内向外追踪的准确性已经得到了大幅提高。如今，设计者可以大胆为所设计的体验选择最合适的方案，而不必受限于追踪设备的能力。此外，一部分设备也有为扩展现实体验所专门设计的配套控制器，特别对于虚拟现实和混合现实头戴式显示器来说，这些控制器将以与头戴式显示器相同的方式被追踪，以帮助确定它们在体验中的位置。

2.4.3　虚拟现实设备

头戴式显示器（HMD）是实现虚拟现实的重要组成部分，因为用户只有在戴好头戴式设备、视线被封闭于特定空间内时才会完全沉浸在体验之中。实践证明，这种头戴式设备已经可以做得非常先进，甚至可以仅仅由纸板制成，在 2014 年谷歌 I/O 开发者大会上，所发放的由纸板制成的头戴式设备无疑证明了这一点。只需要将这种纸制设备戴在头上，用户就能使用手机参与到虚拟现实体验中。不过，尽管存在这种 DIY[⊖]虚拟现实的设备，实际上绝大多数的头戴式设备都要复杂得多，价格也更为昂贵。

当我们在谈论虚拟现实头戴式设备时，你可能会听到 Oculus 这家头部社交媒体公司。Facebook 在 2014 年以超过 20 亿美元收购了它，以重金押注虚拟现实的未来。被收购后，Oculus 继续推进技术发展，当前已发布无接触式虚拟现实设备 Oculus Quest 2。相比于此前虚拟现实设备必须连接到功能强大的 PC 端以减轻设备的处理负担，Oculus Quest 2 大大减少了此前虚拟现实设备所受的限制。用户反馈也证明了该设备的先进性：Facebook 首席执行官马克·扎克伯格在一次发布会中提到，90% 使用 Oculus Quest 2 的用户是第一次接触虚拟现实。

毋庸置疑，越来越多的人愿意参与到虚拟世界中来。如今，Facebook 仍然在继续探索如何将虚拟现实打造为一个具有社会性的公众参与空间。

在虚拟现实设备领域，其他值得关注的（或是取得巨大进步的）公司还包括 HTC VIVE[⊜]、Valve[⊝]、三星、谷歌、高通和索尼的 PlayStation。

2.4.4 增强现实与混合现实设备

"智能眼镜"这一术语的出现用以帮助区分这些增强现实和混合现实可穿戴设备。智能眼镜有两种信息显示方式，一种是使用小型 LED 投影仪在镜片上显示信息，另一种是一半玻璃一半屏幕的显示镜片，也叫混合镜片。这两种镜片都允许光线通过，使佩戴者在看到物理世界的同时，也可以在舒适的观看距离内看到增强信息。在佩戴不同的用于增强现实和混合现实的头戴式设备时，要注意其视野范围，因为视野决定了获取的增强信息的复杂度。视野较小的眼镜大多只会提供一个较小的矩形显示视图，可能只会放置在一只眼睛前面。视野较大的眼镜则提供更大的视野范围和更真实的沉浸式体验。在不戴任何眼镜的情况下，人的视野水平视角约 210°，垂直视角约 150°。在增强现实和混合现实头戴式设备中，对于大视角的定义通常为 50°。目前，Magic Leap 1 和微软的 HoloLens 2 已经实现这一视野范围。

对于头戴式设备来说，设计者需要在更大的视野范围与设备的便携性之间取得平衡。能带来更深入的沉浸式体验的可穿戴设备往往看起来比普通眼镜要大，通常由一根环绕整个头部的带子将其固定在用户头上。而智能眼镜看上去与普通眼镜大致相似，但视野通常较小。基于全息图像和衍射技术，微软所开发的 HoloLens 2 已经被广泛应用于远程培训和协作领域。出于这些目的，一款更大的头戴式设备是可以接受的，但可以想象，这并不适用日常出门佩戴。Magic Leap 1 为用户提供了完全沉浸式的体验与更清晰的颜色显示，并通过空间音

⊖ DIY 是 "Do It Yourself" 的英文缩写，意思是自己动手制作。——译者注
⊜ HTC VIVE 为业界领先的 VR 虚拟现实游戏设备产品（VR 眼镜 /VR 头盔）品牌，它结合了激情、天赋和创新，通过高新的技术和内容实现了虚拟现实的承诺。——译者注
⊝ Valve 是 Valve Corporation（维尔福集团）的简称，1996 年成立于华盛顿州西雅图市，是一家专门开发电子游戏的公司。——译者注

频和振动触觉提供了多模态感官体验。在接下来的章节中，我们将更多地谈及这些优势。复杂的功能确实会更快地消耗电池电量，这也正是当前开发者正在着力解决的另一个挑战。

在智能眼镜领域，Vuzix[一]和 Snap[二]都是值得关注的公司。Vuzix 在其最新更新的 Blade 眼镜（刀锋眼镜）中添加了微 LED 投影功能。这项技术可以独立实现像素级控制的投影，而不只是针对屏幕恒定光流的投影。Snap 在其发布的 Spectacles 智能眼镜中搭载了两个对称的面向外部的摄像头，这可以帮助用户以 3D 方式捕捉周围世界。这两款眼镜都需要依靠智能手机来完成体验和内容存储。

通常而言，在头戴式显示设备这一领域，特别是可以被视为普通眼镜的智能眼镜领域，在实现重大技术进展方向备受关注。截至目前，苹果和谷歌等公司已经发布了多款备受期待的虚拟现实眼镜。2020 年，谷歌收购了赢得多个最佳头戴式设备奖项的 Nreal 公司。智能眼镜领域其他值得关注的还有 Facebook 的 Aria 项目、高通公司创造的"XR 浏览器"计划，微软公司也开始在这一领域布局。

2.5 摄影测量

随着扩展现实技术的发展，我们身处的世界正在成为一种新的界面。空间计算技术发展迄今，人和计算机之间的交互变得更加人性化。我们可以挥挥手就使物体靠近吗？可以仅仅看某个物体一眼就让它回应我们吗？是的，这些都可以实现。

作为使用者，在第一次参与扩展现实体验时，往往要先了解周围环境。对于虚拟现实体验者来说，这通常意味着需要在将要发生交互的空间周边走动，即建立活动空间。然后，体验者才能进入完整的虚拟环境。在大多数情况下，虚拟现实环境与体验者周围的物理环境之间不会有更进一步的联系。

然而，对于混合现实体验，在启动之前通常需要进行全面的房间扫描。如果某个混合现实体验依赖用户所处的环境，那么它首先需要创建该场所的"数字孪生"版本。不同的系统有不同的方法来实现这项工作，但工作理念都是一致的。当用户环顾混合现实空间时，所有能被设备记录到的表面都将被映射。通常来说，用户可以通过网格叠加的形式获得视野中物体被增强后的视觉反馈。这种视觉反馈有助于计算机对用户所在空间的深入捕捉和了解。

以 Magic Leap 1 设备为例，在启动扩展现实体验之前，它首先会使用 9 个传感器对用户所在的空间进行全面扫描。当用户环视房间时，周围的地板、天花板、墙壁和大型家具上会出现网格覆盖层，该层可以扫描并获取房间角落、边缘和表面的信息。对空间完成一定程

○ Vuzix，位于美国纽约的科技公司，主要业务为制造和销售智能眼镜。公司成立于 1997 年，于 2019 年上市。——译者注

○ Snap，阅后即焚软件 SnapChat 的母公司，截至目前已发布三款智能眼镜，品牌名为 Spectacles。——译者注

度的扫描之后，用户才能完整进行体验。设备会记录最近一次扫描的信息，以备用户需要在之前离开的地方继续体验。

空间计算将用户的视觉互动场景融入真实的物理空间中，而非局限于矩形显示屏内。在这种情境下，用户能够同时追踪空间中的物理对象和数字对象，了解对象之间的位置关系，甚至可 360° 全方位地看到并了解哪些物体更高、更矮、更近、更远。这一方式可以校准真实空间和数字空间之间的差异，使用户的沉浸感更加真实，整体体验更加流畅可信。

Magic Leap 在发布其第一款头戴式显示器（智能眼镜）时（见图 2.9），同步分享了鲸鱼从地板上冒出并在房间里喷水的图片，以及其他能够无视物体体积比例，融合虚拟与真实的图像，例如将大象放在用户的手掌上。这些三维图像能够使设计者通过展现物体和环境之间的夸张比例来尽情发挥想象力。借助头戴式设备所嵌入的传感器，基于先进的空间计算技术，使得完整数字空间复制（即前文提到的"数字孪生"）变得易于实现。当物理空间被成功映射后，该设备不仅可以将数字三维物体分层投射在物理空间中，甚至能够让它们看起来尤如在真实世界般栩栩如生，这一切都源自空间计算的强大力量。

图 2.9　易于佩戴、控制和收纳的 Magic Leap 1 智能眼镜（使用空间计算技术）

摄影：Bram Van Oost，就职于 Shutterstock

前文中谈到的 iPhone 12 Pro 上搭载的激光雷达扫描仪类似，头戴式设备也可以利用空间计算技术来创建整个空间的数字地图，这其中的原理被称为**摄影测量**。借助摄影测量技术，仅仅使用智能手机就可以创建周围空间的完整 3D 图像：首先，通过手机相机拍摄一系列照片；然后，通过深度传感器和物体测距来捕捉空间信息；最后，结合空间信息与照片集合，创建出真实空间中物体或场景的现实 3D 模型。这一复杂过程可以抽象概括为以下两步：第一步为用摄像机捕捉场景或物体，第二步是使用摄影测量技术合并所有图像并重建物体的完整网格和纹

知识拓展

摄影测量：指针对现实世界中的物体或场景，通过捕捉、测量和整合一系列三维图像，最终创建数字复制品的过程。

理。iPhone 12 上的激光雷达扫描仪能够使这一过程变得更加容易：只需短短几分钟就可以创建物体的 3D 扫描模型。一所建筑的摄影测量图如图 2.10 所示。

图 2.10　一所建筑的摄影测量图

项目主任：副教授 Ken Harpe；制作艺术家：Aubrey Moore

如果要创建高分辨率的图像，通常需要使用高质量相机，如数码单反相机 DSLR 或可以拍摄高分辨率的 RAW 格式照片的相机。但如果只是要体验移动增强现实，iPhone 12 Pro 系列现有的功能就能满足。摄影测量的扫描结果更加逼真，设计者需要在设计之初就确保体验中数字元素的整体外观和风格与之搭配。

摄影测量捕捉图像的方法主要有两种：第一种方法是站在原地以 360° 的视角捕捉整个空间，第二种方法是保持物体静止，用户围绕该物体移动，从各个角度捕捉它。第一种方法多用于创建场景或环境的完整网格。例如用于创建西斯廷教堂的数字复制品，并允许创作者在虚拟现实中分享这一数字体验，这样观看体验的人就可以身临其境，体会走入教堂看到米开朗基罗宏伟艺术作品时的震撼。第二种方法则将帮助用户捕获独立的三维模型。比如将一个苹果放在桌子上，将其分为上、中、下三部分，并从各个角度捕捉它。所捕获的 3D 模型可以被应用在任何增强现实或虚拟现实的沉浸式空间中，用户可以像在现实世界中一样在它周围走动。

图 2.11 所示是一件运用第二种方法创建的头骨艺术品的 3D 模型。摄影测量技术的应用可以说得上历史悠久，例如谷歌街景就已应用了摄影测量技术，即通过 360° 环绕拍摄物体构建其 3D 模型。然而，随着技术的发展，现在比以往任何时候都更容易捕捉和创建网格，摄影测绘的实际输出过程也变得更加快捷、更加简便。

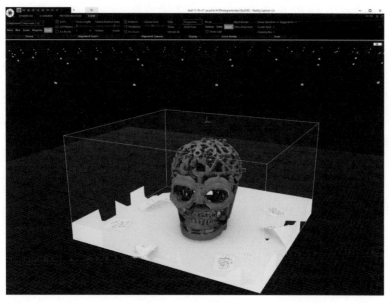

图 2.11 摄影测量模型

摄影师和制作艺术家：Ken Harper；创作者：艺术家 Manfred Zbrzezny，也是伊比利亚 Brewerville 市 Fyrkuna 金属工艺品工厂的所有者

　　如今，可以使用多种格式的设计工具实现摄影测量。例如 Unity 科技公司[⊖]（Unity Technologies）为设计者提供将电脑上的照片集转换为 3D 模型或场景的软件；在线应用 Sketchfab[⊜]可以使设计者快速有效地创建和分享 3D 模型；Laan Labs[⊜]的 3D 扫描应用可以直接与具有激光雷达功能的手机协同运行；Init ML 公司所开发的应用程序 ClipDrop[®]软件提供了摄影测量技术的创新应用方式，它可以帮助用户扫描并识别现实生活中的任何物理对象，并将其复制粘贴在 Adobe Photoshop 或类似的图片编辑程序中以备使用。尽管这种方式并没有捕捉到完整的 3D 模型，但对于用户来说不失为一套强大、丰富、快捷的增强现实解决方案。

　　与许多扩展现实应用类似，在运用摄影测量技术扫描图像的过程中，光线是决定生成图像质量的重要因素。拥有一个无影稳定光源将提高扫描速度和最终输出质量。建议在 LED 灯光环境下进行扫描，因为 LED 灯可以提供稳定一致的色调。此外，物

> **小贴士：** 如果你想观察 3D 对象如何在 2D 中复制，你可以直接扫描它，并把它载入平面屏幕上进行探索，而不必须要遵循 2D 到 3D 的顺序。

⊖　Unity 科技公司，实时 3D 互动内容创作和运营平台，于 2015 年成立于美国。Unity 平台为游戏开发、美术、建筑、汽车设计、影视等设计者提供一整套完善的软件解决方案，将设计者的创意变成现实。——译者注

⊜　Sketchfab，在线 3D 模型聚合平台，为用户提供 3D 视图展示服务，利用 WebGL 工具将用户上传的 3D 模型展示出来，用户还可以将自己的作品放入自己的网站中。总部位于美国纽约。——译者注

⊜　Laan Labs，增强现实应用开发商，于 2018 年发布 3D Scanner Pro 应用程序。——译者注

⑭　ClipDrop 是一款主打增强现实复制粘贴相关功能的手机应用，于 2018 年上线。——译者注

体表面材质的不同也会影响扫描后的输出质量，如反射面、透明材质、结构细节和移动物体的出现等都会产生影响。如果你曾经用 iPhone 拍摄过全景照片，就会发现当有人在平移拍摄的空间内移动时，会导致最终拍摄图片中出现跳变现象。在运用摄影测量进行扫描时也是如此。因此，找到一个没有移动物体的空间，或尽量减少物体移动，是扫描成功的基础。

经过本章的讲解，相信此刻你对激光雷达（LiDAR）传感器、深度传感相机和移动增强现实技术已经有了一定了解，你正在逐渐打开一个有着众多技术选项的扩展现实世界。这些技术正在影响建筑、新闻、医学、艺术，甚至社交媒体等领域。虽然这些技术可能有时会让你感到困惑，但了解这些技术的基本原理和使用方式远比单纯记住某个最新产品的名字更重要。正如我们在第 1 章中所谈到的那样，我们的目标是帮助读者掌握进行下一步设计的基础知识，以便读者可清晰地为自己的扩展现实项目制定最佳设计方案。

设计挑战

扩展现实头脑风暴

你将需要：

☐ 素描本或纸；

☐ 记号笔。

了解扩展现实的应用之后，下一步就是开始头脑风暴。

首先，观察你所处的房间四周，并思考：1）房间的用途，包括房间里通常会发生什么活动。2）你是如何使用这个房间的，想象其他人会如何使用这个房间。3）如何利用扩展现实技术来增强这个房间原本的功能。4）通过在这一空间内增加信息层，会有助于房间内的哪些活动？

其次，列出你所处的房间十种不同的用途，然后从这些用途中选出你最感兴趣的三种，并简单画出相应扩展现实体验的草图。例如，墙上的增强时钟或者门边展示实时天气情况的应用。

第 3 章　*Chapter 3*

沉浸式体验

在本章中，我们将探讨沉浸式体验的整体策略与实现细节。我们将从如何设计 3D 图形开始，逐步扩展到如何使设计出的 3D 图形更友好且更易于交互，最后，我们将研究人的感官系统与周围的 3D 环境的交互。本章要点如下所述。

3D 世界：通过将复杂的事物拆解成较小的元素，并在此基础上排列组合，你会发现，创建 3D 模型实际上比想象中要容易。

示能设计：人们在现实世界中与物理对象进行交互的方式，可以启发人们与虚拟世界中的数字对象进行交互。

多模态体验：用户体验扩展现实的方式有很多，但是如果能够让用户以物理世界中所习惯的多种模式进行交互，将会大大提升用户体验。

3.1　3D 世界

毋庸置疑，我们正生活在一个 3D 世界中，你对 3D 的理解甚至可能比对 2D 还要深刻。大多数设计师需要刻意训练平面图标的制作，学习如何将物理世界中的复杂目标抽象为简单的几何形状。当然，这种观点并不改变以下事实：用仅支持 2D 空间的电脑来设计 3D 世界中的物体仍然是一件困难的事情。对 3D 空间的充分理解与亲身体验能够使我们能判断 3D 设计是否合理。虽然这一过程中仍然存在一系列挑战，但如果将设计目标逐一分解，整个流程将会变得更加可行。首先，图形仍然是构成设计目标的本质，在 3D 设计中仍然离不开那些 2D 设计中常见的形状，只是 2D 形状变成了 3D 形状，如正方形变成了立方体、圆变成了球体、直线变成了细长的圆柱体。3D 模型的基础构建从上述原始的立体图形开始，这些立体图形构成了图元（原始图形库）（见图 3.1）。通过对图元的排列组合，可以轻松地创造更为丰富的图形。

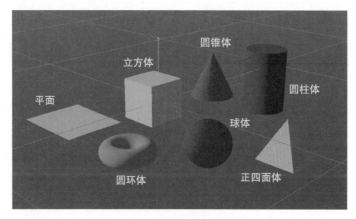

图 3.1 图元

如图 3.2 中的桌子是由且仅由软件（Adobe Dimension）中的立方体构建的。你认为它用了多少个立方体？5 个？6 个？280 个？这些答案中的任何一个都可能是正确的，实际上的数字可能会更高。这完全取决于如何构建这一图形，以及如何细分这一图形以获得最终的复杂度和对细节的控制。从整体上看，一个图形可能相当复杂，但实际上，它仍然是由那些我们熟悉的图元（见图 3.3）构成的。

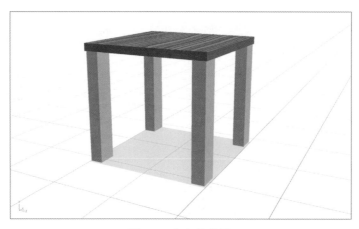

图 3.2 立方体桌子

图 3.2 所示的桌子由五个立方体构成，一个放置于顶部（命名为桌面），剩余四个置于其下方为桌腿（依次命名为立方体 2、立方体 3、立方体 4、立方体 5）。在这一例子中，我们选用了尽可能少的图元来构建这张桌子；然而，如果我们希望这一模型结构能够被进一步拆解，可以选择将多个立方体垂直堆叠来构建桌腿。

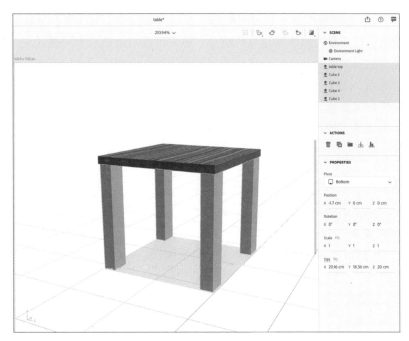

图 3.3 立方体桌子分解

　　图 3.3 中图元的形状由包含长、宽、高的三维坐标系定义。图元在系统中的位置由含正负向延伸的（x，y，z）坐标表示。x 轴表示水平轴（横轴），坐标值从左向右递增。y 轴表示垂直轴（纵轴），坐标值自下而上递增。二维坐标系仅包含横轴与纵轴，但在三维坐标系中，增加了用以指示深度的 z 轴，自后向前递增（见图 3.4）。z 轴的增加允许图形向更高维度延伸，由此产生了体积的概念。这三个轴统称为**坐标轴**。通过图 3.4，我们可以直观感受 2D 和 3D 的视觉差异，2D 图形仅使用（x，y）二维坐标系，而 3D 图形使用（x，y，z）三维坐标系。

知识拓展
坐标轴：三条于某一中心点正交的数字标记线，用以为三维空间中每个点的位置提供参考系。x 轴、y 轴和 z 轴定义了三维坐标（x，y，z），用于表示空间中某一点的位置。

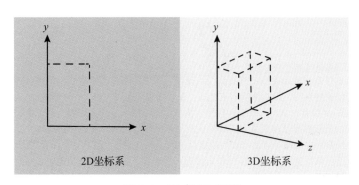

图 3.4　2D 与 3D 图形

3D 设计需要理解模型中的一系列附加属性。与平面设计中关注勾勒形状并填充颜色不同，三维图像的设计需要与整体场景有机结合。这一过程与摄影技术异曲同工。首先，需要设计一个场景；然后，需要一个可以移动并捕捉合适镜头的相机；之后，调整光线直到其符合设计要求；最后，通盘考虑整体构图。在完成拍摄后，需要对照片进行后期处理，通常情况下需要将图像文件从相机存储卡传输到电脑，这在 3D 设计中相当于渲染过程，用于插图、动画或是增强现实体验的模型文件均需要经过渲染产生。下面对 3D 设计流程中的一部分术语进行逐一解释。

3.1.1 样条

除图元外，还可以使用自定义路径来创建有机形状并将其转化为三维图形。大多数 3D 应用程序使用**样条**来创建曲线。如果曾使用 Adobe 公司开发的 AE 图形处理软件（Adobe After Effects），可以将它理解为路径。基于样条的设计流程从创建样条曲线并进行相应**凸出**处理以生成几何图形开始。基于此，可以进一步产生自定义的三维图形。如果曾尝试用钢笔工具⊖绘制贝塞尔曲线，则可以将这一概念与之联系起来。在 Adobe 公司所开发的其他应用（比如 Adobe Illustrator⊜）或同类基于矢量进行设计的软件中，可以发现相似的概念。对于那些习惯使用钢笔工具、借助锚点和路径不断调整曲线角度的设计师来说，创建与拖拽样条线将会是一件易于上手的事情。事实上，一些 3D 设计应用，比如 Cinema 4D⊜（由 Maxon 公司开发），都允许用户直接从 Adobe Illustrator 导入路径。

将样条与各种生成器相结合，创建的内容将不再受限于基本几何图形的排列与组合。然而，还是强烈建议读者先从熟悉原始图形开始。一旦掌握了如何使用基础图元来构建更为复杂的图形，那么也就顺理成章地掌握了样条的使用。借助生成器对象，可以基于样条创建 3D 几何图形。图 3.5 展示了生成几何图形的四种生成器。

> **知识拓展**
>
> 样条：至少由两点定义的三维曲线。基于此，可以使用任意曲线（或是直线）组合出目标物品的框架结构。
>
> 凸出：沿 z 轴添加点或线，将 2D 路径或样条扩展到 3D 空间的方法。如凸出一个 2D 椭圆，它将会变成一个 3D 圆柱。

⊖ 钢笔工具是 Adobe Photoshop 中非常典型的矢量绘图工具，是最基本、最常用的路径绘制工具，使用该工具可以绘制任意形状的曲线或直线路径，使用它绘制的路径非常精确，将路径转换为选区后就可以选中图层进行精确的抠图，因此，钢笔工具又是非常重要的抠图工具。——译者注

⊜ Adobe Illustrator 简称"AI"，是一种应用于出版、多媒体和在线图像的工业标准矢量插画的软件。作为一款非常好的矢量图形处理工具，该软件主要应用于印刷出版、海报书籍排版、专业插画、多媒体图像处理和互联网页面的制作等，也可以为线稿提供较高的精度和控制。——译者注

⊜ Cinema 4D 是一款由德国 MAXON 公司出品的三维软件，拥有强大的功能和较强的扩展性，且操作极其简单。随着功能的的不断加强和更新，Cinema 4D 的应用范围越来越广，涉及影视制作、平面设计、创意图形和游戏开发等多个行业。——译者注

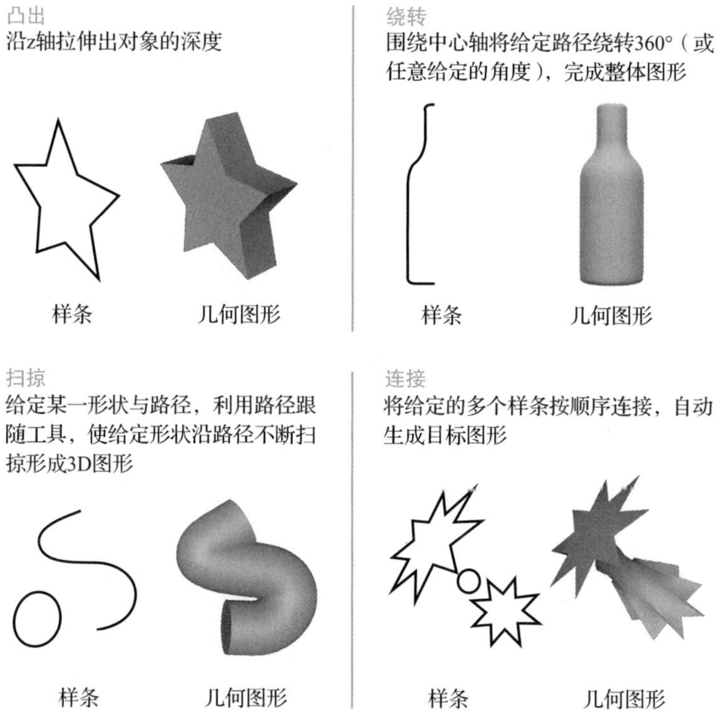

凸出
沿z轴拉伸出对象的深度

样条　几何图形

绕转
围绕中心轴将给定路径绕转360°（或任意给定的角度），完成整体图形

样条　几何图形

扫掠
给定某一形状与路径，利用路径跟随工具，使给定形状沿路径不断扫掠形成3D图形

样条　几何图形

连接
将给定的多个样条按顺序连接，自动生成目标图形

样条　几何图形

图 3.5　几何生成器

3.1.2　网格

　　三维图形由点、线和面构成。所有这些元素（以及元素之间的关系）共同构成了**网格**。这一网格即为三维几何图形的可视化表示。例如，我们可以轻松创建立方体或是球体的三维网格。

　　网格中元素之间的关系有助于我们定义图形的整体形状。两条（或多条）边相交的点称为**顶点**。当顶点的数目多于一个时，称之为顶点簇，如图 3.6 所示，图中突出显示的 7 个点即为顶点。

　　多个点与线构成的完整闭合形状称为多边形。三角形、正方形、矩形、正五边形都属于典型的多边形。多个多边形能够构成一个完整的立体图形。如果你想要设计一个立方体，那么它的每一个面都将是正方形。因此，如果想要创建完整的立方体，则需要将六个多边形（此处特指正方形）连接起来。随着图形复杂度的增加，创建三维图形所需要的多边形数量也会相应增加。不

> **知识拓展**
> 网格：由点、线和面构成的结构对象。
> 顶点：两条以上的边相交的点，本质上是一个角。

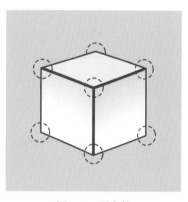

图 3.6　顶点簇

过，在真正的设计任务中，所需要使用的多边形数量与模型的应用场景息息相关。构成目标图形的多边形越多，模型看起来就会越平滑，所以，你可以按照实际需要来适当增加多边形的数量。

与此同时，请不要忘记，多边形的数量越多，模型处理的复杂度就越高。换句话说，构成立体图形的多边形越多，对模型加载速度与渲染的输出质量产生负面影响的可能性就越大。如图 3.7 所示，左边的球体主视面由十六条线段构成，而右边的球体主视面由 31 条线段构成。线段越多，构成球体的多边形也就越多，图形的边缘也就越平滑。但所需要的多边形越多，图形文件也就越大。在扩展现实项目中，明晰这一点尤为重要。如果是为电影设计某个动画片段，那么选用最高质量的图像没有任何问题，因为一旦完成渲染后，电影回放的性能不会受到太大影响。然而，在增强现实中，设备的处理能力是有限的，尤其在移动 AR 或者 WebAR 中，用户体验往往依赖于端侧（手机侧）处理器。所以，需要根据实际情况调整多边形的数量，以用更少的资源实现更佳的效果，增强现实体验的加载时间越短，用户的性能体验就越好。如果你的文件太大，则所展示的对象甚至可能加载不出来，而且也不会有任何提示说明原因。为了避免这种情况发生，最好一开始就将运算效率考虑在内。正如一张没有针对网页浏览进行优化的图像可能会导致页面加载延迟甚至失败一样，增强现实中的3D 模型也是如此。

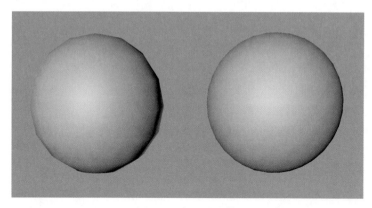

图 3.7　多边形球体

3.1.3　材质

完成网格创建之后，会产生一系列灰色的图形。让我们首先从**材质**入手，材质属于能够为网格添加的物理属性。如果将你所设计的网格想象成人体，那么材质就是你为它所穿上的衣服；如果将你所设计的网格想象成房屋，那么材质就是你为其所定制的室内装潢，材质的形状要与网格的结构相匹配。本质上来说，材质是一种可以赋予对象（物体）的属性，它决定了对象的外观。就像现实世界中的材料

知识拓展
材质：赋予对象的物理属性，决定其在环境中的外观。

一样，这些数字化材料特质将决定光线如何与不同表面相互作用，也将决定对象的颜色与纹理。材料可以是透明的、不透明的，或者是反光的。

包含**纹理**属性的材质与标准材质略有不同，因为它们重新定义了 3D 对象的表面。举个例子，你可以在地面上铺设多层材料，包括但不限于木材、砖头、水泥等，但对同一对象只能应用一种纹理。只有将纹理添加到材质中，纹理属性才会起作用。因此，如果不定义纹理在对象上的显示方式，就无法定义纹理。

另一种在模型表面添加图像的方法是 UV 映射。这种方法的原理是将 3D 模型的 x、y 和 z 坐标展平为 2D 平面进行处理。UV 这个名字没有什么特殊含义，只是用以指代这一方法。将 x 轴转化为 U 轴，y 轴转化为 V 轴，如果模型有 z 轴或者是深度轴，则将其转化为 W 轴。

使用字母 U、V 和 W 是为了与 x、y、z 坐标系区分开来，方便起见，按字母表顺序排列。UV 映射是三维空间在二维空间的展开表达。对于设计师来说，一种常用的操作方法是在 Adobe Photoshop、Adobe Illustrator 或类似应用程序中预先创建好需要的 UV 贴图，然后在 3D 图像设计程序中将其导入，以包裹在设计物理周围。

为了更好地控制模型的外观，还可以为材质添加着色器信息。这类信息存储了关于物体外观的相关数据。顾名思义，着色器能够利用梯度渐变，甚至通过创建自定义阴影来产生明暗效果。这些也能够让物体看起来具备科幻感与现代感，甚至可以用来改变物体的色调。当你已经熟练掌握 3D 模型、材质和纹理后，不妨尝试使用着色器工具来获得更具个人风格的模型外观。

3.1.4 视角

你的眼睛就是一台能够帮助你捕捉现实世界中场景的相机。从在这个角度思考，相机视角的概念本质上就是为观看者提供一个固定的视角。在视频或电影中，导演可以控制观众在某个时间点观看特定的场景。而在设计三维模型时，显然并不适用，不过我们可以通过设置固定的视点，来引导观众从某一角度观看一个对象。设置视角的方式称为透视，通过设定目标对象的这一属性，能够影响使用者在增强现实世界中首次看到这一对象时的观察角度。你可以选择像相机那样使用固定角度来展示目标对象，以确保无论用户在哪里、以什么方式进行观察时，目标对象所呈现的角度总是保持不变的。如果不设定某一固定的视图，那么用户可以完全控制自己的观察角度，他们可以选择任意一个自己喜欢的角度来观察对象。你可以将相机想象成为目标对象所设计的观察点。人们常常使用 3D 软件来制作海报或广告，当然也可以制作宣传短片。这类宣传短片的目的是突出人们可以在不同的环境中（比如阳台或院子里），而不仅仅是高档餐厅享用美味的食物，所以这里强调了随处可得的"阳光"。如图 3.8 所示的左上角图像展示了完成渲染之后的图像效果，右上角的图像则展示了在添加材质与纹理特性之前的整体场景，底部缩略图展示了在整个三维场景中，不同相机视角所展示的视图效果。

图 3.8　阳光下的野餐（阳台上或者院子里）

设计师、插画师和动画师：Jared Schafer；创意总监：Paul Engel；执行制片人：Brendan Casey

3.1.5　光源

我们之所以能够看到身边的一草一木，离不开光的作用。要让用户看到所创造的物体或是场景，也离不开光。你可以自主决定数字世界中光源的强度与特性。正如拍照时往往需要搭配闪光灯一样，在设计或体验 3D 场景时，也需要搭配合适的光源。

在扩展现实领域，光源是场景中必不可少的一部分。这不仅是因为光照能够为场景区域带来明暗变化，还因为光源的存在可以让虚拟物体与周围的环境更为和谐。这是一个相当重要的话题，我们将在第 11 章中进一步探讨。不过现在，让我们先抬起头观察一下身边的事物，无论你在哪里，无论现在是一天中的什么时候，你都可以找到身边物体所投下来的影子。不妨注意一下这些影子处于什么位置、颜色有多深、移动趋势是怎样的。如果你想要在身处的空间中添加另外的物体，那么它需要有一个和环境中其他物体类似的阴影，才能够显得更逼真。就像我们想要将分布在多张照片中的人像合成为一张集体照时一样，在将人像裁剪出来放在一起之后，还需要创建统一的光源，以使得集体照看起来更真实。在数字世界中，我们也应预先设定好光源的位置，并让所设计的每个元素的光影处在合理的方向。

好消息是，已经有了一系列计算机视觉技术来帮助你完成这项任务。掌握在虚拟现实中创建多个光源是必备技能。这里的光源包括环境光源和方向光源。在场景中，阳光比人造光产生的阴影更明显，颜色也更深。我们可以通过设计不同体验来深入理解这一点；下一个挑战是在数字环境中重建真实世界中的光源系统。在第 11 章中，我们将进一步探讨关于光源的内容，对不同类型的光源进行分解，并给出默认选项与手动调节参数的最佳实践。

> 小贴士：在设计光源时，请先移除对象的材质属性。因为物体的材质可以改变其反射光线的方式，甚至影响光线的颜色表现。在完成光源设计后，再重新赋予对象材质属性。

3.1.6　场景

在设计 3D 物体时，需要将整个场景都纳入考虑范围。这可能会让那些习惯了为海报或是屏幕进行二维设计的设计师们感到有些不适应。所以，像其他事情一样，要逐步进行。首先创造一个简单的基本立体图形。然后，使用基本立体图形来组成更复杂的对象；在此基础上再进一步构建目标物体。从这里开始，我们可以逐步添加光源，来模拟自己想象中的环境。现在你有了一系列灰色的三维图形，尽管它们的形状相当准确，但是看起来总还是缺了一些灵魂。下一步就是添加材料和纹理，以使它们看起来更加逼真。在完成以上所有步骤之后，你需要从大局出发，通盘考虑视角与环境。

环境是 3D 对象所在的空间，主要包含照明与背景。在虚拟现实中，环境是用户将要沉浸其中的数字空间的关键组成部分。当你想到环境一词时，首先映入脑海的常常是一个立体模型。立体模型指的是对更大的三维场景的微型复制品。它们对于制作场景的视觉原型很有帮助。如图 3.9 所示为四年级学生的科学项目"湿地立体模型"俯视图。当你进行三维环境设计时，在脑海里想象一个迷你版的小空间（就像制作立体模型那样），将会让你的设计更为高效。无论如何，你需要一块地板。这将会是所有对象的锚点。即使你只创建了一个 3D 模型，也仍需要确定地板的位置。这一位置由 y 轴（垂直坐标）的值表示。如果你想要让目标物体放置在地面上，那么你需要按照地板的垂直坐标相应定位物体的底面。如果你希望物体飘浮在半空中，那么就需要相应调整物体的 y 轴坐标来将其抬高。地面位置有助于定位对象与环境的关系。这一点表现在用户的视野中就是光源所产生的阴影位置，以及阴影在地面上铺开的形状。除此之外，还需要将所有不同元素融合在一起。

对于增强现实来说，也许只识别背景和物体就可以实现一次基础设计。但在虚拟现实的设计中，设计者必须要完整地进行整个空间的设计。这可能包括天花板（或是天空），也可能包括墙壁。你可以选用二维贴图方法，或者通过分层部署更多 3D 模型来完成环境开发。不要忘记视觉原型，你需要逐个创建其中所存在的所有物体，并借助 (x, y, z) 坐标将它们放在合适的位置，以构成整个虚拟空间。最终，每个元素都应该像微缩版的视觉原型一样，严丝合缝地融入它所在的环境。

图 3.9　湿地立体模型

摄影师：Ira Susana，就职于 Shutterstock

这一系列动作极为依赖你的构图审美与布局技巧。在三维空间中，往往需要一点时间来不断试错，以找到视觉上的平衡。随着所设计的空间构图越来越多，你将逐渐掌握运用自己技能的诀窍：理解视觉重量与设计媒介的平衡。在本书后文中，当我们进一步研究设计层次与感知理论时，将会对这一点进行更为深入地探讨。

3.1.7　渲染

当你使用 3D 软件进行设计时，很可能你在工作时所看到的图像和最终呈现给用户的并不一致。在完成整个模型及场景的创建之后，还需要对它进行渲染。**3D 渲染**是将设计者所创造的 3D 内容解释为某种能够与观众共享形式的过程。图 3.10 所示为完全渲染的木星内部结构的 3D 模型。虽然许多应用软件允许设计者预览渲染之后的效果，但是这种预览通常质量不高，因此常常无法准确展示材质和光源所带来的影响。本质上，在完成渲染过程之前，你所设计的模型或场景都不是完整的出品。一些应用为设计者提供了低分辨率渲染的选项，建议大家合理使用这一选项来确认最终输出的光源、材质与背景等主体轮廓与设想是否一致。

随着增强现实与混合现实的发展，渲染需求大大增加，因为模型需要在用户体验中实

> 知识拓展
> 3D 渲染：将 3D 模型转换为可在屏幕上显示的 2D 图像。

时进行修正并完成渲染。这也推动了许多应用为设计者提供了实时渲染引擎。Unity[⊖]与 Blender 均提供了这一选项。Blender 是免费的开源 3D 设计软件，使用 EEVEE 实时渲染技术。而 Unity 则提供了精灵（Sprite Render）工具以允许用户针对不同的使用场合进行优化。对于更高的质量渲染，可以采用高分辨率渲染流程（HRDP），对于移动应用，可以选用轻量级渲染流程（LWRP）。Vectary[⊖]为我们提供了实时在线渲染的可能性。我们称为物理渲染（PBR），其可以实时对光线、阴影与反射进行计算。它的工作效率依赖于你的网速与带宽，因为它是一个网页程序。

另外一系列受欢迎的三维建模程序包括 Cinema 4D 和 Adobe Dimension。后者有着独特的优势，你可以使用 Adobe Photoshop 和 Adobe Illustrator 从最基础的二维形状开始创建自己的模型。完成基础设计工作后，你也可以通过 Adobe Photoshop 导出文件，并基于 Adobe Dimension 进行渲染。

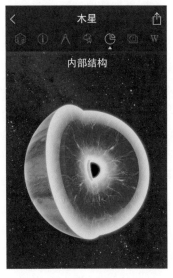

图 3.10　完全渲染的木星内部结构的 3D 模型
来自 "Star Walk 2" 应用程序，设计者：维托科技

3.1.8　3D 文件

显然，创建 3D 文件的目的是存储关于 3D 模型的所有信息，尤其是关于其几何形状的信息。某些 3D 文件类型仅包括与其形状本身相关的数据，但大部分 3D 文件类型包括场景中模型所具备的各项属性数据，如材质、元素和动画。由于每个属性都增加了模型的复杂度，存有这些属性的 3D 文件大小也将相应增加。

在扩展现实领域中，需要格外注意文件的大小。在为不同类型的扩展现实设备进行设计时，对文件大小的限制也相应不同。对于移动 AR 和 WebAR 来说，你需要尽可能优化目标对象，以减少在移动设备上需要处理的图像。前文中我们已经讨论过，模型越复杂，计算量就越大，计算功耗也就越高，这会产生大量的热量。你不会将一个大量产热的 HMD 戴在脸上，所以你需要预先想好展示自己设计的模型需要多少计算量。

⊖ Unity 是实时 3D 互动内容创作和运营平台。包括游戏开发、美术、建筑、汽车设计、影视在内的所有创作者均可借助 Unity 将创意变成现实。Unity 平台提供一整套完善的软件解决方案，可用于创作、运营和变现任何实时互动的 2D 和 3D 内容，支持平台包括手机、平板电脑、PC、游戏主机等增强现实和虚拟现实设备。——译者注

⊖ Vectary 是一款著名在线 3D 设计工具，其平台上汇集了成千上万的 3D 模型，用户可以选择任何已发布的 3D 模型并从中创建自己的自定义副本。——译者注

如果想要降低 3D 文件大小，最直接的方法是减少多边形的数量。你需要在模型的外观和性能之间取得平衡。模型的形状越复杂，需要的加载时间也就越长，从而可能会降低用户的体验。如果承载模型的设备无法完整处理这一文件，它将会不断出现故障，甚至使得程序崩溃。因此，在开始设计模型时，你就需要计划将要用到的技术。不断调整材质和纹理是一件很有趣的事情，但请将用户体验放在第一位，你绝不会希望过于复杂的属性影响了文件大小与模型性能从而导致用户最终获得糟糕的体验。如果你所设计的虚拟现实项目背后有着高性能计算机的支撑，那么你可以暂时忽略这一点。但是随着移动虚拟现实技术的普及，虚拟现实设计师们需要将 3D 模型的复杂度纳入更高优先级的考虑。

3D 模型支持各种各样的文件格式，常见的 3D 文件格式如图 3.11 所示。一般来说，最终使用的文件格式取决于设计时所使用的软件。重要的是，你需要知道最终用户体验扩展现实的设备所支持的文件格式，并以此为基点开展工作。不同的设计软件将输出不同的文件格式，你可以基于文件格式来选择相应的软件，也可以选用文件转换工具来完成格式转换。如果模型文件不是太大，可以使用网页版的文件格式转换工具（如 meshconvert.com）。如果转换更大、更复杂的 3D 文件，那么需要一个桌面软件，如 Spin 3D[⊖]（由 NCH 软件公司发行）。文件转换需要一定的时间，所以，如果你打算根据你选择的软件进行文件转换，请不要忘记考虑这一点。

在琳琅满目的文件格式之中，怎么选择最好的那个？目前来看，加载速度、图形质量与分辨率是三项最重要的评价因素，尤其对于移动增强现实来说，其当前处理能力仍然非常有限。如果你希望使用增强现实工具包（ARKit）为 iOS 设计一款增强现实应用，USDZ 格式将是你不二的选择。这只是为什么 3D 世界中存在着这么多种不同文件格式的一个举例，因为该行业根据设备公司所支持的不同文件格式而分成了不同类别。

加速 3D 模型设计的一种常见方法是购买已经制作好的授权模型。一些可供购买 3D 模型与纹理的选项[⊜]有：TurboSquid[⊜]、Sketchfab®、

> 小贴士：如果你正在针对 Chrome 或是其他谷歌公司的产品进行增强现实网页设计，我们建议选用 GLTF 或 GLB 文件格式。

> 小贴士：如果你希望所有的人都能够下载自己设计好的文件，那么建议使用 FBX 模型格式，因为它能够很方便地转换成 GLTF 或 USDZ 文件。

⊖ Spin 3D 是一款办公中常用的 3d 模型格式文件转换工具。Spin 3D 电脑版支持多种 3D 模型文件格式之间的互相转换，包括 STL、3DS、3DP、3MF、OBJ、PLY 等常用的 3D 格式。——译者注

⊜ 为便于读者在线获取资源，此处授权模型资源并未翻译，仅给出脚注介绍；读者可自行于搜索引擎确认资源现状。——译者注

⊜ TurboSquid 是世界上最大的 3D 产品库，提供数百个免费的 3D 模型供下载。TurboSquid 图形工作室是世界知名的 3D 建模团队，与波音、雷神等企业合作，提供建模技术支持，其在欧美电影、图形设计和游戏制作领域具有重要影响力。——译者注

⑭ Sketchfab 是一个发布、共享、发现、购买和出售 3D、VR 和 AR 内容的平台。它提供了基于 WebGL 和 WebVR 技术的查看器，用户可以在 Web 上显示 3D 模型，并可以在任何移动浏览器、桌面浏览器或虚拟现实头盔上进行查看。——译者注

3D文件格式

针对不同的场景用途存在着不同的设计软件。
这里仅列出了当前已知范围内最常见的几种文件格式。

对象文件
用于表示三维几何图形的数据格式。是最常见和最基本的3D文件类型。

立体模型文件
用于快速原型制作、三维打印和计算机辅助制造领域，仅存有不含颜色或纹理的几何图形数据。

传输格式图形库
3D世界中的JPEG⊖图片，非常适合需要限制文件大小与加载速度的网页版虚拟现实、增强现实等技术领域，是最常用的3D文件格式。

通用场景描述压缩文件
3D世界中的PNG⊜图片，由皮克斯（Pixar®）开发，将各类稳定信息融合到一个文件中，其变体常被用于网页增强现实与移动增强现实场景。

电影包裹
来自设计软件Autodesk⊜的文件格式，不仅包含几何图形数据，还包括场景、视角、光源、装备等其他3D设计相关信息。

可缩放矢量图形
尽管这一格式源自2D矢量文件格式，但是在一部分3D设计软件中，它也可以被用于几何图形的存储。

标准产品文件
3D世界中的PDF文档，一种在计算机辅助设计领域中广泛使用的数据交换格式。

开放标准文件⑤
类似FBX的开源格式。

图 3.11　3D 文件格式

⊖ JPEG（Joint Photographic Experts Group）是由国际标准组织和国际电话电报咨询委员会为静态图像所建立的第一个国际数字图像压缩标准，也是至今一直在使用的、应用最广的图像压缩标准。——译者注

⊜ Autodesk 公司是世界领先的设计软件和数字内容创建公司，用于建筑设计、土地资源开发、生产、公用设施、通信、媒体和娱乐。——译者注

⊜ PNG（Portable Network Graphic，流式网络图形）格式是 20 世纪 90 年代中期开始开发的图像文件存储格式。前文中所提到的 JPEG 格式是一种有损的图片压缩格式，它用算法尽量去除冗余的图像和色彩数据，在图片文件较小的情况下可以得到比较高质量的图片。而 PNG 图片格式采用的是无损压缩，和 JPEG 相比文件的体积会大一些，但是图片质量非常好，而且还支持存储部分区域透明的图片。——译者注

⑭ 皮克斯动画工作室（Pixar Animation Studio）是一家专门制作电脑动画的公司，也开发三维设计软件。——译者注

⑤ 最早由 SONY 公司提出，是一种基于 XML 的文件格式，允许设计者自由地在各个平台中交换数据，已经被认可成为数字娱乐工业的标准。——译者注

Google Poly[⊖]、Adobe Creative Cloud and Mixamo[⊜]和 Unity Asset Store[⊟]。

当你浏览这些选项时，可以基于自己开发及渲染所使用的设计软件或文件格式来缩小搜索范围。

3.2 示能设计

当面对一扇门时，怎么才能知道开门的正确方法？实际上，在握住门把手时，我们就已经开始从这一对象的设计中隐隐感知到了需要采取的行动。这种联系在无形中已经建立。门把手的形状实际上暗示了与之交互的方法：上下摇动，推开或拉开，顺时针或逆时针地转动。如果门把手是圆形的，那么意味着它需要被转动。如果你看到的门上根本就没有把手，那么不妨尝试着推开它。设计具有特定属性的对象来引导用户的交互行为，称为**示能**设计。感知心理学家詹姆斯·吉布森在其 1966 年出版的《感知系统的认知错觉》[1]一书中，首次使用了"示能"一词。

当物体的示能设计和用户与它互动的方式出现偏差时，用户就会有挫败感。如图 3.12 所示，近处的门把手看起来好像可以拉开。然而，这扇门却只能被推开，正如你在通向室外的第二扇门中看起来的那样。实际上，近处的门需要像远处的门一样被推开，尽管它们的示能属性截然不同。显然，第二扇门的设计更为精确，有助于表明所需的交互方式。

> 知识拓展
>
> 示能：一个环境或者对象的物理属性可以暗示其功能。

对于设计师来说，应该设计出能够帮助提供交互信息的产品，具备良好设计的产品本身就能够传达其需要的交互方式。这可以避免用户因无法实现他们的目标（例如开门）而感到沮丧。你是否曾经教过孩子如何使用乐高积木？只需要把它们堆在地板上，孩子们会立即自行开始组合玩耍，无须任何指导。对于不同性别的洗手间来说，简单的标记就能够提供足量的信息，无需任何说明，我们的大脑就能够理解自己应该往哪里走。

在讨论"示能"一词之前，我们需要先参考唐·诺曼的突破性著作《日常事务的设计》（1988 年出版）。诺曼在这本书中解释了日常事物的设计模式；关注技术与人之间的相互作用，以确保产品在真正满足人需求的同时，容易被理解，也容易被使用。

⊖ 谷歌团队所创建的 Poly 平台，操作简单易上手，无须登录即可访问、浏览和下载模型。除此之外，用户也可以上传自己的 3D 模型作品。用谷歌账号即可直接登录，登录以后点击网页上方的上传按钮，将 3D 模型拖动到上传区域，上传后自动弹出编辑窗口，完成标题、简介等内容的编辑后即可直接发布。——译者注

⊜ Mixamo 是 Adobe 旗下的一个产品，可以上传静态人形模型文件，在网站上绑定人形模板动画，并可以下载绑定动画后的模型文件。——译者注

⊟ Unity Asset Store 是一个资源库，其中包含 Unity Technologies 以及社区成员创建的免费资源和商业资源。这里提供各种资源，包括纹理、模型、动画、整个项目示例、教程和 Editor 扩展。可以从 Unity Editor 中内置的界面访问已购买和下载的资源，通过这个界面可直接将资源下载和导入到项目中。——译者注

图 3.12 门把手

此时此刻，工业设计师、交互设计师和体验设计师三个角色重叠在了一起。设计者努力创建不需要复杂说明与标签的物品，以方便用户无师自通地使用它们。诺曼将这一概念正式引入设计领域，对人机界面的交互设计产生了不可估量的影响。这一概念与心理学和认知科学都有着密不可分的联系。对这一概念的理解是设计数字世界中 3D 物体所需的核心基础，尤其是在今天这个我们致力于将数字设计扩展到物理世界的时刻。

3.2.1 实体示能

在尝试实践 3D 设计技巧时，设计师不仅需要对整体场景有所了解，同时也要考虑其基础功能的实现。如果你正在设计一个需要旋转或转动的物体，那么应当如何在整体设计中体现示能这一行为？你需要考虑应该如何设计能够带来更好的交互体验。对用户来说，最好的交互体验发生在成功完成操作的时候。诺曼将这些成功体验描述为实体示能，因为它们源自物体或环境本身的真实属性。好的设计不需要用户事先阅读并理解其使用说明，因为设计本身就表达了它所适用的交互方式。这方面的典型案例有水杯、茶壶和剪刀。无需任何说明书或标签指导，用户就能够正确地使用它们。它们只适合一种交互方式，并且就是为了这种交互方式所设计的。如果你看到一个马克杯，它只有一个把手，大小刚刚合适你将手指伸进去；而且没有其他地方可以抓取，你应该怎么办？当然是用手指握住把手，将杯子拿起来。这个把手的物理属性意味着它属于实体示能。

3.2.2 感知示能

与实体示能相反，感知示能理解起来可能稍显抽象。在这种情况下，示能并非通过物理属性传递，而是通过用户之前的交互经验传递。如图 3.13 中左图展示的样例属于实体示能，杯子的把手能够有效提示用户拿起它的方法；右图展示的样例属于感知示能，将键盘、触控板、菜单图标和按钮呈现在你面前，基于之前的经验，你很容易就知道应该如何与之交互。感知示能是数字世界（尤其是在人机交互界面设计中）的特有属性。

图 3.13　实体示能与感知示能举例

当你打开一个网站页面之后，你会下意识尝试寻找导航菜单，它甚至可能是一个由三道横线组成的菜单图标，因为在你以往浏览网站的经验中，已经知道以导航菜单作为开始是一种最佳方式。在网站页面上并不存在什么物理属性来告知你这类知识。你知道这一点，只是因为在其他网站上也是这么做的。在这里，我们必须再次强调，人机交互设计需要遵循已经被广泛使用并接受的界面设计原则。请确保自己考虑了用户已经了解的交互知识与期望的交互方式。然而，如果你想要在用户界面中添加某个图标，那么不要忘记添加可能需要的条目说明或视觉提示；关于这一点的进一步讨论详见第 7 章 "用户界面设计"。始终不要忘记，一切设计的目的是为用户创造积极的体验，尤其对于此前尚未接触过扩展现实的新用户更是如此。

为了指导用户在沉浸式场景中与数字 3D 对象进行交互，你需要考虑如何添加视觉属性来为用户提供相应提示，以确保交互的正确与成功。通常来说，需要纳入考虑的属性如下：

❑ 阴影可以用于表现深度；

❑ 对象内部（或外部）的参考线有助于凸显可以被选择的对象；

❑ 图标常常用于指示动作，如移动、旋转、缩放、选择；

❑ 反馈能够提供额外的信息，可以通过各种不同感官（包括声音、视觉或触觉改变）反应向用户传达交互的结果。

3.2.3　交互元素

如果你已经逐渐开始理解示能的含义，明白自己在设计上所做的不同选择是如何指导用户进行操作的，那么，现在是时候将与各类元素相关联的交互类型纳入考虑范围了。你的设计成品是用来做什么的？人们将会如何使用它？这两个问题将会极大程度影响设计方案。对于每种类型的元素，需要了解其可能的操作。常见的元素种类如下。

- ❑ 静态元素：不可移动且无法交互的对象元素，可从不同角度进行观察。
- ❑ 动画元素：在特定时间内按轨迹持续运动的元素。
- ❑ 动态元素：根据用户的交互输入，或随着时间的推移，相应发生变化的元素。
- ❑ 交互元素：用户可以控制、操作与交互的元素。
- ❑ 度量元素：基于数学计算或预设算法发生变化的元素。

当你尝试探索如何模拟数字空间或混合现实中物理对象的可用性时，不要忘记最出色也最简单的方法：充分观察自己在日常生活中的交互体验。不妨从现在开始，注意与你产生交互的每一个对象是否复杂，以及它们给你带来了怎样的体验。无论你在日常生活中发现了怎样困难的交互场景，总会存在某种设计方案能够在一定程度上解决这个问题，而这些设计灵感很有可能会为你的下一次扩展现实体验设计带来启发。与此同时，这些来自真实世界的互动也在各个层面上激活了我们的感官。当你逐渐意识到自己与周围环境的互动，并有意对其展开研究时，请不要忘记探索源自感官体验的设计灵感。

3.3　多模态体验

你童年时期最害怕的事情是什么？罗德岛普罗维登斯镇的布拉德利医院在儿童精神科方向有着丰富的临床经验，根据该医院的说法，对孩子来说，排名第二的常见恐惧是对黑暗的恐惧。排名第一的是怪物。两者本质上都是对未知的恐惧，源自试图确定什么才是真实的。为什么对孩子们来说，害怕黑暗是最常见的恐惧之一。那么，是什么让黑暗变得更加可怕？

有大量研究将黑暗的恐惧与分离焦虑联系起来；如果有黑暗环境作为附加因素，与看护者分开会让孩子更加紧张。无论是白天还是夜晚，房间本身并没有发生变化。不同的是孩子在黑暗中更难看清周围的环境，由于视野受到限制，他们对未知的恐惧会变得愈加强烈。所有这些恐惧都来自孩子们观察事物的方式受到了限制，以及所观察到的内容发生了变化。如果一个孩子看不清墙角、床下或壁橱里有什么，他们丰富的想象力就会马上编造出各种各样的故事。对于盲童来说，即使他们只能隐隐感知到明暗的区别，也同样会感到恐惧。当其他感官也受到某种限制时，孩子们可能会更加焦虑。如果他们听不清楚周围发生的事情，不管是被堵住了耳朵，还是因为某种响亮的声音压倒了所有其他声音，都可能会引起类似的恐惧感。

人的感官对体验有着深刻的影响。我们已经对这些感官习以为常，以至于很难意识到自己有多依赖它们。当我们的某种感官受到限制时，就会打破总体感知的平衡，甚至可能引起恐惧。虽然我们往往认为不同种类的感官是相互独立的，但实际上，它们高度关联和相互依赖。人们已经习惯了自己的各个感官一起协调工作，如我们所看到的、听到的和摸到的会天然地保持一致，只有在感知系统出现故障时，我们才会真正注意到感官的存在。

进行扩展现实设计时，相当于设计某种感官体验；通过收集各种形式的信息与反馈，你也可以同时提供多种感官体验。如果无法保持不同感官之间信号的一致性，那么用户很可能会察觉到其中的不协调。当孩子们在黑暗的卧室里面行走时，他们也会有同样的反应。当无法像往常一样看清房间时，一切看起来都更可怕了，孩子们会对任意声音做出应激反应，当他们在黑暗中摸索前进时，还可能会被脚下出现的各种意想不到的东西绊倒。在你邀请用户进入一个充满未知的新世界时，他们也可能会有这类不适的感受。然而，如果你将物理世界的交互形式纳入考虑，充分了解各个感官是如何协调工作的，并在沉浸式体验中效仿这种平衡，那么用户就会感到舒适很多。设计的关键是建立某种情感联系，某种用户可能甚至没有意识到正在发生的联系。创造具有这些内在品质的设计并不容易。如果想要真正完成这项任务，你必须了解人的感官是如何协调工作的，这样才能够成功完成满足感官平衡体验的设计。这不仅意味着你需要清楚各种感觉的定义，还意味着你需要对感知系统有深入地理解，掌握它们协同工作的原理。

3.3.1 视觉

作为一名设计师，你首先想到的可能是视觉感知能力。视觉的感知依赖于物体所反射的光，是我们用以解释周围环境的基础能力。与此同时，视觉也是人判断颜色的方式，视觉光谱也被称之为人的色彩空间。了解视觉感知如何影响人们的沉浸式体验至关重要。在第 8 章中，我们进一步讨论了大脑如何感知设计与环境中元素的方法。但是就目前而言，用户的视角与存在感（认为自己确实存在于所看到的空间中的感觉）这两方面对其体验都会产生显著影响。在虚拟现实中，你会希望用户相信他们已经亲身进入了某个虚拟世界。如果这个世界的设定是无视重力，那么所有的视觉效果都应该能够反映这一点。如果你想让用户体验到偏头痛，就像艾司地林（Excedrin）⊖在虚拟现实广告中所展示的那样，那么，提供第一人称视角至关重要，以便让用户能够实时感知人们在偏头痛时的所见和经历。如果你的目的是让用户在虚拟世界中游览历史古迹，那么最好采用第二人称视角，以展开故事线的方式提供体验。设计者可以针对具体需要表达的内容选择最有意义的视角。

另一个所需考虑的视觉因素是观众看向的方位。视线检测允许设计者基于用户所观察的位置对场景进行动态调整。这项技术不仅能够定制化客户体验，还可以优化增强体验所需要的算力。如果预先知道用户能够看到什么，那么便可以将位于用户视野之内的内容比场景其余部分以更快的速度刷新，这可以有效优化设备内存使用策略。对于交互元素来说，这也是一次突出展示的机会，有助于引导用户进入下一步体验。为了实时掌握用户的视线所在，许多头戴式设备上都安装有视线跟踪传感器⊜。基于此，我们可以为用户有意或无意的行动与交互提供最好的服务。在 360 度环绕体验中，有时候用户会将视线转向"错误"的方向。如

⊖ 一款非处方头痛止痛药，包含扑热息痛（对乙酰氨基酚）、阿司匹林和咖啡因；是美国十大非处方药销售品牌之一。——译者注

⊜ 视线跟踪传感器：能够跟踪眼球转动的传感器。——译者注

果设计者能够知道用户正在看什么位置，也知道他们应该看向什么位置，那么就可以创建某个视觉信号对此进行引导，例如，可以用路线轨迹或箭头标识来引导用户转向能够继续深入体验的视图。

视觉感知需要考虑多个方面的影响因素，也是所有设计的重要基础，所以，我们将继续讨论视觉感知的最佳实践与相关技巧，以帮助设计者为用户创造更稳定卓越的扩展现实体验。当前所介绍的仅是视觉感知这一领域中的部分主要元素，因为它们与多模态体验设计息息相关。

3.3.2　听觉

对于当下设计者来说，声音设计这项技能变得越来越重要。对声音设计最佳实践的掌握，甚至具体到合适的音量水平这类细节的把控，这类实用技能已经成为各个类型设计的关键。从交互设计到移动设计，当然也包括增强现实交互场景本身在内，声音为各种场景带来了不可忽视的表现力与情感张力。同样，设计师所需要考虑的不仅仅是声音本身。理解人们感知声音的能力同样重要。人对于声音的感知器属于耳朵的一部分，称为耳蜗，它能够检测空气振动，然后将振动声波处理成可读的格式，以信号的形式传递给大脑。

声音对人们理解周围的环境起着重要的作用，尤其是当我们在空间中移动时。离声源距离的变化会相应改变声音所带来的体验效果。如果你听到声音从很远的地方传来，那么你会获得两条信息：它很响，它很远。声音能够随着我们的移动发生改变。也就是说，用以模仿物理世界中声音的声源必须具备空间属性。声音不能只来自一个方向。如果你曾经看过环绕立体声电影，与大荧幕两侧摆着两个扬声器相比，你就能够知道这种声场的差异对观众情绪带来的影响。环境声音从四面八方包围着你，你会感觉自己和电影中的人物处于同一个场景中。

在扩展现实中，我们将使用**环绕声场**（Ambisonics[⊖]）来创造与分享 3D 声音。关于这一话题还有很多内容要讨论和探索，我们将在第 12 章"音效设计"中深入探讨如何设计完整的听觉体验。

> 知识拓展
> 环绕声场：一种三维立体声音处理格式。

3.3.3　嗅觉

气味是一种能够承载深刻记忆的存在。闭上眼，你能够轻松回忆起春雨后泥土的清新，想起亲近的人身上的淡淡香气。甚至在我们自己的家里也往往存在着独特的味道：人们常常将某些气味和自己常去的地方联系在一起。虽然当人们想象数字体验时，气味这一信息往往会被忽视，但在这一领域中已经有相当数量的专家展开了相关研究并已经开始测试。

为了研究气味和体验之间的相关性，马来西亚努沙再也的一家工程研究所设计了十种

⊖　Ambisonic（本书中译作环绕声场）是一种能够记录 360 度环绕声场的声音处理格式，问世于 20 世纪 70 年代，广泛被应用在包含收音、混音的各阶段场景解决方案。——译者注

数字气味，其中包括水果香调、木质香调和薄荷香调。这方面的研究已经证明了其益处。感官的激活增强了体验的沉浸感，尤其对于虚拟现实与增强现实来说，嗅觉所产生的影响更为明显。虽然这项技术离实际应用还很远，但这项研究非常重要，它揭示了数字气味在扩展现实中的发展潜力。或许在不久的将来，基于增强现实技术，在点外卖之前，你坐在家里就能闻到菜品的香气，并据此从琳琅满目的菜单中选择自己最喜欢的那款。

3.3.4 触觉

触摸屏的缺点之一就是太过光滑平坦：它们无法向用户提供任何触觉上的反馈。为了解决这个问题，人们发明了触觉技术，通过振动反馈来创造一种触觉体验。触觉这一术语是指非语言的交流，比如物理世界中的握手、击掌或攥起拳头轻轻碰撞。你能够想象出智能手机上有哪种交互可以提供类似触觉的响应吗？也许，你会想起自己删掉什么东西或做出了错误操作时手机的振动反馈。对我们来说，记住那些有负面含义的相关反馈更为常见，因为负面反馈时的振动通常更强烈。数字触觉能够强化某种行为，让人们记住导致这种结果的原因。并非所有的触觉都是一样的。触觉的强度应该与动作相关联，如果动作被顺利完成，用户可能甚至都没有意识到设备给出了触觉反馈。

依据所针对的软件和设备不同，设计师可能需要使用特定的工具来设计这类触觉反馈。例如，Interhaptics⊖（触觉交互公司）提供了一系列应用程序以帮助设计扩展现实中的交互体验（交互生成器）和触觉体验（触觉编辑器）。使用触觉编辑器（见图 3.14），你能够以可视化的方式创建触觉反馈。为了设计触觉反馈，你需要在触觉编辑器中创建相关项目（触觉材料），它能够以四种感知方式（振动、硬度、纹理与导热性）来存储触觉的关键属性。比如，如果你打开 iPhone 的手电筒功能，就会有相应触觉反馈（如果你不相信，不妨现在就去试一下）。你可能并不记得这项功能，但是当你意识到这一点时，你会逐渐开始发现，在自己日常与周围设备的互动中有许多诸如此类的触觉反应。触觉设计的目标是在数字世界中重新创造类似物理世界的体验，因此，对于成功的设计来说，其中融入的触觉反馈能够有助于用户与周围的环境进行交流，让交互变得更加自然。良好的设计能够将触觉与其他感官有机结合在一起，我们将在下文中进一步探讨。

扩展现实中的触觉反馈通常基于手部操作实现，手部触觉能够向用户提供相当精妙的反馈，告诉他们已经成功地移动了数字对象。如果你的设计场景为移动增强现实，那么不妨使用已经内置在智能手机中的触觉技术。这种触觉反馈机制已经被嵌入在游戏控制器之中，如索尼的 PlayStation 5，它正在推动触觉设计的可能性，以进一步扩展玩家所能够获得的交互感知边界。

⊖ Interhaptics（触觉交互公司），一家专注于触觉体验设计的软件公司，主要为扩展现实中触觉反馈设计提供相关开发和部署工具。——译者注

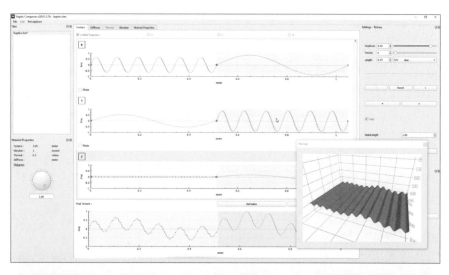

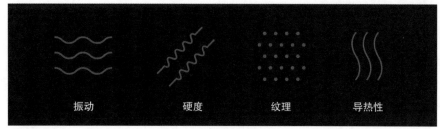

图 3.14　触觉编辑器

来自 Interhaptics 公司

尽管这种反馈机制能够在一定程度上增强游戏体验，但同时它也会给用户带来一些问题，作为设计者，你需要考虑这些问题。例如，假设你正在使用移动增强现实，此时会借助摄像头、拾音器与内置陀螺仪采集周围的环境信号。在这种情况下，触觉反馈可能就没什么必要，甚至会带来负面影响。如果这时用户正将手机拿在手里，那么大部分振动将会被手部吸收，但是振动带来的声音和抖动仍然会体现在摄像头所记录的视频中。如果手机正被放在坚硬的表面上，那么触觉反馈所带来的声音影响会更大。这就是为什么当你在手机上选择"相机"功能时，可能会感觉到触觉反馈，但在拍照或者录制时，往往不会感知到触觉反馈。

将触觉反馈与具体场景进行有机结合非常重要。你需要确保振动的幅度与运动场景相匹配，同时，确保类似场景下的互动行为能够得到相同水平的反馈。就好像设计者会为某一类型的行为设计颜色与大小相似的按钮，并将它们组合在一起用于网页设计一样，类似的触觉反馈能够向用户传达动作的相似性。现在，人们已经开始将强烈的触觉反馈视为一种负面信号，所以哪怕是在其他场景使用它的时候，用户也都会下意识地认为自己是不是又犯了什么错。

交流是信息交换的过程。作为典型的非语言交流方式，触觉仍然能够向用户传递信息。借助触觉反馈这一技术，设计者能够为用户提供关于他们行为的及时反馈。

3.3.5 本体感觉与动觉

现在，请闭上眼睛，试着用食指触碰你的拇指。用两只手分别尝试完成这一动作。如果你看不到自己的手指，它们是怎么碰到一起的呢？食指之所以能够碰到拇指，是因为**本体感觉**的存在，也就是来自内在的感觉。这种天然对位置的感知是沉浸式体验的重要组成部分，通常被称为第六感。在进行数字场景设计时，我们很难考虑到本体感觉，但如果能够随着环境变化让用户做出相应本体感觉反馈，就能够让用户真正身临其境，将扩展现实体验带到一个更高的水平。

当你戴上头戴式设备时，你需要依靠自己的内在感觉来尝试使用控制器，做出各种手势并进行移动，即使你无法看到自己的身体。

除本体感觉之外，我们的**动觉**也不依赖于五感，这两者协同工作，依次发挥作用。由于本体感觉，让你意识到自己身体所在的位置，之后就可以借助动觉来进行移动。如果你能够感觉到自己的脚在哪里，那么你就可以基于动觉来走路、跑步或跳舞。

> **知识拓展**
> **本体感觉**：身体内部对躯体位置和运动的感知与觉察。
> **动觉**：通过感知躯体肌肉和关节的位置，使身体能够做出相应动作的感觉。

在沉浸式体验中，重要的是要知道，我们的身体并不仅仅依赖于常见的五种主要感官。设计者也许并不需要掌握本体感觉的工作原理，但是理解它的存在非常重要。在我们进行设计时，需要能够利用这些感觉，以确保即使用户看不到自己的手和脚，也能够顺畅地与环境进行互动并在其中移动。

3.3.6 多模态体验的重要性

多模态体验设计意义重大（你是否理解这一点？）。在扩展现实中，多模态或多感官是视觉、听觉、触觉，有时甚至包含嗅觉和本体感觉的结合，用以创造完全沉浸式的体验。从交通到教育，各行各业都在尝试有效利用多模态技术提供更好的体验。当我们听广播时，你可以听到另一个人的声音，这是一种单一的感官体验，但你不能像面对面线下讲座或者甚至在线虚拟研讨会中那样看到对方的肢体语言。在面对面的交流中，演讲者能够搭配自己的表述内容使用手势作为辅助信号，他们能够利用多种模式来传达信息。他们所讲的话，他们说话的语气，他们的肢体语言，以及所有他们展现出来的视觉信号将融为一个整体，来帮助观众进一步理解演讲者所传递的信息。交流中所使用的模式种类越多，你就越能够以非语言的方式与所分享的信息建立联系，所能够感知到的体验也就越丰富。如果有人讲故事时向你展示一张令你感到困扰的图像，你的整个身体都将对此做出反应。用户沉浸在体验中的程度也会对其反应产生影响。

我们的体感知觉能够感知所有这些信号，并将其融合起来，在更高维度上定义身体感觉到了什么，分析接收到了什么信息。这能够帮助你理解周围环境中所发生的事情，同时体察自己内心的感受。这一系列流程都发生在大脑后部的顶叶⊖内，以助于我们结合自己的感

⊖ 顶叶是大脑的一部分，位于额叶、枕叶和颞叶之间。一般而言，顶叶为处理各种感觉讯息（包括痛觉、触觉等）的中枢，同时也与语言、记忆等功能有关。——译者注

知理解空间信息。我知道这涉及到了相当数量的脑科学知识，但现在，你已经对为什么我们能够感知这一切有了初步的了解。简而言之，你只需要记住：在一次体验中所激发的感官越多，用户对这一空间的理解就越深入，他们与这个空间的情感联系也就越紧密。

在创造扩展现实体验时，设计者往往会期待在真实世界中的体验能够无缝迁移到虚拟世界或增强世界中来。在我们的物理世界中，交流是多模态的。你可以从房间里的某个人的面部表情中读出他们的情绪。你可以通过指向某个方向来告诉别人某物在哪里，也可以通过手势来强调某物的位置。在现实世界中，我们可以通过各种各样的途径进行交流，所以，我们希望在数字世界中也能够以同样的方式顺畅沟通。

3.3.7　利用多模态体验实现易用性

如果不能充分利用各种感官信息丰富你所设计的扩展现实空间，那么你所提供的易用性体验也许就像把残疾人服务办公室设在没有电梯的二楼一样目光短浅（是的，这种情况确实发生过）。

对于扩展现实体验中的易用性，无为而治并非一项好的选择。事实上，一点微小的变化就能够带来很大的不同。设备的细微振动就足以为用户提供良好的反馈，而且无须发出任何声音。这一点对听力不好的人很重要，也适用于那些不适合发出声音的公共场合。对设计师来说，最重要的是理解用户的需求，在一天中的不同时间、不同地点和场合，甚至在一生中的不同时期，人们都可能因为不同原因存在不同的需求。对于那些存在着各种物理或心理挑战的场景来说，超越常见感官信号的体验设计常常能够带来惊喜。大到永久性的基因缺陷，小到特定环境造成的认知噪声，用户的需求往往会随着场景的变化而变化。作为设计者，如果你所构造的体验中有一部分仅能通过听觉来理解，那么你可能会失去一部分用户。一般来说，如果能够引入某种个性化的设计方法，使用户能够在体验过程中的任意节点自行调整配置，那么就可以满足相当数量用户的额外需求。有时候用户可能会处于嘈杂的物理环境中，他们常常会选择打开（之前所关闭的）字幕。或者，如果一个人希望能够一直保持字幕开启，他也可以进行相应配置。但是如果设计者并未提供此类选项，对应这部分用户体验就会受到影响。

在设计多模态体验时，请不要忘记反复思考用户是如何逐步完成体验的。如果你发现某个流程过于依赖某种特定的交互模式，那么这就是一个扩展感官体验的机会，借此机会可以打造更具沉浸感的体验，满足更广泛的用户需求。对这个非常重要的话题来说，上述讨论仅仅是个开始。在第 6 章中，我们将进一步探索如何通过设计来创造能够让人身临其境的扩展现实。

沉浸式体验的基本要素始终贯穿本章内容。从 3D 渲染程序中的一系列新词汇与工作流程开始，我们逐渐了解怎样更好地与这些元素进行交互，继而探索哪些感官能够成为体验的一部分。所有这些元素都需要被有机组合、和谐设计，才能够为用户提供积极的体验。现在，我们已经完成了扩展现实设计中一系列入门概念的探索，在技术上已经做好了准备，是时候开始亲身经历设计过程中的每一步了，从你想出的下一个大创意开始。

设计挑战

3D 模型

你需要为这一挑战准备下列材料：

❑ 棉花糖（小颗粒的棉花糖是首选，其他形状的棉花糖亦可）。

❑ 牙签。

如果你手头找不到上述两样物品，那么也可以选用其他物品来替代。对棉花糖来说，你可以选用黏土、面团、水果干（新鲜的也行）、小熊软糖等任何柔软的东西来代替。对于牙签来说，你可以选用棉签、火柴、铅笔、树枝等任何又长又细的东西来代替，当然，你需要准备足够的数量。

当你准备好所需物品之后，我们就可以开始设计工作了。首先，选择一款待设计的基本形状（立方体、棱柱体、圆锥体或圆柱体）。尝试以棉花糖作为顶点，牙签作为边，构造这一形状。可以从完成所选形状的一个面（多边形）开始。例如，如果你想要设计一个立方体，那么不妨构造一个正方形作为第一个面。基于此，利用你准备的物品完成整个立体图形的构造。作为第一轮，这些工作只是为了帮助你的大脑理解如何构造三维图形。你可以尝试完成更进一步的挑战，从周围环境中选出三个物体作为目标，分别创建棉花糖模型来表示它们。

要有创造力。这一练习唯一的规则是你只能使用棉花糖和牙签来创建完整的 3D 模型。试着挑战自己的极限吧，尝试用尽可能少的多边形来创建模型。

设计师：Lucinda Strol

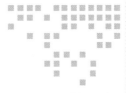

第 4 章 *Chapter 4*

创 意 设 计

在本章中，我们将探讨构思和设计扩展现实体验的多种方法。在扩展现实项目的设计过程中，虽然提出创意的过程可能与其他项目并无太大区别，但仍需要考虑一些针对扩展现实的额外因素。本章将为读者具体展现这些因素，并通过头脑风暴和探索技巧来引领读者深入思考，最终确定扩展现实项目的设计理念与设计灵感。本章将讨论的内容如下所述。

找到设计源头：应当明确用户痛点和设计目标，仅为了应用新技术而进行设计将寸步难行。

创新和实用性：在追求创新时，应当兼顾现实中的约束条件。

外部因素的影响：在形成创意时，需要首先考虑受众的使用场景。

保持设计的人性化：理解目标受众。你的设计所针对的群体是什么样的？

4.1 找到设计源头

对设计师而言，在开始设计任何项目时需要考虑的最重要问题是：为什么要创造这个体验？如果不能妥善回答这个问题，那么设计成果多半会背道而驰。

通过回答这一问题，设计者能够对设计扩展现实体验的目的形成清晰的认知。这一体验将解决什么问题？

❑ 它具有教育意义、社会意义还是指导意义？

❑ 它是否能够提供某种解决人们普遍性痛点的新方案？

❑ 它能否作为一种工具，来帮助改善人们的日常生活或工作？

在继续设计之前，设计者需要确定设计的源头，也就是为何而设计。

4.1.1 解决问题

如果你只是为了"创造某种扩展现实体验"就草率地准备开启设计旅程，那么你现在需要改变这种思考方式。对一项新体验而言，你需要首先确定其存在的意义，保证这种扩展现实体验能对体验者产生实际帮助。当前，部分扩展现实体验的设计实例仅仅在单纯展示这一新技术，并没有充分挖掘如何利用沉浸式体验为体验者解决问题。当然，我们承认，看到纸做的恐龙在面前走过是一件很有趣的事情，然而我们可以进一步挖掘这一体验的意义：这能解决什么问题？体验者能从这种体验中获得什么？我们可以思考为什么用户会需要这一体验：也许他们想了解更多关于恐龙的知识，也许是为了在现代社会中观察恐龙的真实尺寸比例。你可能还会想到很多其他的原因来确定为什么恐龙的 AR 体验是有益的，但你选择的原因将会影响其接下来所有的设计决策。为什么这个体验中会存在恐龙？为什么它们需要用纸制作？为什么它们会行走在体验者面前的街道上？假如设计师没有为体验赋予存在的合理性，用户就不会一次又一次地回到这个体验中来。用户在满足了其对扩展现实恐龙的好奇心后，他们会离开去进行下一个体验，除非你给他们一个返回的理由。

以下两种方法可以帮助你确定设计目标。

第一，退后观察。首先，你需要后退一步，实际上是远离电脑、屏幕，以及那些限制人们视野的矩形屏幕，从实际的现实中得到启发。你可以带上一支笔和画板，然后观察周围世界。

第二，发现人们在日常生活中的痛点。这些痛点各种各样，可能是餐厅里菜单挂得太远看不清楚，可能是在超市里总是找不到要买的商品，可能是驾驶时无法在看 GPS 上模拟转弯的同时观察前面的道路和交通状况。想一想你生活中常见的小困难或周围其他人的痛点，然后思考是否可以应用增强现实技术来改善或解决这些痛点。

请记住，每次沉浸式体验的最终产品都经历了许多轮的演化、探索和头脑风暴。即便是看上去再精妙的体验，也是从你当前所处的设计起点一步步迭代发展而来。如果设计者在设计中只关注产品的最终形态，那么可能会在第一步构思创意时就面临压倒性的困难，但假如把设计过程一步步分解开来，真正关注于要改进的东西或要解决的痛点，那么产品设计就会成为一项更加简单明了的任务。

4.1.2 功能优先形式

在教学过程中，学生常常会问在项目中应该使用哪项技术，在回答问题之前，我首先会反问他们：为什么？你为什么要创造这种体验？你想让人们在与你的项目互动中学习、感受或体验什么？对这个问题的回答才是指导设计者到底应该选择何种技术媒介的答案。下面以学生的" Sol"项目为例，图 4.1 所示是一个灯光装置，使用视频投影将光映射到缝纫织物和手工瓷器上，在不同空间里借助映射重新创造了光影。其设计目标是让人们更清楚地观察到所处环境中的光线。由于光是这个项目的主要设计灵感，很明显，项目所选择的技术媒介应该能够强调光的意义，并使人们更多地注意到光。

图 4.1　Sol 灯光装置

设计师兼摄影师：Chelsea Hurd

　　一旦你确定了设计目标，设计路线也将会随之清晰起来。但如果跳过这一步，在确定设计目标前就已经选择了技术媒介，那么设计的体验在实用度上可能会大打折扣。你必须诚恳承认，自己并没有在设计前完成必要的研究和调研。如果你花费时间调研并确定了设计目标，那么就可以自信地向下一步设计迈进，你有信心确认自己是在用正确的媒介进行设计。你是在用设计内容控制着设计思路，而不是反过来。

　　在设计项目时，你必须始终考虑到产品交付的最佳媒介。有时印刷品更有助于信息传递，有时数字化产品更加有效。在扩展现实设计中也是如此，设计者必须确保所用的技术是解决用户痛点的最佳方式。为了让项目具备实际价值，设计师需要在增强现实、虚拟现实和混合现实平台中选择一个创造体验和传达信息最合适的平台。如今，新的技术正如雨后春笋般不断涌现，设计师只有明确创造这种体验的最终目标，才能够在琳琅满目的新技术中理性选择最为合适的技术路线。因此，设计师在选择时需要考虑方方面面以确保项目能够成功。

4.1.3　不再忘记别人的姓名

　　作为一名教授，我每学期都会遇到 100 名以上的新学生，而我总是无法记住所有人的名字（对我来说，记住所有人的名字是一件很困难的事情）。于是，我希望创造一款名为 tagAR 的应用程序来帮助人们解决记忆人名的问题。你可以想象，当一个你只见过一次面的人走过来准确地喊出你的名字时，对你的影响有多大。这正是我希望实现的场景。

　　设计目标：帮助有阅读障碍或其他特殊学习障碍的用户不再忘记别人的名字，能够使用听觉和视觉等多模态的形式为用户介绍人名。

　　实现媒介：一是使用增强现实移动应用程序作为实现手段；二是为了解放用户双手，使用搭载内置扬声器的增强现实眼镜。

呈现效果：通过增强现实技术，用户可以在需要时看到展示于人们头顶的姓名标签（如图 4.2 所示）。同时，当用户选择对方名字标签时，可以通过增强现实眼镜中内置的扬声器听到对方名字的正确发音。最终的呈现效果是，用户可以看着对方的眼睛，讲出对方的名字。

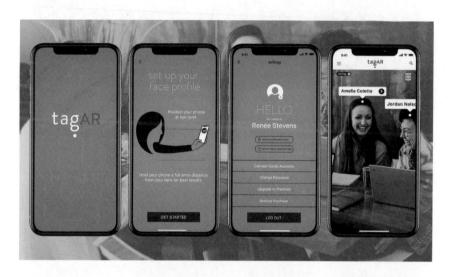

图 4.2 tagAR 移动应用版本的初始化设置界面

设计师：Renée Stevens

使用增强现实技术可以帮助用户更有效率地搜索、筛选和识别他人。与传统实体名牌相比，tagAR 避免了实体名牌翻转到背面时遮挡住人名，以及名牌被对方的长发遮住的情况。最重要的是，这一设计避免了用户在与人交谈时不得不低头看一眼其名牌上名字的尴尬动作，这会使人们意识到你不知道他们的名字。

除此之外，tagAR 产品还具有以下优势：第一，解决手写名牌有时需要破译笔迹的弊端，提高姓名展示的数据质量；第二，使用户可以按照名字搜索其附近的人；第三，提供多模态的人名介绍方式，除了展示遇到的人的姓名，还有音频组件用以播报其姓名的准确读音；第四，使用者无须交换名片或试图记住人们名字的拼写方式，就能够与周围的人轻松建立联系。在试图实现以上优势的过程中，我们逐渐明确了这个应用的具体功能模块。回归本源，尽管 tagAR 有着丰富的功能，我们仍然要看到，所有这些功能都始于一个简单而明确的想法，而这个想法正是为什么要创造这一体验的答案。

4.1.4　融合现实

在构思阶段，为了进一步挖掘增强现实技术的潜力，设计者可以使用融合现实技术，思考如何结合真实世界中的物体与扩展现实提供的数字特性来改善用户体验。这个问题的答案是，找到数字体验中与现实世界一致的元素，使其成为真实与虚拟之间的桥梁。例如，如果知道人们总是在某个特定的地点使用该应用程序，不妨尝试利用这个地点来强化扩展现实体验。

我曾设计过一款关于儿童教育和娱乐的体验，在很大程度上，这一体验需要孩子们在家里使用这个应用。有了这一确定性的构思后，就可以进一步寻找设计目标：孩子们为什么需要在家里使用这种体验？家里有这么多玩具、游戏设备、节目，为什么孩子会想在家里使用这个？通过探索所有家庭可能具有的共性，答案就出来了。所有家庭中都有门的角色，门是通往其他地方的入口，而在扩展现实体验中，门可以作为通往其他现实和地点的入口，这可以使孩子们以前所未有的方式体验他们的家。日常生活中，你可能已经习惯了你的家，但这种体验则为孩子们提供了一个机会，以一种全新的，甚至可能是神奇的方式来体验他们的家，一种利用家里已有的东西来激发他们的想象力的方式。只需要让孩子们打开卧室的那扇门，在扩展现实的作用下，就可以把他们带入一个完全不同的，此前只能在想象中体验的世界。增强现实相对于虚拟现实的一个巨大的优势，也是一个巨大的挑战，就是你可以基于现有的、不断改变的环境进行全新的设计。增强现实设计依赖于用户实际所处的环境，而不是只依赖于体验中产生的虚拟内容。

在进行头脑风暴和草图设计时，你可以从探索地点变化的可能性和增强创意的一致性中获得灵感。假如你的设计构思是希望使用者能够从他们当前所处的环境中获得片刻休憩，那么虚拟现实体验可能更容易实现这一点。研究发现，在医疗机构的治疗过程中，孩子们普遍抗拒被注射药物，斯坦福大学的 CHARIOT 项目针对孩子们对故事、人物、冒险和游戏喜爱的特征，研发了一款扩展现实体验应用程序，让他们通过使用虚拟现实设备而沉浸在一个可以减轻现实中注释药物带来压力的地方，同时医生可以在他们伸出的手臂上进行物理治疗，如图 4.3 所示。

开始一个扩展现实项目，尤其是作为你的第一个项目，很容易让人不知所措，但如果你改变思考角度，就可能会找到超出想象的全新解决方案。如果你能清晰解释自己的设计目标，以及回答为什么要选用某项技术，那么你已经准备好进入创意构思的下一阶段了。

图 4.3　使用虚拟现实设备的儿童

摄影师：Inthon Maitrisamphan，就职于 Shutterstock

现在，你应该已经明白确定设计目标的重要性，但是为了让你的设计思路变得更加可行，你还需要清晰回答以下问题：

❏ 你的项目主要受众是谁？

❏ 使用场景是什么？

❏ 使用时间有多长？

❏ 使用地点在哪里？

❏ 最佳使用方式是什么？

❏ 它将以何种方式影响用户？

4.2　创新和实用性

创造力的定义就是无约束的创新。在扩展现实领域内，创新带来的增量需求和技术进步之间往往相辅相成。试图用新技术创造新东西和使其具有创新性之间存在着双重压力。扩展现实领域的特点在于其本身是一个没有明确边界的领域，设计者所创造的事物都似乎是全新而独特的，无论做什么都会有一种创新感。尤其是在该领域诞生初期，设计者之间的竞争较少，这种自由感会激发出设计者内在的创造力。第一个在应用程序中添加增强标签的行为是创新，但是第二个添加的人就成了抄袭者。不过，如果我们放宽对于创新的限制，也可以认为在原有的创意上进行改善的设计属于创新的一种，例如在增强标签上添加动画效果、实现对面部表情等移动物体的跟踪等设计。事实上，创新也可以来自这种新的想法或新的风格，当把做事的创新方法与最新的技术结合起来考虑时，其结果往往会超越原有等级。

4.2.1 不必强求创新

尽管人们追求创新，但急于创新也会带来一定的风险。当前许多企业和公司并没有花费足够的时间和精力专注于设计体验，而只是简单地将工作成果推向市场，却声称自己是该领域第一人。然而，这永远不会有好结果，因为即使你发布了该领域第一款产品，如果客户对这款产品的体验不积极，他们就不会作为回头客再次体验。在扩展现实的设计中，追求成为创新者的执念往往会给用户带来糟糕的体验。这个领域有很多设计来自最先接触新技术的程序员和开发人员，但他们的这些设计往往只是展示了技术的运作方式，并没有使项目本身产生更深更远的实际价值。如果没有真正关注创造体验的本质与用户的内在需要，用户就不会真正与产品产生强烈的联系，会认为这是一种弱体验。所以，一个伟大的创意如果执行不当，也会走向失败。

这就是设计在过程中至关重要的原因，以及为什么它需要从项目之初就被慎重考虑。最早使用某项技术的设计者往往能够看到他们的设计理念在经过长时间的投入与沉淀后，其未来的发展潜力和变化形态。对我而言，这意味着更进一步的创新。对于设计者而言，不要简单地为了使用某项技术而生硬地凭空捏造一个设计创意。而是要把创造力集中在最终的目标上，专注于通过新兴技术以更好的方式和更高的标准实现这一目标。

记住你的目标，以及了解你要创造这种体验的根本原因，将使你在这个过程中保持专注。正如史蒂夫·乔布斯所说："相比已经完成的工作，我对那些没有完成的工作一样感到自豪。创新就是对 1000 件事情说不。"你可以看到这一原理如何贯穿于真实生活的其他场景之中，例如，如果没有列出清单就去买菜。你可能面临着多样的食材选择，最终买了满满一袋的食物回家，但却并没有任何东西可以搭配成完整的一餐。这个类比可能有些简单，但扩展现实设计中也是如此，在寻找创新的解决方案时，会因试图尝试所有"闪闪发光的新事物"而使人无法专注。在飞速变化的社会中，试图在多个平台上同时创造内容是有一定难度的；相反，你可以尝试专注于一个平台，让用户在这一平台中先产生良好的体验感，对用户产生积极影响，然后以此为基础，扩展至其他平台。无论是从集体发展角度还是个人发展角度来看，过快的扩张可能会带来高昂的代价。因此，你应当先基于一款设备甚至是一种扩展现实技术完成对设计的打磨，再尝试扩展到另一个平台。

4.2.2 周密设计

当要去跑步时，你需要选择便于跑步的舒适跑鞋。一双专门针对跑步设计，甚至专门针对特定跑步地形而设计的跑鞋将会显著提高整体跑步体验。对于沉浸式体验来说也是如此。假如你希望所设计的体验对用户来说是实用的，那么回答以下的基本问题至关重要。

❑ 用户进行体验的场合是什么样子的？在室内还是户外？是公共场合还是私人场所？

❑ 用户通常会体验多长时间？

❑ 在体验过程中用户会坐下、站起或走动吗？

在选择技术之前，你需要首先回答这些问题。如果你已经确认用户在参与体验时需要四处走动，那么选择一款用户无法看到周围世界的虚拟现实头戴式显示器是毫无意义的，因为用户无法看到他们周围的世界；一个更好的选择是不依赖上位机的非连接设备。总结来说，你需要把用户的需求和你的设计目标联系起来。

4.2.3 截止日期的力量

压力和时间限制会抑制创新能力。正如缺乏睡眠一样，一成不变的路线和过分追求完美主义同样会限制创新。现在，你已经知道这些变量会影响你的构思过程，那么，你需要尝试找到最佳的工作时间，在此期间专注于自己的设计思路。如果你和我一样，那么为自己确定一个截止日期对完成项目或任务会很有帮助。有了最后期限，就会产生某种明确的需求，从而神奇地让你做出最后的决定并完成任务。但是，如果你没有提前计划和管理好时间，截止日期就会增加你的设计压力。截止日期前的时间是用于对你一直犹豫不决的事情做出最终的决定，而不是让你提出新的想法。如果逆势而为，很可能会使得创造力被压力所抑制。

对设计者而言，需要对扩展现实领域的新技术（或任何技术）产生变化的可能性保持清醒的认知。创意本身并不能促成变化发生，只有真正做事才能促成改变。因此，设计师必须通过不断地努力把想法变成真正的产品，才能开始衡量这项创意的影响。这个领域的创新工作有很大的潜力能够改变人们的生活。坚持亲力亲为，你的经验会更有价值。

4.3 外部因素的影响

根据克利夫兰诊所⊖的研究，人们每天会产生差不多 6 万个想法，其中大约 95% 都和前一天重复。人们的习惯和模式会对大脑的想法产生影响，而这种日复一日重复的想法无形中会限制头脑中的对话。只有在看一部电影、读一本书或与别人交谈等外部因素的影响下，人们才可能能够改变思维角度，产生新的思考方向。如果仅局限于自己的头脑中，就可能会把自己限制在已知的一成不变的想法中，很难带来真正的创新。

想象一下，当你通过来自外部且不可预知的方式把这些雷同想法一个个过滤掉时，这会产生怎样的潜力。

假设你正在思考重新设计汽车穿梭餐厅⊜订餐过程的最佳方式。如果只使用已经经历过的方式来考虑这个过程，那么你很可能不会发现任何与过往不同的创意，更不用说彻底改变

⊖ 克利夫兰医学中心虽然一直沿用诊所（Cleveland clinic）的名字，实际上是一个享誉全球的巨无霸医疗集团，在克利夫兰市辖属近 20 家分院和康复中心。本称为 Cleveland Clinic Foundation（CCF），有 50 余座建筑，床位 1 400 张，主诊医生 3 000 多位，护士 15 000 多名，各类雇员总数约 45 000 人。——译者注

⊜ "汽车穿梭餐厅"是一种主要为汽车驾驶者服务的餐厅。这种餐厅在汽车普及率很高的发达国家已非常普遍，美国大量肯德基餐厅都设有这样的购买窗口，不需要停车下车就可以取餐离开。在中国，专门为驾驶者提供饮食服务的餐厅渐渐也出现了。——译者注

这个过程。然而，如果你已经开展了用户研究，例如与不同的人交谈，了解他们在使用汽车订餐服务时的体验，你就可以扩展自己对这个过程的理解。

❑ 找出用户最大的痛点。

❑ 缩小设计关注范围，找到对流程产生最大影响的关键部分。

❑ 确定用户的决策优先级，将其与当前流程的优先级进行比较。如果发现其中存在不一致，那么就可以较为轻易地识别其中的冲突点，并通过收集足够多的数据来选择可行的解决方案。

4.3.1　发散性思维

如果你递给小朋友一个装满积木的篮子，他们会自发地开始搭建高塔、城市、道路、房屋、城镇等任何能想到的东西。每次看着放在这个篮子里的积木，他们都可能会想出一种新的设计。这种**发散性思维**是创意构思的重要组成部分。为了找到最佳的解决方案，甚至获得选择特定方向的信心，设计者首先需要针对多种实现方式进行探索。

> 知识拓展
> 发散性思维：探索多种解决方案来解决某个问题的能力。

你现在在想什么？在阅读的时候，也许你脑海中会浮现出对应的例子。当你消化每一个新的句子时，你会想到它将如何适用于自己的项目。现在，无论你做什么，不要去想红色的苹果。事实上，你可以暂时停止对本书的阅读，专注一下，如果有帮助的话可以闭上眼睛，你可以想任何其他事情，除了红苹果（如图 4.4 所示）。

图 4.4　红苹果

摄影师：Africa Studio，就职于 Shutterstock

结果怎么样？结果大概率会是无论你在做什么，你都会不由自主地想到一个红苹果。或许，为了不屈服于红苹果在你脑中不断浮现这一事实，你甚至会试图想象一个绿苹果。这个例子告诉我们，思维会高度受到周围环境的刺激影响。在这种情况下，我甚至可以把某个可能根本不存在的物体植入你的头脑中。明确了这一点，不妨回想一下，你是否经常在（经过不同的路线）散步回家时突然产生新的想法。当你处于一个与以往完全不同的环境中，面对与此前所习惯的不同刺激时，周围的能量场就会发生变化，你的视角也会跟随不熟悉的路线而发生改变。

4.3.2 随机影响

如果你接受这样一个观点，即人们的思维可以被外部因素影响，而产生全新的、不同的思想，那么每当你在头脑风暴中被卡住或没有灵感的时候，不妨在构思时引入这一概念。这一观点本质上是一个构思想法或设计理念的流动过程。这种思维的表达方式提供了从一个需要解决的问题开始思考，进而将相互联系的思维过程可视化的概念。为了开始这种想法的流动，你可以尝试一些不同的技巧。一种技巧是在你的思考过程中加入一个随机的物体或词语。这一简单的步骤可以帮助你将原有的整体思维流打散重组，改变你原来的思考方式。

现在，回到刚才谈到的汽车穿梭餐厅的案例，假设你要构思一种新的沉浸式设计来显示餐厅菜单。当前构思的关键瓶颈在于，你不知道应该如何克服点餐过程这一限制因素。然而，如果你借助一个随机词来过滤或透视当前想法，可能就会发现一些以前没有考虑过的概念。例如，一个在线随机词生成器随机生成了"流量"这一词语。你可以以此为提示改变你的思考方式，特别挖掘那些与餐厅流量有关的环节以备改进。

- ❑ 高客流量阶段面临的点餐挑战。
- ❑ 低客流量阶段的点餐差异。
- ❑ 展示菜单的最佳位置。
- ❑ 取餐窗口的位置设置。
- ❑ 餐厅与主要街道的距离，以便关注交通状况对点餐过程的影响。

以上的这些思考又将如何随着随机词的改变而改变？假如以"健康"作为随机思考的关键词又会有何不同？尽管这些词语都是由在线随机生成器提供的，但重点是要考虑它们与设计项目本身的关系，以及这种关系将如何引导设计者产生额外的思考。如果没有随机词提示思考，设计者可能会忽略某些问题。

> 小贴士：通常，我会首选 www.randomword-generator.com 网站帮助自己进行随机词思考，不过在网页中快速搜索也能提供相当多的随机词。

4.3.3 聚合性思维

以上就是发散性思维和外部性思维的魅力。你可以扩展思考的可能性，探索多种解决方案。但其中并非每一个想法都是可行的。因此，一旦思维发散得很广很远，下一步你要开始进行聚合性思考，在庞大的想法池中选择一个或几个最重要的解决方案。在接下来的创造和测试阶段中，这些方案可以被不断完善。在花时间广泛探索诸多选项之后，用**聚合性思维**缩小选择范围会容易得多。如果你尝试从三个可行方向中选择一个方向，它可能是好的，但由于选择太少，你很难真正理解排名。但是，如果你从 150 个选项中选择一个方向，那么你就明确知道这一方向的排名比其他 149 个更高，这会使你对自己的解决方案更有信心。

知识拓展

聚合性思维：探索唯一最佳解决方案来解决某个问题的能力。

再次回到此前汽车穿梭餐厅的案例，在探索了许多不同的想法之后，你需要逐步缩小范围，只选择一种最佳方法作为解决方案。如果你在头脑风暴中确定，最重要的设计方向是在汽车穿梭餐厅提供更为健康的套餐，那么你可以深入挖掘研究这一主题。如何在驾车点餐过程中，向消费者传达关于食物健康和营养的信息？

典型的汽车穿梭餐厅的菜单内容是固定的，而且已经充满了各类信息，如图 4.5 所示（图中为 Krystal 快餐品牌的菜单和广告牌）。如果点餐者可以在增强现实环境中浏览菜单，那么就可以为其提供量身定制的信息。举例来说，点餐者可以通过自己的饮食偏好对菜单进行过滤，选择其最想看到的套餐，或者通过增强现实技术直观地展示一个套餐中所含的营养成分。只有采用聚合性思维，投入大量时间深入探索一个单一的想法时，这些细节才会出现。

图 4.5　汽车穿梭餐厅的菜单

摄影师：Billy F Blume Jr，就职于 Shutterstock

当你在构思点餐过程时，一定要花时间去观察。事实上，这一观察过程更像是使用眼睛"倾听"。在构思过程中，不仅需要冥思苦想如何使驾车点餐的过程变得更有吸引力，还需要真正来到汽车穿梭餐厅，观察别人的点餐方式和流程。现在，在开始用更聚焦的方式探索你的想法之后，你需要进一步考虑该想法的应用场景。

- ❑ 你预计人们会在哪些地方使用你所创造的产品或体验？
- ❑ 那个地方有什么东西？
- ❑ 人们在那里做什么？
- ❑ 目前存在的痛点是什么？

4.3.4　探索设计主题和模式

在设计汽车穿梭餐厅的增强现实体验时，你会非常明确地知道这一体验的发生位置：汽车里。然而，更重要的是要确定设计的重点和优先级。处于点餐状态时，司机需要一边浏览菜单内容，一边注意周围的车辆和其他障碍物，因为他们在下订单的同时手需要放在方向盘上。通过对目标用户司机点餐需求的探索，你可以开始思考如何利用增强现实来改善他们的点餐体验。即使以前曾在汽车穿梭餐厅吃过饭，你仍需要尝试使用不同方式开着汽车亲自点餐，以发现在改善现实体验过程中，增强现实技术可能解决的痛点。

只有有了亲身体验，你才会对点餐过程拥有自己的认知，提出自己的观点。你需要真正观察（实际上可以算倾听），观察别人的全部点餐过程，以了解用户实际的点餐情况。在观察过程中，你需要完全剥离主观假设，尽量避免带有偏见和预期。观察的目标是确定设计主题和设计模式。因此，你需要确保观察不同的群体。带着一车孩子的母亲与正在午休的商务人士可能有不同的点餐需求。保证观察群体的多样性，当你观察到在大量人群中的共性需求时，设计模式将会变得更加清晰。

4.3.5　基于观察重新想象

在扩展现实的设计中，需要重建人们的观看方式。如果想要改变人们的观看方式，首先需要对他们的行为进行观察。了解人们如何在头脑中创建图像，进而提出独特的设计构思。在前文中，我们已经探讨了如何使用眼睛"倾听"，进行真正地观察。那么，下一步我们需要了解人们的大脑如何感知所观察到的事物。图 4.6 展示了大脑中的视觉通路，视觉信号首先进入视网膜，沿视神经进行传导，最后到达初级视觉皮层进行处理。

大脑初级视觉皮层主要对大脑中的视觉刺激进行有意识处理，通常被称为 V1[⊖]。人的视觉通路是一个系统性的处理过程：从你的眼睛开始，特别是视网膜，然后通过视神经将视觉信号传输到大脑两侧，即**大脑半球**进行处理。

> **知识拓展**
> **大脑半球**：大脑中负责处理不同认知的部分。大脑的左侧主要进行逻辑处理和分析，而大脑的右侧则是创造力和情感所在。

⊖ 视觉皮层是指大脑皮层中主要负责处理视觉讯息的部分。人的视觉皮层包括初级视觉皮层（V1，亦称纹状皮层）以及纹外皮层（例如 V2，V3，V4，V5 等）。——译者注

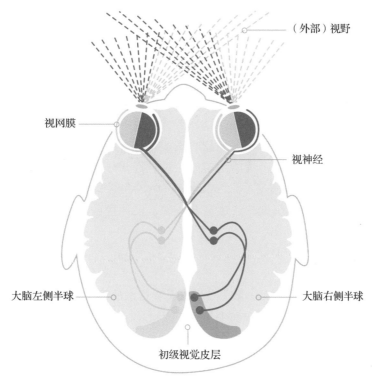

（外部）视野

视网膜

视神经

大脑左侧半球

大脑右侧半球

初级视觉皮层

图 4.6 大脑中的视觉通路

这些不同区域的活动汇集在一起，构成了包括深度感知在内的视觉场景。第 8 章中，我们将进一步讨论这个问题，但从本质上讲，重要的是要理解当人们走进一个空间时，会依靠视觉神经将看到的所有视觉信号从视网膜映射到视觉皮层，以此在新的空间确定自己的方向。人们甚至会在毫无意识的情况下创造一个空间的三维模型，同时在其中判断上下左右等空间关系。一旦能够在脑海中创建空间三维模型，人们就能够了解自己在其中的位置关系。这是设计者在创造过程中必须理解的重要部分，以便我们可以模仿大脑在空间中的定位方式到我们正在创建的虚拟和数字空间中。

你是否曾在走进一个空间时不由自主地停下来，用一分钟时间环顾四周，以更好地确定自己在这一空间中的位置？如果你以为这扇门的前面是走廊，但你打开门看到的却是围坐在办公桌旁的一群人，你会感到尴尬并很可能会退缩。这就是人理解空间位置和周围环境的过程。现在开始，当你走进一个全新空间时，你需要注意此时大脑的处理过程，这对于进行空间定位至关重要。实际上，这个定位过程是所有扩展现实体验启动的基础。

4.4 保持设计的人性化

在构思沉浸式体验时，需要把目标用户作为设计的核心。对设计者而言，明确是在为谁而创造是取得成功的关键。如果分别为儿童和阿尔茨海默病患者创作体验，你的思维过程将完全不同。我们需要承认，设计出能够适应所有人需求的体验并不现实，但是，我们仍然应当充分评估目标受众的能力水平和面临的挑战，从而使整个体验设计以人为本。要做到这一点，设计者需要与目标受众产生同理心和共鸣。在 IDEO[⊖]的"以人为本的设计工具包"中，同理心被解释为"对你所设计的对象所面临的问题和现实的深刻理解"。

要真正践行以人为本的设计理念，设计者必须放下在一开始就自以为已经知道答案的自大。这样才能在设计过程中逐渐找到答案。设计者必须虚怀若谷，接受自己在某方面的无知，放下对可能发生的事情的期望或假设，打开心扉接受在这一过程中所了解的信息。IDEO 在其设计工具包网站（designkit.org[⊜]）中将这一过程分成了三个主要阶段，即提出灵感、构思细节和具体实施。通过这些步骤，设计者会与其目标用户建立起更深的共鸣。

4.4.1　案例：谷歌眼镜

谷歌公司于 2014 年正式发布谷歌眼镜，这是它推出的第一款可穿戴电子产品。谷歌眼镜并未达到市场预期的销售状况，这鲜明展现了无论是在传统的设计中，还是在扩展现实这类新领域，同理心和理解目标用户都对设计成败至关重要。在设计产品时，谷歌对用户需求进行了假设，它没有清楚地定义谷歌眼镜能够为用户解决的问题。谷歌公司把做到"第一"放在了做到"最好"之前，仿佛希望用户不必在意实际需求，仅因为它铺天盖地的炒作就下单购买。它没有清晰地定义谷歌眼镜的最佳使用场景，也没有明确展示谷歌眼镜将如何与用户的社会文化习俗和日常生活相适应。图 4.7 所示为于 2014 年 5 月发布的谷歌眼镜的图片。谷歌眼镜是谷歌公司开发的内置计算机的光学头戴式显示器。

我曾参与过一个由戴着谷歌眼镜的主持者主讲的会议，不得不说，这是我迄今面对过的最为尴尬的场景。在会议中，他一边讲话一边在谷歌眼镜里使用导航功能。作为观众，我能够看到他的视线在看别的地方，而不是那些他本该与之交谈和互动的参会者。他被眼镜里的信息占据了过多注意力，以至于无法集中精力传达有效的信息。据我观察，佩戴谷歌眼镜这件事情使他太忙了，从而无法专注于会议，这也让我怀疑，我参加这一会议的意义到底何在，如果有其他事情要做。据我所知，他是在使用谷歌眼镜中的笔记或参考资料来帮助引导整个演讲，但在现实中，这肯定会妨碍他的正常沟通和表现。整个环境有一种社会性尴尬，不知道该如何应对这种尚未被社会或文化接受的新产品。

⊖　IDEO 是全球顶尖的设计咨询公司，以产品发展及创新见长。成立于 1991 年，从只有二十名设计师的小公司做起，一路成长到拥有七百多名员工的超人气企业。——译者注

⊜　designkit.org 是由 IDEO 公司下属成立的非营利机构 IDEO.org 建立的推广以人为本设计理念的设计平台，为社会各界免费提供个性化的线上设计工具和设计案例。其部分使命是向世界各地的社会部门从业者传播以人为本的设计方法。——译者注

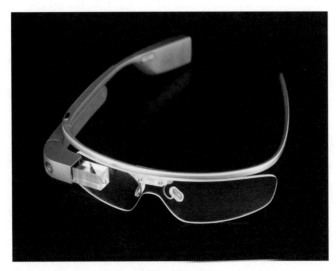

图 4.7 谷歌眼镜

摄影师：Hattanas，就职于 Shutterstock

如果这位谷歌眼镜佩戴者能通过讨论房间里的大象[⊖]这种可穿戴技术本身来承认这种社会性脱节，整个会议就会人性化很多。阐明他在做什么以及为什么戴上这副眼镜，会使整个体验更加舒适。如果没有这些关于合理性的解释，我怀疑他自己都不清楚当初为何要佩戴这副眼镜开会。毋庸置疑，他佩戴的产品对会议并没有起到任何帮助，甚至使会议变得更糟。所以，不妨思考，谷歌眼镜的出现是为了帮助人们处理主持会议类日常工作任务吗？这个问题的答案仍是未知数。事实上，结果也佐证了这一结论，在不明确产品的目标人群，也不明确它将如何提高这些人生活水平的情况下，谷歌眼镜的销售情况很差，谷歌也因此停止了生产。

2019 年，谷歌面向企业和工作场所推出了新版本的谷歌眼镜。这次与第一次发布的谷歌眼镜不同，谷歌把它定位为专门供外科医生和工厂工人使用的增强体验产品。有了这个更聚焦的设计重点，谷歌更清晰地确定了目标用户的需求，并据此针对性地提升了谷歌眼镜所带来的体验。

4.4.2 不必执着于完美

众所周知，人并不完美。这是一个好消息，因为完美主义意味着无聊和平凡，追求完美不应该成为目标。明白一切皆不完美，明白人们会在设计过程中犯错，可以让我们承认错误并从中学习，然后继续进行创造。在设计过程中，设计者可能要不断调整设计重点并做出针对性改变，也必须妥协各种可能存在的技术限制。接受一些设计中的不完美有助于适应这

⊖ 房间里的大象（Elephant in the room）是一个英语熟语，用来隐喻某件虽然明显却被集体视而不见、不做讨论，或是一种不敢反抗争辩某些明显问题的集体迷思。——译者注

一情况。当开始探索如何融合物理和数字世界时，我们必须把一些人性的感觉带入我们所创造的数字环境和空间；这将使创造的体验更有吸引力与亲和力。

一次，我和我的两个孩子被邀请参加一个开放日[一]聚会，并邀请我和孩子们坐在他们的客厅沙发上吃饭。尽管他们热情邀请，再三坚持，但当我注视着自己不整洁的孩子坐上他们家崭新的白色沙发、踩上白色地毯时，我立刻就紧张起来，尤其是看到孩子们盘子里的红色草莓时，我必须不断机械性地确认孩子们的脏手是否都已经被擦干净。因此，我整个时间都很焦虑。对设计者所创造的虚拟现实环境来说也是如此：对用户来说，如果虚拟现实体验过于完美，它们就变得不那么容易接近，并可能导致用户变得紧张。因为尝试新的技术或是进入不熟悉的环境会让人感到一定程度的不确定，继而产生焦虑，所以我们要寻求一种让用户感到放松的设计方案。

基于我们对冥想如何能为人带来平静感的了解，有许多方法可以帮助实现模拟冥想时带来的放松效果。沉浸式体验某项活动也是如此，良好的体验过程能够帮助用户实现心流[二]状态。当用户集中注意力时，身体会暂时释放多巴胺，这是人的天然抗抑郁剂。这种反应可以为人的思想找到一种节奏或韵律，几乎类似一种音乐。这与人们走路或跑步可以达到的效果是一样的，在心理学领域通常被称为"跑步者的兴奋"。假如设计者在可能导致焦虑反应的领域（如虚拟现实体验）中模拟这些节奏，将会使用户产生一种平静的感觉。

在构思设计创意时，设计者需要在内心和现实环境中真正"看到"这个想法。首先，设计者需要对设计目标、设计内容、工作方式、应用场景、目标人群有一个整体而全面的认知。然后，设计过程中需要把所有技术变量和选项都考虑在内，以确保选择与设计理念最匹配的技术。一旦设计者心中有了这些问题的答案，并且已经聚焦了设计方向，那么就可以进入下一个阶段：原型设计。

设计挑战

思维导图

在本次设计挑战中，读者将尝试仅使用圆圈、线条和文字创建一个思维导图。

首先，选择一个核心主题，把它放在页面的中心，然后，设置一个一分钟的计时器，画出与中心主题相连接的次级圆圈，并尽可能多地写出连接词。这些连接词应分别写在自己的圆圈内。

接下来，将计时器设定为 30 秒，画出再次级圆圈与每个次级圆圈相连接，并在其中补充加入你联想到的其他词汇。重复这个过程，直到有三个层级。

㊀ 开放日是公共关系项目活动之一。常用于机构组织、公司、政府部门等，在指定的一天开放给公众参观。此处指欧美常见的家庭聚会。——译者注

㊁ 心流（英语：flow）在心理学中是指一种人们在专注进行某行为时所表现的心理状态。如艺术家在创作时所表现的心理状态，是一种将个人精神力完全投注在某种活动上的感觉。——译者注

　　完成三个层级之后，退后一步，标出其中那些有趣的想法。在此期间，重要的是不要判断你的想法是好是坏。把这个问题留到最后再解决，只需要挑出那些第一时间映入眼帘的词。

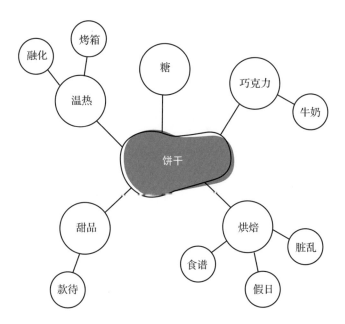

原型设计

在正式进入完整的数字化设计流程之前，往往需要先完成一件重要的事情，梳理你的设计构思并明确工作方式。如即时可视化或敏捷迭代设计。本章将针对原型设计的方法展开讨论。

保持乐观的心态：首先需要通过创造和实验培养一种更乐观的心态，进而有自信尝试新事物、探索未知的世界。

绘制透明草图：当针对增强现实和混合现实场景进行头脑风暴时，在不受其他因素干扰的情况下，在不断变化的环境和背景中测试你的创意和想法是很重要的。

原型的力量：当试图具象化设计的交互体验并理清交互流程时，不妨借助基础原型图来创建快速测试。

熟能生巧：当基于新技术进行创作时，可以通过采用熟悉的元素来消除一些风险。

5.1 保持乐观的心态

如果对某件事的感受方式或思考模式发生了改变，新的信心和希望也会随之而来。"乐观并自信"这种方法有助于人们克服在学习新事物时缺乏自信的问题。如果你一遍又一遍地告诉自己做某件事一定会成功，你就会逐渐开始相信这一愿景，最终你将能够完成这件事。在面对不熟悉的新事物时，这种乐观的心态尤为重要。

事实上，大部分刚刚开始在扩展现实领域工作的人都会面临着对未知事物的不确定性，这一领域涉及大量全新事物，更不用说它仍然在不断变化和演变。想要跟上扩展现实领域的发展步伐，唯一的方法是潜心创作。体验整个过程。

那些设计出被大众认可的创新作品的人通常被认为是创新者，因为他们以一种前所未有的方式创造出了截然不同的事物。告诉自己你能做到，行动起来。

但是，如果你正在尝试一些新的东西，做一些你以前从未做过的事情，需要从哪里开始呢？本章中，我们将探索开启全新体验的不同方法。所有的方法实际上万变不离其宗，都是基于你所知道的和熟悉的东西来帮助你在完成目标过程中充满自信。

如果你递给我一张纸，让我叠一架纸飞机，我会立刻开始自我怀疑。我也许会不断反思自己在空气动力学方面知识的缺乏，也许会试着回想自己以前叠纸飞机的，第一步，我甚至会在脑海里不断想象飞机的形状应该是什么样子的。

然而，如果你让一个孩子叠一架纸飞机，他们会毫不犹豫地马上动手。即使折出的飞机飞得不够远，他们也会毫不犹豫地再试一次。只要飞机飞起来了，孩子们就会认为获得了进步和成功。事实上，我们确实应该将此视为一种成功；它意味着我们离完成目标更近了一步。现在已经有了一个明确的目标，让这张纸飞得越远越好，手头还有着简单而熟悉的材料，没有任何理由不去尝试一下。最棒的是，在看到自己的设计方案是否有效之前，我们并不需要花费太多时间完成模型制作。你可以迅速而轻松地学会一些有用的原理，来帮助纸张在空中飞得更远。第一次尝试可能并不会带来让人眼前一亮的结果。然而，如果你坐在那里一个小时，不断实验、不断观察，持续告诉自己你能够让纸飞机飞到房间里的某个特定地点，你会比只是"接受事实"，面对一张白纸手足无措获得更多的东西。图 5.1 是由一个 13 岁的孩子从他创造性的视角完成的一架飞机从城市穹顶飞过时的三维草图。

孩子们往往更容易适应这些未知的领域，因为他们实际上每天都在面对某些他们从未见过的领域。这也提醒我们，在生命中的某个时刻，我们每个人都曾经有过这种乐观的心态，实际上，人在整个成长过程中所完成的每一件事都可以被视为某种学习经历。漫漫进化长路中的某个时期，我们也不知道如何走路，但我们支撑着自己迈出了第一步，没有这一步，就没有今天健步如飞的我们。理解并接受每个个体都具有不同的能力，看到不能独立行走的人通过复健自力更生重新站起来这件事就变得愈加鼓舞人心。如果想要突破某种限

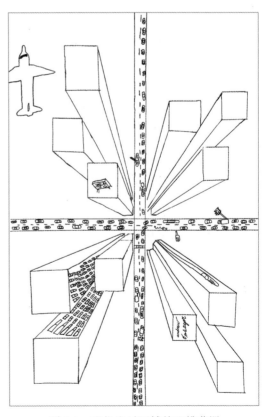

图 5.1 飞机飞过区域的三维草图

制，仅仅尝试一次显然是不够的，如果再一次失败，也请不要放弃。

你需要理解原型制作的主要目的是回答某些问题。在进行创新工作时，可能有很多因素是未知的，而探索未知最常见的方法就是着手尝试。无论将要创建的原型属于什么类型，你都需要在头脑中提前设定某个期望得到回答的特定问题。以折纸飞机为例，不妨尝试开始思考下列问题：什么样的机翼形状最好？最佳长度是多少？如何选择最合适的纸张克重？这一列表当然可以不断扩张，但是如果在一次实验中尝试验证太多的问题，则会难以识别最关键的影响因素。虽然所有这些问题都很有趣，值得通过实验来寻找最佳答案，但它们各自都应该有自己的重点。

> 小贴士：保持聚焦，每次只选择一个想回答的问题。在找到了这个问题的答案之后，再尝试解决另一个问题。

在你的实验或者研究中，如果没有相应设定常量，使得实验中存在多个变量同时发生变化，那么你很可能无法清楚究竟是哪个变量引起了最终的变化。如在测试最佳纸张克重的实验中，你需要预先设定一系列常量以进行对照实验，包括飞机整体设计以及各个平面形态，使得实验中唯一的变量就是纸张克重。然后，通过不断进行飞行测试，你可以观察哪架飞机飞得最远。因为没有其他变量发生变化，所以我们可以选择所有飞行测试中飞得最远的一次，将其对应的纸张克重确定为纸飞机最佳克重。

5.2　绘制透明草图

现在，回想一下本书为你带来的阅读体验：与文字所传达的思想相比，你注意到字体本身了吗？如果设计得足够好，答案应该是"完全没有"。字体设计不应该干扰信息传递。正如二十世纪著名排版专家比阿特丽斯·沃德在她的文章《水晶杯》[2]中所写的那样：就像完美的说话声音一样，良好的设计字体不会分散你的注意力，作为文字和思想的传播工具，它们不应该喧宾夺主。传递信息的容器应该像水晶杯一样透明；一本书的版式越少引人注意，它就越有助于传达这本书的思想。沃德对排版的理念也延伸到了平面设计的其他领域。没有人希望自己用来传递信息的工具对信息本身产生干扰。

"绘制透明草图"与增强和混合现实息息相关。我们希望能够设计一个透明的界面，允许用户从所处的环境中获取信息与体验。如图 5.2 所示为绘制在一张透明纸上的增强

图 5.2　透明草图

摄影师 / 设计师：刘佳琪和董小倩

现实导航体验的原型，并在物理空间中对其进行测试。下面我们不妨先从字面上理解"透明草图"：如果你真的在透明界面上设计透明页面，会发生什么？

比起在一张白纸上描摹设计草图这种方式，不妨尝试用透明的醋酸纤维纸来替代传统的素描本。在透明草图的帮助下，设计者能够透过整体上静止不变的界面元素，对周围环境进行持续观察。只需要一支记号笔，你就可以在透明胶片上完成概念线框设计，然后把它举起来，观察周围环境与所绘元素是如何相互作用的。比起在传统纸张上绘制草图，这种方式将使设计者更为逼真地体验自己的设计。在用透明胶片替代素描纸的基础上，如果你能够找到一扇玻璃窗或是门框来悬挂透明草图，就更好了，这会为你带来与通过手机或头戴式显示器观察周围环境类似的体验。

如果你的打印机支持打印透明胶片就更好了，你可以采取数字化的方式完成线框设计，并将其打印在透明胶片上进行测试。如果想要获得更为逼真的体验，不妨将胶片大小设为与目标场景屏幕尺寸相同，这样，你就可以基于真实尺寸的显示区域来绘制草图。这将有助于在当前阶段就确定基础元素的大小和层次关系。（对于扩展现实设计领域的新手来说，这种依赖于你所熟悉的草图绘制过程的方法能够帮助你更轻松地掌握新的概念。）

为了适应不同类型的技术与设备，我们可以对透明草图方法进行相应扩展，如对于头戴式显示器来说，也许你需要考虑为每只眼睛独立绘制视图。通过举起透明胶片并透过它观察周围的环境，你就可以快速轻松地测试所绘元素的展示效果。这种方法能够帮助设计者更准确地评估怎么做会更有效，同时迅速发现需要解决的问题。在类似的低保真度平台上预先验证设计理念是很有价值的，因为没有人希望在完成设计、编码、部署等等一整套流程之后，却发现选错了元素或用户体验非常差。这是一种不会被技术能力所限制就可以将创意呈现于现实空间的过渡方式。

当手中握着笔和纸时，人们的思维方式往往会不同于面对触控板或鼠标工作时的思维方式。同样，当尝试在透明胶片上勾画出一个创意时，比起面对传统的不透明纸张，我们的思考模式也会有所不同。这种方法最让人感兴趣的一点正在于它的传统性：利用旧技术来实现新技术。以这种方式工作可以在一定程度上减轻设计高科技产品的压力，让设计者能够专注于创作本身，在不受技术限制、没有创作压力的状态下，以一种相对传统的形式来确定可能的设计方案。如果你所设计的应用将会部署在移动设备上，这种方法能够帮助你快速测试所设计的元素在各种场景中的交互效果，无须编写任何代码，你只需要举起透明胶片，就可以在任何场景的任何位置轻松地进行测试。这一过程的目标是开始思考和考虑沉浸式设计的挑战和潜力。

> 小贴士：不妨将透明胶片裁剪为目标设备的显示尺寸，例如在移动增强现实体验场景中，可以将其裁剪为手机屏幕大小。

透明草图可以被绘制在任何一种视线能够穿过的物体上。你可以在窗户上使用（可擦）记号笔或粉笔进行创作（见图 5.3），也可以选择有机玻璃、屏幕保护膜、无色乙烯树脂板、大号塑料袋，或者任何手头可用的透明材料当作画布。

图 5.3　暴风雨来临前，在窗户上简单绘出云朵分类的增强现实体验草图

5.3　原型的力量

现在，请准备好下列物料：纸、剪刀、胶水、胶带、便利贴、海绵、橡皮泥以及开放的心态。

对于扩展现实这一高度技术化的领域来说，你可能会想知道如何采用这些基础材料开始创作，但这也正是快速原型制作的优势。绘制草图是整个设计流程中非常重要的一部分。当只用手工作时，你能够专注于探索自己的想法，并不断精进。一旦将计算机引入这一过程，我们就会不由自主地开始关注技术而非创意本身。在 2D 平面上进行 3D 设计可能会对想象力带来一些挑战。实际上，对于扩展现实这一立体世界中的设计来说，有什么比 3D 更好的方式来实现你的创意呢？原型设计的另一项挑战是以立体的角度来观察所设计的模型与环境。在去掉框架或屏幕的约束之后，当我们仅仅采用手头的基础材料进行头脑风暴时，就会发现自己能够更专注于各项元素的表现形式与关系本身。

5.3.1　快速迭代

基于前文提到的纸和其他物料，你可以快速地动手设计制作，这就是所谓的**快速原型**。为了更妥当地开始这个过程，首先，需要根据所要创造的东西来选择相应材料。到了这一步，对于第 4 章中所讨论过的几个关键问题：设计目标、目标受众、设计内容、交互方法，你应该已经有了属于自己的答案。如果你正在研究某一环境空间中的设计，不妨先试着制作一个立体模型，来模拟要设计的空间。如果你更

知识拓展
快速原型：采用任意材料创建 3D 模型以快速测试整体想法的技术。

喜欢按比例绘制草图（显然，这样做有助于设计者更好地把握空间与深度的逻辑），那么你需要做更完备的准备。关于怎样才能够更完美地为扩展现实绘制草图这件事，我曾经有一个梦想：将一座小屋里面贴满白纸，在其中 360° 描绘出完整的设计构思。

你甚至可以按照期望的视野宽度，在画架上放好大张的白纸，你围绕它们构建**视野**草图（如图 5.4 所示）。这将引导你深入思考用户体验和他们的注视方向。在整个体验过程中，他们会关注哪里？显然，用户的视线方向可能会随着体验重点的改变而改变，但对于最初的原型制作来说，不妨只选择体验的某个关键时刻来进行绘制。原型制作可以选择呈现用户初次载入体验的互动场景，也可以选择呈现体验的关键概念，这取决于哪个节点对整个项目最有意义。

> 知识拓展
> 视 野（Field of view，FOV）：增强现实体验中，用户所能观看的空间大小。

图 5.4　视野草图

设计师：Volodymyr Kurbatov

在 3D 模型的创作过程中，不妨尝试使用橡皮泥或黏土来快速探索各种模型和形状。这些材料可以用于独立探索，甚至更进一步，你可以将它们与空间草图相融合，这样你就可以看到 3D 模型与周围环境所产生的联系。无论是虚拟现实还是增强现实设计，灵感迸发的最佳来源是现实本身。一定要让自己沉浸在你所试图用数字方式创造的场景中。如果你要设计的是增强现实体验，那么请在需要增强体验的场景中测试设计草图。例如，如果你需要设计的是博物馆增强体验，那么你就应该花费大量时间在博物馆里思考与创作，并在博物馆场景里测试所创作的草图。

这条原则同样适用于 3D 元素设计。不妨与你的创作原型（或创作时用作参考的对象）尽可能充分地进行交互。你应该对它了如指掌，这样在数字空间中创建它时才能感到熟悉。

因为快速原型设计实际上并不需要投入太多时间，所以，你不妨试着放飞一下自己的思路。在构思设计概念时，你可以对脑海中浮现的各色创意保持开放态度。不过，当你以迭代的方式工作时，就像叠纸飞机一样，你会希望每次迭代都能够专注于回答某一个特定的问题。在快速原型设计时，如果你也能始终记住这一点，那么就可以通过持续原型迭代找到最好的答案。你会发现，自己可以很快学到有关体验的很多知识，并且能够在投入过多时间和资源到某个选择方向之前及时做出调整。

5.3.2　体验观察

如果想要从这些沉浸式 3D 草图中获得最大收益，一种不失创意的方法是真正去体验。不妨尝试扮演一位初次体验的用户，并确保按照用户的意愿行动。

❑ 如果你想让用户一直坐着，那么就在坐着的时候进行原型测试。

❑ 如果你想让用户四处走动，那就像他们一样四处走动。

当你这样做的时候，不要忘记关注自己的实际体验。例如，你是否因为频繁抬头低头看而感到脖子酸痛？是否因为手臂举起太久而感到疲劳？如果你想让用户长时间地举着他们的手机，那么设备的重量会逐渐令他们感到手臂和手指开始疲劳；对于长时间举着遥控器的体验设定来说，也会产生类似的影响。

在对创意进行测试时，角色扮演体验观察是能够检查产生影响的所有物理因素的有效方法。你甚至可以更进一步，记录自己的互动过程，控制相应变量，以从不同角度进行体验观察。

亲身经历这些会带给你第一手体验，能够帮助你理解你的用户。在进行设计时，你可能认为在整个体验过程中保持平举手臂相当轻松，然而，验证这一点的唯一方法是亲自测试。在设计流程后期，会有很多人测试你的高保真原型，但是在推进到这一节点之前，验证创意的可行性必不可少。

在第 6 章中，我们将深入探讨用户体验设计，但在早期的草图描绘和原型设计阶段，思考如何让用户体验更具亲和力是很重要的。不妨扪心自问，你的设计是否把哪类用户排除在外？如果体验设计是为用户站立的时候视角与眼睛平齐，那么那些坐着的人的体验是否会受到影响？设计者需要分辨出影响用户理解体验的关键因素，并确保相关信息能够以各种方式和媒介传递给用户。例如，如果你准备了供用户阅读的文字，那么还需要提供一个选项让用户能够阅读这些文字。

如果想要为用户提供更完整的体验，那么从创作过程开始，就需要将这些因素纳入考虑。还要意识到可用性需求可能是永久的，也可能是暂时的。例如，如果有人不得不摘下眼镜戴上头戴式显示器来进行体验，那么没有矫正镜片的帮助，他们可能无法看清你所创作的元素。此外，如果有人站着体验时感到头晕，他们可能会选择坐下来进行剩余的体验。你需要思考，在你为沉浸式体验所做的设计中，可能会把哪些人排除在外。设计师应当反复考虑用户在不同时刻面临的永久性需求与暂时性需求之间的切换，或者更进一步，尝试思考用户的需求将如何响应环境的变化。

为了充分理解各种各样可能发生的状况，请在尽量多的位置进行体验观察测试，尝试站着或坐着，尝试明亮的光线或是昏暗的光线，以及任何你所能想到的对目标受众很重要的变化。

5.3.3 展开想象

除节省时间这一好处之外，快速原型还提供了与团队成员高效分享创意的机会。快速创建的全景草图可以让其他人直接看到体验愿景并提供反馈，或者提出与他们在项目中的角色相关的问题（如图 5.5 所示）。这最适合那些对体验设计中特定技术有经验的人，因为他们可以利用自己的想象力，从平面草图跨越到其对应的沉浸式体验。图 5.5 所示是在开放式的水屋中俯瞰水面，这可以最大限度地利用 360° 空间。这种设计让观众可以看到在车间制作的设备，它们一经出库即可直接在水中进行测试，而不需要从一个场景切换到下一个场景。

图 5.5 黄色希望之舟⊖全景图

另一方面，如果你正在向客户推销自己的一个创意，要做好他们没有这种专业想象力的准备。向他们展示增强体验的模拟照片（或视频）可能会起到更好的效果，如图 5.6 所示为一个使用增强现实软件的示例，图中是一个居家办公室的全新原型，展示了一名室内设计师正在使用数字平板电脑上的增强现实软件，为他的居家工作室选择家具。不过，模拟照片的制作速度可能没有那么快。显然，它将需要你投入更多的时间来进行设计和创造，但它会大大增加向客户推荐的成功率。你可以在草图设计中尝试多种创意，对不同设计进行研究，然后当你选定一个方向时，你可以将其扫描到电脑中，并将其添加到图像中，再添加合适的上下文来展示这一创意。

⊖ 黄色希望之舟（Yellow Boat of Hope）是一项致力于让儿童能够安全到达学校的公益项目。在菲律宾贫困地区有大量孩童在上学路上需要经过一段水域，他们只能游泳通过。黄色希望之舟这一公益项目为这些孩子提供渡船，以方便他们上学。——译者注

图 5.6　使用增强现实软件的示例

设计师：Gorodenkoff

当你开始对草图上下文进行细化，并尝试将其添加到物理空间中时，顺理成章地，你也会开始关注模型透视图与现实世界的对齐。因为这是设计过程中第一次将现实世界和数字世界结合在一起，即使是以低保真的方式，这也是能够关注空间关系的绝好机会。打开这一新世界的最好方法是使用网格，它将帮助你为成功做好准备。在纸上画出 x 轴、y 轴和 z 轴后，你可以参考这一坐标系自由绘制草图，而不必担心如何保持视角一致。这被称为**轴测图**⊖（如图 5.7 所示），即借助透视轴对三维空间进行勾勒的草图，通常作为增强现实 /虚拟现实的绘制模板，是建筑师在勾画创意草图时最常见的做法。

> 知识拓展
> 轴测图：使用绘有坐标轴的纸绘制草图，以确保各轴向保持一致。

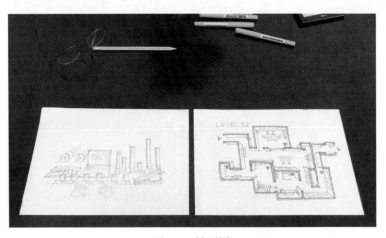

图 5.7　轴测图

设计师：Volodymyr Kurbatov

⊖　轴测图是一种单面投影图，在一个投影面上能同时反映出物体三个坐标面的形状，并接近于人们的视觉习惯，形象、逼真，富有立体感。——译者注

作为 3D 设计的两大主要应用领域，建筑设计和扩展现实设计两者之间存在着一系列有趣的相似之处：

- 在方案概念设计阶段，建筑师和设计师往往都要绘制众多版本的草图，以避免在施工期间进行重大修改。
- 两者都需要寻求一个定义明确的方案，以将系统整体结构、材料性质和空间关系统一起来。
- 结构化流程有助于确保项目顺利进行，避免引入过高的试错成本。如图 5.8 所示为建筑设计制图流程，在计算机辅助设计的帮助下，设计师能够充分展示不同类型的三维设计，从而优化建筑设计流程。首先，使用简单的线条来勾勒建筑物的基本形态。接下来，在计算机技术的辅助下，依次创建带阴影的建筑模型、黏土模型、插图模型，甚至足以模拟建成后效果的完全渲染模型。基于此，我们可以轻松快速地比较并评估不同的三维设计。

对建筑设计流程的观察和学习可以为扩展现实的设计流程提供大量参考信息。就像在建筑施工中一样，在扩展现实设计中，一旦确定了空间和模型，就很难再进行大的改变。在设计过程开始时，如果能够对各项方案进行评估并解决关键挑战，将会大大节省后续投入的时间、人力和金钱。考虑到这些相似性，建筑设计成为高度接受扩展现实技术的领域之一不足为奇。

我们已经讨论了一系列能够为你的扩展现实创意快速生成原型的方法，但它们只是众多备选方案中的一小部分。在扩展现实领域中，如果想要制作低保真原型，你可以选用以下方法：

- 透明草图；
- 全景草图；
- 增强照片（在图像上直接绘制草图）；
- 增强视频（在视频上直接绘制草图）；

图 5.8　建筑设计制图流程

建筑师：Peter J.Arsenault

❑ 用纸或黏土制作的 3D 模型；

❑ 360 度纸上草图；

❑ 实景模型；

❑ 交互式草图（扫描草图并导入 Adobe XD、Figma 或 InVision）；

❑ 故事脚本；

❑ 流程图解或模型；

❑ 轴测图。

5.3.4 用户流程

到目前为止，我们所关注的重点一直是单个时间点的草图。作为原型设计过程的开场，明智的做法显然是抓住关键交互或体验重点，并据此描绘出草图。然而，当你意识到互动体验实际上是随着时间和空间的推移而发生时，就需要在交互片段的基础上更进一步扩展这个创意。设计过程的下一步是探索用户故事的流程和顺序。这也是作品叙事真正结合起来的地方。

故事是人体验中相当重要的一部分，因此，如果能够将你所创作的完整用户体验想象成一个故事，将有助于构建整个流程。不同的故事可以在复杂性上有所不同，但核心在于确保有一个开头，一个中间，某种类型的冲突或斗争，以及一个结局。与增强现实或混合现实体验相比，虚拟现实体验中往往会呈现更复杂的故事结构。但是不管经历了多少波折，故事的本质仍然不变。为了使故事更具备表现力，你可以选用前文讨论过的各种方式来勾勒草图，并增加一个序列使前后逻辑顺畅。如图 5.9 所示为黄色希望之舟的故事板和样式表，该设计采用了能够俯瞰水面的开放式空间布局，最大限度地利用 360° 空间。角色在空间中的移动首先被可视化为自上而下的视图，然后被转译为故事板。设计成果参见图 5.4。

图 5.9　黄色希望之舟的故事板和样式表

黄色希望之舟 PG.7

场景2 分镜A9

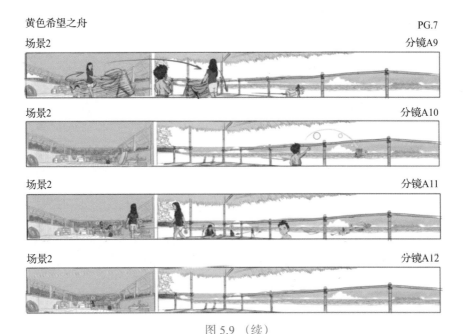

场景2 分镜A10

场景2 分镜A11

场景2 分镜A12

图 5.9 （续）

当你尝试用故事板来描述自己的创意时，不要忘记考虑用户**视点**：对用户来说，在体验过程中，什么是最有价值的？在以电影来讲述故事的传统方法中，视点一般由导演控制，但在扩展现实场景中，往往是用户获得控制权，自行确定他们的观察角度和体验方法。部分体验模式会允许用户改变他们的视角，这使得视点控制变得更加复杂。允许用户与体验进行互动甚至改变整个故事的能力称为**用户自主权**。你需要再三考虑，在自己所设计的体验中，期望用户拥有多大程度的自由来控制他们自己的故事。与电影这一类被动叙事的媒体不同，用户在体验过程中所做出的决定是让扩展现实叙事效果更加独特的机会。

每次设定**交互点**，即那些用户可以选择下一步做什么的关键节点的时候，你都需要将用户在不同选择下可能经历的所有旅程描绘出来。一旦加入了这些变化，故事就会从线性变成非线性，跟踪整个叙事流程也就变得更加复杂。为了做好这一点，设计者通常会把逐步复杂化的故事融入一张图中，以此呈现交互的流程。这张图被称为用户流程。在这个图表中，你需要确定用户体验的起点和终点（或者说体验的目标），并设计相应场景、用户交互和音频提示。为了更好地展示这些，你需要画出用户将要经历的每一个界面、每一次决策和每一步行为。用户流程图可以帮助你只用一张纸就能描绘出整个故事，从而能够进一步研究这个故事。在完成这一示意图的基础上，你可以回到故事板，为用户可能经历的每

知识拓展

视点（Point of view, POV）：指用户观察或经历某一场景或事件的角度。

用户自主权：允许用户不仅仅作为观众存在，还赋予用户在体验中控制或改变某些东西的能力。他们选择自己故事的能力将对整个体验产生影响。

交互点：在扩展现实体验中，用户能够直接或者间接地与界面进行交互，主动选择下一步体验的关键节点。

段旅程进行排序。用户自主权的设定为用户创造了更强大也更灵活的体验空间，这也意味着，在原型描绘阶段你有更多的东西要弄清楚，显然，整理好一个清晰、直接的计划才会让你更容易地过渡到开发设计阶段。

图 5.10 所示为儿童学习增强现实概念时，其体验到的信息流的大致映射。每个**用户流程**均会从一个或多个起点开始，这些起点被定义为体验（可能）开始的地方。确定起点是序列设计的第一步，主要有两个原因。

❑ 从体验开始的那一刻起，就需要将用户有哪些选择纳入考虑；

❑ 规划起点有助于在设计者脑海中创建三维思维导图，以可视化空间关系。

知识拓展
用户流程：一张用以展示用户从交互起点开始一直到实现其目标所选择的路径的图标。也称为用户交互流程或流程图。

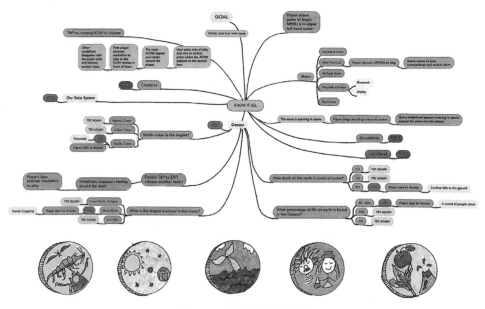

图 5.10　用户流程示意图

永远不要忘记第一个原因，同时，将用户的最终目标铭记于心，这将为你后面的工作奠定良好的基础，以确保由起点开始之后，存在一条相对直接的路径，能够实现用户的目标。然后，你可以回到起点（用户入口处）再浏览一遍整个流程，精准定位沿途出现的任何决策点或行动点。这些会成为用户在体验时格外关注的关键节点。他们会在这些节点思考自己可以采取的行动。为了引导用户完成整个旅程，使用不同层次的**提示**来吸引他们的注意力，以顺利开展下一步是很重要的。通常情况下，成功的提示源自变化的发生，例如，可以用一束闪光将用户的注意力吸引到按钮或某个特定的交互元素上，或对用户发出执行特定动作的示意信号。

知识拓展
提示：借助示意信号，将用户的注意力吸引到其可以执行给定任务的特定位置。

在使用故事板时，设计者需要规划场景中最希望用户目光专注的地方，也称为"视觉重心"。基于准备动作[⊖]，我们可以预判接下来会发生什么，指引用户应该看哪里以免错过关键情节，这一点在动画制作中非常有效。准备动作的基本原理是没有什么是突然移动的；例如，当一个人开始走路时，为了抬起一只脚迈出一步，他们必须首先将全部重量转移到另一只脚上。这个微妙的动作被看作是以重心转移开始的准备动作，我们观察到这一点后，可以据此推断这个人将要开始走动。这种根据准备动作进行预判的方法同样适用于界面设计和沉浸式体验。

还有两项更为重要的考虑因素：一是你希望用户密切关注什么，二是你希望用户注意到什么其他次要行为或元素。换句话说，你需要决定是否希望用户对体验中的某个元素给予公开或隐蔽的关注。例如，当你想要提示某种重要物品时，你希望用户把头转向刺激信号所在方位（**显性注意**）。而对于那些需要以不明显的方式发现的物品，可以采取次级辅助提示：用户不需要做出诸如扭头之类的大动作，就能注意到它（**隐性注意**）。

> **知识拓展**
> 显性注意：令用户对提示做出明显反应的方式。在设计显性注意时，用户往往会通过扭头或是转动眼球这类物理动作来响应刺激。
> 隐性注意：令用户感知空间内物体的一种不太明显的方式，例如在余光中发现。用户不必为了响应隐性提示而做出物理动作。

用户的视觉重心需要在故事板层面开始规划确定，因为它将协助优化整体体验流程。与此同时，这一环节融入的各色技巧也会帮助你对用户进行引导。例如，如果环境中的数字对象引起了用户的注意，那么用户可能会将它视为关键线索，从而选择主动走向它。如果你希望用户保持不动（让物体逐渐接近用户），那么你就不会想让物体吸引太多的注意力，从而避免用户产生向它靠近的欲望。在设计的初始阶段就将这些因素纳入考虑十分重要，在第 6 章中，我们将深入探讨如何优化扩展现实中的用户体验。

用户流程的起始点至关重要的第二个原因是，这是用户对即将展开的数字世界的第一印象。作为设计师，你应该清楚，人大脑会在潜意识中感知到大量信息（即使用户自己没有意识到这一点）。一旦我们进入新的环境，大脑会自动在脑海中尝试创建对应的空间三维图像。在我们还没有真正了解所处环境的时候，大脑已经帮助我们确定了方向以及位置。大脑帮助人理解所处环境的直观方式之一是（本能地）迅速确定哪个方向朝上。然后，我们以所处位置为基点环视整个空间，每次看到墙壁、地板或天花板时，我们在脑海中形成的空间模型就会变得更完整一些。你可能并没有意识到这一切正在发生，因为你的眼睛和大脑视觉皮层之间的关联紧密、连接流畅。

实际上，你也许更容易回忆起自己走进一个房间却感到无所适从的时刻。也许你以为自己将要步入的房间是礼堂后台，但是当真正打开门走进去的时候，却发现自己正站在舞台右前方，或者更糟糕的是直接站在舞台中央。这件事情之所以会如此令人震惊，是因为它不

⊖　准备动作：在动画里，动作部分主要由准备动作、实际动作和结束动作三个阶段组成。第一个阶段就是准备动作（Anticipation）。准备动作在原理上必不可少。例如在抛出皮球时，你首先要向后扭动手臂。这个之后的动作就是准备动作，而抛出就是实际动作。——译者注

符合你对自己在空间中位置和方向的预测。经常在游乐园或视觉艺术体验馆中出现的欢乐屋[○]，它被刻意设计成与大脑预期的空间方位相违背的样子，从而为我们带来快乐和困惑（如图 5.11 所示）。你的大脑仍然在努力确定哪个方向朝上，但是在给出确定的答案之前，它就变了。

图 5.11　镜子大厅（一位女士站在镜子大厅之中，脸上写满困惑）

摄影师：JudeAnd

下次你走进新的空间时，不妨试着多注意自己的感知：

❏ 你是否发现自己在上下左右进行观察？

❏ 你是否会步入空间寻找合适的位置，直到获得更好的视野？

❏ 你是否逐渐注意到空间中的其他对象，并尝试进行辨认？

❏ 经过上述一系列操作之后（可能不需要太长时间），你是否开始尝试探索可供采取的行动？

为了在这一过程中提供更佳用户体验，不妨尝试在设计中引入空间或环境提示。你可以使用各种提示包括灯光和声音来呈现空间的整体方向。这需要使用多种感官来帮助用户更高效地感知其方位。在虚拟现实中，这些空间提示尤为重要，原因是，当用户感知到的空间与他们实际所处的空间不同时，他们更有可能迷失方向。一部分虚拟现实体验依赖于视错

○　更为典型的视错觉现象可参考艾姆斯小屋（Ames room），基于对房间的知识，我们预期后墙应该平行于前墙，且天花板等高。我们的知觉系统认为屋中的两人距离我们同样远，因此会认为近处的人是巨人。——译者注

觉，但你不妨考虑一种根据最终目标反向设定在开场时展示完整空间的方法，以帮助用户理解自己在数字世界中的方向和位置。这一过程重新定义了用户的空间认知，帮助他们适应新空间，从而能够长时间沉浸在体验中。如果用户在扩展体验中感觉不够舒适，很可能会终止体验，以重新获得对世界的感知和控制。

如果你选用的设备是 Oculus Quest，那么，一旦用户走出初始空间进行体验，设备视野就会从完全虚拟视图切换到混合现实视图，以此进行定向导航，确保体验范围不会超出用户在佩戴设备之前设置的安全界限。作为对用户的一种保护，这个特性能够让他们更加安心，如果在体验过程中用户的移动范围超出预设，就会收到相应视觉提示。

在沉浸式体验设计的草图勾勒阶段，往往会涌现出各种各样的影响因素。不管你选用哪种技术，只要记住，这个阶段的重点是得到所有问题的答案。作为探索阶段，此时此刻设计者不应该在尝试之前放弃任何想法，尤其是当你可以通过快速描绘草图或制作原型来对创意进行测试。书中所提到的一部分解决方案也许会超出你的舒适区，所以，现在让我们来看看，如何结合你所熟悉的设计流程，使这一阶段的工作更加容易上手。

5.4　熟能生巧

在成为一名增强现实设计师之前，我从事了很长时间的动画设计工作。我的设计工作经验可以追溯到早期 Flash 时代，但我的创作兴趣得到激发是在当我第一次打开 Adobe After Effects，看到它是如何改变体验设计的方式时。探索基于时间轴的设计和 3D 空间如何影响信息交流的方式点燃了我的创作灵感，激发了我讲故事的潜力。除了动画设计，我还有 UI 设计师和 UX 研究员的相关背景。这些旅程最终将我带入了扩展现实设计的新世界，一个真正融合了动画设计、UI 设计与 UX 设计的高级世界，同时不受现有框架的限制。意识到这一点后，我开始将之前的工作经验融入当前的工作中来。正如前文中所描述的那样，沉浸式体验拥有大量创新之处，相对于传统设计流程来说，扩展现实设计需要采取一些不同的步骤，但是在进入这一未知的世界时，能够拥有熟悉的知识作为基础确实令人感到舒适。如图 5.12 所示为手势 UI 探索草图，即探索基于手部动作所设计的用户界面的交互元素，这使得人们尽管不太熟悉沉浸式体验的用户界面，但依然能够应用熟悉的动作。

现在，不妨尝试开始拓展那些你已经了如指掌的流程，例如：

基于 UX 设计过程，你可以抽象出用户调研、观察和线框化等技能。然后，不妨将所抽象出的部分创意融入沉浸式体验的设计框架中，例如使用前面所提到的透明草图方法。

基于 UI 设计过程，你可以抽象出系统化的设计方法和解决方案模型。UI 设计者的目标是使设计具有足够的拓展性，所以，在这种情况下，你只需要将 UI 工作扩展到 3D 空间。现在，你所描绘的交互界面需要考虑深度因素，甚至将周围环境作为新的界面；但是，用户界面设计的本质并没有改变。

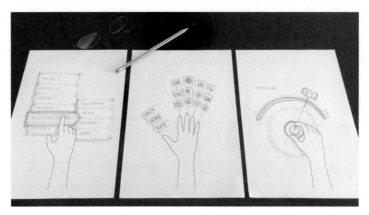

图 5.12　手势 UI 探索草图

设计师：Volodymyr Kurbatov

基于动画设计过程，你可以使用故事板绘图来展示时间帧。除了传统意义上的故事板，还可以扩展成考虑到用户的所有视觉重心和外围背景的视野故事板。换句话说，在扩展现实场景中，需要考虑如何控制用户看向哪里和看到什么。因为这在大多数情况下是无法预测的，为所有可能的视图进行设计将使体验更加流畅。此外，你还可以制作动画，以具体展示声音设计、时间帧和用户流程。

实际上，如果能够把这三个领域结合在一起，融合设计基础知识和理论，就能创造出令人难忘和有影响力的沉浸式体验。不要被那些可能超出认知范围的事情压倒，你只需要关注自己已经知道的事情。路在脚下。

在完成快速原型设计这一过程之后，相信你心里的疑问大多都已经有了答案，所以，你现在可以开始尝试制作数字化线框图了。你可以选择任何一款自己喜欢的程序进行设计，如 Adobe Photoshop、Adobe Illustrator、Adobe XD、Figma 或 Sketch，任何你熟悉的程序都可以。如果你觉得为时过早，那么也可以先用纸笔画出元素在视野中应该摆放的位置。由于交互界面的元素排布会随时空变化而改变，因此你可以开始对关键帧进行排序。

就像在动画设计项目中一样，请拿起故事板或者线框图，在 Photoshop 中清理它们（包括清理背景中的污点，确保裁剪正确，增加手绘图案对比度以提高可读性等）。接下来，将它们放入 Adobe Premiere，根据时间节奏来创建动画。在这种混合方法中，你甚至可以将所有的故事板和线框组合起来，并全部导入全景视频编辑器中。我倾向于使用 After Effects 或 Premiere Pro 中的 Mettle SkyBox 插件完成这一步骤。另一种选择是 GoPro VR 播放器，这是免费的。这样做的目的是将所有故事板和线框图拼接在一起，制作沉浸式体验的完整视频原型，基于此展示用户界面，并在最终确定界面设计之前，修正体验的空间结构。使用 RealAR[⊖]能够使

　　⊖　RealAR，一款 APP Store 中的增强现实应用程序，可让用户体验增强现实（AR）。当用户用相机扫描 AR Maker（杂志、免费纸、广告、海报等）时，该软件会识别它，并且视频内容不会出现在显示屏上。——译者注

人们在房屋建成前就看到其模拟完工的图片，如图 5.13 所示。

图 5.13 建筑模拟

设计师：Daniel Swan 博士，就职于 RealAR

如果你正在尝试进行增强现实或混合现实设计，制作一段增强视频用以承载线框图会很有帮助。首先，你可以拍摄一段能够表现人们与体验场景环境互动的视频。然后，把它导入 After Effects（或者任何非线性视频编辑器；请使用你所熟悉的软件），基于此导出快速原型来测试线框图。这也是分享你的创意或概念的一种很好的方式，它能够轻松地展示物理世界（在视频中显示）将如何出现在**体验线框图**中数字世界的界面。

> **知识拓展**
> **体验线框图**：这是沉浸式体验设计整体流程结构的沉浸式表示。主要由故事板、视频和线框组合构成，用以辅助可视化体验与展示交互界面。

正如第 1 章中所述，根据具体使用的扩展现实设备不同，你所需要纳入考虑的交互方式或者手势信号也会有所不同。手势交互动作包括从移动设备上的触摸手势到与控制器交互来导航界面。了解用户将如何浏览你的体验，能够影响你之后的许多决策。不妨回想一下用鼠标在电脑上绘图与拿起笔在纸上绘图的过程。两者体验截然不同，因此也需要为 UI 进行不同的设计。我们将在第 7 章中深入讨论相关细节。现在，你需要先确定流程中依赖用户输入的各个场景。

阅读完本章，你应该已经掌握：

❑ 你关注的理念
❑ 手绘草图（透明纸张或其他）
❑ 用户流程
❑ 视野故事板
❑ 将以上元素导入计算机，组合成全景视频或增强视频，以测试完整体验事实上，创建这些的方式并不重要（因为不断有新的软件发布，完成这项工作将会越来越简单）。更重要的是在这个过程中的每一步，你都拥有相应的思考和收获。如果你觉得在平板电脑或智能手机上完成上述设计流程更轻松，那就去做吧。

在这个阶段，设计的重点是实现创意和概念的低保真度模型，以便可以更清楚地解释它。你的目标是拥抱这个不断打磨设计思维的过程，与此同时，确保在开始高保真体验设计之前，解决那些创意优化过程中需要回答的问题。这一过程的最终输出形式是扩展现实体验线框图。当你把创意带入这个视图时，可能需要根据实际情况对设计进行调整，这代表着你走在了正确的道路上。用户体验线框图通常被视为是一个可调整的原型，在接下来的工作中，当你尝试优化最初的布局和设计时，至少需要对它进行数次调整。

设计挑战

纸飞机制作

为完成这项挑战，需要准备以下物料：

❏ 10 张信纸大小的纸；

❏ 剪刀（如果你想试着修剪纸张来改变长宽比例）；

❏ 确保纸飞机自由飞行的足够大的空间。

请注意，我们故意没有将"制作说明"写在这里。实际中，请尽你所能，避免搜索关于"如何制作最好的纸飞机"的指导。我保证，这样会更有趣。如果你已经知道了某种现成的纸飞机设计方案，也请尽你所能，说服自己尝试一些新事物。

1. 取用其中五张纸来完成五种不同的飞机设计，每种设计使用一张纸。如果你想测试纸张比例，请使用剪刀。

2. 选择某个固定不变的发射点，对完成的五架飞机进行试飞。观察哪架飞机飞得最远

3. 选出第一轮飞行中飞得最远的那一架飞机，分析它的整体形态。再取用三张纸，基于此完成三种新的设计。

4. 继续选择固定发射点，试飞手头的四架飞机（三种新的设计，外加第一轮的获胜者）。观察哪架飞机飞得最远。

5. 选出第二轮飞行中飞得最远的那一架飞机，分析它的整体形态。基于此，使用最后两张纸完成两种新的设计。

6. 继续选择固定发射点，试飞手头的三架飞机（两种新的设计，外加第二轮的获胜者）。观察哪架飞机飞得最远。

7. 回顾整个实验过程。你观察到了什么？你学到了什么？通过纸飞机原型迭代，你是如何不断优化自己的方法的？总共花了多长时间？这就是快速原型设计的美妙之处。

第 6 章 | Chapter 6

用户体验设计

本章将探讨在虚拟现实、混合现实和增强现实环境中创造最佳用户体验（User eXperience，UX）所需的技术和考虑因素。本章涵盖内容如下所述。

友好的用户设计：随着新技术的出现，许多新用户在刚接触虚拟现实时可能会感到无所适从或缺乏信心。因此，设计者应当通过友好的用户设计激发用户尝试体验的信心。

流畅的用户体验：设计者需要将整个用户交互流程可视化，向用户展现清晰的交互过程，以帮助其达成目标。

了解目标受众：为了做出最好的设计决策，设计者需要深入了解目标受众。这需要设计者进行用户研究和数据收集，以便为真实的用户做出最有效的设计决定。

让现实触手可及：对设计者来说，尽管很难使一种设计满足所有用户的需求，但仍然可以通过个性化定制这一类方式，尽可能满足更多用户群体的需求。

6.1　友好的用户设计

扩展现实体验常常具备极高的个性化。与在计算机屏幕或电视屏幕上玩游戏不同，当你使用头戴式显示器（HMD）时，显示屏将真实地覆盖在其视线上方。这对用户来说是一件极其私人的事情。在日常生活中，如果想要在进入某人私人空间的同时避免对方产生强烈的负面反应，你需要在进入之前先与他们建立一定的信任。通常来说，人们需要一定时间才会愿意和你近距离接触，建立物理联系。

6.1.1 问候方式

不妨回想一下人与人之间的问候方式，不同文化间往往存在着不同的问候方式。比如，当人们问候刚认识的人时，常常会握手致意。这意味着愿意建立连接，但同时仍希望与对方保持合适距离；在彼此更加了解并相处更融洽时，他们可能会在问候时张开双臂甚至拥抱一下，这标志着人们走得更近并愿意有更紧密的接触。拥抱属于非常私人的行为，因为它更亲密，允许更多的直接联系。回想一下，你是否曾在初次见面时就拥抱过一个人？我试过这样做。通常，那个人会与你已经认识和信任的人有着强烈联系。因此，你会感觉自己已经从所听到的关于他的一切中了解了这个人，你的拥抱标志着愿意接受他们成为新朋友或家庭成员。在进行问候时，越是被邀请进入对方的私人空间，你就越会有真实感和亲切感。

面部是人们极度重要的私人空间，也是被着重保护的对象。了解社交场景中这一交互特点非常重要，这是因为你需要创建一个与用户的脸直接接触的体验。设计者应当铭记，全新的沉浸式体验需要审慎而小心地介绍给新用户，对一部分新用户来说，甚至需要循序渐进地逐步引入。因此，沉浸式体验的问候阶段需要具备个性化属性，据此获得用户信任，只有这样，用户才会允许体验场景进入他们的私人空间，才会愿意与设备进行（虚拟意义与实际意义上的）亲密接触，并把他们的视觉、听觉等感知都交给设备控制。如果用户在第一次尝试沉浸式体验时感到不适，他们就会退缩，就可能会犹豫是否要再次尝试这种体验。就像在正常问候中一样，你可以采取一些措施来帮助缓解任何不确定性，为用户提供关于体验的背景介绍或者预期效果来帮助用户打消疑虑，使他们在最初阶段对扩展现实体验的"拥抱或亲吻"感到舒适和放松。

在疫情期间，人们的问候和互动方式发生了较大变化，朋友们用拍打对方的手臂来代替拥抱，亲人间用塑料隔板后的拥抱代替之前的无障碍接触。这一代儿童所受到的教育是不要在问候时有身体接触，这些影响可能会改变人们已知的问候方式，可能会让人们更能接受数字空间中的虚拟问候和互动，让我们拭目以待。

在 2014 年的苹果发布会上，当蒂姆·库克[一]介绍第一代苹果手表[二]时，他称其为一款革命性的产品。这是苹果公司第一次发布一款用户可以随身佩戴的计算机，也是其有史以来创造的最私人的设备。发布会的观众对苹果手表的面世感到兴奋且好奇，那么，真的有人会购买它吗？以下几个原因可能会让跃跃欲试的购买者按下支付键。首先，苹果手表是家喻户晓的苹果手机配套产品。当前，苹果手机的扩展配件已经被广泛使用，人们早已习惯在运动时使用苹果手机或配有苹果随身听[三]的运动臂带。对于潜在的智能手表用户来说，这就大大缩

[一] 蒂姆·库克，1960 年 11 月 1 日出生于美国阿拉巴马州，现任苹果公司首席执行官。——译者注

[二] Apple Watch（第 1 代）是苹果公司 2014 年 9 月发行的手表产品，于 2015 年 4 月对外发售。有 Apple Watch、Apple Watch Sport 和 Apple Watch Edition 三种风格不同的系列。——译者注

[三] 苹果随身听，即 iPod，是苹果公司设计和销售的系列便携式多功能数字多媒体播放器。iPod 系列中的产品都提供设计简单易用的用户界面，除 iPod touch 与第 6、7 代 iPod nano 外皆由一环形滚轮操作。——译者注

短了他们在佩戴手臂配件时所需的信任建立过程。其次，传统手表的佩戴者早已习惯于手表的佩戴体验，因此并不认为佩戴苹果手表会带来什么不适。以上两个要点都可以使用户快速建立对苹果手表的信任感，因此，当人们第一次接触到苹果手表时，他们就能毫不犹豫地把它戴在手腕上并开始进行探索。

作为设计师，你需要明白，无论用户是否能够清晰地感知到这一适应过程，这对他们来说都至关重要。在初次问候阶段，最重要的时刻不仅是用户第一次戴上设备并开始使用的瞬间；还包括他们在体验之前所经历的指导介绍，以及准备开始体验时所完成的各个步骤。

就像在 2014 年之前没有人戴过苹果手表一样，今天我们中的许多人可能从未佩戴过头戴式显示器，但多数人都戴过眼镜，无论是有度数的近视眼镜还是墨镜。因此，人们对一个距离眼睛很近的物体并不抗拒，甚至会感到有些熟悉。与头戴式显示器相比，传统意义上的眼镜虽然有镜片，但没有内置的屏幕。因此，如果头戴式显示器的外观看起来与人们此前戴过的眼镜并无二致，就可以让用户获得一定的熟悉感和舒适感。但如果头戴式显示器的外观布满电线，由一个环绕头部的带子固定在头部，这可能会降低人们对体验的熟悉度。很难把它与此前熟知的设备联系起来。

在观察首次使用头戴式显示器（HMD）的用户时，可以清楚地发现他们在把设备戴在头上时会感到不适。我在展会、会议和教室演示中观察到的扩展现实的互动过程都会搭配一个解说者，以先行对扩展现实技术进行解释和指导，然后再将设备移交给用户。除此之外，通常会有一个向导先试戴头戴式设备，以确保菜单设置正确，并重置所有内容，以便用户可以在最合适的时机进入体验。这一过程会让用户了解设备的佩戴和互动方式。即便如此，极少数人在拿到设备后立刻戴上它。许多人在进行首次尝试之前会问一两个问题。即使只是远远看去，也可以明显地分辨出一名用户是否曾使用过某种类型的扩展现实显示器。初次使用的用户需要对设备进行"初始化"，他们试图掌握自己在进入的新三维世界中的定位。已经体验过的用户在这一阶段会更信任设备，也更有自信。

为了使用户对扩展现实体验建立信任，设计者需要逐步引导其进行体验。第一步，为用户设置使用教程，图 6.1 所示的增强现实体验使用教程不仅形象展现了用户学习一门新语言的过程，而且还解释了使用物体识别和机器学习功能进行翻译这一原理。尽管通常会有一个引导者带领用户完成首次虚拟现实或混合现实体验，但不太可能有人带领用户完成移动增强现实体验。由于新用户必须独自进行第一次增强现实体验，提供介绍性的步骤将会为其带来更好的整体体验，尤其是在没有引导者的场景下。

使用教程的作用应当类似于一个向导，可以站在用户身边提供指导性教程。它应该首先引导和帮助用户完成进入扩展现实体验所必要的设置，例如创建账户、扫描房间，或查找某个参照物。在这一过程中，清晰而聚焦的指示和视觉效果是至关重要的。我们将在下一章中进一步讨论如何设计这个过程，以帮助用户实现目标。在引导过程中，为用户解释和展示体验的主要功能同样重要。由于现在针对扩展现实尚没有一套通行的介绍与标准，因此设计者必须在设计中为用户提供随时可供查阅的产品说明。在引导环节，设计者不需要全面展示体验的每一项功能（事实上这很容易让人感到不知所措），只需专注于帮助引导用户开始使用的基本操作即可。这可以让用户在最初的互动中感到熟悉，不至于陷入茫然。毕竟，迷茫和不安全都不是好的第一印象，这有可能导致用户流失。

图 6.1　增强现实体验使用教程

设计师：Emma Comtois 和 Alanna Quinlan

6.1.2　积极的用户体验

在生活中，人们的第一印象很重要，同理，用户对于扩展现实的第一印象决定了他们能否拥有积极的用户体验（UX）。用户体验指的是视觉效果背后的整体设计为用户所带来的感受。设计师的作用是为用户创造沉浸式的环境，让用户了解这个空间，并且能够区分所在的数字世界与真实世界之间的差别。这个目标可以通过设计**叙事**元素和**非叙事**元素两种方式来实现。用户体验包括许多协同工作的组件，以帮助用户实现他们的目标。它主要包括三个主要部分。

交互：交互并非指单一的用户或者物体，而是用户在设计者的计划中与该物体互动所产生的结果和印象。这些印象往往是感性的。

内容：在用户与客观实体（或服务）发生互动的场景中，具体呈现的互动内容。

融合：用户体验是多层面的。它是所有体验的融合，既包括单一的体验，也包括这些体验结合在一起给用户带来的综合感受。

在设计领域，大部分的规则与理论是共通的。因此，掌握在扩展现实领域之外创造良好用户体验的设计方式，同样能够帮助设计者从容应对在扩展现实领域的设计挑战。无论何

> 知识拓展
>
> 非叙事：将设计元素叠加在虚拟环境之上，明确表示它不是虚拟环境的一部分（既不存在于虚拟环境中，也不存在于物理空间中）。
>
> 叙事：将设计元素放置在虚拟环境之中（元素既存在于虚拟环境中，也存在于物理空间中）。

时，只要存在计算机和人的交互，就会出现需要考虑的设计问题，只有解决了这些问题，才能帮助用户达成目标，成功完成互动。回答这些问题的前提是，你已经知道如何将交互、内容和融合有机结合起来，以帮助用户实现他们的目标。沉浸式的三维环境会增加创建良好用户体验的复杂性。一些额外的元素对于这个行业来说是独一无二的，应该将其考虑作为在扩展现实中创造最佳用户体验的一种选择，例如：

- ❑ 个人空间；
- ❑ 用户自主权；
- ❑ 社会符号；
- ❑ 用户反馈；
- ❑ 示能；
- ❑ 交互；
- ❑ 安全性；
- ❑ 视觉向导；
- ❑ 一致性。

除了数字体验中我们已经讨论过的元素外，沉浸式体验的设计者们还应当深入研究以上的每一个元素。

个人空间

扩展现实体验是一项私人体验。由于需要将设备覆盖在用户眼睛上并且体验发生在用户家中，技术使用需要在用户最私人的空间。因此，在开始体验之前，扩展现实设计师需要先尝试令用户建立信任。用户要信任设计师能够使其看到和感受到。因此，设计师不希望做任何破坏这种信任的事情。所以，在开始体验之前，用户应该首先了解接下来将要体验的大致内容。这可以通过此前所述的使用教程、演示，或者某些推广该类体验的媒体等来实现。

在本章中，我们探讨了在用户体验全过程中最重要的部分，即切入点以及用户进入体验的方式。这是体验的重要步骤，它可以，而且应该，让用户为接下来的体验做好准备。有许多方式可以轻松改善用户体验，例如用一张展示体验的静态图片或一段简明的文字来设定用户的期望。

在设计扩展现实体验时，设计者应注意以下几点：首先，注意初始场景的设置，刚刚进入沉浸式体验时，用户需要在这个短暂的时间帧内处理很多事情，因此，体验刚刚开始那一小段时间对用户来说是很重要的。为了帮助用户减轻认知负担，设计者应当从一个简单的、不会造成太多认知负担的场景或环境切入。其次，为了进一步尊重用户的个人空间，设计者在放置内容时要细致考虑到体验内容与用户之间的距离。想象一下，当用户开展新体验时，或许这是他第一次戴上头戴式显示器，就在没有收到任何警告的情况下看到一个会飞的物体迎面而来。这时，焦虑和恐惧的情绪会占据他们的大脑，用户很可能会直接摘下显示器，并不愿意在短时间内再次尝试。设计者应当意识到，扩展现实体验可以轻易让用户对周围元素的接近或运动感到不适，但只要你尊重用户的个人空间，深入思考如何设置虚拟物体的位置，就可以进一步使用户产生对体验的信任感。回顾一下，在设计体验初始场景时应注意的要点：

❑ 通过限制元素的数量来减少用户的认知负担；

❑ 避免过于极端的设计内容；

❑ 不要把虚拟物体放在离用户太近的地方；

❑ 避免出现快速移动的（有可能引起恐慌的）元素。

当然，一旦用户真正参与其中，这些限制就不再严格适用，但你仍然需要在整个设计过程中慎重考虑如何避免对用户个人空间的侵扰。

用户自主权

扩展现实设计中，我们往往会允许用户对体验有一定的自主控制权，而且，允许用户低成本地学会如何在沉浸式体验中进行操作。不妨回忆一下，你是否曾看过小孩子发脾气的场景？大多数情况下，这都是由孩子感到失去控制感而引起的，争吵常常是儿童试图重新获得控制权和安全感的方式。拥有控制感会让新的体验变得不那么可怕，让用户能够更开放地探索这个世界。这就是所谓的**用户自主权**。

用户自主权可以是全局的，即用户可以影响整个体验；也可以是局部的，即用户只能影响某个特定的场景或物体。要理解这一点，重要的是要意识到用户自主权与控制权息息相关，它实际上是一种权利。设计师允许的用户自主权越多，用户在体验中的权利就越大。与权利类似，拥有太多的自主权也可能是一件负面的事情。因此，在设计体验时，设计师需要想清楚希望用户拥有多少权利。要做到这一点，就需要定义用户和环境之间的预期关系。如果允许过多的自主权，用户可能会感到迷茫和不知所措，进而不知道他们在体验中应该做什么。如果过于限制用户自主权，用户可能会感到束手束脚，无法完成自己想做的事情。

> 知识拓展
>
> 用户自主权：在沉浸式体验中，用户不仅能观察，还拥有能够控制或改变某些东西的能力。这种让用户打造属于自己故事的能力设定将影响其整个体验。

在教育或培训类的沉浸式体验中，较有意义的体验方式是限制学习者在体验中的自主权，以确保每个学习者最后学到的内容保持一致。如果设计中给出令体验者自选学习路径的设定，就很难知道每个学生最后学到了什么。不过，如果能够在限制范围内提供能够实现所有目标的选择，就可以既实现学习者的自主权，又保证学习成果的一致性。例如，如果一项教学体验需要涵盖三个学习主题，你可以给学习者一些自主权，让他们自由选择从三个主题中的哪一个开始，同时他们仍然必须在最后完成所有三个主题。除此之外，赋予用户自主权可以激发他们的好奇心，这是保持用户参与的积极性、让他们有兴趣继续体验的重要因素。从本质上讲，游戏就是给用户足够多的自主性。这种方式的优势在于，每次用户回到体验中时，都能用一种全新的方式来探索新事物，而不是千篇一律地重复之前的路线。当然，提供给用户的每一个选项都是用户旅程中的某一条路径，设计者必须仔细地进行规划、设计和开发。同时，在用户自主探索的过程中，设计者也需要考虑项目的整体预算和时间规划。

减少用户自主权将创造方向明确的体验，而增加自主权将提高用户的自由度和控制感。设计者应当从全局和局部结合的角度，衡量交给用户多大程度的自主权能够更好实现项目价值。这一点在虚拟现实中更为重要，因为虚拟现实往往需要体验者全情投入其中。

社会符号

不妨回想一下，你是如何知道邮箱上挂的红旗、街道上画的线，以及道路中间的黄色虚线[⊖]含义的？某种程度上，这些符号的意义都已成为社会共识，图 6.2 是社会符号的例子，图中路口道路上的白线代表行人通道。在爱尔兰的利默里克郡，路口的白色标记还能够提醒游客在过马路前要看清正确的方向，因为这一地区汽车行驶在道路左侧。理解这些符号所在的社会语境对于理解其含义来说至关重要。**社会符号**可以为用户传达关键的信息，让他们快速融入体验，并且也可以影响用户的行为和行动。符号可以用于帮助用户在没有指示的情况下领会下一步应该采取什么行动。如果有人在课堂上举起手来，人们会意识到他要发表观点。视频会议平台 Zoom[⊜]已经成功将这个共识性认知应用到数字环境中。比照现实世界中的举手动作，Zoom 将这一动作复制成了图标，当远程学习的学生点击举手这一图标时，教师会在学生的视频缩略图上看到举手的图案。就像这个动作在课堂上会吸引人的注意

> 知识拓展
> 社会符号：基于某种社会习俗或文化约定，人们对某个视觉符号的含义产生了共识性认知。

图 6.2　社会符号

⊖　意味着在该区域行走的人是安全的。——译者注
⊜　Zoom 是一款多人手机云视频会议软件，为用户提供兼备高清视频会议与移动网络会议功能的免费云视频通话服务。于 2019 年在纳斯达克证券交易所上市。——译者注

力一样，在点击举手图标后，软件会把相应学生的视频缩略图置于窗口顶部。不需要解释，在老师第一次在虚拟课堂中看到"举手"的互动图标时，他能明显领会到这意味着学生有一个问题。因此，如果能够在数字世界中充分利用存在于物理世界中的强有力的标志符号，将使用户感觉虚拟现实体验更加自然，也更容易融入其中。

用户反馈

在日常谈话中，重要的一环是要知道对方是否真正听懂了你的话。人们可以用各种各样的方法来进行反馈，表明自己已经接收到对方发出的信息。他们可能会口头回应，或通过身体语言来回应，例如用点头表示理解。如果没有这种回应，你将无法确定对方是否领悟了你的意思。

同样，人与各种类型的计算机互动时，也是在与设备（或者说是沉浸式体验）进行对话。每当用户通过动作或声音进行互动时，重要的是让他们收到某种类型的回应，以此让用户确信他们所发出的信号被计算机"听到"了。建立某种类型的反馈机制是设计沉浸式体验的基本法则。当用户在网上购物并尝试将商品添加到购物车（购物车本身就是典型的社会符号例子）中时，他们需要看到交互反馈来确定自己已经成功地添加了这个物品。这种反馈可以是购物车图标上的数字符号，也可以是成功添加到购物车列表的提示，还可以是告知"你已经成功添加到购物车"的弹窗（并且提供给用户下一步操作的选项），抑或是一个声音，甚至触觉振动（如果你是在移动设备上购物）。接收到这些提示中的任何一个，都会让用户相信自己选中的商品已经被保存，可以继续购物或选择结账。这些提示都是反馈的示例。

在扩展现实中，由于用户会基于真实世界的经验和环境进行互动，因此对用户反馈的需求被进一步放大。在物理世界中，人们习惯于针对给定的物体或对象做出某些反应，因此，设计者也应当在数字和沉浸式的世界中复制这些反应。要做到这一点，设计者需要保持反馈的自然性和即时性。即时反馈会让用户知道他们是否在与某个物体或菜单进行正确的互动。这也可以帮助他们在第一次使用时获得信心。在生活中的互动过程中，我们都会很高兴收到那些赞扬我们做得很好的反馈，所以，请一定记得把这些反馈添加到你设计的扩展现实体验中。

示能

在进行体验的第一分钟内，用户应当充分获知以下事情：

❏ 自己在哪里，应该如何融入这个空间？

❏ 自己为什么在那里（目标是什么）？

❏ 如何与体验中的元素互动，以实现体验目标（这也是最核心的认识）。

不妨回想，你是怎么知道如何与某个物体进行互动的？例如，你是怎么知道应该如何拿起咖啡杯的？杯子把手的形状会引导你注意它，并暗示它的使用方式。因为把手设计的形状和尺寸与人们用手拿起东西的动作高度相关，种种细节都告诉你要握住杯子的这一部分来拿起它。这样的设计可以避免你触碰到杯子中央太热的部分。这种用杯子把手形状来暗示用户拿起杯子的方式就称为"**示能**"。

设计师必须考虑如何利用物体进行示能，以在沉浸式体验中提示用户某个物体或元素的用途，告诉用户应如何与这一物体或体验元素互动。在扩展现实中使用"示能"的美妙之处在于，设计师可以通过设计用户与物体的互动，来直接反映真实的物理世界以及人们对真实世界（中的对应物体）已有的认识和理解。伴随技术的进步，这种互动体验还会被进一步改善。目前，保持这些互动尽可能简单清晰将为用户带来最少的挫折感。

知识拓展
示能：物体所具备的一个或多个属性，能够告知用户如何与该物体本身进行互动以执行操作。

示能能够通过唤起用户在真实世界中的经验，直接激励用户在沉浸式体验中进行操作，这是它的巨大优势。事实上，这也正是它令人激动的原因，以及为什么有这么多人在不断努力改善这个领域。自从第一台计算机诞生以来，设计师们就一直在努力创造积极的用户互动，用各种二维的界面隐喻来反映现实世界中的物体（如文件夹、垃圾桶等），但这些元素都已经在一定程度上被简化了，因为它们属于二维体验。如今，在扩展现实中，人们可以采用自己在物理世界中的方式与这些隐喻（的实体）进行互动。这对设计师来说相当值得兴奋，也为设计师提供了更多的可能性。我们将在第 7 章和第 8 章中对这一重要主题进行更多的解释。

交互

一旦用户明白他可以与某个对象进行交互，接下来需要考虑的是，他应该如何真实地与之互动？具体而言，交互方式分为以下三种：

- ❑ 直接交互，用户能够真正接触其正在使用的物体或屏幕，例如使用触摸屏；
- ❑ 间接交互，用户使用物理对象控制数字对象，例如在键盘上打字，或使用鼠标或触控板滚动以进行操控；
- ❑ 半直接交互，属于直接交互和间接交互的综合，例如直接捏住对象然后通过点击按钮来缩放对象。

在扩展现实中设计交互方法有两个优势：第一，在扩展现实中，直接交互的比例很高；第二，在扩展现实中，用户能够利用自己的手与界面进行活跃的交互。手势、点击和拖动都可以通过用户的手或手持控制器完成。如图 6.3 所示为人抓握手势分类，图中横坐标按照抓握手势分为三类：动力型、中间型和精确型；纵轴基于拇指的位置分为外展（拇指弯曲）和内收这两种情况。

相较于理解在二维屏幕上与扁平对象的交互方式，理解如何在扩展现实环境中与对象的交互方式应该更为容易。设计者可以利用对对象行为方式的既定理解来设计实际交互。同时，还可以在合适的时候使用物体的三维展示或立体表示。通过这种方式，我们可以真正利用好沉浸式技术的优势。

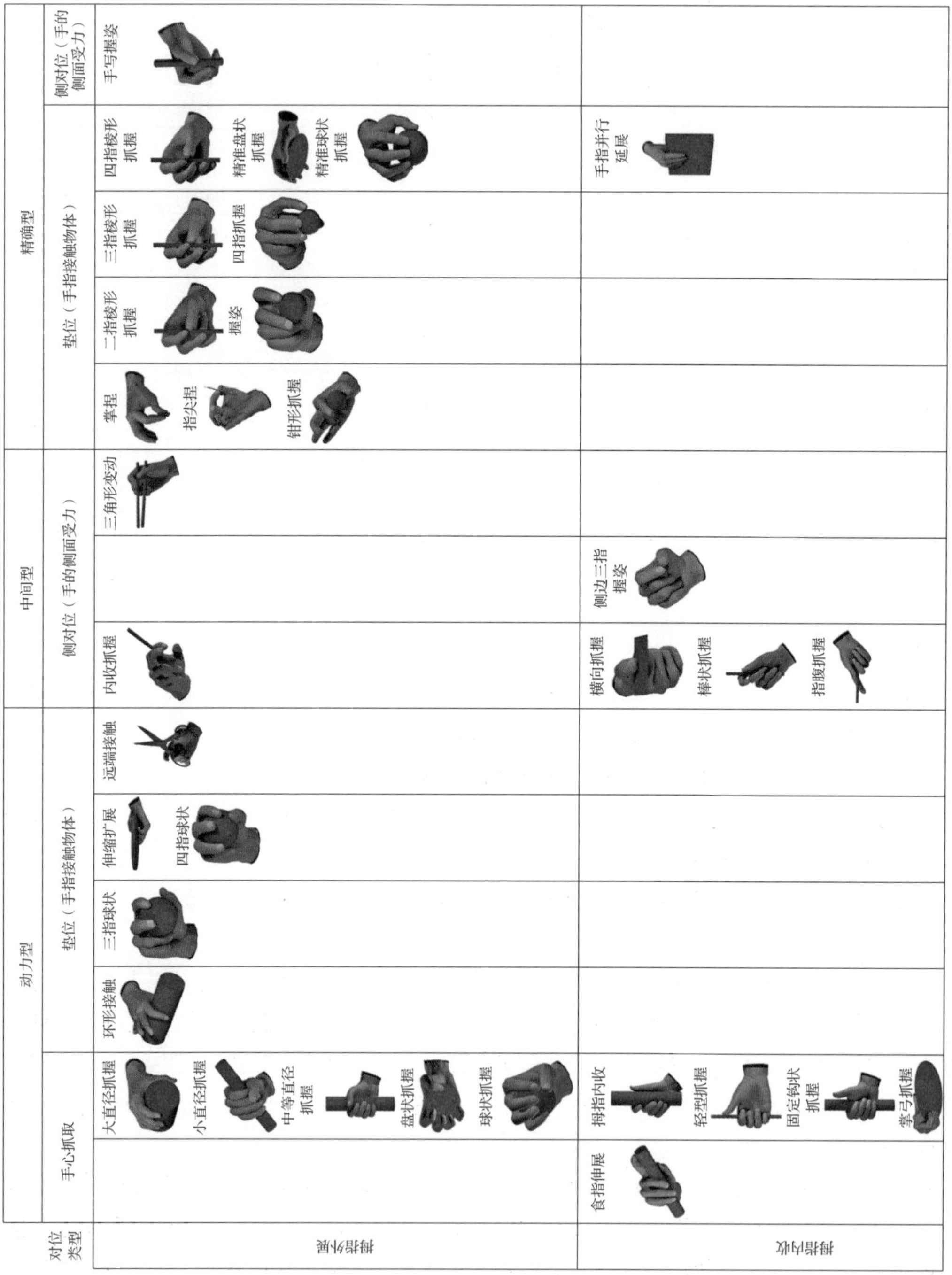

图 6.3 人抓握手势分类 [3]

动力型

手心抓取：大直径抓握、小直径抓握、中等直径抓握、盘状抓握、球状抓握

环形接触

垫位（手指接触物体）：三指球状、伸缩扩展、四指球状

远端接触

拇指内收、轻钩抓握、固定钩状抓握、掌弓抓握

食指伸展

中间型

侧对位（手的侧面受力）：内收抓握、横向抓握、棒状抓握、指腹抓握、侧边三指握姿

三角形变动

精确型

垫位（手指接触物体）：掌握、指尖握、钳形抓握、二指棱形抓握、握姿、三指棱形抓握、四指抓握、二指棱形抓握

侧对位（手的侧面受力）：手写握姿、四指棱形抓握、精准盘状抓握、精准球状抓握、手指并行延展

对位类型

侧向伸展

侧向内收

同时，设计者应预先规划扩展现实体验中所涉及的全部交互方式，以尽量减少不同类型交互的数量，这将会极大改善用户体验。互动的种类越少，就越容易被用户记住。设计出的操作手势越自然，用户的学习曲线就越平滑，在整个体验中就越容易记住如何交互。

安全性

设计者在设计体验过程中，应当谨慎选择所应用的技术，以确保体验的安全性。设计师需要分别考虑虚拟现实、增强现实和混合现实中的不同因素。根据用户在屏幕中的透明度和具体体验效果设置不同的安全预防措施。

在这方面，Oculus 头戴式显示器的 Guardian⊖边界可视化功能是实现体验安全性的很好示例。第一步是为体验设置游戏空间。当用户靠近或走出初始空间时，设备会自动将虚拟体验切换为混合现实体验，同时将用户视野切换为用户周围空间的相机视图。在用户进入虚拟体验之前，这一步可以帮助用户选择足够可用的场所（确保用户不会撞到家具和墙壁）。然后，用户能够感到舒适，因为他们知道当离开那个空间时，自己会收到摄像机视图切换的视觉提示。

在所有扩展现实体验中，即使是在拥有透明视图的体验中，设计者也应该避免造成用户不得不倒退的情况。在沉浸式环境的设置中加入可能会让用户发生后退的动作存在明显的安全隐患，这是因为，如果用户无法转身查看自己背后或背后的物体，可能会导致受伤。此外，还建议设计者为用户设置一定的安全提醒，以帮助用户在使用过程中持续关注自己周围的物理环境。用户持续关注周围环境的变化很重要。

视觉向导

不妨试想一下，当你第一次去某个陌生的地方旅游时，拥有一名导游显然可以快速指引你找到当地所有必看的景点。当用户第一次探索扩展现实体验时，拥有一名向导也可以帮助他们快速适应这一体验。因此，设计者应当使用视觉向导来引导用户发现体验中的不同空间，并通过向导来展示每个空间内值得探索的方方面面。仅依靠自己的视野，用户可能很难看到完整的体验，因此，设计师必须设计视觉向导工具，以引导用户在体验中成功发现目标的位置。这种视觉向导可以是任何能吸引人注意力的东西，例如箭头、灯光、颜色、动作、声音、路径、线条，或其他任何你想到的东西。当前，市面上已经存在许多增强现实应用程序，它们的主要功能就是为用户提供向导工具。例如，增强现实导航的工作原理就是为用户提供视觉导向箭头，帮助其开车、走路，甚至在超市里找到自己需要的东西。如果设计者想确保用户在体验中找到某些元素，也可以参照这一理念设计向导元素以逐步引导用户。如图 6.4 所示为增强现实导航示例，图中移动应用程序利用增强现实技术，为用户进行方向导航，以帮助客户在超市内快速找到购物清单上的所有商品。

⊖ Guardian 为 Oculus Quest 产品的安全边界系统，于 2016 年上线。2021 年 Oculus Quest 进一步优化软件的安全边界系统，用户从此可以将一个真实沙发在虚拟现实场景中标记为一个对象，并在虚拟环境中显示出来。——译者注

图 6.4　增强现实导航示例

图片提供方：Dent Reality 有限责任公司；首席执行官：Andrew Hart；产品设计师：Richard Picot

在深入探索 3D 空间时，用户很容易迷失方向，或不确定自己具体应当看向何处。在这种情况下，设置视觉向导能够帮助用户保持方向感。此外，视觉向导还可以帮助用户以更快速高效的方式浏览数字世界和物理世界。

一致性

当用户开始在新体验中逐步理解自己所做的每一件事时，他们会逐渐开始放松并感觉舒适。试想一下，当你成功学会某项技能后，下次再使用该技能时也会觉得得心应手。设计师应当关注用户的这一感觉，在设计体验时保持协调性和一致性。这不仅有助于保持用户界面的和谐性，而且对于整个体验也意义非凡。在交互体验中保持系统而一致的设计，可以使用户在其每分每秒的沉浸体验中收获越来越多的自信。这包括关键菜单项的位置，还包括设计元素的颜色、形状、大小、类型、图像样式、动作、声音以及空间设计规则（例如遮挡方式）。

在设计增强现实体验时，将同一世界内的物体设置为统一的视觉风格，能够有助于用户在扫描该空间时轻松找到并分辨信息；同时，将同一视觉效果的物体设定为类似风格的交互模式，也有助于进一步帮助用户拓宽视野。例如，如果对某空间内的物体使用遮蔽效果（即将数字物体隐藏在物理物体的下面或后面），那么最好对该空间的所有物体都使用该效果。当然，具备独有视觉效果的物体除外。如果把所有类似的东西组合在一起，并使所有的设计元素保持一致的外观和感觉，用户会更容易把各个部分的体验联系起来，并将整个体验看作一个整体。

对于一个新用户来说，有太多物体可能会让他们不知所措，因此给用户带来轻松和平易近人的第一印象很重要。就像用户一次性体验过多元素无疑会带来认知挑战一样，对设计者来说，一下子设计出完整的体验绝非易事。所以，接下来我们将一步步分解扩展现实体验的设计过程，以使设计变得更为简单。

6.2　流畅的用户体验

不妨想象扩展现实体验与故事之间的共同之处：它们都有开始、中间和结束，都包含冲突点、人物、情节和场景。因此，可以采用讲故事的方法来设计扩展现实流程，将流程的每一步分成一个个序列，分别进行设计，这会使流程设计变得更容易，也更符合逻辑。作为设计师，你可以创造这个故事。

首先，将体验的故事线画成一张用户路径图，在其中列出用户体验的路径以及用户如何逐步参与你的体验。这一步骤可以帮助设计师把大的设计想法和概念分解为更小的、便于管理的模块，对于整个体验的设计意义重大。将整个体验的庞大概念一股脑付诸设计图，可能会令人感到不知所措，甚至有些棘手。但是如果先把体验的每一步都画在纸上，就可以在这一基础上一步步添砖加瓦、不断迭代，然后将其拉远到 100 英尺的视野，从全局角度上对其进行统筹规划。这张图表被称为**用户流程**。

用户流程展示了用户在整个应用中进行体验和交互的过程。如图 6.5 所示为专注 UI 原型项目教学的增强现实学习体验"简单学习"的用户流程草图。它从起点开始，用不同形状来表示用户流程的不同部分，并分别标注交互方式。矩形代表界面效果、菱形代表用户决策、圆圈代表用户行动。在用户流程中，用户的所有决策点和所有行动的位置都将被可视化，设计者可以据此确定所有需要设计的界面或场景。同时，用户流程对于设计者和开发者来说同样重要。因为设计者必须设计用户向前和向后的流程，需要知道用户从哪里来、怎样才能回到原来的地方，以及应该怎样朝着他们的目标前进。通过用户流程，设计者可以直观地看到这些步骤，这对于在任何类型的交互设计中创造积极的用户体验都是必不可少的，虽然在扩展现实环境中创建用户流程与之有很多相似之处，但当把空间和维度添加到体验中时，会大大增加整个体验设计的复杂度。

知识拓展
用户流程：显示用户在体验中每一步路径的流程图，用以评估和展示用户路径中可能出现的所有界面效果、用户决策和行动。

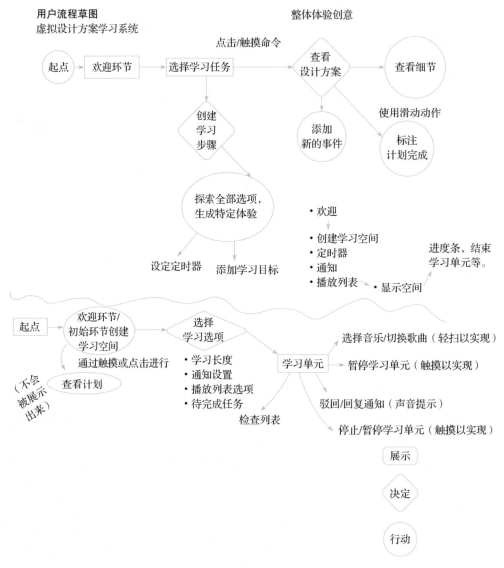

图 6.5 用户流程设计

设计师：Bailey Kretschmer

在扩展现实体验中，体验的前 60 秒是决定用户是否留存的关键。因此，设计师在设计用户流程时，需要仔细考虑用户体验的入口场景。用户进入体验后可以立刻看到哪些选项？正如前文所述，为了不让用户在开始时不知所措，设计师与其为用户提供大量眼花缭乱的选项，不如首先帮助他们熟悉体验环境。对于用户来说，用户在进入体验后首先需要在其中建立自己的**心智模型**，

知识拓展
心智模型：人为了帮助自己理解所处的空间环境、物体关系以及自身存在，而在大脑内部构建的地图。

以了解这一空间的整体情况以及应如何与之互动。

在虚拟现实中，这可能会让用户感到更为复杂，因为用户将离开自己原先所在的环境，进入一个完全不同的环境之中。在设计完全沉浸式的体验中，让用户理解虚拟空间是绝对必要的；在混合现实和增强现实体验中，设计师也需要给予用户一定的方向感。总的来说，重要的是用户能够在进入体验场景时大范围地扫视这一空间，以加深自己对于新空间的理解。

在混合现实和增强现实体验中，用户往往需要将场景中的数字对象与实际的物理对象对齐位置。这通常需要用户选择一个垂直或水平平面来开始他们的体验，或者让用户先在空间内左右移动以锚定数字对象的位置，使其对应在现实对象上。然而，对于新用户，尤其是那些从未体验过数字世界和物理世界之间连接关系的用户来说，这种初始设置并不直观。因此，设计师应在用户进入空间后（并且在其进行实际操作前），为用户提供可视化的工具提示或指示，这将帮助用户更成功地设置体验。假设用户不知道如何进行操作，设计者可以采用视觉效果搭配动作描述来为用户提供指引。例如，可以在物体表面设计一个网格图案和光标，并附上文字解说"已找到（可使用的）表面，触摸以建立表面锚点"。图 6.6 即为一个很好的示例，它展示了在 iOS 移动设备上使用 Adobe Aero[○] 的引导设置，展示了在物理空间内选择一个表面来锚定三维内容位置的过程。

设计者甚至可以更进一步，为用户设置一个"提供更多信息"的按钮，以帮助那些无法成功设定表面锚点的用户。设置这一额外的指导按钮，既可以为前期不适应的用户提供更多信息，同时又不会使屏幕变得杂乱无章。

如前所述，为了优化用户的初始体验，设计者可以让用户在体验的初始阶段创建账户、同意所需的条款和协议、设置操作体验所必需的信息等。同时，设计者应为用户提供使用教程，并一步一步地引导新用户完成初始化设置，包括建立个人账户、学习操作方式、确定体验目标等。在设置用户流程中，设计者还需注意，向导步骤应当只在程序首次启动或新账户注册时出现，无须让老用户反复经历这一初始化步骤。

一旦用户完成所有初始步骤，体验就可以正式启

图 6.6　选择表面锚点（Adobe Aero 软件的屏幕截图）

○　Adobe Aero 是 Adobe 公司发布的一款增强现实创作工具，在 2019 年的 Adobe MAX 大会首次发布。——译者注

动。下一个设计重点应该是明确用户的任务。用户任务可以是寻找神奇宝贝、创造艺术品或寻找商店里的某种商品等。在确定用户任务后，设计者需要通过设计有效的激励措施，来促使用户完成这一目标。在设置用户流程时，请记住以下几点建议：

引入用户自主权。设计者在规划用户流程时，记得要向用户解释他们拥有的自主权：哪些功能是用户可以控制或定制的，以及在多大程度上可以进行自主控制。不要忘记，设计师需要尽可能地使用户在体验过程中保持舒适。这需要在给予用户自主权和保留对体验的基本控制之间实现平衡。

> 小贴士：在启动体验之前，请预先提示用户该体验所需物理空间的面积大小和所需的位置变化，这有助于用户在进入体验时做好心理准备，避免过度紧张。

引导用户开始互动。对于用户而言，通常他们在体验中迈出的最困难的一步就是第一步，所以，任何可以让用户越过最初障碍开始体验的方式都属于好的设计。

确定不同场景之间的过渡方式。设计者需要确定，体验的主要场景发生在哪里，用户如何从体验中的一个场景过渡到下一个场景？

为用户的误操作提供解决方案。设计者需要考虑用户如何从每个区域和每个操作中退出。让他们感觉可以执行操作而不用承担任何后果。因此，应当设置编辑操作或撤消操作的功能。

设置刷新选项。使用新技术，特别是复杂的 3D 技术，可能会造成搭载体验的文件容量过大，进而出现页面故障或卡顿的情况。为了避免这种情况，需要为用户提供刷新或重新加载体验的选项，以此避免由用户设备带来的特殊情况或故障。

提供退出选项。设计者应当为用户建立一个容易找到、轻松执行的退出出口。这可以为用户带来舒适感和信任感。对用户而言，每次进入一个新的空间时，他们的大脑都会试图理解整个空间，包括如何离开这个空间来作为退路。如果用户在体验中一直没有找到离开的出口，他们可能会产生不必要的焦虑。因此，记得始终保持一个退出体验的出口对用户可见。

提供保存体验进度的明确方式。在一项体验中，用户必须能够随时保存体验进度，以备重新开始，或者换个地方启动体验。知道这个安全网的存在后，用户会更愿意在不同物理地点尝试体验，或者从头开始体验。想想看，如果你可以暂停播放视频，并且可以从上次观看位置继续播放，这多么有用。不妨类比这一功能设计，在扩展现实中，我们也需要为用户设置可以随时暂停并在稍后恢复体验的功能。

当设计者已经考虑到以上要点，据此完成初步用户流程设计框架后，最后还需要注意的一点是，设计成品应当类似于一套系统性的工作文件。也就是说，要考虑到用户每一步操作之间的逻辑关系，以及它们对全流程的影响。例如，如果一项体验需要用户在某一时刻使用搜索功能找到某个特定物体，设计者就需要添加一项任何时候都可使用的全局搜索功能。值得注意的是，在设计过程中，请注意记下需要在任何时候都能使用的全局操作，这能够使在设计和开发向导功能时更加便捷。

一旦直观的用户流程绘制完成，体验的主要功能以及功能示能就会清晰地展现出来，这时，设计师需要再次仔细检查，确保自己能够回答以下问题：

- □ 用户在体验中要实现什么目标？（他们如何了解这个目标？）
- □ 用户需要什么信息来完成这个目标？（这些信息是在哪里呈现给他们的？）
- □ 哪些痛点或挑战会阻碍用户实现这个目标？（什么可以帮助他们克服这些挑战？）

尽管设计团队自身可以回答这些问题，但为了获得最好的用户洞察和用户反馈，更为明智的做法是直接询问目标用户他们的需求，或观察用户在体验中的互动情况。用户研究和可用性测试对于确定用户需求至关重要。它应当覆盖设计全程，从用户流程开始，一直到产品的发布、更新，贯穿产品的整个生命周期。这也是用户设计旅程真正开启的地方。

6.3　了解目标受众

不妨回想一下，当你走在草坪上时，你是否曾看到过某条原本规划好的小路却被人们的脚印踩出了另一个方向？这实际上是由路人自行选择的更为便捷的道路，这些路径中包含了强大的用户反馈信息，它们能够告诉城市规划者和建筑师，与目前的路径相比，人们更愿意在哪里行走。关注这些信号，即用户需求可以改善整个用户体验。当然，你也可以质疑为什么人们不能遵循简单的规则，但从用户体验的角度来看，应该将这些视为用户反馈。设计是一种外向的实践，设计师很少会仅为了自己而设计（当然偶尔的热衷项目除外）。基于此，整个设计流程都应该服务于目标受众的主要需求。拥有了解目标受众真实需求的能力，那么就可以省去猜测的麻烦。

在设计扩展现实项目时，主要目标之一就是让用户感到舒适。舒适具体可以包括许多形式：

- □ 身体舒适
- □ 环境舒适
- □ 心理舒适

然而，如果不与他们进行交流、询问或在环境中观察他们的反应，如何知道哪些设计会让他们感到舒适或不适？

尽管一种设计通常无法满足所有用户的需要，但设计师仍然可以不断优化，至少从满足某部分用户的需要开始，为他们创造最好的体验。了解目标用户的最好方法就是直接与其进行交流。与使用过扩展现实技术的人交流，也与没有使用过扩展现实技术的人交流。了解他们在体验中的犹豫点和主要障碍点（卡点）。了解他们最喜欢的是什么，以及希望在未来通过技术体验到什么。

6.3.1　创建用户画像

大部分设计内容都需要服务于特定的目标受众群体，因此，对于目标受众的洞察也应当成为设计过程中的重要一环。他们可以提供只有真实用户才会考虑到的反馈和见解。首先，设计师需要确定三至五个用于测试用户流程的不同**用户画像**。建议最好使用问卷调查、访谈或分析等研究方法，进行定性和定量测试，以分析收集到的真实用户的真实数据，最终找到并使用这些用户画像。尽管设计师在实践中可能通常不负责这一过程，但是，我们仍然建议设计师一同参与用户研究，以确保最终结果的客观全面。接下来，需要基于以上流程获取的用户数据创建具体的用户画像，每个用户画像都代表现实中的一个或一类用户。对于创建的每一个用户画像，都需要确定其主要目标、基本信息以及任何与体验相关的额外信息。如图 6.7 所示为用户画像模板，通过创建用户画像模板，设计者能够了解用户的个性和动机，进一步挖掘用户背后的个人需求。

> 知识拓展
> 用户画像：从用户群体中抽离出来的典型用户，代表某一类典型真实受众，能够在体验的特定场景中为设计师提供参考。

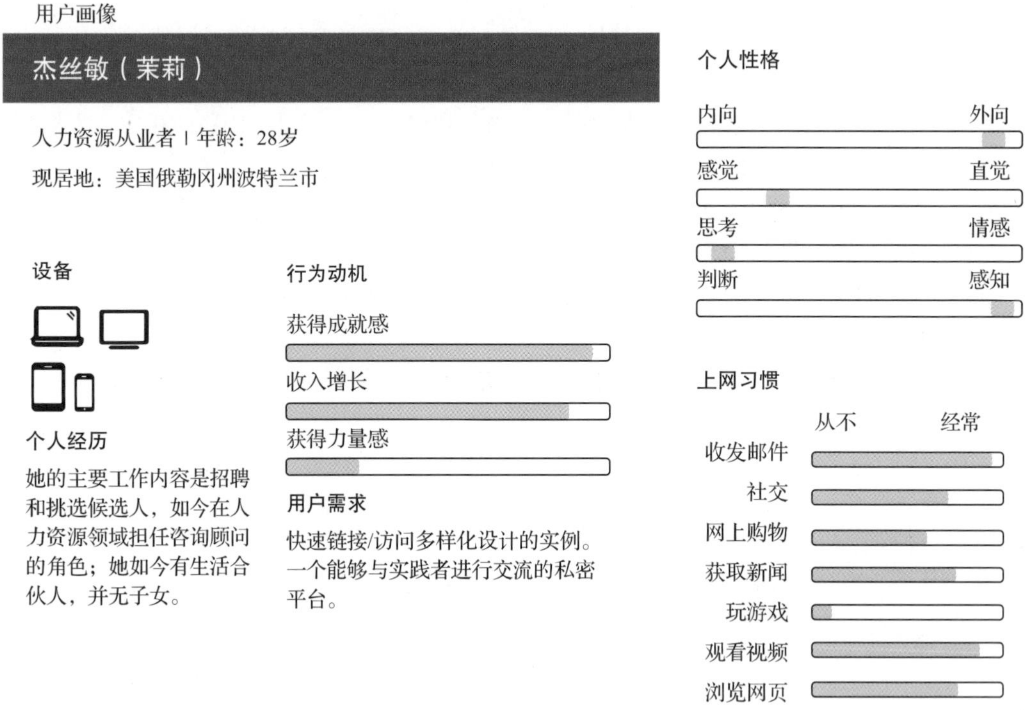

图 6.7　用户画像模板

usability.gov 网站[⊖]的一项研究认为，"设计者所设计的用户画像需要与背后对于该类用户的研究保持高度一致"。为了确保你所设计的用户画像是有效的，他们应当具备以下特性：

⊖　usability.gov，美国卫生及公共服务部下的一个网站。该网站提供了以用户为中心的设计和各种用户体验设计知识，还包括有关的方法和工具。——译者注

- □ 能够代表该体验的主要用户群。
- □ 能够表达该群体的需求和期望。
- □ 能够分享该群体期望以及他们预期的产品使用方式。
- □ 能够帮助确定体验所需的特性和功能。
- □ 能够代表具有不同背景、目标、价值观和扩展现实使用经验的真实用户。
- □ 能够涵盖不同水平的身体和精神能力。

6.3.2 使用用户画像进行体验观察

一旦用户画像创建完成，设计师就可以选取一个更具体的用户流程，以其中某个用户画像的目标和需求为基础，对用户流程进行体验观察。在这一过程中，设计师需要想象每类用户画像所代表的特征，针对性地为这一用户画像创建他们的**用户故事**。如图 6.8 所示为用户故事示例，包括某社团网站的两种主要用户角色：格里弗（伤心者）和拥抱者（格里弗的理解者）。该社团的宗旨是为忧郁的儿童、家庭和朋友提供一个寻找安慰和支持的地方。开始之前，需要确保故事必须包含以下内容：

> 知识拓展
> 用户故事：从用户的角度来叙述清楚目标、需求和动机，以唤起用户的共鸣。

- □ 确定用户类型。
- □ 确定用户目标。
- □ 确定驱动用户完成旅程的动机。

伤心者

在父母离家工作的时候，有谁可以陪伴我

年龄：10岁	容易受伤的
职业：学生	心碎的
婚姻状况：未婚	无助的
现居地：奥本，美国纽约州	愤怒的

拥抱者

请告诉我可以如何帮助你

年龄：45岁	帮助者
职业：营养师	疗愈者
婚姻状况：已婚	安慰者
现居地：奥本，美国纽约州	提供爱的人

图 6.8 用户故事示例

设计者：像素印刷 UI/UX 设计团队；插画师：刘佳琪

为了做好这项工作，设计者要对目标用户的需求和价值观产生共鸣。设身处地考虑他们的真实感受，体会他们在真实感受下可能做出的决定。例如，当母亲在为孩子购物和为自己购物时，她对产品的情感联系会有所差异。

在进行用户流程体察时，设计者首先应基于用户研究的结论进行分析，为用户流程的设计决策提供支持。这意味着设计者需要将目标用户的体验作为设计体验的重点，这也是以用户为核心的设计导向的体现。完成设计后，设计者需要选取具有代表性的用户进行测试，以确认当前的用户流程和故事线能够为真实用户提供良好体验。

尤其是在扩展现实这一计算机技术气息浓厚的领域中，以人为本的设计理念会使体验变得更加丰富、更有亲和力。践行以人为本设计的过程中，设计者应当注意以下几点：首先，使用用户研究的方法，如观察、采访、评估和分析来指导设计决策，使得体验在设计之初便具备人文关怀属性。其次，基于各类用户画像的思维方式，结合相关数据构建用户流程图，并尝试在体验中实现用户的目标。此外，要特别注意在此过程中可能出现的用户痛点、无法实现目标的卡点，以及其他各类挑战，将其记录下来以供后续优化。

之后，设计者要回顾用户流程。记下用户的各类需求，并尝试解决在体察用户流程时发现的问题。这在整个设计过程中至关重要。值得注意的是，尽管基于用户画像进行体察有助于对设计进行优化，但如果设计师开始就将某类用户归类为少数用户，也可能会对最终设计结果产生误导。使用用户画像的目的是借助与设计师不同的视角，即用户的眼睛来完成这一过程，但这并不意味着单个用户画像能够代表所有的用户。重要的是要记住，人是独一无二的，每个人都可能遇到独特的困难，因此，设计者在设计过程中应预先考虑到这些问题并妥善解决。我们将在下一节中进一步探讨这个问题，请继续关注，但最重要的是要理解，当在探索某个用户画像的用户旅程时，要把它视为广大用户群体中一个用户的思维方向，不是所有用户。

在设计体验时，设计师需要理解设计元素存在的原因，以及为什么将其放置在特定位置。用户通常并不需要知道这些理由，但他们会感激这些精妙设计对他们的帮助。事实上，如果在互动过程中，用户甚至没有意识到某些设计元素的存在，但这些元素却能够为用户提供与之互动的成就感，那么，这就是成功的设计。在充分进行用户研究的基础上做出设计决策，可以帮助设计师朝着成功的方向努力。在用户研究过程中，倾听和观察是两款不可或缺的设计工具，它们对于真正理解目标用户的需求和想法至关重要。

6.4 让现实触手可及

如果你可以选择在日常生活中增加一项信息，你可以随时使用它，你会选什么呢？实时字幕？字典？时钟？地图？抑或是语音助手？增强现实和混合现实的最大优势之一，是它们为用户打开了通往可以提供额外信息的世界大门，设计师能够在人们需要的地方为其提供辅助信息。这一神奇的力量的确可以称得上是游戏规则的改变者。在一个人们通常需要依靠各种设备、屏幕和扬声器进行一系列不同活动的世界里，增强现实提供了将这些设备和扬声器整合到同一个空间——真实世界——的机会。

在扩展现实中，有许多方式可以实现可访问。一种方式是考虑在体验中哪些群体有可能被排除在外。另一种方式是研究如何使用这项技术使其他体验更容易获得。无论具体采用何种方式，重要的是，在开始设计体验时就将可访问性纳入考虑，并将其与用户研究和体验规划联系起来。我曾经参与过很多对话和设计项目，这些考虑都是在整体设计完成后才想到的，然后，他们试图通过在原有设计上打补丁的方式来解决该问题，而不是在设计之初就将可访问性作为一个独立要素进行规划。如图 6.9 所示为增强学习的场景示例，展示了增强现实技术为学生提供了增强字幕，以提升学习效率。这一技术能够有效帮助那些有听力障碍的学生或使用非母语进行学习的学生。

图 6.9　增强学习的场景示例

设计师：Renée Stevens

不同用户可能会面临各种各样的挑战，包括感官、运动和认知方面。凯特·福尔摩斯⊖在她的新书《如何进行包容性设计》[4]中解释了针对不同群体进行包容性设计的重要性，以

⊖　凯特·福尔摩斯（Kat Holmes），前微软首席设计总监，曾负责设计微软个人语音助理 Cortana，是 2017年登上 Fast Company 中最具创意、创新精神的商界人物之一。——译者注

及设计师必须首先考虑清楚自己当前的设计中排除掉了哪些人群。例如，如果某项体验要求用户必须同时使用两只手进行操控，那么该体验就排除了所有手部活动受限的人，包括只有一只手的人、手指不够灵活的人和缺失手指的人。

在整个生命历程中，人的身体机能会随年龄阶段的不同而发生变化。凯特·福尔摩斯指出，人们会因为自己的能力和缺陷而经历一系列永久性、暂时性和情景性的（与现实）不匹配⊖"。有些人可能患有永久性的失明或者因为白内障等因素视觉受限，也有一部分人只是暂时看不清楚，例如强烈阳光照进他们的眼睛或强光在显示屏上产生折射。这些重要动态因素增加了设计者需要考虑提供适应性的用户范围。毋庸置疑，在儿童时期，人各项身体机能都在最优状态，而随着年龄的增长，这些身体机能会发生退化，包括视力下降。当设计者专注于自己的目标受众时，要明白每个人都有不同的能力范围。不存在绝对完美的正常人。相反，设计师应该重视不同群体的适应能力，创造包容性的沉浸式体验。

也许你永远不知道什么时候会需要额外帮助。我在几年前经历了一次车祸，在那之后，我花了好几个月的时间才使自己在上楼梯的时候不至于喘不过气。这段痛苦的经历让我意识到，无障碍的建筑设计在日常生活中是多么毫不起眼，却又多么举足轻重。因此，设计者需要花时间从其他角度去看世界，或者，更好的方式是，花时间与那些与你面临不同挑战的人交谈和接触。

扩展现实技术的优势之一，是其能够允许在用户同一时间内体会多种模态。这一优势的关键意义是，用户能够不再局限于某个单一感官进行体验；而是可以通过触摸、声音和视觉来引导和支持体验，这有助于满足用户不同方面的需求体验。扩展现实在可访问设计中的优势包括：

❏ 专注性；
❏ 多模态；
❏ 个性化；
❏ 上下文。

6.4.1 专注性

你能想象不同背景的人们在同一个空间内同时进行学习、创作或表演吗？许多教育、培训和医学领域的公司早已采用了这一概念，因为它们可以清晰地看到它的好处。在现代社会中，数不清的屏幕在尝试抢夺人们的注意力，使人很难专注于一个领域。对于那些有认知处理障碍和学习障碍的人来说，集中注意力也许变得更加困难。然而，学习障碍并不只出现于人们求学的少年时代，它还远远延伸到人们的日常生活和工作之中。具有在某一领域专注学习和执行的能力能够使人在信息繁杂的现代环境中减少多个视窗、设备和屏幕带来的认知

⊖ 现实性失调。——译者注

负荷。对于具有注意力缺失症或多动症的人来说，集中注意力的能力更是至关重要。将内容组合到一个空间中有助于将视觉流保持在中心位置。

除此之外，专注力也与记忆力息息相关。用户会有不同长度的记忆，有的人记忆短暂。在网页和移动设备的表格设计中，通行的设计思路是保持表单界面的简洁，以便更有效地利用空间。然而，如果因此就不为用户提供输入提示，尤其是在输出的内容有特定的格式要求时，这会使用户感到困惑，进而无从下手。例如在填写表格时，应当把日期的格式写作是8/14/20 还是 08/14/20，或是 08/14/2020 ？如果在输入数据时找不到可供参考的范例提示，用户可能会感到疑惑和沮丧。尽管这种无提示设计能够节省空间，但却并不利于用户的实际工作。

专注程度也与人们的视力和视野范围有关。当前，头戴式显示器面临的一个挑战是，佩戴矫正镜（如近视眼镜）的人可能无法直接使用（眼镜类型的）头戴式设备。根据设备的不同，用户可能不得不摘下近视眼镜来佩戴头戴式显示器，这会使用户在体验时的清晰度和专注程度大打折扣。当前，一些设备生产厂家已经在努力克服这一问题。例如，Magic Leap 头戴式眼镜已经宣布与 Frames Direct 公司 ⊖ 合作，为头戴式显示器生产可以兼容近视眼镜的插片，这些镜片插片具有光线管理、防反射，甚至眼球追踪功能。

除此之外，其他一些视力疾病也会影响用户在体验中的专注程度，包括视疲劳、散光、白内障、对光线感到敏感的眼科手术并发症，以及随着年龄增长越来越普遍的视力降低等，不存在一种通用的设计可以同时解决各种各样的视力疾病带来的问题。更切合实际的方法是，设计师在设计中加入可供用户定制个性化视觉体验的功能，以此尽可能地优化其视觉体验。了解用户面临的一些挑战，并将这些信息作为进行个性化设计的起点，以确定用户可以探索的设置和选项。

6.4.2　多模态

相比于必须使用两只手同时参与的体验，可以以不同的方式（两只手、一只手或演讲情况下不用手）进行的体验显然会给用户带来更多的便利。提供多模态的体验方式可以最大限度地保留用户的参与积极性。正如我们在第 3 章中所讨论的那样，提供图标、字体、音频和视觉等多模态信息能够扩大用户获取信息的广度。如果用户无法理解某个体验所使用的语言，图标可以帮助他们在语言障碍的情况下获得相应释义。同时，在体验中提供组合音频和视觉信号可以扩大那些有听力困难、耳聋、低视力或失明的人的可访问性。

> 小贴士：长时间握住设备会让用户感到手部疲劳，这对许多用户来说可以算作一项挑战。请在设计你的体验时考虑到这一点，体现对用户的包容性。

⊖　Frames Direct，一家美国镜片生产商，其生产的 VirtuClear 镜片可以根据用户的近视和散光参数进行定制，然后可以直接嵌入头戴式设备，这样使用者就无须佩戴眼镜，因为头戴式显示器将完美契合其视觉能力。——译者注

多模态体验设计往往也能帮助更多的观众群体。那些有特殊学习障碍（如阅读障碍）的群体可以从多模态的信息传递模式选择中受益。凯特·福尔摩斯提醒我们，虽然设计师需要考虑用户面临的永久性挑战，如学习障碍，但设计师同样也要考虑到临时性和情景性的因素在体验时给用户带来的障碍。最后，调动用户更多的感官可以使用户对体验中的信息产生更多的情感联系，这会使用户更有参与感。对设计师来说，最终的设计目标是要确保用户不只依靠一种感官参与体验。毋庸置疑，可访问设计将进一步优化用户体验。

6.4.3 个性化

在设计中，通常不可能做到针对每个用户的需求设计不同的体验。不过，设计师可以为用户提供个性化设置自己体验的机会。为了有效实现这一点，设计师需要尽可能地掌握用户需求。然后，设计者可以设定体验中最为核心且有用的东西，而不是让用户全权控制整个体验；我们在前面已经讨论过，过多的控制权会造成混乱。对于诸如音量、亮度、字体大小和语音控制方面，允许用户进行个性化设置，则可以在满足不同用户偏好的同时，又不会影响整体体验。重要的是，设计者需要确保用户能随时进行个性化设置，而不需要中途退出或离开体验。就像个人计算机可以一边使用一边调节音量和亮度一样，人们会希望在扩展现实体验中也可以拥有类似的个性化选项。

在沉浸式体验中，还有一些因素会影响到用户的舒适度。这包括坐姿、站姿、灵活性、运动范围、高度和物理环境等因素。因为这些体验是完全沉浸式的，这意味着用户需要调用更多的身体感官，也因此可能需要更深度的个性化设置。人们对定制化的需求并不鲜见。不妨回想一下你所去过的健身房或类似运动场所，不同身高、不同体能的人都能够使用同样的健身设备。这是因为健身器材大多允许每个健身者根据自身情况选择适合自己的器材位置，并按照实际需求调节重量。大多数设备都会有一项最主要的互动方式，通常以书面和视觉形式展示，但往往同时也存在其他解决方案。设计者可以借此提供有价值的信息，制定符合用户习惯的解决方案。这样，用户在第一次互动时就不会感到新奇和陌生。

重要的是，在设计时不仅需要考虑到单个用户的需求，还要站在整体用户的视角进行全局考虑。在设计者体察用户旅程时，需要仔细思索设置哪些个性化选项可以增加用户的参与度。同样重要的是，通过体察用户流程，设计者能够发现哪些用户被排除在体验之外，以及可以提供什么替代选项来改善他们的体验。

6.4.4 上下文

用户与解决方案或产品进行互动的动机是非常宝贵的信息，因为这可以为设计者提供设计的上下文，同时也是设计过程中必不可少的一步。毋庸置疑，如果能够在设计中通过上下文语境引导用户的行为，将会为体验的提升带来无穷潜力，甚至足以改变游戏规则。在增强现实体验中，体验背景无疑是物理世界，随着物理环境发生变化，用户体验也会发生变化。因此，增强现实和混合现实具有更多的内置可访问性，因为用户能够发挥自身适应性，从其所处的物理空间融入所设计的体验之中。

　　以自闭症障碍患者为例。尽管每个患者的病情不同,但他们所面临的共性挑战是难以与人进行社会性互动。不过,增强现实和混合现实设备使用物体识别和语音技术都具有帮助确定佩戴者(即自闭症患者)当下情绪的能力。事实上,彭博社[⊖]在 2019 年的一份报告中提到,亚马逊的 126 实验室[⊜]和 Alexa 语音团队一直在研究能够"从佩戴者的声音中辨别其情绪状态"的可穿戴设备。这一技术能够结合用户互动的上下文语境,协助识别用户情绪。

　　基于上下文设计的另一个用例发生在教育领域。众所周知,教育领域中存在各种各样的学习方式,学生面临的挑战也各种各样。然而,研究表明,实践经验能够使学习者对知识有更牢固的记忆。同样,在扩展现实中,用户调动的感官越多,他们与体验之间的联系就越深刻。不妨设想下,假如学习者能够亲手触摸到之后会在物理环境中接触的物体(即使当前以数字对象的形态呈现),并在与日后工作场所类似的空间里学习如何使用并进行练习,这无疑会极大提升其操作的熟练度。在这一领域较为典型的应用实例为外科住院医师借助扩展现实技术练习外科手术。如图 6.10 所示为三维医疗模型,设计师借助 Cinema 4D(Maxon)和 X-Particles(INSYDIUM)这类 3D 设计软件制作了一系列模型来展示各类微观环境,包括细胞生长过程和生物分子系统,从艺术角度引导人们对微观世界的想象。

　　不妨回想一下你学习使用计算机软件的过程,这一概念也同样适用于设计练习。如果参加现场教学,你通常需要一边抬头看教师演示,一边跟着教程并尝试在自己的工作空间里进行同样的操作。如果你观看视频教程,那么你就必须在不同窗口和视图之间不断切换才能完成学习。想象一下,如果能够将视频教程叠加到你的工作空间中,那么你就可以在同一个视图中看到工具的位置,并选择它们开始创作。这显然可以提高学习效率,尤其对于那些有特殊学习障碍的人来说,在这一环境中学习能够显著提高其学习水平。

　　当你了解更多关于目标用户及其需求后,就可以进行下一步的挑战,寻找那些你认为可能被排除在你所设计的体验之外的用户,并且是从一开始就排除。找到有意愿的用户,与之进行交流和学习,因为他们会为你提供关于如何改进体验的宝贵见解,使体验更具有包容性。观察那些具有不同舒适度、偏好、能力、挑战、身高、年龄、身份、社会经济背景和使用扩展现实技术经验的人,并与之深入沟通。如果你想要使自己的设计更具包容性,最佳方式是始终乐于从不同的用户群体中学习。

　　⊖　彭博社,一般指彭博新闻社(Bloomberg News)。成立于 1981 年的美国彭博资讯公司,是全球最大的财经资讯公司,其前身是美国创新市场系统公司。彭博新闻社在全球拥有约 130 家新闻分社和约 2000 名新闻专业人员。——译者注

　　⊜　亚马逊 126 实验室,是亚马逊负责开发亚马逊的 Kindle、Echo 智能音箱、Alexa 语音助手产品的团队,这些核心产品是目前支撑亚马逊销售额的几个前沿硬件产品。——译者注

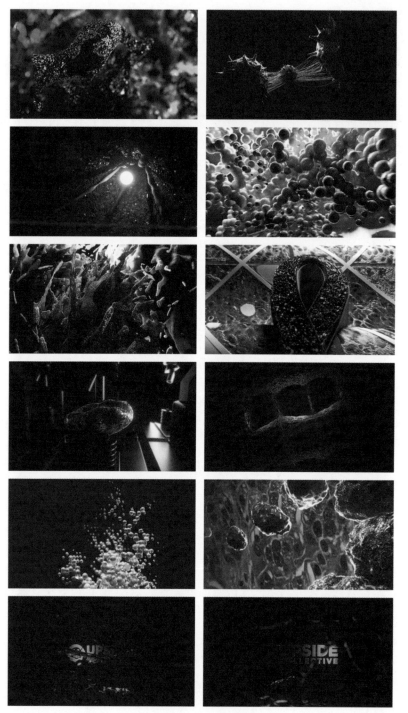

图 6.10　三维医疗模型

设计师、编辑和动画师：Jared Schafer；执行董事：Brendan Casey

设计挑战

玩游戏

在这一挑战中，读者不需要预先准备任何材料。这都是经验性的。事实上，这项挑战很有趣也很简单。你所要做的就是用手头的设备玩一个游戏。唯一的要求是，它需要是数字游戏，并且需要有某种类型的控制器。可以是触摸屏，也可以是手柄。请尽量选择带有独立手柄的设备，如 PlayStation（索尼公司生产）或 Xbox（微软公司生产）。然后，尽量选择一个你从未玩过或没有太多经验的新游戏。

1. 启动游戏，浏览游戏介绍或使用说明，做好笔记。在此过程中，思考哪些向导内容对你学习游戏规则有帮助？哪些内容你尚未了解？游戏是如何帮助你学习或引导你完成所需设置的。

2. 设置一个 60 秒的定时器。当你开始游戏时，不要把注意力集中在玩游戏上，在体验的前 60 秒内尝试观察所有可用的内容。现在你感觉如何？你有哪些选择？哪些信息正呈现在你面前？哪些东西你没有找到？

3. 继续按你的意愿玩游戏。

4. 如果你目前正在用两只手玩游戏，尝试调整为仅用一只手。记录体验如何变化。然后，如果你目前仅用一只手玩，那么尝试停用你的手或手指，继续玩游戏。记录体验如何变化。

5. 如果你在第 4 步中改变了游戏方式，你可以回到自己喜欢的游戏中去。现在，把声音关掉，继续玩游戏。记录体验如何变化。

6. 把声音重新打开，按照你的喜好继续进行游戏，现在，闭上你的眼睛。记录体验如何变化。

7. 回顾整个流程：不要假设以不同方式体验游戏会带来什么样的感受，你在实际体验中注意到了什么？是否存在你没有想到的影响因素？根据你所做的不同观察，你可以做些什么来改善用户体验？当你改变与游戏互动的方式时，哪些方式会使游戏更容易被用户接受？

保留这些笔记。温故而知新。

Chapter 7 第 7 章

用户界面设计

在这一章中，我们将会探讨如何为扩展现实项目设计用户界面。在这一过程中，传统用户界面设计中的许多基础元素都仍然有效，与此同时，对于沉浸式交互设计来说，存在一系列新的挑战和考虑因素值得特别关注。本章将重点关注这些内容。

z 轴：在用户界面中引入"z 轴（深度轴）"对你来说可能是全新的概念，本章我们将具体考虑如何在 3D 设计中使用 z 轴。

3D 界面隐喻：为了帮助用户熟悉新的现实，设计师需要合理设计 3D 界面元素，以保证用户能够沿用他们在物理世界中习以为常的交互知识。

时间和空间：用户界面元素出现的时间和所在空间会对整体体验产生重大影响。设计者在设计过程中需要考虑清楚如何平衡 2D 和 3D 界面元素，以向用户呈现出体验的最佳效果。

微交互：在体验过程中，细微的交互细节可以为用户提供完整体验的信息和指导。在设计扩展现实中所需的新界面隐喻元素时，不要忘记保持一种轻松愉快的方式来协助用户进行微交互。

7.1 z 轴

真实世界中，人的意识是连接人自身与世界的交互界面。如果想要做好界面设计，你首先需要理解和思考这种关系。有意识地记住这一点对于保持以人为本的思维方式至关重要。用户界面（UI）指的是两个系统之间的连接点；这种连接可以建立在意识与世界之间，也可以建立在人与计算机之间。我们周围的界面比比皆是，有些界面可以被清晰分辨，有些你也许还没有意识到。这些生活中无处不在的界面将我们与计算机、手机、硬盘、自动售货机、遥控器、自动取款机甚至信用卡上的芯片联系起来。

不妨花几分钟时间，数一数你现在所处的房间里有多少种处理器。不要忘记检查你的书包、钱包、口袋甚至墙壁。每当你找到一种处理器，注意观察其交互界面（你与它进行互动的地方）。交互界面可以只是简单的按钮，也可以由按钮、屏幕和插头组成的复杂系统。比起平面界面（例如触摸屏），请重点关注 3D 界面。还要注意那些物理接口组件，如灯的开关、锁孔或遥控按键。在探索如何设计 3D 界面时，现实生活中触手可及的各类界面可以为我们提供许多设计灵感。我们将在本章的下一节深入探讨这个概念。然而，在目前这个阶段，只需特别注意你所在空间中的不同种类界面，以及自己每天是如何与它们互动的：

❑ 你是怎么知道应该如何（与这些界面）进行互动的？

❑ 哪些界面最好用？

❑ 哪些界面最难用？

在尝试设计一款成功的用户界面时，无论你从它们身上发现的是积极反馈还是负面问题，都能够有效启发你的界面设计思路。

实际上，相较于 3D 界面而言，设计 2D 界面通常难度更大，因为其中有相当一部分需求来自如何以平面格式模拟 3D 交互。从这个角度来看，扩展现实中具备深度轴的设计场景实际上更有助于模拟现实世界。相较于在 2D 界面中绘制一个形似文件夹的平面图标，你可以直接针对现实世界中的文件夹创建其 3D 模型。甚至可以将文件夹对象直接放在现实中它应该出现的地方，比如说文件柜。在平面设计中，这无疑是一项难以逾越的挑战。

然而，深度轴的引入确实增加了界面的复杂性，也为设计增添了一些额外的考虑因素。在讨论深度这一概念时，我们首先需要理解它的含义。在处理 2D 物体时，我们只需要在 x 轴（自左到右）和 y 轴（自下而上）这两个维度上进行设计，正如在第 3 章中所讨论的那样。随着 z 轴的加入，我们现在有了深度或向前和向后（或由近至远）移动物体的能力。

当你探索你的世界，并考虑维度界面设计时，可以把你自己想象成用户，把你的眼睛想象成照相机。要知道，用户的视角会随体验变化而变化，如果能够靠这个方法亲身体验种种真实世界中的三维交互，对你来说，三维交互本身带来的一部分复杂问题就会迎刃而解。回忆一下你与自动售货机、自动取款机甚至家用电器互动的方式，或许对你会有所启发。

现在，有了 x 轴、y 轴和 z 轴，也就是说我们可以使用六种自由度或 6DoF 来开展设计工作。如图 7.1 所示，图中展示了用户可以在由 x 轴、y 轴和 z 轴表达的三维空间内自由移动的**六种自由度**。自由度允许用户在三个维度内移动，并改变每个轴的方向，也就是说，可以有六种调整元素姿态的方式：上 / 下（$+y$，$-y$），左 / 右（$+x$，$-x$），前 / 后（$+z$，$-z$），以及围绕 x 轴、y 轴和 z 轴进行旋转。

当元素（或用户）沿着不同的轴进行线性移动时，可以用下列关键词来描述平移度。

❑ 起伏：沿 y 轴上下移动。

知识拓展
六种自由度：元素（或用户）在三维空间内自由移动的能力，有时写为 6DoF。六种自由度分别记作起伏、涌动、摇摆、俯仰、偏移和滚转。

❑ 摇摆：沿 x 轴左右移动。

❑ 涌动：沿 z 轴前后移动。

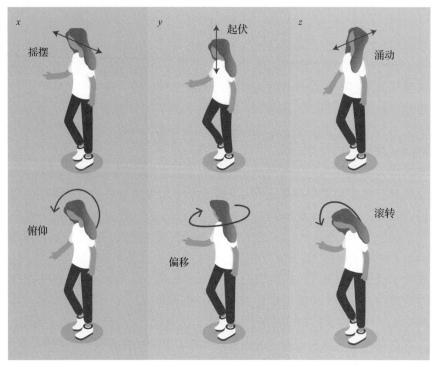

图 7.1 六种自由度

另外，如果依靠旋转来改变元素方位（旋转的角度如图 7.2 所示），可参考下列描述。

❑ 俯仰：在 x 轴和 y 轴之间上下旋转。

❑ 偏移：在 x 轴和 z 轴之间左右旋转。

❑ 滚转：在 z 轴和 y 轴之间从前到后旋转。

方向的引入增加了 3D 空间的复杂度。当 z 轴被加入 3D 空间设计，也意味着产生了一系列需要逐一调整设计的新关系。这些新的元素与扩展现实赋予用户的 360° 视角相结合，共同为用户创造了动态体验。

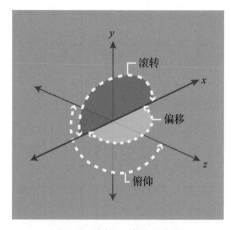

为了让你所设计的界面能够真正帮助用户探索所处空间，请始终将宜人性保持在设计目标的第一位。正如在前一章中讨论过的那样，用户体验调研非常重要。你要确保自己的设计真正反映了用户的需求。了解用户需求的最好方法是直接

图 7.2 俯仰、偏移和滚转

问他们，并在他们体验你的设计时仔细观察。

　　UI（用户界面）和 UX（用户体验）常被混为一谈，实际上，这两者截然不同，然而，它们在项目中却又相辅相成。用户界面设计应该反映用户体验调研中所洞察到的数据及其他信息。用户界面主要由视觉元素组成，这些元素协同工作，使用户与应用程序的交互变得积极而愉快。优秀的用户界面设计能够大大提升应用的吸引力。然而，在扩展现实中，你也许不希望界面设计喧宾夺主核心体验。因为增强现实和混合现实体验的视野通常较为有限，所以设计者希望尽量优化可用空间，以尽可能多地显示物理世界。也就是说，在扩展现实中，设计者要做的是简化界面元素设计，以避免让观众面对复杂的视图不知所措。在扩展现实中，用户界面设计的目标是在可用性和可行性之间找到一个平衡点，与此同时，不要过多分散用户的注意力。这其中的分寸掌握，即为设计师的用武之地。

　　因为交互设计方案受到技术发展的限制，所以，针对用户将要体验使用的设备或系统进行具体设计相当重要。截至今天，我们还不能创建一个完全响应或可调整的系统，以根据技术进行调整。因此，你需要为部署体验的每种系统设计 UI。（移动设备是个例外：尽管 Android 和 iOS 系统采用不同的编程语言和 AR 框架，相关功能也有所不同，但两者实际上有足够多的相似之处，你也许不需要为每个应用设计完全不同的界面）

　　对于头戴式显示器来说，视场角⊖（Field Of View，FOV）因型号不同而异。比如，HTC Vive 的 FOV 是 110°；相比之下，微软 HoloLens 2 的 FOV 仅有 52°。这种差异将对空间利用产生巨大影响。也就是说，我们很难在两个平台上部署相同的设计。基于环境的定制化设计将允许你将自己的设计部署到特定观看空间中去。即使视场角从 52° 剧烈变化至 110°，你也可以通过对设计进行适当调整来创造最佳的用户体验。

　　在设计用户界面时，设计者需要考虑哪些元素应该出现在**屏幕空间**中，哪些因素应该出现在**世界空间**中。屏幕空间指的是应用程序中的 2D 屏幕，其位置和方向与用户的显示设备保持一致。屏幕空间尺寸由所用设备决定，不同设备的屏幕尺寸不同。世界空间指的是用于展示用户周围 3D 环境（及增强元素）的增强空间或虚拟空间。这包括了屏幕空间之外的对象。

　　通常来说，在屏幕空间和世界空间中都需要设计相应的用户界面元素，但理想情况下，设计师往往会想要基于交互的特性为元素选择合适的位置。有些元素在环境上下文中可能会有所帮助，比如旋转示意按钮，它可以提示用户可以旋转模型来查看完整表示。

　　然而，导航或其他主要功能元素应该被设计为静态元素且易于查找。回想一下，当你在家里找不到东西的时候有多么沮丧。

> 知识拓展
> 屏幕空间：由屏幕或可视区域所定义的 2D 空间，其尺寸依赖于设备的屏幕大小、形状及分辨率。
> 世界空间：由环境空间所定义的 3D 坐标系，以（x, y, z）坐标来描述对象在空间中的位置。

⊖　视场角在光学工程中又称视场，视场角的大小决定了光学仪器的视野范围。在光学仪器中，以光学仪器的镜头为顶点，以被测目标的物像可通过镜头的最大范围的两条边缘构成的夹角，称为视场角。——译者注如果你丢失了手机或车钥匙，会多么难过，通常情况下的解决方案是确保自己用完东西后会物归原处。这样你就知道它们在哪里了，对吗？这正是解决问题的关键。你不希望用户因为无法找到菜单而感到沮丧，它应该总是在同一个地方，这样，用户就可以产生更强的信任感，对场景的探索也会更加轻松自信。或者你也可以给用户一个选项，允许其将主菜单或元素重新定向到视线所在方向。

在决策设计方案时，请时刻铭记以下要点。

❑ 在屏幕空间中为主要导航项设计一个固定的 UI 元素，无论屏幕上的其他地方发生什么变化，它都不会移动。这将有效提升用户安全感，避免他们感到不知所措。

❑ 对于世界空间中的任何元素，请将它们放置在视野中间三分之一处，以获得最佳视野效果。

❑ 尽可能允许用户直接操作对象，而非间接操作。如图 7.3 所示，直接操作允许用户与对象本身进行交互，而不是（像间接操作那样）通过图标或按钮进行控制。

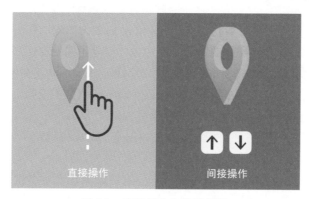

图 7.3　直接操作与间接操作

❑ 为每个元素设计其出现和消失在视图中的完整轨迹。

❑ 将任何空间界面元素放置在离用户足够远的可视距离内，以避免视觉辐辏调节冲突⊖造成眩晕和疲劳，理想的距离在 1.3 ～ 3 米之间。在第 8 章中，我们将详细讨论相关细节。

❑ 尽量减少大面积应用亮色或纯白色。当戴上 HMD 时，这些纯色区域会显得更加明亮，容易加重用户眼部疲劳。

❑ 尽量避免明暗场景之间的切换。相反，可以允许用户选择白天或夜晚模式，这样场景照明将保持一致，这可以减少眼睛的调节量。

⊖　视觉辐辏调节冲突（Vergence-Accommodation Conflict，VAC）是一种神经科学现象，是眼睛与物体之间的实际距离与聚焦距离不匹配造成的。VR 设备的物理景深与真实世界不符，聚焦点较近时，瞳孔的位置会相对靠近，聚焦点较远时，瞳孔的位置会相对远离，这一现象被称为视觉辐辏。VR 设备发出的光是平面的，不带有深度信息，目前的 VR 设备还无法形成物理景深，只能靠画面的清晰与模糊营造景深的视觉效果。用户在对画面进行观察时，由于无法感受到深度信息，只能将焦点放在屏幕上，这与画面营造的景深效果相悖，这会使得用户产生比较严重的眩晕感。——译者注

❑ 让用户拥有控制权，可以自主选择隐藏或显示一部分 UI 元素。

❑ 尽量减少文字的使用，只保留不可或缺的文本，不要长篇大论。

❑ 借助实体示能或感知示能，让用户能够预测图标的含义。例如，将图标设计为汉堡包的样子，用户看到就会理解为开启菜单面板。

❑ 避免使用那些闪闪发光的元素。

❑ 尽量少使用细密纹理和图案。这些会造成不必要的混乱，甚至可能导致眩晕。

❑ 让用户感觉工具唾手可得，同时不会被工具的使用分散注意力。

7.2 3D 界面隐喻

身为设计师，隐喻是我们最通用也最强大的视觉传达工具之一。在动画设计中尤其如此，长篇大论用文字进行解释通常被视为下下策，很少有用户有耐心读完。利用隐喻概念可以提高信息表达的丰富程度。视觉隐喻已然应用于各式各样的设计场景，在下一章中，我们将详细研究为什么隐喻这一类感知映射可以是有效的。

本质上，隐喻是一种用平行概念作为符号，来指代创意、物体或概念的方法。通常情况下，隐喻有助于揭示两者之间的相似之处，或者帮助建立两者之间的联系。这个方法在 UI 设计领域同样适用，并且在今天的计算机系统中以多种形式出现。个人电脑桌面的概念就是**界面隐喻**的典型案例，如图 7.4 所示，图中这些图标指代着物理世界中的物体。我们可以将文件团成一团扔进垃圾桶。我们可以像寄信一样发送电子邮件。我们可以将数字化文件存储在电子文件夹中，就像把纸质文件放在塑料文件夹里一样。我们可以将想要购买的商品添加到在线购物车中。如果想要寻找某样东西，我们可以通过点击放大镜来进行搜

> **知识拓展**
> 界面隐喻：某种已经达成共识的方法或语言，基于示能用户与界面交互方式的文化联系设计。

索。我们可以将联系信息添加到电话簿中。物理世界中，文件夹通常会被整齐地摆放于办公桌上，这为现代计算机的桌面布局和文件结构组织提供了灵感。如果在现实生活中，你能够理解如何利用文件夹来整理并保存文件，那么你也就能理解数字世界中的"文件夹"和"文件"分别代表什么意思。通过利用这些现实生活中的隐喻指代，用户不必从零开始学习如何使用数字桌面这一新系统，他们可以依靠已有的知识推断各个元素的用途。

图 7.4 界面隐喻示例

另一个优秀设计案例是垃圾桶的概念。如果不再需要一个文件，你可以把它扔进垃圾桶，就像物理世界中你在办公室所习惯的那样。这一设计提供了一处放置文件的地方，用图标告诉用户放进去的文件会被正确删除，垃圾桶天然具备这个属性。同时，这一设计还提供了多种反馈途径来确保（用户知道）文件已被删除。首先是从文件夹将文件拖拽到垃圾桶的视觉效果。然后，在清空垃圾箱时，用户可以听到相应声音提示（纸张被团起来的声音）来强化这一概念。

隐喻的最大优势之一是它们能够充分调动用户已有的知识和经验。尽管这些例子已经足够出色，但由于受限于平面屏幕，它们仍然需要使用 2D 概念来复制 3D 世界中的动作和体验。沉浸式界面设计最令人兴奋之处在于，你可以从 3D 动作中获得灵感，然后也同样在 3D 世界中创建一个隐喻。

即使有了这个令人兴奋的概念，截至本文撰写时，扩展现实领域尚不存在公认的用户界面隐喻，这意味着，在扩展现实世界中，用户进行交互的共同语言还没有牢固地建立起来。这一领域的技术进步称得上日新月异，所以，尚未沉淀出共性基础也是情有可原。虽然越来越多的趋势和研究开始支持各种交互方法和功能，但若要像电脑桌面系统那样收敛为一系列广泛应用的交互元素，还为时过早。对我来说，这反而是一件相当令人兴奋的事情。没有太多规则，也没有太多限制，你可以尽情发挥自己的创造力进行探索，努力在这个领域创造令人印象深刻的互动模式。当然，设计的目标一如既往：创造能够引导用户进行交互的 UI。你仍然需要使用常见的交互模式，如点击、拖拽和滑动，这样用户就不必学习一套新的操作来在体验中进行交互。对用户来说，熟悉的操作会使整个体验更轻松，这一点很重要，因为当他们进入扩展现实体验时，他们即将面对一个全然陌生的世界。

在设计扩展现实体验时，不妨尝试从你身边的物理环境中获得灵感。书架、标签、门、窗、书、图书馆、厨房、车间、书包或行李、时钟等可帮助你展开想象。

更进一步，你可以从你所采取的动作以及自己与物理世界中的物体和元素互动的方式中获得灵感，然后在沉浸式体验中进行再创作。为了帮助你深入思考，这里列出了部分动作：移动、删除、查看、搜索、组织、创建、扔开、捡起、打开、关闭、捏住、轻拍、转动、说话、打手势、凝视。

虽然动作和其他对象可以无限扩充，但请记住，我们之所以这样做，是为了寻找与体验设计相关的动作。如果你要设计户外体验，那么用"书架"一词作为灵感触发关键词将毫无意义，也许"树枝"会更好一点。优秀的设计者会最大限度地利用观众头脑中已有的概念。这也是用户体验调研过程重要性的另一层体现，越深入了解你的用户，就越能充分地利用他们关于交互的经验。举个例子，如果你已经确定了目标受众，如高尔夫球专业玩家，就可以利用他们已经谙熟于心的挥杆技巧进行设计。

7.2.1 真实感

在设计隐喻交互元素时，你需要一如既往地在真实和虚拟之间寻找平衡。根据具体情况不同，你的设计与现实生活的相似程度也应当不同。请记住，你要设计的是隐喻，而非精确复制。作为平衡的一部分，你需要知道，在虚拟世界中进行交互的用户可能无法非常精确地控制自己的行为。因此，你需要考虑此进行设计。事实上，隐喻本身就具有不可忽视的力量，以至于当某个对象没有按照用户期望的方式工作时，它可能会产生负面效果。如果用户认为你所设计的 3D 对象与自己在物理世界中所见过的类似，他们就会期望它在数字世界中也表现出相同的功能。如果事实并非如此，那么用户就会产生挫折感。在尝试完成投掷动作时，人们通常会用自己的惯用手抓取物品，向后抬拉，然后以抛物线的形式将物品扔出去。以掷球这一场景为例，用户期望能够：

1. 选取自己的惯用手。

2. 在拿到球后，收到某种反馈，表明动作成功完成。

3. 将球举起，注意保证此时球不要脱手（让用户感知到这一点可能有点麻烦，因为在数字空间中，球大概率会位于用户视野之外）。

4. 完成扔球动作后，看到和 / 或感觉到球已经离手。

5. 收到视觉反馈，看到球在空中沿抛出方向飞行。

如果扩展现实体验无法以这种与现实世界相同的方式复制这些动作，那么你需要让用户为可能呈现的差异性做好准备。

一种选择是让图像不那么真实，这将立即让用户明白这不是一个真正的球，与此同时，他们将自动开始调整自己的期望。在电影产业中，这个概念几乎成了公认的原则。如果看到的情节以动画的形式呈现，你就会马上明白它实际上并没有发生，观众需要通过虚拟镜头获得相应信息。然而，如果看到的情节由男女演员出演，那么你会选择相信自己所看到的事情确实发生了。当然，在充斥着视觉特效的场景中，这一原则没那么精准，但我们想强调的重点其实是观众对体验的心态决定了他们的期望。

在产品构思与概念设计阶段，请不要忘记时刻与研发团队同步创意设计，携手进行研究，以确保你所设计的操作与交互在目标平台上具备技术可行性。在扩展现实领域，技术的发展称得上日新月异，所以，你可能需要对自己所创作的每个新概念确认技术可行性。

另外，要允许交互本身发生变化，而且应该变化，这样具备不同能力水平的用户就可以访问界面的不同部分。在探索潜在交互方式的时候，请保持开放的心态与灵活的思维模式。在增强现实项目中尤其如此，增强现实场景中的用户位置与体验可谓因人而异。虽然对用户的早期调研有助于指导设计，但当概念设计具备雏形之后，应该立即着手进一步的用户调研，以测试用户是否理解界面隐喻。及时衡量组件是否成功、是否易用，可以有效帮助设计者迭代优化界面元素。在整个设计过程中时刻保证界面的易用性意义重大，假如等到应用程序开发完成后再进行用户测试，未免为时已晚。

制作交互式界面原型还可以在项目早期就能够收集用户反馈，合理分配界面空间。设计者得以在将创意真正引入 3D 空间之前，或者在开始开发之前，就针对性地进行调整，避免花费任何额外的时间和精力。如果等到所有的东西都开发完成后才得到反馈，最后发现用户难以接受所设计的交互模式，那么你就不得不回到起点重新来过，这会浪费大量的时间和资源。

7.2.2 3D 交互技术

关于 3D 交互技术的研究已经持续了数十年之久，这为我们提供了很有价值的指导。值得一提的是马克·麦尼（Mark Mine）的工作成果，他在 1995 年开发了一套名为 ISSAC 的沉浸式场景模拟程序，帮助设计者研究与测试虚拟环境交互技术。这一研究先是帮助他在美国国家航空航天局找到了工作，然后又帮助他以设计工程师的角色加入迪士尼工作室，最终将他推上了华特·迪士尼工作室技术创新团队主任的位置。作为 3D 界面的重要组件，马克早期的研究抽象出了四种主要的用户行为。

导航：这一项包括确定用户在虚拟世界中的位置、了解 3D 空间，以及掌握在其中寻找路径的方法。本质上，导航的目的是为用户提供一种理解周围环境的方式：这里是什么地方？我在其中的什么位置？我应该往哪儿走？

选定：用户需要一种在环境中选定对象的方法。可以通过直接和间接的互动来实现选定功能。

操纵：选定对象之后，用户需要一种方法来修改其原始状态。例如，他们可以旋转对象以查看其全部，甚至可以操纵物体改变其属性，包括大小、纹理、透明度或颜色。

系统控制：包括应用程序具备的所有功能和选项。系统控制是用户与整体应用程序进行交互的直接方式。

实践证明，对于扩展现实和增强现实来说，用户与 3D 界面交互的方式截然不同。每个都有其独特的不同需求，因此，让我们逐一探讨各领域的核心需求。

7.2.3 虚拟现实中的界面隐喻

在虚拟现实中，除了数字场景中所展示的内容之外，我们看不到任何东西，用户完全失去了依靠现实世界中的物理设备（如键盘或鼠标）进行输入的能力，除非设计师在数字空间中原样复制这些设备。在视觉上，用户也无法看到自己做出的手势或任何相关动作。失去了视觉反馈与空间知觉之后，使用手、遥控器和任何其他手势实现控制就变得更加困难。显然，解决这一问题需要新的范式。以下列出部分示例可供参考。

光线投射隐喻：在环境中投射一束虚拟光线，其坐标系由用户惯用手所在位置和方向来定义。这一功能允许用户选定或操纵一个对象，同时收集其与环境关系的反馈，图 7.5 展示了光线投射交互界面，通过设备发射一束光线，以帮助用户精确选定数字对象。

虚拟手部隐喻：在虚拟空间中，尝试为用户存在于物理世界的手部创建数字模型，根据用户手部所在的位置提供清晰的上下文，以改善交互体验。通常来说，这类隐喻的实现通常依赖于手持控制器或外部跟踪技术。作为手部跟踪领域的领军企业，Ultraleap 已

图 7.5　光线投射

经充分证明了自己。在虚拟现实空间（或其他沉浸式互动空间）中，Ultraleap 提供了非接触式手部跟踪技术，实现了精确控制，如图 7.6 所示。Ultraleap 实现了世界领先的手部跟踪技术，支持与数字内容的直接交互。在 3D 空间中，该技术通过跟踪用户手部的关键点来捕捉微妙而复杂的手部自然运动轨迹。手部跟踪技术可以用于替代电脑鼠标或光标控制，也可以用于与数字对象、全息图像或三维体验进行交互。

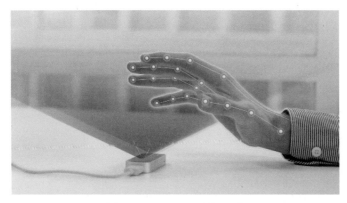

图 7.6 Ultraleap 手部跟踪

图片由 Ultraleap 提供

门户隐喻： 使用规则形状（如门、窗和显示屏）能够为空间之间的转场提供视觉隐喻。因为用户已经理解门是如何作为过渡点的，所以，他们会下意识地将相应视觉效果与动作联系起来，使场景间的过渡更加自然。如图 7.7 所示为门户隐喻示例，无论是物理世界中的门和窗，还是数字化的门和窗，均能有效帮助用户从一个场景切换到另一个场景。图中的增强现实门户能够将用户从客厅带入到 360° 视频建模的数字森林中去。

7.2.4 增强现实中的界面设计

在增强现实中，用户能够看到自己的手（当然也能随意完成手部动作），因此，我们不需要创建手部的视觉模型。但是，仍然有其他需要考虑的挑战。用户仍然需要一种与物理对象或数字对象进行交互的方式。在众多增强现实领域中，移动增强现实的交互方式最为熟悉，因为它们直接使用了手机用户习以为常的触摸界面。苹果公司发布的《人机界面设计指

图 7.7 门户隐喻示例

南》为移动 AR 场景中的最佳实践提供了一系列指导建议，其中一些设计要点如下所述。

触发空间：由于移动设备的屏幕很小，空间有限，这使得用户经常难以精确定位触摸点。如果数字对象位于远处，（可行的）触摸点会更小。苹果公司建议设计者将对象周围的空间也包含在其触发空间中。这样，如果在对象附近检测到触发手势，也会对目标对象本身执行相应操作。

缩放：如果需要按比例显示对象，则不应该允许用户进行缩放操作。例如，如果用户想要借助增强现实应用来观察新的电器或家具是否适合放在家里，那么没有人会希望家具尺寸可以自由改变。

> **小贴士**：记住，缩放操作不同于沿 z 轴移动。如果要将某个对象沿 z 轴移动到离用户更近的位置，应该通过位移操作而非缩放操作进行实现。

手势：尽量选择不会与其他相似手势混淆的手势来定义操作。例如，如果捏取和旋转两个操作都需要用到同样两根手指，那么这两个手势可以被认为是相似的。设计者需要确保采用的手势动作存在足够大的差异，以使操作结果更准确。当然，最好的办法是在用户测试时确认这一点。

> **小贴士**：一部分交互方式可能更适合用于隐藏对象；不要仅将物品的展示纳入考虑。

交互：综合考虑手势之外的其他交互方式。拖放、点击、滑动、捏取和缩放等操作都依赖于手势。优秀的设计师可以通过语音唤醒、倾斜手机（类似于方向盘的机制）和距离监测来扩展这些功能。例如，当用户尝试接近一个对象时，可以令这个对象展示某个动作或移动位置。你还可以在会话开始时设计相应交互，这样它们就会自动启动。

随着头戴式显示器在 AR 领域的应用越来越广，MR 领域中关于交互方式的探索也在不断进步，关于界面隐喻的需求正在出现爆发式增长。目前，这项技术已经创造性应用于以下方面：在眼镜边缘添加触控板、使用触摸手控器实现更精确的选择，以及使用智能手机作为控制设备，辅助操作。如图 7.8 所示为使用手持遥控器在 AR/VR 空间中与 UI 元素交互的设计草图。

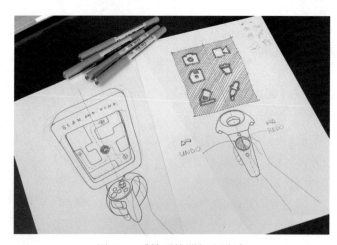

图 7.8　手持遥控器概念设计

设计师：Volodymyr Kurbatov

使用 AR 或 MR 技术的一个优势是，用户不会像在 VR 中那样被束缚在固定的数字空间中。增强现实与混合现实交互赋予了用户四处移动的自由。与此同时，也引入了对 3D 导航隐喻的需求，对于任何促进用户移动或具有特定位置的应用来说，都需要内置这类隐喻。如果设计者选用了 AR 地图，这一点会体现得尤其明显，不过，在任何允许用户走动或探索的体验中都离不开导航这个概念。借助地图隐喻，设计者得以帮助用户理解自己在增强现实场景中的位置。不管是地图、指南针、路牌，还是参考对象或地标建筑，都可以有效提升 AR 体验，即使它不是专门用于导航的应用。不妨设想一下，孩子们可以在 AR 中玩捉迷藏：导航功能将帮助孩子们了解哪里适合躲藏，更进一步，他们可以借助导航隐喻找到四处躲藏的虚拟朋友。如果没有导航对边界的限制，他们可能会越界玩耍。孩子们需要知道边界在哪里。

当然，基于沉浸式体验最终部署的设备不同，设计者需要考虑在不同限制条件下还原展示效果，与此同时，增强现实和虚拟现实所需要考虑的关键影响因素也有所不同。然而，在任何数字环境中都可以探索的一个有趣的概念是，它如何对用户交互产生反馈。在扩展现实领域中，你可以为用户的行动设计形形色色的反馈机制，并且根据具体故事情节和氛围，你也可以适当放大或缩小这些反馈。注意这个空间里 3D 交互界限的独特潜力，因为在 3D 交互中，限制条件更少。不妨想象一下，在数字环境中，当用户调低温度计的界面数字时，就会看到周围飘下雪花；当用户调高温度计的界面数字时，会看到面前的雪人开始融化。以上都意味着，沉浸式体验的交互设计存在无限可能。

7.3 时间和空间

在探索为扩展现实应用设计用户界面的最佳实践时，需要指出的是，随着用户日渐熟悉应用程序，他们的需求也会随之变化。在体验过程后期，一些在体验开始时不可或缺的控件将变得不再必要。随着人们在你所创作的物理或数字环境中探索得越来越多，他们逐渐开始需要不同的控件以及与不同元素交互的能力。在设计用户界面的时候，不妨将典型用户流程作为指南，记录下用户在体验过程中不同阶段的需求。良好的设计能够在特定的时间和地点为用户提供最合适的 UI 元素。

对于用户界面来说，一条重要的设计原则是仅展示必需内容，没有多余的元素。扩展现实应用的界面空间往往极为有限，尤其是较小的屏幕（如移动 AR），你也不会希望大量元素铺设使得用户无法集中注意力。设计者应该只向用户展示在当前的时间和地点进行交互所需的界面。由于空间有限，我们需要对元素进行优先级排序，据此决策界面布局。

如前所述，设计者需要综合考虑屏幕空间与世界空间中的元素布局。屏幕空间指的是应用程序中与屏幕位置和朝向相同的 2D 平面。世界空间指的是展示 3D 环境的增强或虚拟空间。这种空间设计实际上需要着眼于元素之间的关系，以及确定各个对象的层次。在扩展现实中，设计师需要在相当数量的元素和关系中做出抉择。如果你选择将元素覆盖在世界视图的正上方,称之为**非叙事创作**。非叙事创作可以由单一元素构成,也可以是多个元素的组合;但其设计风格通常表现为二维,以加强与物理世界的分离感。与之相反的是**叙事**[⊖]**创作**,如你所料,这意味着将元素直接展示在世界空间中。

另外,你还可以设计**元 UI** 元素,它类似非叙事创作元素,但通常是暂时的或情境性的。例如,元 UI 可以是用户向购物车添加商品时的成功通知,也可以是提示用户进行下一步交互操作的视觉信号。作为区分条件,元 UI 常常被设计为 2D 元素。如果元 UI 以三维形式展示,就会很容易与**空间 UI** 混淆。增强现实场景中,元 UI 和空间 UI 均能够根据当前环境为用户提供导航功能。如图 7.9 所示为这两种 UI 方法的对比,是基于移动设备设计的增强现实导航场景,目标是帮助客户找到购物清单上的所有商品,上方图片显示了根据物理空

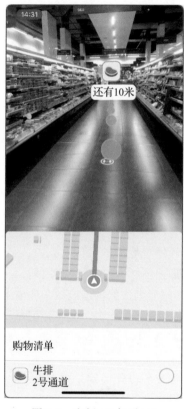

知识拓展

非叙事创作:将元素覆盖在数字空间之上的技术,用户清楚它并非环境本身的一部分。

叙事创作:将元素融入到数字空间中的技术。

元 UI:覆盖在数字空间之上的 2D 窗口,可被用户操作或是场景位置触发。

空间 UI:投射在数字空间之中的 3D 元素,可由用户操作或是场景位置触发。

图 7.9 空间 UI 与元 UI

图片由登特现实有限公司提供;首席执行官:安德鲁·哈特;产品设计师:Richard Picot

⊖ diegetic(叙事)一词来自 Diegesis,是一个电影理论术语。指的是电影里面创造的一种再现人物所在物理空间的效果。比如,人物把门关上,配音是关门的声音,这就叫 diegesis;如果配音是单纯的背景音乐,就不是。因此我们把具有叙事性质的元素,称作 diegetic,而没有叙事性质的,称作 non-diegetic,这两个形容词不单指配乐,也用来泛指电影中与故事有相关性质的元素与非相关元素。——译者注

间尺寸与深度进行自适应调整后的空间 UI 导航，下方图片则为元 UI 视图，尝试在 2D 窗口中为用户提供导航地图与待选商品信息。

　　当确定 UI 元素在数字空间和物理世界中的关系后，你还需要确定所有可以移动的元素，尤其是剧情创作对象，都遵循相同的规则，并匹配与环境上下文相关的物理特性。举例来说，如果你已经设定了挂在墙上的图片是静止的，那么当用户选择在墙上添加一个对象时，这个新的对象也应该保持静止，不会像其他对象那样可被移动、缩放或旋转。你需要为所有剧情创作元素维持一致的锚点。这样，它们就会以相同的方式附加到真实世界表面。UI 元素可以在垂直平面或水平平面上对齐，因此，需要考虑在特定体验中设计或限制这些对齐方式。例如，仅允许地毯被添加到水平面上。台灯、旅行箱或其他物品也是如此。唯一允许按照垂直平面进行对齐的东西是可以挂在墙上的物品，或者我们习惯在这种场景中看到的东西，比如窗户、门和墙。

　　由于我们正在探索空间关系，因此了解用户如何与 3D 界面本身相关是非常重要的。想象一下剧院隐喻：观众静静地坐着欣赏表演，演员与道具按照具体场景移动（通常在观众前面，不会脱离观众视野）。你希望用户操作界面，自行控制元素位置吗？还是你更喜欢与其相反的运动隐喻：交互界面保持静止不变，而用户必须四处移动来进行操作。比如在操场上玩耍的孩子。一般来说，设计师很可能需要根据体验的概念探索各种可能性，所以请记住它们。

7.4　微交互

　　用眼看，不要说。如果能够亲眼看到某种物品的使用场景，那么也就更容易理解它的工作方式。明白这一点之后，你也就更容易发挥增强现实的力量。对于需要额外指导来学习如何使用数字工具的用户来说，为工具设计一份说明书已经被证明卓有成效。开始的时候，工具说明只是一个文本框，当用户选定工具时便会弹出，经过一段时间的迭代，工具说明已经进化为一段演示工具如何工作的短片，如图 7.10 所示，图中展示了圆形光标逐渐拉长并上移的一系列动作，这段描摹细微形状变化的动画将帮助用户理解需要执行"上滑"这一操作。虽然这段动画极短，但它所传达的互动信息相当丰富。这不仅可以传达工具特性，还可以活灵活现地向用户展示如何使用工具。这对用户来说更有用，因为视频的信息传递效率更高，提供的信息也更为丰富。设计师往往需要在用户与元素发生交互之前就完成操作指导的演示。当用户想要选定某样东西时，一系列微不可察的动作就足以提供反馈，告诉用户在提交之前所选择的对象。看到一个图标跳动或抖动也可以提醒用户关注它。这类微型动画通常被称为**微交互**。这些是你可以添加到界面中的细微细节，可以帮助用户交互变得更高效，也更友好。

　　正如丹·萨弗在《微交互》[5] 一书中所说，这种注重细节的交互主要由四个部分构成。

知识拓展

微交互：与产品或体验进行互动时，用户所体验到的交互细节。

图 7.10　逐帧分解

触发器：交互的开始。触发器可以由用户手动启动，也可以在满足条件时自动启动。如果你扳动电灯开关，这就是启动灯光的触发器。

规则：为需要以特定顺序发生的事情提供规则。比如，在你开灯之后，它会一直亮着，直到你把它关掉。这就是规则。

反馈：向用户反馈当前的状态。当扳动电灯开关这个（针对触发器的）操作成功之后，灯被打开，用户可以亲眼看到灯亮了，这就是反馈。反馈可以是多模态的，而且大多数情况下理应被设计为多模态的。反馈可以通过视觉、听觉和触觉来提供。

循环模式：作为微交互的最后一部分，循环模式决定了交互持续的时间。灯将一直亮着，直到被关掉。关灯将终止当前的交互循环。循环模式也可以决定动作是否重复，或是否需要随时间改变。

再举一个例子，在移动增强现实场景中，我们可以基于上述步骤进行 3D 模型设计，则触发器可以是对象受到单击。这样，当用户单击 3D 对象时，将会触发某个动作。接下来，我们可以利用规则来定义下一项操作。假设规则是点击对象将对其进行旋转。那么，一旦对象开始旋转，用户就可以得到反馈，即触发器（单击）已经被成功触发。被触发之后，对象将持续旋转，直到用户再次单击该对象来停止旋转。至此，循环结束。当对象不再做出响应动作时，意味着整个交互已经完成。

如果能够在用户界面中有效添加微交互，不仅可以为用户提供指导，还能使体验更具吸引力。毋庸置疑，愉快的体验会鼓励用户再次回来并重复体验。这种对细节的关注看似微不足道，但它将显著提升整体体验。如果想要引导用户进行交互，这种方式足够省时高效，在尝试探索新体验时，通过微交互提供帮助更是可以让用户体验更加顺畅。在某些情况下，用户可能还没有意识到自己所获取的帮助就已经完成了学习。一些最有效的微交互甚至可能都不会被用户察觉。一定程度上，比起注意到细节的存在，用户会更容易注意到细节的缺失，对于验证系统是否按照预期运行来说，这也是一项很好的指标。微交互本质上是微小的，这使得它们很容易被忽略，尤其在人们没有刻意寻找它们的时候。它们可能是：

❑ 铃声响起表示通知。

❑ 音量调节杆可供上下移动，以调节音量大小。

❑ 在喇叭图标上划线来表示静音状态（不划线表示喇叭开启）。

❑ 放大镜图标内标记加号或减号来表示（图片）放大或缩小。

❑ 闹铃响起后，如果你选择继续小睡一会，声音（或振动）会渐弱消失。

针对 3D 对象，所设计的微交互最好也是 3D 的，如果能够在对象所在环境中提供交互提示，搭配以适当的动作，可以使操作说明更加直观。3D 微交互技术能够使交互完全可视化，缩减对大段文字说明的需求。在图 7.11 中，用户很容易发现这个礼盒可被旋转。无论在设计界面时，还是考虑如何添加动画时，或者是尝试增加提示以帮助交互时，你都需要确保自己的思维和设计内容形式相匹配。如果你所设计的 3D 对象搭配了 2D 的工具提示，那么你就错过了一个提升交互效率的机会。相反，为 3D 对象添加一个环绕它的 3D 曲面箭头，告诉用户可以对它进行旋转，这种方法往往更高效也更直观。更进一步，你甚至可以为这个箭头添加一小段动画循环，以鼓励用户与元素进行互动，这很容易做到，你只需向他们展示如何操作即可。

图 7.11　3D 微交互示例

沉浸式环境（以及其中用户的体验）是如此复杂，以至于设计者必须利用每一种可能性，尽己所能地尝试改进设计与简化交互，以提升用户整体体验。如果能够把用户交互拆解为一系列更精致的微交互系统来处理，那么用户将能够循序渐进地进行体验，这种方式往往会更有乐趣。不要忘记前文所介绍的触发器、规则、反馈和循环。你可以尝试找到项目中最复杂的功能或交互模块，看看是否可以将它们拆解成一系列更简单的微交互环节，这使用户更容易理解它们。作为回报，你将得到更高的好评率与更多的回头客。

让我们回到本章开头的那句名言：意识是连接人与世界的交互界面。在扩展现实领域，如果想要设计出优秀的交互元素，你需要清晰地认识到自己需要时刻保持对人与周围世界交互方式的思考。3D 体验应该搭配 3D 交互界面，至少，3D 体验的设计者应该具备高维认知，承认并尊重用户所在的时间和空间。在为扩展现实体验设计用户界面时，不妨尝试从现实世界中的关系与互动中寻找灵感。

设计挑战

开关设计

尝试画出 20 种开关。可以回想你日常使用的开关样式，也请发散思维想象 3D 开关应该是什么样子。

你会尝试哪些打开（和关闭）开关的方法？不妨从设计提示元素开始，提示元素意味着用户会借助它了解开关的操作方法。一开始的草图可能很粗糙，但是，当逐渐形成设计概念时，关于操作的细节也会逐渐清晰。

如果你相对快速地完成了 20 种不同的开关设计，那就更进一步，再创造 10 种。创意往往出现在挑战想象力的极限时刻，最后 10 种开关将会是你最有趣和创造性的设计。

如果你暂时找不到灵感，可以尝试使用本章中提到的随机单词生成器（可参考网站：www.randomwordgenerator.com），为"开关"一词生成额外的提示。我第一次点击时提供的词是"网络"。于是，你就可以尝试画出一种网络开关的草图。它会是什么样子？

用户应该如何对它进行操作？尝试将你的答案描绘出来。

现在，你已经完成了一种开关的设计，还剩下 19 种，让我们拭目以待。

第 8 章 *Chapter 8*

人性化设计

在前文中，我们详细介绍了扩展现实的相关技术，不过，实际应用场景中，用户才是交互体验的推动者与体验节奏的掌控者。尽管创造扩展现实体验依赖计算机技术，然而它存在的根本目的是解决人们的需求。在本章中，我们将探讨如何以人为本进行设计。本章将要介绍的内容如下所述。

保持设计的整体一致性：在设计过程中涉及许多元素，设计师应当有序组合各类设计元素，向用户传达出协调一致的信息。

感知觉理论：理解我们的大脑如何感知视觉信息是一项必不可少的技能，特别是当它与空间设计相关时。

三维层次结构：尽管传统设计中也需要对内容层级进行设计，但是相较于二维空间来说，三维空间中的内容维度更高，设计方法也更为复杂。

8.1 保持设计的整体一致性

在设计交互体验时，设计师需要遵循以人为本的设计方法。以人为本的设计方法是一种基于对用户需求和心理的思考，不断对产品或环境进行改进，从而使用户成功达成目标的方法。它依赖于对用户心理的深刻洞察，实现对全流程用户交互体验的分析和优化。总而言之，设计师应把用户体验作为一个整体综合看待，以实现全局最优设计。

如果你想知道如何能使扩展现实设计更加 "以人为本"，不妨从超市的空间设计中汲取灵感。你可以在逛超市的同时找到优秀的设计和糟糕的设计，二者同样对设计具有启发意义。毋庸置疑，顾客逛超市的目标是找到并购买自己所需的商品。因此，当你走过超市的空间和过道时，请留意其中商品的陈列方式。开阔而没有货架的区域往往摆满了农产品，与狭窄的过道上排列着的盒子、罐头和各式各样的容器形成了鲜明对比。同时，为了方便用户进行挑选，超市在整体空间设计上遵循顾客购买的路线，将同类商品摆在相邻区域。除此之外，为了方便顾客来回寻找商品，超市将过道设计为能够容纳两辆手推车同时经过的宽度。试想一下，在超市购物时，假若你发现无法将手推车推到要去的货架，或者始终找不到要买的商品，那么，你显然会对这家超市有较为负面的整体印象，并很可能不会选择下次再光顾。尤其是当附近还有更好的超市时。

韦格曼斯超市（Wegmans）⊖是美国东海岸的一家网红超市品牌。尽管分店数并不多，这家超市却一跃成为许多顾客心目中的最爱超市，这主要归功于它对顾客体验的关注。韦格斯曼超市在入口处为顾客提供了咖啡区，它还在手推车上安装了一个杯架，这样，顾客就可以边购物边享受饮料。如果顾客不止想要喝杯咖啡，韦格斯曼超市还在内部设有一个店内餐厅，其全部以真正新鲜和优质的食材作为原材料，为顾客提供丰富的餐食选择。超市占地面积很大，顾客甚至会在逛完超市后感到些许劳累；这家超市需要花费一些时间才能逛完，在你浏览期间可能会看到有许多顾客。这都是体验的一部分。超市的爱好者们来超市不止为了购买商品，他们还希望享受美好的购物体验。除此之外，韦格曼斯还对超市内部的停车场进行了景观设计，区域干净整洁。当购物者进入超市时，迎接他们的是最新的商品和清晰的陈列，韦格曼斯超市似乎总是知道顾客需要什么，或者在顾客意识到之前就已将其摆在顾客手边。在真正开始购物之前，韦格曼斯就通过优质的服务给顾客留下了深刻印象。在那里工作的员工都面带微笑、充满热情。当顾客结账时，他们也每次都会贴心询问其购物体验如何，是否找到了想要购买的商品。

当然，尽管韦格曼斯超市已成为超市中的佼佼者，它也仍有提升空间。举例来说，超市的结账过程通常会让人觉得繁琐且费时。人们需要一件件把购买的东西放入购物车，再在结账时将其一件件从购物车中拿出来多少次？此外，在巨大的超市内找一个并不起眼的小商品也往往会让人感到费时费力。还有一个令大多数顾客不喜欢的地方：韦格曼斯超市经常重新布置超市格局，当顾客径直去拿某个物品时，他们往往会惊奇地发现它已经被换了个位置。还有很多这类影响顾客整体购物体验的负面小细节。

像这样分析用户体验可以帮助保持你的设计以人为本。体验中给用户带来良好体验的设计思路能够成为你所设计的体验的启动点，或者反其道而行之，将导致用户不便或感到挫败的因素作为设计灵感，以找到设计解决方案。深入研究这些挫折产生的原因，可以帮助你在设计沉浸式体验时有效规避同类问题。此外，你还可以从超市规划内部结构的思路中获得启发：超市往往根据食品的形状、用途，以及人们的购物拿取习惯（这也是更重要的一点）来确定食品的摆放位置和次序安排。相较于把苹果简单堆在货架上，将它们放在篮子里或敞

⊖ 韦格曼斯超市（Wegmans）是一个由家族拥有的美国地区连锁超市，总部位于纽约罗切斯特。它的门店主要分布于美国的东北部地区。虽是一家不算很大的美国食品连锁超市，但已连续三年蝉联美国最受欢迎超市。——译者注

口盒子里让顾客挑选往往会带来更为舒适的购物体验。总结来说，要根据具体设计对象的性质来制定设计思路。

8.1.1　包装设计

除了内部构造，毫无疑问，超市中所摆放的每款商品也都经过了精心设计。通常来说，商品的外包装能告诉我们其包装内部的产品信息。如图 8.1 所示为 RealEats 产品的包装设计。RealEats 是一家预制菜外送公司，其公司使命是让顾客轻松吃到"原汁原味"的新鲜食物。在设计产品外包装时，RealEats 既要使包装适应顾客餐具的大小（即图中所示的透明纸袋），又需要适应在自动售货机中售卖的尺寸要求。令人兴奋的是，这些商品的包装也都是三维的。因此，扩展现实设计师可以通过研究食品或其他商品的外盒或包装袋来寻找设计灵感。商品包装的形状、颜色、字体、尺寸、设计位置，甚至是产品本身都可以帮助设计师增强三维设计技能。不妨回想一下，麦片和饼干的外包装都如何设计，其正反面的包装如何为消费者带来不同的视觉吸引力。通常来说，商品面向顾客的那一面相当于一张海报，它需要快速抓住顾客的注意力，并向顾客展示产品的用途。

图 8.1　RealEats 产品的包装设计

图片提供方：29 Design 工作室；创始人兼 CEO：Maureen Ballator；创意总监：Courtney Carroway

一般情况下，产品都需要在外包装上涵盖该产品的基本信息，如主要成分、条形码、保质期、协会标志，以及其他必要的设计元素。

不妨随意挑选一件商品，思考下列问题：这件商品正面包装与反面包装在设计上有何区别？外包装的设计能够让你直接看到里面的产品吗？同类零食的不同口味是怎么在外包装上实现区分？单个产品的外观是如何设计的？当其被合并为一组产品进行销售时，外观又会发生怎样的变化？以上所有这些产品细节，都需要通过设计技巧来精准传达，同时，这些具体细节也影响了产品在货架上的摆放位置。纵观全局，如果你已经知道某件商品在货架上的大概摆放位置，你还可以进一步考虑它周围会有什么竞争产品。

在购物时，挑选商品的过程会调动顾客全面的感官体验，包括视觉、触觉、听觉，有时还有嗅觉和味觉。如果你拿起一个包装很结实的盒子时，那么你会觉得它比一个没有形状的薄纸盒看起来更加坚固，也更值得信任。同理，如果能闻到或尝到产品的味道，会在很大程度上影响你是否购买该产品。这就是超市经常在各个地点提供试吃服务的原因。顾客的所有感官印象都有可能影响他们挑选和购买商品的策略。除此之外，你可能还会注意到一些有趣的趋势：有机产品与天然产品的外包装设计通常看起来更为干净和新鲜，而针对儿童的食品包装则往往颜色更加明亮。这一切的设计细节都可以归结为对于目标受众及其核心需求的精准把握。这回到了所有的设计决策都围绕着"为谁而设计"这一主题。

回到超市的案例，在超市里，每个产品的包装都在尝试向购物者讲述一个故事。其目的是告诉用户包装里产品的具体信息。这个故事有可能关于产品的制造过程，有可能关于公司的使命，还有可能关于公司的环保理念，但每个包装都有一个故事。其中故事的一部分应该传达产品是什么以及其用途。如果一个产品仅服务于特定受众，甚至还可以在外包装上注明这是为哪些人所设计的。举例来说，蛋白棒往往在外包装上就会告诉顾客，它是为健身人士设计的运动零食。这个案例就是对单一产品体验的扩展延伸，这种设计能够增加产品本身与用户之间的联系。

在商品的外包装设计中，每个元素的展示方式，甚至每件产品上的标签设计，都是经过深思熟虑的。纵观全局，这些设计细节可能并不起眼，但它们在整体体验中扮演着重要的角色。如果产品标签上带有条形码，那么它将加快顾客的结账速度。这就是设计的整体一致性。

尽管你可能短时间内可能没有替超市设计方案的计划，但你同样可以从这一场景中获得有价值的灵感。事实上，我们刚才讨论的关于产品设计的一切都需要考虑应用到沉浸式空间中的三维物体上。

8.1.2　产品设计新趋势：沉浸式设计

近年来，产品设计师（即产品经理）在业内的地位越来越突出，许多公司都推出了独家产品设计规范，尤其是在那些"以设计为先"的公司，例如 Spotify[⊖]、苹果、亚马逊、谷歌或爱彼迎[⊜]。产品设计师这一职业定位可以参考自由职业者平台 Toptal[⊜]对其的定义：

产品设计师负责产品创造的全流程。他们的主要职责是发现和定义问题，并最终找到问题的最优解决方案。产品设计师需要具备技术能力到以人为本的设计能力。在产品的创造过程

中，产品设计师具体负责用户研究、原型设计、可视化、用户测试、分析和交流沟通等工作。[6]

从本质上讲，产品设计师的角色类似于一个问题解决者，他们要创建的是针对整体沉浸式体验的系统，而不是仅关注设计体验中的单一环节。因此，产品设计师往往会参与设计过程的全部阶段，包括用户研究、需求分析、文案写作、线框图、原型设计、视觉和美学设计、交互设计，以及可用性测试。除了设计我们在超市看到的产品外包装，产品设计师通常还负责设计交互体验。事实上，将产品设计师和产品包装设计师的技能结合起来，再加上一些动作设计技巧，那么这就集齐了沉浸式设计的全部元素。

尽管这一设计过程听起来很复杂，但人本身便是迷人而复杂的。在采用以人为本的手段进行设计时，需要考量许多相关因素。不过好消息是，你已经对你的设计对象人有了深度的了解，因为你每天生活在其中，即使是在超市购物这样看似平凡的任务中。

8.1.3　整体共情

整体共情指的是，用户在进入沉浸式体验时，会调动自己多个层面包括情感、生理、心理、社会，甚至是精神上的感知。这种整体方法着眼于每个组件如何连接到更大的整体。整体性设计方法将用户作为设计的核心，并考虑到其在体验中的方方面面：环境、时间、使用设备、体验动机，以及用户的能力、触发因素或情感联系等。这一系列因素往往是同时发生的。为了真正实现以用户为核心的设计，设计者需要在设计时具备共情能力。保持开放的心态看待每个用户在与物体或产品互动时所产生的不同反应很重要。

不妨思考一下在公共厕所应设置电动干手器还是纸巾这一争议。对于环保爱好者来说，在公共厕所使用纸巾意味着资源浪费。然而，假使你有一个患有感官处理失调（SPD）⊖疾病的孩子，你会很期待公共厕所里有供孩子使用的纸巾，因为干手器所发出的巨大且不可预测的噪声可能会加重孩子的焦虑。以上的例子只是看待同一个问题的两个不同维度，但是你可以从这个角度展开思索，如何在解决同一个问题时兼顾考虑不同观点的影响，以及如何以不同的视角来看待同一个产品。理解这一点并在实际设计中加以应用是共情设计的一个重要部分。

要进行整体性设计，设计师需要从各个角度来观察和分析产品。当产品可以被 360° 全方位查看时，设计师需要从每个潜在受益方的角度对其进行观察，来想象别人会怎么看待这个产品。设计师不能只是假设这个产品看起来不错；你需要从其他人的视角去看它。

大量三维设计程序都为设计师提供了切换观察视图的选项。如果你还没有充分利用这些设置，不妨现在尝试一下。建议先从建立四视图开始，如图 8.2 所示，图中为 Adobe after Effects 中显示的四视图样例，同一屏幕上同时展示了一个立方体的顶部、正面、正面四分之三角度和右侧视图。其中，主视图显示了该三维物体的正面视图和摆放姿势，而其他视图

⊖　感觉处理失调（Sensory Processing Disorder，SPD）是一种人对声音、气味、触觉和其他刺激没有正常反应的一种情况。例如，对电影配乐过于敏感，以至于无法坐在影院里；或者对刺激过于敏感，以至于竭尽全力去寻找刺激。SPD 以前称为感觉统合功能障碍，最常见于儿童，并且经常影响患有某些发育障碍的人，例如自闭症谱系障碍（ASD）、注意力缺陷多动障碍（ADHD）和强迫症（OCD）。——译者注

则有助于观看者理解该物体的空间结构，对于三维空间中的物体设计来说，多视图展示尤为重要。此时，你的屏幕会同时显示四个不同的视图。你可以同时观察到产品顶部、左侧、右侧和前方，每个视图都在屏幕上显示为一个单独图像。在进行二维设计时，你只需要不断放大和缩小设计对象就可以完成设计，但在三维设计中，必须要从整体入手，全方位查看设计对象，才可以完成比较理想和完整的设计。在计算机屏幕上，你可以迅速、方便地改变观察视角，同时还可以观察到不同元素和环境之间的多种关系。在本章后面讨论到设计的层次结构时，这一点将更加重要。仅仅从单一透视角度来看待设计对象显然不足以支撑整个设计，设计师应该不断地从各个角度检查它们，从而更清晰地了解目标用户对该设计的看法。

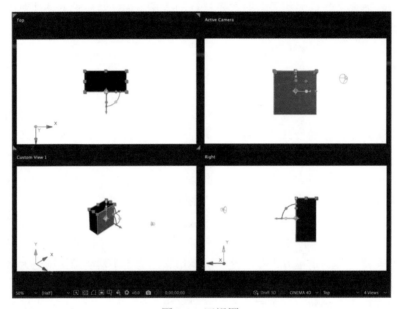

图 8.2　四视图

查尔斯和蕾·伊姆斯⊖在一篇文章中写道：细节不仅仅是细节，细节成就了设计。[7]

设计是一个复杂的综合过程，各个细节有机组合，最终构成了设计整体。当你在二维屏幕上工作时，往往很难看到图像在三维空间中的全貌。这会让人难以想象，甚至忽略部分细节。不过，索尼公司发布的空间现实显示器⊜能够在一定程度上解决这一问题。这款显示器可以与传统显示器协同工作，使设计师能够在显示屏上预览自己设计模型的最终三维立体

⊖ 查尔斯和蕾·伊姆斯是一对夫妻设计师，他们是美国现代家具的设计大师，也是 20 世纪最有影响力的设计师，其卓越的设计涵盖了家具、建筑、影像与平面设计领域。——译者注

⊜ 空间现实显示器，即 Spatial Reality Display 3D 显示器，由索尼公司于 2020 年发布。该显示器采用 15.6 英寸 4K 分辨率的配置，首次采用了索尼人眼感应光场现实技术（ELFD），具备裸眼 3D 现实的能力，即不需要借助任何的 3D 眼镜或是 VR 眼镜，直接给予用户 3D 的显示效果。据索尼官方介绍，空间现实显示器配备高速视觉传感器，可追踪人眼的运动甚至在屏幕前走动的位置，以从不同角度优化用户的观看体验。——译者注

效果。在几秒钟之内，该显示器就可以使用户的眼睛适应屏幕的深度显示机制。除了显示真实的深度图像之外，该显示器还可以使用眼球追踪传感器，针对性优化用户所见的视觉图像，使用户从任何角度都可以看到完整的作品呈现效果。正是随着这类空间现实显示器等产品的发布，设计师将能够更好地设计体验细节，优化整体设计。

8.1.4　讲好故事

人类天生就是讲故事的人。当用户具备某个既定的目标时，他们会在一段时间内采取一系列的行动以达到目标。这类用户旅程实际上就是一个具体的故事。为了创造成功的体验，设计师需要将用户与体验深度相连，而讲故事就是建立连接的一个很好的催化剂。在叙事中，基本的故事结构需要包括主要角色、故事场景、问题以及随时间而发生的行动。当你添加一个情节或主角的目标时，那么就成了一个故事。你有了所需的一切。例如，当一个用户从外地到访一个陌生城市，想在所在街道上找到一家符合自己饮食口味的餐厅。通过增强现实地图应用可以帮助筛选其饮食偏好，缩小搜索范围，推荐合适餐厅。然后，增强现实地图可以为他们导航到餐厅的准确位置。他们吃饱喝足，从此过上了幸福的生活。

尽管并非每个用户故事都会迎来皆大欢喜的结局，但其遵循的基本逻辑是一致的：设计者为用户设定一连串的行动路线，由此创造了完整的故事。在扩展现实中，建立故事主要有三种方式：叙事优先体验、实时体验和捕获优先体验。

叙事优先体验是指用户需要完成设计者设定的所有动作，最后实现用户目标上文中检索餐厅的案例便是如此。在增强现实中，叙事优先体验常常依赖于某一特定的位置或方向，并往往需要借助 GPS 定位。而在虚拟现实中，一般来说，所有的游戏都采用叙事优先的结构。每个游戏的具体目标可能不同，但是，用户要完成的每个动作都是为了使其距离实现目标更近一步。

作为叙事优先体验的另一广泛应用场景，用户可以基于相应故事线，在扩展现实环境中回到过去或体验未来。虚拟现实能够让人们回到过去，体验昔日时刻或故地重游，这一方式可以让人们迅速地与某处建筑、某一事件或某段记忆紧密相连。例如，通过摄影测量或 3D 建模技术，可以使用户在虚拟环境中重新体验到历史上的著名事件。这一技术方法同样也可以用于感知未来。例如，当人们站在某个地点时，可以通过三维模型来增强其视野，使他们无须任何动作就可以看到该地点未来翻新的样子。这可以帮助人们在施工开始前就预知结果，提前规避潜在风险，提升工程效率。一般而言，人们往往会对某个地点寄托自己的记忆和情感。将这一强有力的叙事内容与扩展现实体验相结合，将可以为用户带来强大的、有影响力的体验。

实时体验依赖于用户与物体或内容的直接互动。顾名思义，互动行为是实时发生的，这使得它们能够最有效地模仿用户与所处的物理世界之间的互动。在实时体验中，使用不同设备的用户可以加入到同一个虚拟环境，与同一数字内容同时互动，这有助于实现社会性的虚拟现实和增强现实体验。因此，如果你扔一个数字球并打倒了积木，房间另一边的用户可以实时看到这一切动作，就像游戏在现实中发生一样。图 8.3 展示的由 Tilt Five 公司[○]发布的复古游戏板便是实时互动的一个范例。这一增强现实娱乐系统由专有的微型投影仪和一张反光的复古游戏板组成，能够实时创建三维桌面全息游戏和体验。如今，这一概念也被应用于增强现实购物之中。你可以在购买产品之前"试用"产品。买家不仅可以通过该类增强现实应用程序预览产品，而且还可以从各个角度检查整个产品，以确定产品是否符合自己的需求。

图 8.3　Tilt Five 复古游戏板

设计师：Francesca Ortegcl，Tilt Five 首席执行官；照片提供方：Tilt Five 公司

捕获优先体验是第三种建立故事体验的方式。捕获优先体验主要依赖用户自行捕捉图像或影片。因为这些故事是用来分享的，它们是把别人带入你的世界的完美方式。捕捉优先的体验如今在许多社交媒体平台上十分盛行，其形式通常是通过运动追踪技术，在某个物理对象（例如用户面部）上添加增强贴纸和有趣的动画。

采用讲故事的方式，能够激发用户的共情，拉近人与人之间的距离。当用户完全浸入体验之中时，他和内容之间的抽象关系，无论是数字意义上还是现实意义上就被打破了。一旦这些界限开始模糊，用户观察它们的方式以及感知到的东西就会随之发生变化。

8.2　感知觉理论

人类如何看待、处理和感知视觉信息是一个令人着迷的过程，至今仍然无法完全理解。但是，我们很多关于人们的视觉感知路径以及如何通过视觉收集信息的知识。虽然有相当数量的设计师拥有丰富的设计经验，他们仅仅借助直觉进行工作，也能够为用户带来稳定的视

○　Tilt Five，增强现实桌游产品开发商，由杰里·埃尔斯沃思于 2017 年创立。Tilt Five AR 桌游方案包括一套基于微型投影技术的分体式 AR 眼镜、一张游戏棋盘和一只通过 inside-out 传感器来定位的 6DoF 手柄，当前售价 299 美元。该产品主打互动式多人桌游玩法，目前共有包括《龙与地下城》在内的 6 款游戏。——译者注

觉感受，但是，了解背后的科学原理可以帮助我们深入理解一些事情之所以有效的真正原因。

8.2.1　视觉通路

尽管人们处理视觉信号的整个过程相当复杂，但对于设计师来说，重要的是理解视觉的基本概念。现在，让我们把注意力集中在视觉通路，它包括所有解剖结构，这些结构共同作用，将光信号转化为电波，然后发送到大脑的不同部分进行解读。有的传到右脑半球，有的传到左脑半球（详见图 4.6）。一个完整的视觉通路从眼睛的视网膜开始，一直连接到位于脑后的初级视觉皮层。初级视觉皮层是处理视觉信息的大脑皮层，主要处理视觉刺激的大小、方位、运动、方向和**双眼视差**的信息。图 8.4 形象地展示了左眼与右眼的视野差异，显然，双眼在水平方向的距离可以影响视觉交互的准确性。这一研究结果给我们带来的启示是，在设计时不应该试图取悦用户的眼睛，而应当取悦他们的视觉皮层。这就解释了为什么"优秀的设计"不仅仅能够在视觉上吸引人，而且能够与用户大脑中处理视觉信息部分发生美妙的反应。所以，你当然可以不断训练自己的观察能力，使自己更好地理解所设计的物体是否具有视觉吸引力，但与此同时，你也可以使用一系列具体方法，来设计我们处理所见事物的方式。

> **知识拓展**
> 双眼视差：由于两眼间存在一定的水平距离，在以左右眼看同样的对象时，视网膜上形成的像并不完全相同。

哪只眼睛是你的主视眼？如果你还不知道，这里有一个方法可以帮助你快速判断：睁开你的双眼，伸出双手，将你的拇指和食指合拢形成一个三角形放在眼前。然后，用这个三角形圈住一个远处的物体。紧接着，闭上一只眼睛，仅用另一只眼睛观察；然后，换一只眼睛进行观察。这时你会发现，会有一只眼睛看到的物体发生位移或者完全超出三角形所圈住的视野。另一只眼睛所看到的图像依然保持在原位，这只眼睛就是你的**主视眼**。主视眼所看到的东西会被大脑优先接受。

> **知识拓展**
> 主视眼：在接受视觉信号时，一只眼睛比另外一只更有优势，占据主导地位，这只眼睛就被称作主视眼。

图 8.4　双眼视差示例

对于体验设计来说，掌握用户的哪只眼睛是主视眼在设计中大有益处，尤其在应用眼球追踪技术的场景之中。值得注意的是，具有相反主视眼的两个用户看到的场景或物体可能并不完全相同。对于设计师来说，假设知道用户的用眼习惯是更加关注右眼看到的场景，设计师可以把更重要的信息放置在用户右侧。当前，研究人员正在开发通过眼球追踪来确定用户主视眼的技术，这一技术可以自动为不同用户定制不同的视觉界面。设计者甚至可以在用户主视眼一侧应用较高的渲染分辨率，在主视眼另一侧采用较低的分辨率（以降低所需处理能力）。这可以利用我们的眼睛对处于周边视野物体的自然模糊效果。

总的来说，人的大脑在处理视觉信号方面发挥着重要作用。因此，当我们在讨论视觉感知时，探索心理学在其中的影响也有重要意义。

8.2.2　格式塔理论

在设计领域，任何基础设计话题都离不开视觉感知的格式塔理论。从本质上讲，格式塔理论是设计成功的心理学。它是在 20 世纪德国的研究基础上发展起来的人视觉活动原理，基本概念是在视觉现象中"整体大于部分之和"。如今，许多格式塔的基本原则或称为形状，已经成为图形设计领域的基本工具。尽管格式塔理论植根于心理学领域，但它很好地解决了如何在设计中加深用户与设计的关系，以及如何使视觉交流更有层次的问题。我最喜欢格式塔的部分是它能够让观众感到自己很聪明。设计师可以想出一个视觉解决方案，并且做得很出色，用户在看到并理解这个巧妙的视觉方案时，会油然而生自己很聪明的感受。

在格式塔理论中，每一项原则和法则都同等重要，都应当被设计师学习和实践。此处我将强调与扩展现实相关的最为重要的几个原则，帮助你在空间设计中更好地应用格式塔原理。如图 8.5 所示为在视觉领域对格式塔感知理论的探索，具体原则包括相似性、接近性、对称性、规则性、连续性、闭合性、简洁性、共同命运和图 / 地法则。

以下是格式塔理论的常用原则[一]。

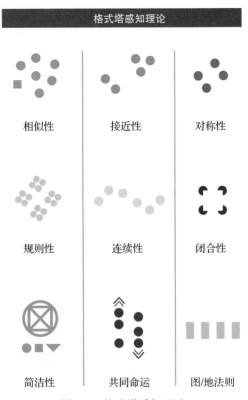

图 8.5　格式塔感知理论

- ❑ 相似性：人会依赖视觉感受，自动将类似事物分为一组。
- ❑ 接近性：人会依赖视觉感受，将彼此靠近的元素组织分为一组。
- ❑ 对称性：人会在视觉感知中，将物体视为围绕其轴线形成的对称形状。
- ❑ 规则性：人会在视觉感知中，将物体理解为重复而规则的模式。
- ❑ 连续性：人会在视觉感知中，倾向于将事物理解为连续的形态。
- ❑ 闭合性：当看到某个不完整的图形时候，人大脑会将不完整的信息按照已有的信息填补，并将其视为一个整体。
- ❑ 简洁性：在视觉认知过程中，大脑会倾向于把一个复杂的物体解析成较为简单的物象来理解。
- ❑ 共同命运：在人整体的视觉条件下，当某些物体同时、同速或同方向往一个地方移动时，这些独立物体会被视为一组。
- ❑ 图 / 地法则：也称主体与背景的关系，人在感知事物时，总是自动将视觉区域分为主体和背景。

其中的一些概念在扩展现实领域中非常重要，比如图 / 地法则，所以我们将在下一章中花更多时间讨论这个问题。现在，让我们来分析一下其他法则。

接近性和相似性

接近性和相似性在绝大多数设计中都有所体现。正如名称所示，相似性是指人的大脑倾向于将相似的事物归为一类。设计师可以利用这一原则，在设计中把主要元素都定义成类似风格，也可以借此原则令某个设计元素脱颖而出，即让用户感到"这一个元素与其他元素完全不同"。接近性是指人的大脑会自动把看上去距离较近的物体归为一组。这些对象的周围空间在帮助用户将它们在视觉上联系在一起时发挥着积极作用，甚至比实际对象本身更重要。

如果想要为设计内容创建层次结构，接近性和相似性无疑是两项重要概念，我们将在本章后半部分具体讨论。在交互设计中，这两个原则经常被用于创建清晰直观的用户界面系统。由于界面系统中按钮的外观和动作设计都是一致的，用户能够轻易将其归结为一类。这个概念同样适用扩展现实体验，相似外观的元素能够使用户在大脑中将对应的动作关联到一起，并且预期那些看起来相似的元素会有相似的示能。显而易见，设计师的工作就是满足用户的这一预期，确保其设计的相似元素有着同样的操作范式。

除此之外，如果设计师将元素放置于某一位置，也会使用户领会到该元素与位置之间存在着某种联系。如果把某个设计元素放在靠近主导航界面的地方，那么用户会认为这属于导航元素。人大脑的工作原理就是会把相似的东西进行归类，因此，设计师要确保利用这一原理增强用户对于体验的理解，尤其是在二维和三维的用户界面设计中，这一原理会更为有效。

格式塔理论中的对称性和规则性也以同样的方式作用于设计之中。作为设计师，你的设计模式将左右整个系统，同时定义用户的期望。因此，每一项设计决策都需要经过深思熟虑，这样才可以保持整个体验的一致性。这对于用户体验来说意义重大。

连续性

不妨回想一下，当沿着一望无际的开阔道路一直前行时，你是否会感到一种治愈感？这种感觉要归功于格式塔理论，准确来说，是格式塔理论中的连续性法则。作为人类，我们喜欢遵循线性的事物，甚至会自动把那些看起来相连的东西解析为线性连续的形态，这样，我们就可以跟随这一连续性继续前行。生活中的破折号、圆点、箭头、面包屑等，只要它们以任何一种方式连成一条线，人们的自然本能就会观察这条线的走向。在了解这一原理后，你可以思索，假如你想让人们看向场景中的某一地点，你将如何引导他们的视线？答案是借助某种类型的线条。导航应用程序已经普遍应用这一概念。如果有人要去某个地方，他们就会沿着导航显示的线性路径，自然而然从起点走向目的地。在 360° 全景环境中，用户有可能在一开始没有看对方向（而无法发现设计师所设计的线条引导）。因此，设计师需要在设计中添加相应视觉提示，引导用户看向他们应当看的地方。这种方式也提升了用户的安全感，因为他们可能会担心在体验中错过不在自己当前视野中的事物。

闭合性

从视觉感知角度而言，人倾向于看到完整的物体，而不是分散的碎片。当看到某个不完整的图形时候，人大脑会自动按照其已有的信息补全成原本完整的样子。在观察形状、数字、字母、符号、意象时，都会如此，通过闭合性，如果我们知道一个事物通常完整的样子，那么，我们的大脑可以自动"看到"我们在现实中看不到的东西。这个概念在混合现实及全息投影中得到了绝佳的应用，因为用户不一定能看到完整的图像，但仍然可以在大脑中将其补全为完整的形式，以理解他们正在看的是什么。

简洁性

初级视觉皮层横跨大脑的两个半球，能够帮助人们的大脑理解接收到的视觉信号。正如我们在前面几章提到的那样，你或许还会记得，大脑的左半球和右半球分别负责处理不同种类的刺激信号。例如，一侧半脑主要处理逻辑信息，而另一侧半脑主要处理情感信息。这意味着，当接收到视觉信号时，我们两侧大脑会同时用不同的方式对视觉信号进行处理，最终形成我们对视觉信号的理解。因此，视觉上过于复杂的事物会加大大脑的处理难度，甚至可能阻止人们与之互动。相反，人们会倾向于将视线投向简单直观的事物，因为大脑理解和处理它的难度较低。简洁性法则指出，人们更喜欢简单的东西。如果某样东西看起来很复杂或模棱两可，那么大脑就会试图将其简化以进行理解。领会这一点有助于设计师合理安排环境和模型的复杂性。例如，人的面部信息中通常包含许多细节和线条，但在雕刻南瓜时，人们往往会将每个元素简化为几何形状，以使我们能够刻在南瓜上面。虽然这种情况主要是由于雕刻材质迫使人们对面部图像进行了简化，但从本质上来说，这就是人的大脑自然会做的事情。对于设计师而言，将基本的原始形状作为设计的基础元素有助于保持整个体验的简约明确。

共同命运

当一圈灯光闪烁时，人们往往会有一种灯光在沿着圆圈的边缘移动的错觉，然而，实际上灯光是静止的，只是共享一个共同的运动。这说明了人的大脑在处理视觉信号时，如何将移动的物体归为一类的原则。其理念是，共享相同运动频率和方向的物体，就像比赛中的跑步者一样，也共享一个目的地，比如终点线。

这一原则经常被运用于界面设计之中，在那些外观不同但具有相同运动模式的元素之间建立联系，以使用户的大脑自觉将其视为一类。此前，在第 7 章中提到的微交互就是运用这一原则。如果想让运动对象在用户大脑中组合为一个有机整体，设计师应当使它们在相同的时间，以相同的速度和方向进行移动。

8.3 三维层次结构

在玩牌时，你会发现扑克牌中存在固定的等级顺序（A、K、Q、J），同样，视觉信息也具有不同的层次。为了区分视觉层次，设计师需要首先对信息层级进行排序，然后为不同**层次结构**的信息设计不同的外观。为此，设计师可以通过适当调整元素的大小、重量和位置等属性来凸显不同的视觉层次。通过强调某些信息，可以反过来削弱其他信息。

如果你想让一行文字中的某个词在读者的视野中脱颖而出，你可以加粗或者高亮这个词语。或者将其周围设置空白，并保持其不变。

根据格式塔的相似性原则，你的大脑将会优先看到加粗、高亮或单独存在的单词，因为它们与周围的元素看起来格格不入。图 8.6 所示的层次结构设计强调显示主要内容，其他内容次之，视觉层次的区分主要通过合理设置设计对象的大小、重量、空间和位置来实现。人的视觉感知会将相同的事物归为一组，当某个元素在视觉上发生变化，即使只是细微变化，它也会形成不同的视觉组合。

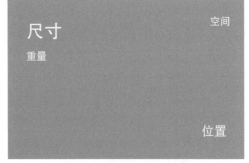

图 8.6　层次结构

同时，根据大小和位置的差异，不同层次的视觉组合具有不同的优先级，设计师需要对层次结构的重要性和优先级进行排序。设计师需要确定哪些内容对于用户最为重要：用户首先需要什么？第二需要什么？第三需要什么，再之后需要什么？然后调整设计属性以实现这一点。通常，你不需要为其更改大小、重量和位置使其突出，仅仅改变一个视觉参数就够了。但是，越大幅度改变内容的视觉重量（或者改变人们感知这种无形重量的方式），人们的头脑就会越重视与它的联系。

不妨想象你眼前正有一款设计，不管从什么角度观察，它都看上去平平无奇，既无法吸引你的注意力，也不能让你从它身上学到任何东西。那么我向你保证，这个设计内容一定缺乏层次感，并且没有应用格式塔原则来吸引观众。这就是层次结构的重要性。

在二维空间设计中，设计师拥有较高自主权，可以轻易地控制并调整空间关系。如果移动文本框的位置，则该文本框、页面上的其他元素以及整体结构关系仍保持不变。

在致力于适配不同设备终端的响应式设计中，设计师的控制力则较弱，因为设计内容的展示会根据不同屏幕的尺寸和分辨率而有所变化。在响应式设计中，通常需要通过百分比方式对页面进行布局和调整。响应式设计的另一个重要步骤是对信息优先级进行排序，并通过页面设计来展示该优先级。核心信息通常展示在页面顶部，页面信息的重要程度从左往右依次递减。

对于字体来说，不同视觉优先级的字符通常被设定为不同的样式。在响应式设计中，通常使用 CSS$^\ominus$来为标题设定视觉排序，分级设置大标题、中标题和小标题及每级子标题的样式。这可以保证当浏览终端（移动设备或台式计算机）发生变化时，内容的属性及层次都可以保持一致。

在三维环境中，内容层次结构还会随着深度的增加而变化，并随着用户位置的调整而动态改变。距离用户最近的东西往往在视觉效果上最大。与此同时，用户在空间内的地点变化会影响元素在空间内的位置。总结来说，在三维环境中创建层次结构时，用户的行为会引入许多变量，因此，设计师在设计层次结构时，应基于那些恒定的、不随用户变化而发生变化的变量进行设计。

8.3.1 位置设计

根据目标体验的种类不同，设计师可以在一定程度上设定元素的准确位置。其中，设计师在虚拟现实环境中的控制权最高，可以按照自己的规划自由创建体验环境，独立确定空间关系，引导观众的视觉顺序。当观众在浏览数字世界时，设计师虽然无法完全控制他们的视线，但可以设定空间和元素的层次结构。在增强现实和混合现实环境中，存在一些设计者不可控制的变量。首先是用户所在的物理空间。如果不知道他们的空间精确样子，很难为其设计。相反，设计师必须让所设计的体验能够适应任意形式的空间背景（具体内容会在下一章中详细介绍）。

在混合现实或增强现实环境中，用户可以通过手中的设备扫描所在空间，建立整体空间概念。这种空间概念包括房间的面积、墙壁之间的距离、空间中可能存在的其他物体，同时识别环境中的平面，如地板、墙壁或桌面。这也很有帮助，因为用户可以自行调整数字物体的位置，以适应扫描环境的参数。通过这种方式，用户可以更精准地选择体验触发的位置，使体验内容更好地与环境结合。

在增强现实中，用户负责选择他们想要锚定场景或对象的元素。他们通过扫描确定一

个平面，例如地板或桌面。然后，在用户点击输入后，锚定点在其选定的平面上的位置就被定为（0，0，0），即 x、y、z 坐标系的原点。在此基础上，体验的所有元素都将从这个原点开始定位。理解了这一点，你就可以根据具体使用的媒介类型进行相应设计。如果你需要设计移动增强现实体验，并希望让体验中的某个物体位于用户附近，而另一个物体位于用户远处，那么你就需要先在 3D 设计软件中先将它们定义为这一位置关系。目标元素与中心原点的位置关系便是其锚定到用户现实环境中的位置关系。

当你试图在空间中创建视觉层次时，可以先查看 UI 元素以进行分组，然后查看 3D 元素的位置。这是因为，在数字空间中摆在一起的元素，在被投射到物理空间中之后，也会表现出类似的位置关系。当然，在投射到物理空间时，数字元素可能会受到其他物理元素的干扰，这也是正常的。尽管我们无法完全控制物理环境，但是作为设计师，我们仍然可以充分利用自己对数字空间的控制权，把设计重点放在建立起点的关系上。例如，如果你想使目标文本正好显示在某个文本框里，那么你要确保这两个元素在设计软件中处于完全相同的位置，相互锚定，这样它们才会作为一个元素出现。

8.3.2　方向与旋转

在设计中，除了确定元素位置，设计师还需要考虑元素与用户的互动方式及运动方向。借助 3D 模型的 360° 视图，在体验过程中，设计师可以选择当体验启动时（当然，元素也有可能被固定在空间中的某个位置），从哪个方位显示元素的视图。根据用户自主权的大小，用户在体验中可以自行改变或调整该物体的视图，但是，设计师可以设置物体的初始方向。

值得注意的是，方向和旋转并不是同一个概念。许多三维软件程序允许设计者单独控制每一个变量，因此理解两者的区别是很重要的。具体来说，**方向**指的是物体的姿势，而**旋转**是指达到某个姿势的具体运动路径。如一个舞者准备做回旋转体时，他们首先会弯曲膝盖，将一只脚放在另一只脚后面，然后伸出手臂，绕着身体开始旋转。在这一过程中，他们的身体面向观众的角度就是"方向"。当他们完成回旋转身的动作就是"旋转"。当动作停止时，物体的方向可能会改变，也可能会恢复到其原来的姿势。因此，当创建一个元素的层次结构时，你需要首先选定该元素的方向，以帮助用户看到元素的特定部分，或引导他们看向其他地方。

> **知识拓展**
> 方向：三维物体在体验中展示的角度、姿势和方向。
> 旋转：三维物体围绕一条中心轴线（ x 轴、 y 轴或 z 轴）转动的运动。

8.3.3　视距

在为终端设备进行设计时，你需要考虑用户与设备之间的视距，基于此优化体验的展示效果。不同的头戴式设备和移动设备有不同的屏幕尺寸和视野范围。如果你知道所设计的体验将在 Oculus 设备上展示，那么你就可以根据 Oculus 的设备参数进行针对性的设计如果你知道所设计的体验将在 iOS 或 Android 设备上被观看，那么你就需要针对这两款设备分别进行设计，并使用不同的编程语言来执行。通过针对将用于体验的设备进行专门设计，你可以专注于让它准确地为用户体验服务。

8.3.4 自适应距离

在感知空间结构（特别是空间深度）时，人眼的晶体结构起着不可或缺的作用，这一点在扩展现实中尤为重要。在现实世界中，人们距离一个物体越近，看到的细节就越多。人的眼睛天然会适应深度的变化，所以当你把视线聚焦在距离眼睛近处的某一点，或逐步移到远处时，双眼聚焦的距离和焦平面会发生变化。这一过程中，实际上可以认为眼睛创造了一个自适应的距离场。这一概念也可以复制到数字体验设计中，根据用户与元素的距离来设计元素表面的细节数量。随着用户与物体的距离不断接近，他们对物体的感知会变得更清晰，对于物体内部和外部的认知就会更为深刻。

设计师所设计的层次结构应当能够根据空间进行调整。这意味着一个更大的、全图式的层次结构，在其中能够对全部元素进行观察。此外，你需要为每个设计对象或元素建立二级层次结构。不妨回想一下，在写文章时，可以通过给文字内容添加段落层次来增强文章的可读性。同样，在设计中，也可以将某一设计对象进行突出展示，使用户在探索其他区域之前先注意到它。因此，我们应当从不同的观察维度上查看层次结构。在确定整体图像后，不妨在此基础上放大每一部分进行设计，以此为细节增加层次感。

> 小贴士：扩展现实可以允许用户进入虚拟存在来探索其内部元素，因此不要忘了对三维物体的内部进行设计。无论是对设计师来说，还是对探索者来说，这都会非常有趣。

8.3.5 视觉冲突

无论是从窗前远眺，或在山中徒步，如果有机会来到可以看到地平线的地方，不妨试着盯着地平线看一会，然后举起你的手，迅速看向手臂。在这个过程中，你的视觉焦点发生了转移，重新聚焦往往需要几秒钟或更长的时间，具体取决于你的视力。这种焦点转换由大脑自动进行，以调整人们视觉的重点，更重要的是调整视觉焦距。当你将视线从远处移向近处时，焦点距离会发生变化。如果你戴着头戴式显示器，这显然将导致视觉误差。原因是你可能会在虚拟环境中产生深度错觉，但实际上屏幕离你的眼睛只有几米。因此，你的大脑可能在近处聚焦，但视觉效果看起来却像是在远处。这就产生了所谓的**视觉冲突**。如图 8.7 所示，当人们把视觉焦点从现实世界切换到数字屏幕时，显示器与眼睛之间的位置关系将使人无法正确地感知深度。

这在扩展现实领域是一个众所周知的问题，然而，当前的技术并不能很好地解决它。尽管这一问题暂时可能没有完美的解决方案，不过，你可以在设计中注意以下几点，以尽量避免这类情况发生。

> 知识拓展
> 视觉冲突：在扩展现实环境中，当眼睛的聚焦距离发生改变时，人脑会接收到关于虚拟三维空间或物体距离的错误信号。

❑ 在放置数字场景中的物体时，尽量还原其在真实世界中的距离。

❑ 减慢物体的移动速度，或者尽量避免使用任何由物体向用户移动的动画。允许用户根据自己的空间运动习惯自行控制运动速度。

❑ 引入深度线索[○]，如阴影、透视、反射、遮蔽、纹理、梯度和照明。

❑ 尽量使 z 坐标轴上元素的重叠最小化。通过横向或纵向改变元素的位置来对这些元素进行分离。这将减少用户的眼睛在短时间内改变焦点深度的次数。

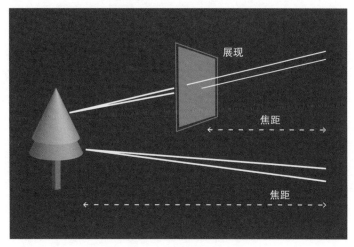

图 8.7　视觉冲突

8.3.6　元素关系

建立内容的层次结构的目的是将所有元素有机地组合在一起。为此，你需要在元素之间建立合理的关系并进行组合。如果你已经确定了体验中的主要元素，则可能希望其他元素在运动、位置或外观上跟随主要元素而存在。这样，就在元素之间形成了亲子关系。在理想状态中，人们养育孩子的过程实际上建立了一种层次级别。父母负责孩子的生活，孩子听父母的话，所有的亲子关系都离不开这一原则。与现实世界不同，在三维动画中，这一层次级别实际上是可行的。当我们在设计日常之外的另一个现实的时候，不妨放飞自己的想象力。

亲子关系是层次结构设计中的一种典型层次关系，它定义了多个对象之间的关系。在创建亲子关系时，设计师要确定哪些元素是父元素，哪些是子元素。如图 8.8 中所示，凸出层一般指设计层级中的顶层（代表父层），而每个立方体层代表子层。层与层之间的嵌入方式显示了层次结构的顺序。在设计中，一套亲子对象可以有多个子元素，但只有一个父元素。这也称为根元素。亲子元素可以被看作是将多个元素联系在一起的连锁系统。通过定义元素的亲子关系，设计师可以迅速定义和创建层次结构的排序，同时，这还有助于加快工作

○　深度线索是大脑对深度的解释的信息来源，这一名词于 2014 年出现。——译者注

流程。相较于将同一属性应用于多个元素，亲子关系在设计中可以被视作一个组来进行统一设计，其中每个子元素都执行父元素正在建模的操作。这可以帮助设计师适当排列元素，以避免上文讨论过的聚焦问题。

图 8.8　亲子层

8.3.7　需求层次

到目前为止，我们一直在研究如何创建层次结构，以将设计对象有秩序地组合在一起。现在，不妨换个角度，把注意力放在人需求的层次上。用户需要什么才能成功？用户需求无疑是设计成功的最重要的考虑因素。定义用户的需求层次适用于所有的设计，但在扩展现实设计领域中，理解这一点尤为重要。设计师所创造的体验必须首先解决用户的基础需求，在此基础上再实现用户更高层次的需求。创新性和专业性是设计需求层次中最高的两个需求。这个概念实际上来自马斯洛的需求层次金字塔[⊖]理论，后来它被改编成了许多形式，包括如何对用户需求排序，如图 8.9 所示。

功能性：体验是否能够正常启动并流畅运作？增强现实体验的摄像头是否正常工作？体验是否启动？体验的流程是否符合用户预期？完备的功能性设计能够解决产品面世时可能发生的问题，例如无法成功进行用户注册或注销，这可能意味着用户根本无法进行体验。

可靠性：体验在运行过程中是否稳定？在用户反复登录后，体验是否始终能够按预期工作？假如体验流程设计过于混乱，用户必须反复地重新加载体验才能让它正常运作，显然，这个体验是不可靠的。

实用性：实用性即产品是否有用，能否实现用户的目标。实用性与其易用性和满意度直接相关。这一需求处于设计需求金字塔的中间位置，在实现金字塔最上面的考虑因素之前，设计师需要确保实用性问题得到解决。

专业性：专业性指的是设计能否为用户带来实际的改善，让用户在某方面比以前做得更好。设计的专业性与用户在体验中获得的收益直接相关。用户多次进行某一体验后，其在特定领域的专业技能得到提升。这可能与精通体验本身或体验所教授的内容有关。

创新性：在满足所有其他需求后，接下来要满足用户对于创新性的需求。在具有创新性的体验中，用户可以探索和发现全新的体验方式，或者体会到超越设计脚本的体验，发掘

⊖ 马斯洛的需求层次金字塔属于心理学中的激励理论，包括人需求的五级模型，通常被描绘成金字塔内的等级。从层次结构的底部向上，需求分别为：生理需求（食物和衣服）、安全需求（工作保障）、社交需要（友谊）、尊重和自我实现。马斯洛需求层次理论在现代行为科学中占有重要地位。马斯洛需求层次理论是管理心理学中人际关系理论、群体动力理论、权威理论、需要层次理论、社会测量理论的五大理论支柱之一。——译者注

预料之外的全新世界。一旦用户认为体验满足了自己对于创新性的需求，他们很可能会成为该体验的忠实用户。

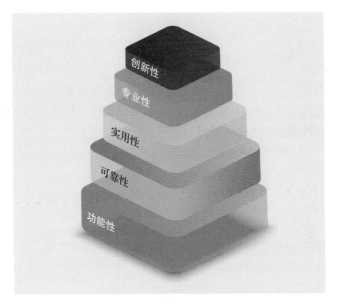

图 8.9　需求层次金字塔

　　多数的扩展现实体验是以用户为中心进行设计的，所以，设计者要尽可能地确保满足用户的所有需求。这种需求层次图也是将技术需求纳入设计过程的好方法。在着手设计完整的体验之前，我们通常会建议设计师先花些时间，检验设计思路是否可行，评估设计成果能否发挥实际作用。假如设计思路并不现实，或者设计成果无法流畅运行，这些关键的迹象表明，在低层次的需求得到满足之前，不建议投入更多资源继续推进这一设计过程。不过，对于扩展现实这一飞速变化和发展的行业来说，或许今天不可能的技术在明天就会成为可能，因此，请保持耐心，密切关注它。

　　在非常依赖技术的领域工作时，以人为中心是非常重要的。你往往会迷失在计算机的局限性或先进性中，进而忘记了关注设计对象的实际需求。在设计体验的全流程中，你要关注每一个细节，不仅仅是为了某一类用户，而是为了每一个人，每一个活生生的、会呼吸的、有创造力的、拥有独立认知、需求、影响和挑战的个体。因此，应当使你的设计像你为之设计的人一样人性化。

设计挑战

设计一个纸立方体

　　在这个挑战中，你的任务是利用在本章中所学到的知识，用纸张设计一个由平面折叠而成的立方体，并尝试设计用户与该立方体的互动内容。在这一设计挑战中，你需要思考如何鼓励用户旋转立方体以看到下一个面。

挑战的内容是，至少应用三个格式塔原则，来引导用户旋转立方体以看到它的每一个面。不过，挑战的关键是：你不能明确告诉用户这么做。

本章最后为你提供了一个立方体的平面图形。利用这个图形，你可以先布局出你的平面立方体，然后将其剪下来，再用胶水把它粘成一个立方体。在这个过程中，你可以自行决定是先设计立方体的每一个平面再将其折成立方体，还是先将其折成立方体再进行设计。请确保在你的设计中只使用线条和圆点。设想一下，当你把立方体递给别人时，对方将如何确定它的方向，以及你可能想选用哪些材料来完成设计。

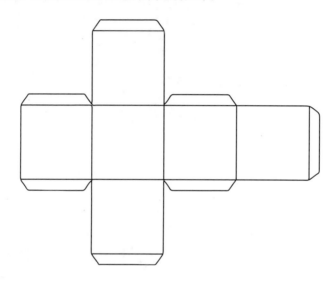

第 9 章 *Chapter 9*

动态变化的环境

在本章中，我们将讨论扩展现实体验中的物理环境和数字环境是如何动态变化的，这种动态变化会为设计带来不可控性。设计者应该如何对环境中的未知进行设计？本章中，我们将尝试探索以下路径。

应对变化：设计者无法控制一切，但可以针对某些因素的变化做出预测。不要尝试做出万能的设计，而是尝试定义规则，为可能到来的意外做好准备。

图形背景关系：尝试在扩展现实环境中将数字世界和物理世界相融合时，妥善定义图形和背景之间的关系非常重要，以帮助大脑感知各个元素。

创建最佳视图：最好的视野可以产生最大的影响，以创造更积极、代入感更强的体验。

9.1 应对变化

扩展现实体验中存在着许多不确定性因素。作为设计师，你可能很难接受无法完全控制所有事物这一点。但是，就像设计交互体验时会针对不同用户反馈设置不同脚本一样，在设计扩展现实体验时，你也需要将这一点纳入考虑。另外，你必须接受自己无法控制用户的整个旅程这一现实。事实上，设计者需要意识到，不同的用户将会给体验带来独特的美。

在增强现实中，设计者可以通过添加数字覆盖层来对日常体验进行增强，这是一种具备无限潜力的解决方案。这项技术为空间扩展带来了无限可能：从汽车的驾驶座，到熙熙攘攘的街道，再到自己家里的房间。伴随着巨大潜力而来的是庞大的多样性，而伴随着庞大的多样性而来的是各种各样的突发状况（以及它们所产生的影响），设计者必须将这些纳入考虑范围。在动态增强现实环境中，照明条件和环境状况可能每时每刻都在发生变化。白天走在街上的人和晚上走在同一条街上的人会获得不同的体验。白天走在街道上，四周的光线条件也随时可能改变：此刻阳光灿烂，下一秒飘来一片乌云遮住了部分光线。

面对层出不穷的变化，设计者应该如何生动展示信息，保证用户获得最佳体验？简而言之，你需要让自己所设计的增强现实体验具备更高的活跃度与灵活度，以便它能够检测到环境的变化，并实时做出调整。为此，你需要设定相应的条件和规则。为了帮助你真正理解这一点，我们将继续深入学习相关知识。

9.1.1 环境光

如果你想拍一张照片，本质上是在尝试捕捉光线以及光线所接触到的物体。你可以借助现有的光源，也可以在场景中添加自定义光源。这一概念在增强现实中也是一样的，因为你需要依赖**环境光**，即空间内现有的光源。这些环境照明条件也可能在很短的时间内发生变化。然而，你可以像专业摄影师一样，为自己的数字场景（以及场景中的物体）添加自定义光源，以更好地控制体验效果。

> **知识拓展**
> 环境光：已经存在于场景中的可用光，包括自然光和人造光。

扩展现实领域中，当我们讨论"光"这个词时，我们真正关注的是**照度**⊖这用于指示光照的强弱和物体表面积被照亮的程度。物体的反射程度和表面颜色是影响人眼对光感知的主要因素。相反，**亮度**指来自光源、穿过介质或经物体反射的光通量。为了区分这两者，想象一下桌子上的一盏台灯，如图 9.1 所示，灯泡发

> **知识拓展**
> 照度：落在物体表面上的光通量。
> 亮度：来自光源（或反射自光源）的光通量。

图 9.1 亮度和照度示意图

摄影师：Alex Makarenko，就职于 Shutterstock

⊖ 光照强度是一种物理术语，指单位面积上所接受可见光的光通量，简称照度，单位勒克斯（lx）。——译者注

出的光通量就是亮度，而投射在桌子（以及桌上其他物体）上的光通量就是照度。通常来说，针对物理空间进行设计时需要特别注意照度。照度的计量单位是勒克斯（lx）。虽然你不需要记住其精确测量值，但是，如果能够理解高频出现的 3D 场景中光线是如何工作的，将会对体验优化很有帮助。现在，针对室外和室内不同的光照条件，让我们首先尝试分析一下照度的变化和强度。

9.1.2　室外照度

基于工程工具箱网站发表[⊖]的研究，表 9.1 中列出了一天中不同时间段，在不同天气限制条件下的照度水平。

表 9.1　不同时间段、不同天气的照度水平

条件	照度（单位：勒克斯）
正午阳光直射	10 000
晴天	1 000
多云	100
阴天	10
黄昏	1
傍晚	0.1
满月夜晚	0.01
弦月夜晚	0.001
只有星星的夜晚	0.000 1
阴天的夜晚（没有月亮和星星）	0.000 01

9.1.3　室内照度

在阳光明媚的日子里，室外的照度水平最高可以达到 10 000 勒克斯，而室内的照度水平却是不同的。最靠近窗户的区域通常亮度最高，最高可达 1000 勒克斯。同样基于工程工具箱发表的研究，表 9.2 中列出了室内不同位置的照度水平。

表 9.2　室内不同位置照度水平

位置	照度（单位：勒克斯）
未开启光源的公共区域	20 ～ 50
具备通行功能的区域（楼梯、自动扶梯、电梯等）	100
仓库、住宅、剧院、仓储设施、装货区等	150
休息室、茶水间、候车厅等办公场所	200
办公室（根据所做工作的种类而异）	100 ～ 500
教室	300

⊖　著名工程教学及数据查询网站，网址为：https://www.engineeringtoolbox.com。——译者注

（续）

位置	照度（单位：勒克斯）
图书馆、展厅、实验室、收银台、厨房、礼堂	500
超市	750
美术工作室、车间、美工办公室	1 000
（晴天的）窗边	1 000

现在，我们知道了光照强度的变化范围有多广，因此可以看到体验设计需要覆盖的照度范围有多广。作为控制环境变量的第一步，我们可以尝试限制大多数用户进行体验时所处的场景。这样可以将照度水平大致控制在某个范围内，以此作为测试基准。但是，设计者仍然应该基于各种照明条件进行测试，以观察所设计的体验是否会发生预期之外的变化。如果能够据此确定当前体验在昏暗的条件下效果不好，就可以在用户开始体验前警示其尽量选择照度高的环境进行体验，以保证体验质量。

在控制体验环境时，设计师可以采用条件分支设计。许多编程语言允许根据真假判断条件进入不同分支。例如：

if daytime=true，then…（如果是白天，那么⋯⋯）

这一条件检测语句能够令计算机判定当前时间段是否属于"白天"，然后根据判定结果，指定要进行的设置或操作。虽然你可能不负责实际的编码工作，但这并不影响你思考需要设计的规则：如果判断当前是"白天"，则载入体验版本 A；如果判断当前是"夜晚"，则载入体验版本 B。也许设计师很难控制好体验中的每一个细节，但可以基于某些变量（如是"白天"还是"夜晚"），设置能够动态调整环境参数的指导规范。

9.1.4 混合模式

各个场景下的光线条件千变万化，设计者需要思考一些方法，确保大多数情况下用户都能够获得良好体验。一种有效的解决方案是利用**混合模式**，实时控制设计元素与周围环境的互动方式。如图 9.2 所示，黑色方块用以将白色艺术字（前景）与背景图层区分开来。每个黑色方块中均标有所使用的混合模式，你可以直观观察它们与背景的融合效果。图形设计软件，例如 Adobe Photoshop 使用混合模式来控制两个不同图层（如含有增强现实元素的前景图层和呈现用户所在环境的背景图层）中的图形与对象如何相互作用和影响。根据所选模式不同，上层（前景）图层和下层（背景）图层之间的关系也会相应发生变化。

> 知识拓展
> 混合模式：在图像编辑应用程序中合并图层的方法，负责确定指定对象（或图层）将如何影响被其覆盖的对象或图层

以下为几种最为常用的混合模式。

标准模式：由一层不透明的上层图层和下层图层组成。上层图层的像素被设置为不透明，覆盖在其正下方的像素之上，但不对下层像素产生影响。调整上层图层透明度（让它变得更透明）能够使光线穿过它，令用户看到下层的像素。

图 9.2　混合模式

　　正片叠底模式：一种能够使图像变暗的混合模式。这一模式会将背景色与前景混合色的亮度相乘，所产生的结果色总是较暗的颜色。注意，在这种混合模式下，当前图层中的白色将被底层较暗的像素替代。如果图层中的重要元素是白色，请不要使用正片叠底混合模式，因为它们会消失。

　　颜色加深模式：一种能够使图像变暗的混合模式。通过增加前景色与背景色之间的对比度，颜色加深模式能够创建高饱和度中间色调并减少高光，借以产生比正片叠底模式更暗的效果。

　　颜色减淡模式：一种能够使图像变亮的混合模式。通过降低背景色和前景色之间的对比度，增加高光，使基色变亮以反映出混合色。

　　滤色模式：一种能够使图像变亮的混合模式。滤色模式将混合色的互补色与基色进行正片叠底，结果色总是更亮的颜色。如果有关键元素是黑色的，则需酌情避免使用滤色模式，因为它们会被过滤掉。

　　叠加模式：一种能够增强对比度的混合模式。该模式的原理是对图像进行正片叠底或过滤，在现有像素上叠加图案或颜色，同时保留基色的明暗对比。深色基色会将中间色调转换为更暗的颜色；浅色基色会将中间色调转换为更亮的颜色。对于扩展现实场景中各种各样意想不到的环境条件来说，叠加模式是一项很好的解决方案，因为无论光照条件是明亮还是昏暗，它都可以全方位优化对比度，提供清晰的展示效果。

　　柔光模式：一种能够增强对比度的混合模式。这种模式与叠加模式极为类似，但调节对比度的方式要更加温和。柔光模式将根据混合色的具体亮度值，使用变暗或变亮效果。

　　假如你想要更好地呈现你设计的体验内容，你需要为你所设计的元素选择合适的混合模式，以使视觉元素能够动态适应周围的环境。不过，你要确保为你的内容和使用的颜色选择最佳模式。在扩展现实环境中,这可能是一个很好的探索选项,但需要注意的一点是,应用混合模式可能会降低元素色彩的鲜艳度,顾名思义,混合模式意为将前景和背景元素以某种方式进行混合。这将让场景中的数字元素多多少少变得透明。你会发现元素不会像现实世界中那么色彩鲜明。然而,这样做的好处是,用户的视线能够穿透阻碍元素,更容易地看到其背后的世界。这也许会对探索体验有所帮助(尤其在视野受限的情况下)。

9.1.5 用户自主权

在增强现实与混合现实场景中,之所以会出现大量意想不到的情况,很重要的一个原因是用户拥有更高的自主权。前文我们提到过,在交互体验中,自主权也就是用户对交互的控制权。在这种情况下,用户的眼睛成为最主要的信息采集装置,他们可以完全控制自己在何时看到什么。不过,也许最具挑战性的事情是,用户还可以自行决定探索的目标。实际上,可以将用户视为体验的摄影师。但是,他们可能并不知道如何制作一场特效电影。这带来的结果是,尽管用户拥有完全的控制权,但很有可能不知道应该怎么做。如果能够通过优秀的用户界面进行引导,搭配自适应的体验流程设计,你可以帮助用户即使在理解有限的情况下获得最好的体验。

下面我们尝试给出一些建议,即使在原定位置出现意外情况时,也可以利用这些方法确保你所设计的数字元素具有对比度:

❑ 使用混合模式。

❑ 在对象下方应用渐变叠加。

❑ 在对象下方添加阴影。

❑ 使用纯色物体作为背景,以使物体和对象更易于区分,如一扇窗户、一面旗帜或标注框。

❑ 使用半透明形状或元素将对象从背景中分离出来。

❑ 基于照明评估技术,调整照明系统参数(更多信息参见第 11 章)。

❑ 在整个设计过程中,不要忘记在各种背景下预览(即使只有视频形式)设计效果,对不同环境条件进行测试。

❑ 为不同环境条件进行定制设计(比如,昏暗模式 / 明亮模式下的设计方案)。

前景元素和背景元素之间的关系千变万化,幸运的是,你可以根据视觉感知的核心概念来处理它们。

9.2 图形背景关系

欣赏音乐时,你会发现,构成一首乐曲的并不仅仅是音符本身,还有(也许更重要的是)音符之间的间隔,是它们创造了音乐的节奏和速度。乐曲创作离不开这两种元素,对于视觉创作来

小贴士:格式塔理论的详细定义,请参考第 8 章。

说也是如此。我们之所以能够注意并观察到视野中的元素，离不开周围环境的衬托。这种关于感知的格式塔理论[注]被称为**图形背景关系**。一部分元素将衬托于后，称之为背景。而另一部分元素将凸显于前，称之为图形。这也被称为正负空间关系。

❑ 正面形状指图形，负面形状指背景。

❑ 你只能在与负面形状形成对比时看到正面形状。

❑ 形状之间的关系和形状本身一样重要。

在传统设计中，设计者可以自如控制这种关系。毋庸置疑，当设计者创建元素时，就可以同时决定它与背景的交互模式。而

> 知识拓展
> 图形背景关系：一种视觉关系，其中元素被视为图形（焦点元素）或背景（图形所在的环境或风景）。

在扩展现实（尤其增强现实和混合现实）体验中，众所周知，设计者无法做到控制体验的每个细节。但是，当你建立这种动态关系时，你仍然可以解决很多问题。

在本节中，我们将首先掌握图形背景的关系类型，然后探讨相关设计技巧，特别是在背景未知的情况下。

9.2.1 图形背景关系的类型

图形背景关系可以是稳定的，也可以是不稳定的。考虑一下在图 9.3 中，对矩形 UI 导航元素设计进行微小更改时，如何改变我们感知矩形与类型的关系。在左侧的导航菜单设计中，图形背景关系较为混乱，矩形轮廓与文本均由相同类型的线条构成且处于同一视觉层次，使得图形和背景之间的关系模糊不清，很难把文字从背景中区分出来。在右侧的导航菜单设计中，菜单设计由矩形轮廓逐步切换到灰色色块填充，文字与背景之间的关系变得更加稳定。可以清晰识别出灰色为背景和文本为图形。

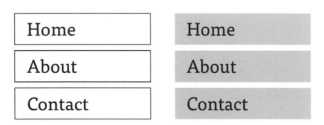

图 9.3 图形背景关系示例

稳定的

当图形背景关系达到平衡时，用户可以获得最清晰的观感，我们称之为稳定关系。这意味着前景中的焦点元素与背景元素之间不存在混淆。图形背景关系的稳定性在于每个元素的角色均保持前后一致，不发生频繁转换。当用户可以清楚地区分主要元素时（例如，能

⊖ 格式塔心理学认为知觉不能被分解为小的组成部分，知觉的基本单位就是知觉本身，格式塔心理学的信条就是：整体不同于部分之和。格式塔理论强调结构的整体作用和产生知觉的组成成分之间的联系。——译者注

够清楚辨识集成在物理世界中的 3D 元素或者 UI 元素），那么他们就可以集中注意力进行交互，不再感到困惑与混乱。为了凸显图形的重要性，不妨尝试调整它的风格：颜色、尺寸、亮度、对比度和位置。

根据观众的偏好，设计者往往会结合体验设计的目标，将图形元素呈现得尽可能逼真，当然，也有可能会根据具体场景将元素以数字动画的形式呈现。如果你在体验中融入历史或事实元素，你也许希望有更真实的感觉。然而，面向儿童的交互式故事书体验可能需要更富想象力的图像表现。稳定的图形背景关系并不意味着图形看起来与真实世界不同。稳定性不代表真实感，也不代表科幻感，它是一种将物体与其周围环境区分开来的能力。

易变的

从另外一个角度来看，图形和背景之间的这种关系也可以是模糊的，图形元素可以随时转换成背景，反之亦然。这种关系也可以称为可逆的。虽然这种不稳定的关系听起来像是一件负面的事情，但它可以是一种非常强大的设计模式，特别是用于帮助设计者创造视错觉，或是在一张图像中显示两个对象。经典案例是面孔–花瓶幻觉，也称为鲁宾花瓶。如图 9.4 所示，你所看到的是一个花瓶还是两张（面对面的）侧面人脸影像？继续看下去，尝试着从另一个角度来观察，你最初看到的图形会退化为背景，而原本的背景则会被认知为图形。在这个示例中，你可以将人脸视为图形，将黑色区域视为背景，也可以反过来，将花瓶视为图形，将白色区域视为背景。

这种不稳定的关系经常用于插图、商标和品牌设计中，它可以非常有效地在同一空间内传达多重信息。在扩展现实空间中，当你想要条理分明地呈现信息时，就需要有意识地限制可逆关系的使用。不过，对于游戏场景或其他教育类、娱乐类体验来说，可逆关系的应用相对更广。如前所述，设计者需要结合用户需求层次结构进行设计。如果用户感觉这种体验不够有吸引力，他们就不会继续使用它。如果可逆的图形背景关系使用户难以区分重要内容和次要对象，那么几乎就可以确定这项体验是失败的。

图 9.4　图形和背景的可逆关系示例

不稳定的图形背景关系通常依赖于观众在同一区域看到多个解决方案，但利用扩展现实技术，你可以进一步探索元素的位置和方向是如何产生模糊关系的。例如，当你将视线转向另外一个角度时，你所感知到的全息图像也会随之发生变化，所以数字全息图也可以采用这种方式。设计者可以妥善利用图形背景关系，结合沉浸式探索中的时空方位，为多次体验游戏的同一用户提供不同的体验。

9.2.2　区分策略

在增强现实和混合现实环境中，图形背景关系的确定面临一系列新的挑战。以下列出了部分用以区分图形与背景的解决方案。

- 从构思阶段就开始规划图形背景关系，并尝试绘制透明草图（如第 5 章中所述）。这可以让你从设计开始就将背景视为设计公式中的一个变量。
- 使用水平构图法：位于构图下半部分（或水平线以下）的元素通常被视为图形。而位于构图上半部分（或水平线以上）的元素更有可能被视为背景。
- 精心规划元素的形状和位置：图形通常有更清晰的形状轮廓，在空间中的位置也更具体，而背景的形状和位置通常不那么明确。
- 利用遮挡关系，使图形与整个空间融为一体，而背景隐于其后。
- 利用照明评估技术，自动检测物理空间中的照明条件，以便在数字对象上复制。这种方法有助于在物体上创造阴影，以进一步分离图形与背景（我们将在第 11 章对此进行深入讨论）。

9.2.3　建立联系

无论是在哪种类型的设计中，图形和背景之间的关系都很重要，不过，当涉及在扩展现实中融合物理空间和数字空间时，我们需要在更高的维度定义这种关系。有两种方法有助于增强图形背景关系，一是锚点，二是追踪。

锚点

归根结底，用户才是那个最为依赖图形背景关系的人，那么，为什么不直接赋予用户创造这一关系的能力呢？如果你想设计一个将 3D 对象（人物）与环境（地面）相连接的优秀方案，不妨允许用户直接在其场景中设置锚点。例如，在增强现实中，设计者可以让用户自行选择放置图形的位置，与此同时，将图形以外的所有事物都视为背景。通过锚点的设置，可以轻松实现图形背景关系的强化。

以下列出了几种常见类型的锚点。

平面锚点：用户可以选择某个平面，如地板、桌子或墙壁作为锚点。这一平面可以是垂直的，也可以是水平的；设计者也可以根据数字对象的长宽比例和放置方向，限制用户只能选择某个最合适的平面。如果创建一个放在桌子上的物体，那么最好只允许用户进行水平平面锚定。如果你要设计的是虚拟画廊，那么限制用户仅使用垂直平面作为锚点才更有意义。选定平面锚点后，场景将从该锚点开始延展。例如，Ikea Place 应用程序允许用户在购买之前就能看到家具摆放在家中的效果。用户只需要选择（他们所期望的）家具应该摆放的平面，就可以立即看到结果。

面部锚点：使用智能手机上的前置深度摄像头扫描面部特征后，用户可以选择面部特征锚点。在准确检测并放置锚点的基础上，面部锚点能够支持基于人脸动作的动态实时渲染。例如，苹果设备上的 Memojis 贴纸（或部分安卓手机上的 Bitmojis 贴纸，以及其他支持增强现实表情符号的应用）允许用户基于面部锚点定制外观，自动生成人脸的网格图形，在此基础上模拟用户的面部表情。Spark AR 和 Snap 的 Lens Studio 也允许设计师创作基于面部锚点追踪的扩展体验。

图像锚点：用户可以从所在物理空间中捕捉目标静态图像，基于此激活相应增强现实体验（如视频或动画等）。只需要打开浏览器或应用程序，利用移动设备自带的照相机拍摄目标图像，就可以启动预设场景。

3D 锚点：允许用户将体验锚定到所在物理空间中的 3D 对象。3D 锚定过程主要分为两步。首先，扫描对象，然后，将其导入到创作程序中进行编辑，自行定义其关键特性。例如，Lightform 所提供的导入选项允许用户扫描对象后，选择将体验投射到该对象上显示。更进一步，用户可以在某个物理对象周围展示内容的交互式投影。如图 9.5 所示，Argodesign 开发的 Vision work 能够使用物理世界中所存在的某个 3D 对象作为调节周围环境照明的交互界面，桌子上的水杯即为典型案例（旋转水杯把手可以对应调节环境亮度）。

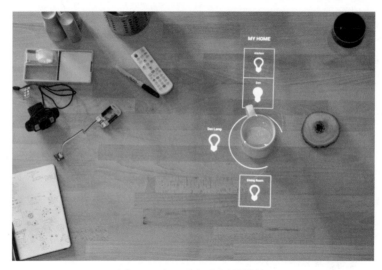

图 9.5　交互式灯光调节设计

图片由 Argodesign 公司提供；创始人：Mark Rolston、Jared Ficklin；创意技术专家：Jarrett Webb

锚点可以被随时保存，这样用户就可以在重新启动应用程序时继续体验。设计者可以利用不同的设计工具来创建不同的锚定方案。

追踪

对承载扩展现实体验的应用程序（及设备）来说，越是深入了解体验对象周围的环境，提供的交互体验也就越真实。为了收集更多关于环境的信息，计算机需要对空间进行扫描、分析、识别、分类和组织，这一过程称为**追踪**。

平面锚定体验往往基于光线投射技术，通过智能手机进行追踪，以在用户扫描房间时确定平坦表面。然后利用摄像机采集空间方位及物体尺寸数据，发送到应用程序，以对齐各种元素，将数字空间和物理世界进行有机组合。这种对齐有助于创建强大的

知识拓展
追踪：通过跟踪设备（或传感器）的位置和朝向，以获取其周围对象的数据和空间信息的过程。

图形背景关系，其中物理世界成为数字 3D 图形的背景。

9.3　创建最佳视图

在预订酒店房间时，你可能会选择支付额外费用来预订一间可以饱览海景、城市景观或花园景观的房间。如果风景足够优美，你甚至会为了某个能够看到景观的位置来选择酒店。欣赏话剧的时候，你需要额外付费才能买到最佳观看视野的座位，通常是中间和前排的座位。扩展现实的优势在于，设计师可以令用户在整个体验过程中都拥有最佳视野。最棒的是，用户可以自行决定什么样的视图对他们来说是最好的，然后以自己最喜欢的方式开始体验。

这个位置实际上和观察者与场景焦点的位置关系有关。不妨设想一下，能够近距离观看某样东西，无论是一只动物还是一场体育赛事，这是一件多么令人惊奇的事情。足够近的距离能够将观众从被动观察者转变为主动参与者。现在，有了扩展现实技术，你可以（令观众）身临其境，沉浸其中。下面，让我们逐一讨论创建最佳视图的关键要素。

9.3.1　布局与组件

与传统设计方法类似，设计者需要从使用场景的基本构件开始，逐步构建完整的扩展现实环境。借助基础元素，你可以按照自己的创意简单勾勒空间外观。与草图阶段类似，在布局过程中，设计者更应该着眼于整体构思，而无须过多关注具体实现细节。在当前阶段，设计的重点是确定场景中各个对象之间的关系，并平衡数字元素与实际元素。这意味着，你需要借助一系列灰色的网格形状来决定每个元素的位置，同时综合考虑各项元素相互之间的影响。在项目启动阶段，你可以通过调整场景视图（包括透视和焦距）来增强视觉效果。这些调整相对简单，有利于快速进行探索；如果你希望能够深入了解细节，就需要相应投入更多的时间。因为你所要设计的场景是三维的，所以一定要明确目标元素相对于 x、y 和 z 轴（三维坐标系）的具体位置。

9.3.2　视角

在为独立个体设计体验时，设计师会面临一系列的限制，当然，各种机会也随之而来。这些限制可能源自落后的技术、受限的设备，甚至是（用户所在的）物理空间。在设计体验时，不妨一开始就列出可能的限制因素。在一定程度上，将限制条件一一列出可以激发将风险转化为机遇的创意。例如，在虚拟现实体验中，如果用户（因设备性能所限）需要被束缚在台式电脑前，那么显然他们就丧失了自由活动的可能性。但是，知道用户在整个体验过程中都会待在某个特定的空间里，这个事实让你有机会最大限度地利用这个空间。你可以将地板材料、椅子种类（如果需要的话）纳入考虑，或者，你也可以使用各种气味和声音来增强用户的体验。如果用户用的是头戴式显示器或其他移动设备，他们就可以自由访问任何想去的地方，不再受到这些束缚，这些机会也就不存在了。

利用扩展现实技术，人们可以拥有超越想象的体验：可以回到历史上的某个时间，亲眼看一看那些已经被摧毁的地方；可以像鸟一样翱翔天空，俯瞰大地；可以暂时成为另一个人，真正站在他的角度感受其人生和经历。通过改变视角，可以让那些看似不可能的事情成为可能。正如电影摄影师一般，动态控制镜头，提供独特视角。事实上，设计者可以选择像人们所习惯的那样在平视高度展示体验，也可以选择一个通常难以获得的视角为体验增光添彩。从鸟瞰到仰望，出乎意料的视角能够带来独一无二的体验，从而带给观众更多惊喜。

9.3.3 焦距

最佳体验的创建离不开合适的视角。请记住，用户的眼睛才是扩展现实场景中最重要的摄像头，设计者需要据此确定用户眼里的呈现景象。就像摄影师会根据拍摄目标选择合适的镜头一样，设计者也需要选择合适的镜头来呈现数字场景。镜头可以按焦距进行分类。镜头的焦距通过测量成像点到传感器的距离来计算。根据**焦距**选择镜头时，你需要将视角（宽或窄）和放大倍数（高或低）两项因素纳入考虑。

> **知识拓展**
> 焦距：物体上光线交汇处到相机传感器之间的光学距离的度量。
> 视差：帮助人判断视觉距离的线索，其中离观察者较近的物体看起来比较远的物体移动得快得多，即使它们移动的速度完全相同。

- ❏ 镜头焦距决定了取景范围：也就是视角。
- ❏ 镜头焦距决定了元素大小：也就是放大倍数。
- ❏ 焦距越长，视角越狭窄，放大倍数越高。
- ❏ 焦距越短，视角越宽广，放大倍数越低。

虽然有大量不同焦距的镜头可供选择（特别是在计算机软件中，你几乎可以输入任何想要的焦距数值），但我们将按类别在下文中介绍三种主要镜头。

- ❏ 标准镜头（50～60mm 焦距）：这种镜头能够提供与正常人视觉感知相当的视野。这个焦距的失真最小。
- ❏ 广角镜头（14～35mm 焦距）：广角镜头视野宽广，取景范围大，容纳的景物多。但过宽的视角容易导致影像边缘产生严重的镜头失真。
- ❏ 长焦镜头（70～200mm 焦距）：这种镜头能够压缩空间，使构图扁平化，减少景深影响和镜头失真。

9.3.4 运动视差

当你坐在一辆快速行驶的汽车上看向窗外时，你可能会注意到，那些靠近汽车的元素，比如车道两边的树木在你的视野中飞掠而过。然而，如果你望向远处的农场，就会发现它似乎在缓慢移动。这种视觉现象被称为**视差**，涉及相对位置的变化。

当观察者的位置发生改变时，所产生的视差称为运动视差。视差是一种强烈的视觉深度暗示，其中离你较近的物体看起来比离你较远的物体移动得更快。在数字环境中，模拟视差效应将有助于增强真实感，因为物体将以熟悉的方式出现。

9.3.5　参照现实

尝试从物理世界中寻找灵感。在现实生活中，人们经常被各种各样的纹理和材料所包围，所以，在数字环境中，类似的纹理也会带来真实感。只有在日常生活中注意收集点滴细节，才能在设计时激发灵感。参观老旧工厂时，你或许会发现木材和金属的完美结合可以构成设计的核心风格。翻开家居目录，可以为色彩、纹理和形状的组合提供丰富的灵感。如果你希望自己设计的体验让用户感觉真实，那么就应该把真实世界融入其中。

9.4　唤起情绪

结合视角、焦距、材料、纹埋和构图，你可以尝试创造出一种能够唤起情感的气氛。虽然情绪无法被精确设计，但是种种变量组合在一起，显然会对用户产生影响。这种影响带来的结果就是唤起用户的情绪感受。情绪当然无法被控制，但显然可以被影响。情感设计往往隐于体验背后，它更侧重于人们在体验过程中的感受，而不是他们与之互动的方式。不妨思考，在扩展现实体验中，你希望用户在最后感觉如何？与开始（或中间）时的感受是否相同？

在 NOIRFLUX 公司所开发的"斯佩里冰川之旅"项目中，人们首先可以看到 1913 年所拍摄的阿拉斯加冰川的图像，它横跨一整面墙。如图 9.6 所示，NOIRFLUX 公司将 1913 年美国地质调查局所拍摄的斯佩里冰川全景照片叠加在了 2008 年在同一地点所拍摄的另一张照片上。当观众在 1913 年的图片前做出相应动作时，传感器将实时捕捉动作影像，逐步揭开上层图片，展示 2008 年时同一冰川轮廓所发生的巨大变化，激发观众的情感共鸣与深

图 9.6　斯佩里冰川之旅

设计师：Lome Covington；开发商：NOIRFLUX

入思考。虽然这一设计理念的核心是视觉效果和互动方式，但用户的情绪也逐步被成功唤起。一旦用户意识到，他们的举动实际上造成了冰川的融化，就会产生情感上的共鸣。用户可以直接感受到自己对全球变暖的影响。虽然交互体验是经过设计的，但是与之互动的个体的反应却不是。用户的交互反馈不可预测，但却常常会产生奇妙的效果，即体验是如何在情感层面上影响用户的。

9.4.1　情感联系

在《情感化设计》[8]一书中，唐·诺曼将情感响应分为三个水平。

❑ **本能水平**：指我们与生俱来的情感响应。这些来自第一印象的本能反应常常源自过去的体验。

❑ **行为水平**：这是对某个事物如何帮助我们实现目标的潜意识评价。这就是体验产生的本质。它可以包括所有的挑战和胜利。例如，我们能够以"不确定这是否行得通"这一理由来对行为水平设计进行质疑。行为水平更注重用户当下的体验。

❑ **反思水平**：用户在体验结束后所产生的印象。反思水平将体验作为一个整体进行判断，确定是否愿意再次探索。反思水平更注重未来的决策。

情感是无价的。如果你只是在理论上领会了某件事情的内容，那么显然，你很难发挥出潜在的与其进行情感联系的潜力。人们可以基于理智来掌握身边发生的事情，但随后他们也会利用直觉加深对这些事情的理解。最终，人们会针对突发事件形成某种整体反应。这种反应可以是消极的，也可以是积极的；两者都会影响他们未来的决定。

有趣的是，芭芭拉·弗雷德里克森⊖博士在《积极力》[9]一书中确定了十种主要的积极情绪：喜悦、感激、宁静、兴趣、希望、骄傲、欢乐、灵感、敬畏和爱。然而，结局往往意想不到，其实还存在着第十一种积极情绪：惊喜。尽管在这份清单上，"爱"排在最后，但它却真真切切包含了其他所有的积极情感。当真正热爱你体验到的一些事情时，你的荷尔蒙水平甚至会发生波动，从而有效减轻压力，让你感觉良好。

9.4.2　多人体验

让美好的事情变得更加美好的唯一方法就是与人分享。值得注意的是，扩展现实体验可以同时为多个用户提供服务。这项技术让扩展现实变得社交化。在进入体验时，你可以选择与其他人一起探索空间，而不仅仅是独自进行体验。如图 9.7 所示，图中展示了利用增强现实技术，设计师针对移动应用界面的线框图设计进行头脑风暴的场景。在增强现实场景中进行头脑风暴可以让团队中的每个人都能够在同一个空间中看到相同的数字内容，而不只是独自盯着自己的屏幕。和你共同开展体验的伙伴可以与你在同一个房间里，也可以来自世界

⊖　芭芭拉·弗雷德里克森（Barbara L. Fredrickson），北卡罗来纳大学教堂山分校商学院的杰出心理学教授、积极情绪与心理生理学实验室主任。荣获 2016 ～ 2017 年度詹姆斯卡特奖。她是积极心理学研究领域的领军人物，积极心理学之父马丁·塞利格曼评价她是"积极心理学领域的天才"。——译者注

各地。使用 VRChat[⊖]，你可以在虚拟环境中与来自任何地方的人建立联系。同时，我们在聊天时常使用虚拟表情来向对方展示自己的心情或特征。苹果公司发布的第二代 ARKit 提供了与同一环境内的其他人体验同一增强现实体验的能力。坐在桌子的一边，你可以与坐在桌子对面的人看到相同的三维动态对象，并且所有人的视角都可以直观看到这一影像。这意味着，无须针对场地做任何准备，你就可以呼朋唤友一起玩游戏。

图 9.7　扩展现实协作场景

设计师：Weedezign，就职于 Shutterstock

当存在多个用户进行同一体验时，交互感知也会随之改变。当只有一个用户处于主导地位时，他可以清楚地知道场景中发生的每一个变化都是自己引起的，但是当其他人加入同一体验时，操作反馈闭环就会变得让人困惑，这是谁干的？加入的用户越多，可能发生的意外变化就越多。你所看到的场景与每个人的操作息息相关。好在，每位用户的视角都是最佳观景位，无需额外付费。

作为设计师（或者说作为人），我们通常会在生活中努力获得控制感。我们期望能够在一定程度上预测接下来会发生的事情，但事实是，人无法控制未来。实际上，没有人知道接下来会发生什么，就像我们无法控制并设计交互体验的每个细节一样，这也要归功于增强现实中不可控的环境变化。赋予用户一定控制权的好处在于，他们可以自行添加影响因素以优化体验。作为一名设计师，你当然可以通过对某些因素的控制来确保体验能够顺利进行，你甚至可以为用户编写一套规则，告诉他们在某些情况下应该做出何种响应。你也可以通过增加对比度来区分数字世界和现实世界，确保视觉关系被妥善建立。但最终，你仍然需要接受

⊖　VRChat 是一款免费大型多人线上虚拟现实游戏，由格雷厄姆·盖勒（Graham Gaylor）和杰西·荷德瑞（Jesse Joudrey）开发。其允许玩家以 3D 角色模块与其他玩家交流，同时也支持 Oculus Rift、HTC Vive 和 Windows Mixed Reality 虚拟现实耳机。该游戏在 2017 年 2 月 1 日通过 Steam 的抢先体验模式在 Microsoft Windows 发行。——译者注

没有人可以全然掌握体验流程中的每一个细节，也没有人能够规划意料之外的事情。在设计完成的那一刻，这意味着你已经成功为用户创造了一个空间，一个能够让他们在个体层面和情感层面上均沉浸其中、产生共鸣的空间。用户可以在其中拥有一定自主权，只有这样，才能将这一体验变成"自己的"体验。这也是扩展现实互动体验的魔力所在。

设计挑战

3D 图标

为了帮助你探索 3D 中的图形背景关系，这一挑战将尝试引导你思考如何将本章讨论的三种图形背景关系进行整合。同时，拓展你的 3D 建模技能。

1. 选择一个平面的 2D 图标。
2. 基于稳定的图形背景关系，在 3D 空间中绘制该图标的草图。
3. 使用你喜欢的 3D 建模软件和技术，将该图标数字化。
4. 基于可逆的图形背景关系，重新绘制图标草图。
5. 使用你喜欢的 3D 建模软件和技术，将其数字化。
6. 基于模糊的图形背景关系，重新绘制图标草图。
7. 使用你喜欢的 3D 建模软件和技术，再次将该图标数字化。
8. 对比与总结：在完成所有设计后进行思考，你觉得以上哪种设计最成功？为什么？

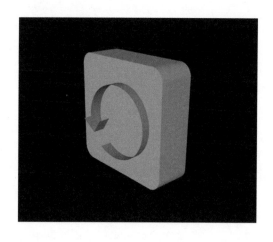

第 10 章 *Chapter 10*

增强字体设计

在本章中，我们将探索在设计增强现实体验时如何优化字体格式。需要注意的是，本章中涉及的大部分内容同样适用于虚拟现实体验，然而，由于增强现实体验中对于环境的依赖更少，我们将优先关注在增强现实环境下的最佳设计实践。本章主要内容如下所述。

可读性和易读性：在设计体验时，设计师应首先明确易读性和可读性之间的差异，据此选择适当的设计思路，以使文字在动态环境下兼具可读性与易读性。

视觉对比度：对于增强体验的可读性和可访问性来说，视觉对比度至关重要。本章将深入探索在增强现实中与视觉对比度相关的几种文本类型，并讨论每种文本类型的设计重点。

精细控制：用户可能会在各种各样的物理环境和情境中进行体验，这为体验带来了许多不可控因素。不过，设计师可以通过遵循字体设计的基本技巧，对可控变量进行有效控制，以优化用户体验。

10.1 可读性和易读性

随着显示器在人们生活中越来越常见，在显示器上进行字体设计和排版早已不再是新鲜事。从加油站的标牌，到机场中的大屏，再到我们手机上的移动应用程序，覆盖着文字的显示屏如今在生活中随处可见、触手可及。同时，伴随显示器技术的更新换代，字体设计技术也在持续演进，以适配最新款显示屏。随着新屏幕的诞生与新内容的出现，设计师需要不断更新和调整字体设计。如图 10.1 所示，设计好的字体需要呈现在各种不同尺寸和形状的显示屏上，这会为设计师带来相应设计挑战。

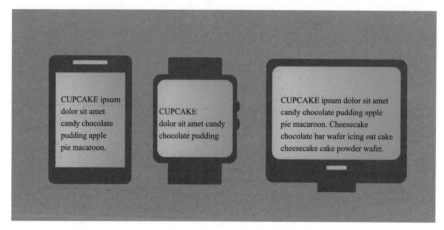

图 10.1　显示屏上的不同字体类型

10.1.1　显示设备的发展

伴随显示设备的发展演进，字体设计已经被用于改善用户的阅读体验。回溯显示设备的发展史如图 10.2 所示，最初的显示屏于 20 世纪 70 年代初期面世，也被称作阴极射线管[⊖]（CRT）。随着技术发展，显示屏变得更大、更亮、更轻薄。

屏幕形状也发生了变化，回到了它们最初的样子。早期 CRT 显示屏的边缘是弯曲的，远离观看者，但液晶显示器（LCD）的出现，意味着平面显示屏取代 CRT（曲面）显示屏成为主流。随后，平板液晶显示器，以及当今盛行的 LED 显示器成为全球家庭的必备品。

让我们把时间轴快速拉到今天，在用户，尤其是游戏玩家之中，曲面显示器再次风靡一时。然而，与 CRT 显示器的（外凸）曲面屏不同，如今的屏幕向内围绕着观看者进行弯曲，为其提供更加身临其境的观看体验。

20 世纪 80 年代，Adobe 公司推出了全球第一款 PostScript[⊖]字体，该字体外观精确美观，但只适配于昂贵（对于当时而言）的 PostScript 打印机。PostScript 字体是基于光栅[⊜]的位图字体，由像素组合而成，设计师能够在显示屏上直接查看。这一概念就像将方格纸上的网格方块相应涂黑以展示字母形状。对于 PostScript 字体而言，设计师需要为不同尺寸的显示设备独立创建不同尺寸的字体，以获取更精准的显示效果。在打印之前，设计者可以先在电脑屏幕上预览字体排版，并可以针对每种显示格式进行优化，但在实际输出时可能会发生一些

⊖　阴极射线管（CRT）是一种用于电视机和计算机显示器的显示装置。它是一种真空管，它包含一个或多个电子枪，静电偏转板和一个位于玻璃屏幕后面的荧光粉靶。阴极射线管得名的阴极是电子可以进入的正极。——译者注

⊖　PostScript 字体，是一组由 Adobe System 开发的轮廓字体文件标准，其中的轮廓格式由 PostScript 描述。PostScript 字体主要包括 Type0、Type1、Type2 等类型。——译者注

⊜　光栅，广义的光栅定义为可以使入射光的振幅或相位（或两者同时）受到周期性空间调制的光学元件。本文中的光栅，是指利用衍射效应对光进行调制的衍射光栅。——译者注

意想不到的变化。

　　幸运的是，随着显示技术的进步，字体设计技术也在不断发展，尽管步伐稍显缓慢。其中一个代表性进步成果是矢量字体（或称轮廓字体），这一类型的字体可以在不损失质量或分辨率的情况下对字体进行缩放。然而，即使如此，当涉及实际输出效果时，并非所有的字体都可一概而论，我们将在稍后对此详细探讨。

　　早期，网页设计领域对于字体选择和格式的限制较多，许多基础的字体设计理念都无法实现。例如，进行排版时无法自动删除段落中的孤行和孤词。

　　1996 年，微软公司与 Adobe 公司联合发布了 OpenType 字体[一]，这一字体允许跨平台调用字体文件，例如将同一字体设计同时用于 Mac 系统和 Windows 系统。在 OpenType 字体发布的同年，CSS（层叠样式表）增加了可视化的字体样式选项，这一选项覆盖了以前在 HTML 字体标签中所提供的各项功能。这使得设计师能够直接在网页上定制字体。直到数年后，万维网联盟（World Wide Web Consortium，W3C）才采用 Web 开放字体格式作为统一网络标准。（W3C 是一个负责维护网络国际标准的组织）

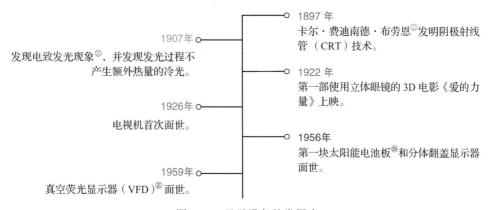

图 10.2　显示设备的发展史

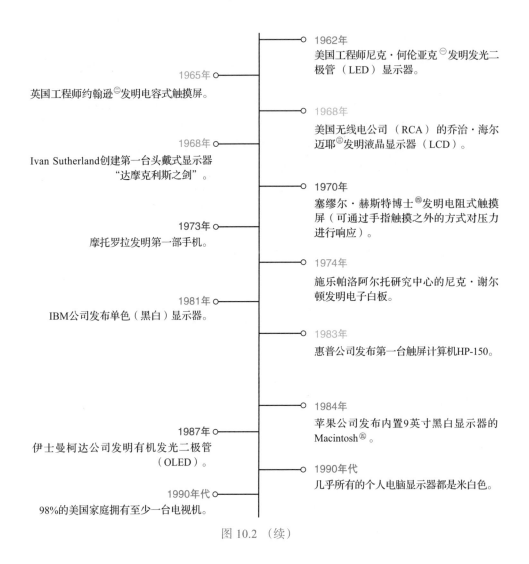

1962年
美国工程师尼克·何伦亚克⊖发明发光二极管（LED）显示器。

1965年
英国工程师约翰逊⊜发明电容式触摸屏。

1968年
美国无线电公司（RCA）的乔治·海尔迈耶⊜发明液晶显示器（LCD）。

1968年
Ivan Sutherland创建第一台头戴式显示器"达摩克利斯之剑"。

1970年
塞缪尔·赫斯特博士㉕发明电阻式触摸屏（可通过手指触摸之外的方式对压力进行响应）。

1973年
摩托罗拉发明第一部手机。

1974年
施乐帕洛阿尔托研究中心的尼克·谢尔顿发明电子白板。

1981年
IBM公司发布单色（黑白）显示器。

1983年
惠普公司发布第一台触屏计算机HP-150。

1984年
苹果公司发布内置9英寸黑白显示器的Macintosh㉖。

1987年
伊士曼柯达公司发明有机发光二极管（OLED）。

1990年代
几乎所有的个人电脑显示器都是米白色。

1990年代
98%的美国家庭拥有至少一台电视机。

图 10.2 （续）

⊖ 尼克·何伦亚克（Nick Holonyak），美国工程师，发明家。因其在 1962 年发明了第一种可见光发光二极管（LED），从而掀起了人自爱迪生发明电灯泡以来照明史的第二次革命。因此被称为"LED 之父"。——译者注

⊜ 约翰逊（E.A. Johnson），曾任职于英国马尔文皇家雷达研究所，被普遍认为是第一个提出触摸显示概念的人。——译者注

⊜ 乔治·海尔迈耶（George Heilmeier），美国工程师，曾任职于美国无线电公司，被认为是液晶显示器（LCD）的先驱贡献者。——译者注

㉕ 塞缪尔·赫斯特（Samuel Hurst），美国科学家，曾任职于肯塔基大学研究基金会，被认为是触摸屏之父。——译者注

㉖ Macintosh，1984 年由苹果公司发表上市，最初发表时名叫：Apple Macintosh，有着一体成型外观，装载 9 英寸黑白 CRT 显示器。——译者注

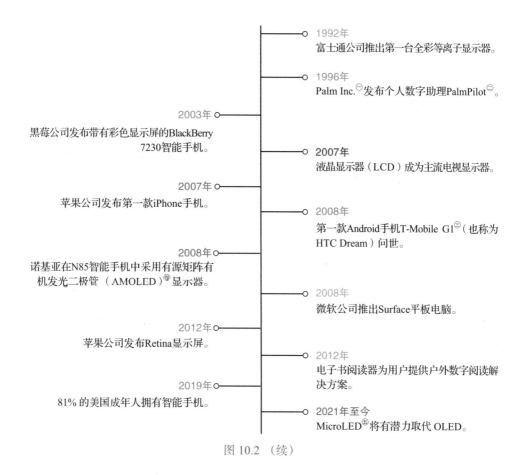

图 10.2　（续）

⊖　PalmComputing 公司，掌上电脑系统的领导厂商，由杰夫·霍金斯（Jeff Hawkins）于 1992 年 1 月成立于美国硅谷。该公司针对一般消费者、移动化专业人士，以及商务人士，先后推出包括 Palm（R）掌上电脑、Palm TreoTM 智能手机、Palm LifeDriveTM 移动生活家等产品，还有软件、服务，以及配件。——译者注

⊜　PalmPilot 系列产品，由 "PalmComputing" 公司研发设计，是一款个人数字助理产品（PDA），也称掌上电脑。——译者注

⊜　T-Mobile G1，全球首款安卓手机，由 HTC 公司研发设计，其标志性特征是滑出式的全 QWERTY 键盘和厚实的手机下巴。——译者注

㉃　有源矩阵有机发光二极管（Active-Matrix Organic Light-Emitting Diode，AMOLED），是一种显示屏技术。AMOLED 技术主要用于智能手机，其特点是反应速度较快、对比度更高，并继续朝低功耗、低成本、大尺寸方向发展。——译者注

㊄　MicroLED 显示技术，指以自发光的微米量级的 LED 为发光像素单元，将其组装到驱动面板上形成高密度 LED 阵列的显示技术。由于 MicroLED 芯片尺寸小、集成度高和自发光等特点，在显示方面与LCD、OLED 相比在亮度、分辨率、对比度、能耗、使用寿命、响应速度和热稳定性等方面具有更大的优势。——译者注

这段历史很重要，因为它为现代设计中**可变字体**[一]的诞生开辟了道路。如图 10.3 所示，图中字体的字重（从左至右）逐渐增加。可变字体是一种高效的字体文件，允许使用单个字体文件更改相同设计中的字号和字重[二]。单个字体文件能够在实现更快加载时间的同时，保持字体样式的灵活度。

图 10.3   可变字体示例

10.1.2   回归基本原理

在扩展现实中，为用户设计便于阅读的排版与设计 2D 屏幕界面的原理类似。然而，与扩展现实设计的其他方面一样，设计师需要注意扩展现实环境中独有的影响因素。

为了便于进一步探讨，首先需明确排版标记包括以下部分：

❑ 字母；

❑ 数字；

❑ 标点符号；

❑ 印刷符号 / 标准符号。

在进一步讨论排版设计之前，需要首先分清字体和字型之间的区别。尽管实践中通常用字体这一术语统一指代，但了解两者的区别是很重要的。字体是一个抽象的总体概念，是指拥有共同设计理念的字的集合，该集合中的每个成员称为字型。广为人知的字体包括 Helvetica、Times New Roman、Baskerville 和 Myriad 等。

在这些字体集合中，存在不同字重、宽度和斜度的字体实践，这就是字型。字型是比字体更小一级的单位，必须在计算机上安装并激活对应的数字文件后才能使用。每个字体家族中可以包括多种字型。例如，Adobe 公司为 Univers 字体[三]提供了各种各样的字型，每个字型拥有不同字重（通过数字指定）、字宽和倾斜度。

⊖ 可变字体（Variable Font），需要经过字体设计师的精心设计规划，与字体变化参数交叉汇编调整测试，经过反复修改，最后产出以一套外框字型加上外框控制点位移参数资料的 OpenType 字文件，就可以透过操作系统或是浏览器内的字型渲染器，随使用者的设定或是依应用软件的 UI 设计逻辑自动判断，由 Variable Font 变化出各种不同的字重、字宽或笔画形状等来做应用。例如，根据内文或是标题的不同应用来改变字体笔头、笔画收尾的粗细。——译者注

⊜ 字重（weight），是指字体的粗细程度。一个字体的字重通常至少 4 ～ 6 个，其中 Regular 与 Bold 几乎是必备的。——译者注

⊜ Univers 字体是一种西文无衬线字体。在平面设计界，它和 Helvetica 一起被称为瑞士风格字体。——译者注

45	轻斜体（Light Oblique）	47	窄细斜体（Light Condensed Oblique）
55	罗马体（Roman）	57	窄体（Condensed）
55	斜体（Oblique）	57	窄斜体（Condensed Oblique）
65	粗体（Bold）	67	窄粗体（Bold Condensed）
65	粗斜体（Bold Oblique）	67	窄粗斜体（Bold Condensed Oblique）
75	黑体（Black）	53	宽体（Extended）
75	黑斜体（Black Oblique）	53	宽斜体（Extended Oblique）
85	特黑体（Extra Black）	63	宽粗体（Bold Extended）
85	特黑斜体（Extra Black Oblique）	63	宽粗斜体（Bold Extended Oblique）
39	极细窄体（Thin Ultra Condensed）	73	宽黑体（Black Extended）
49	特细窄体（Light Ultra Condensed）	73	宽黑斜体（Black Extended Oblique）
59	超窄体（Ultra Condensed）	93	特黑窄体（Extra Black Extended）
47	窄细体（Light Condensed）	93	特黑窄斜体（Extra Black Extended Oblique）

在这个例子中，Univers 是字体，上面每个示例都是字型。

在扩展现实中进行字体设计时，设计师需要做出的第一个决策是根据自己设计的体验选用适当的字体。在选择字体时，首先需要考虑的是字体的**易读性**。根据我们从界面设计中学到的经验，简洁为佳。形状相对简单的字体能够在分辨率较低的显示器，如电脑屏幕上更直观清晰地呈现。因此，设计师应尽量避免选择过度风格化、笔画重量变化过于复杂的字体。

> **知识拓展**
> 易读性：指在一款字体中所设计各个字母形状之间的区分度，即读者能否迅速辨别字母、避免混淆。

记住，设计扩展现实体验需要像设计网站一般，在像素级进行设计。无论体验的载体是手持移动设备，还是头戴式显示器，甚至是空间中的投影显示，其展示方式都是一致的，即由像素构成的数字图像。然而，当扩展现实设计开始打破我们所习惯的矩形屏幕这一典型框架时，此时的屏幕也已不再意味着过去的传统

> **小贴士**：如果一款字体被归类为"展示"，这并不意味着它是显示屏专用，而意味着它是为标题设计的大号字体。

显示屏，而是衍生出了独立的内涵。不过，它们的设计理念是相同的，回归到最基础的设计原则，设计师仍然可以沿用已知的在数字平台上选用字体的知识。以下准则可以帮助你缩小选择范围，更好地进行字体设计。

保持简单。形状简单的字体，通常比过度修饰的字体具有更好的视觉效果。如图 10.4 所示为几何字体类型的示例，它是由基本几何形状、直角和水平笔画构建而成的字母。

设置较大字号。在印刷品中，正文的字号范围通常是 8 ～ 12 磅（在印刷设计中，通常用磅值⊖来衡量字体的大小）。不过对于基于像素⊜的显示媒介来说，这个字号太小了。我们

⊖ 磅值（point，缩写为 pt），字体排版的量度单位，表示字体的大小，有时也称为点数。——译者注

⊜ 像素（pixel，缩写为 px），是计算机屏幕上所能显示的最小单位。用来表示图像的单位。——译者注

将在 10.2 节中具体讨论最佳尺寸。对于常见的移动设备或者电子出版物来说，最佳尺寸是 14 ~ 16 像素，甚至更大，小于这个尺寸就有可能影响用户的辨识。在扩展现实设计中，设计师需要格外注意用户与字体之间的阅读距离。在阅读书籍时，字体距离人们的眼睛往往只有几英寸（1 英寸 =0.025 4m）的距离，所以图书印刷字体可以设计小一点；但电脑显示器往往离眼睛有 12 英寸远，所以我们需要相应调整文字尺寸。

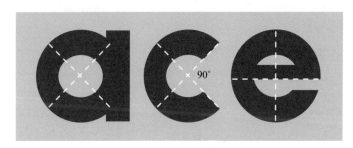

图 10.4　几何字体类型示例

　　评估 x– 高度。x– 高度即字体中小写字母的高度。并非所有的字体的 x– 高度都相同，即使在相同尺寸下，不同字体的小写字母高度也会有所不同。如图 10.5 中的 "x" 字母大小都为 110 磅，但不同字体的小写 x 的高度并不相同。选择字母高度高的字体意味着视觉效果更大，能够相应提升字体显示在屏幕上时的易读性。x– 高度高的字母往往拥有更大的字怀[⊖]（见图 10.6）或更外放的字母内部形状，这有助于我们更快地分辨出字母。

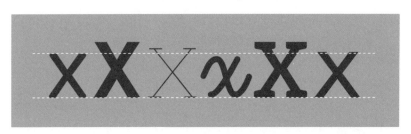

图 10.5　字母 x– 高度示例

图 10.6　字怀示例

　⊖　字怀，字母所包含的内部空间，无论是否封闭，也就是字碗的内部区域。比如 H（或者 n）两个竖画之间的区域。——译者注

简化细节。在屏幕上显示字号较小的字体时，无衬线字体[一]通常拥有更高的辨识度，这是因为该字体底部没有修饰笔画或衬线。我们此前已经讨论过，屏幕上显示的字体由一个个细小的方形像素组成，因此，当在屏幕上放大或缩小字母时，字体衬线的曲线外形可能无法按比例再现，这会影响字母的易读性。不过好消息是，今天，字体设计者专门创建了屏幕专用的字体，广为人知的专用字体包括 Helvetica、Verdana 和 Georgia 等，显然，为电子屏幕进行专业设计已经具备了良好的开端和基础。随着开放字体格式出现，更多专为印刷格式与网络格式设计的字体也随之涌现，电子屏专用字体的列表不断增加。如图 10.7 所示，图中有修饰笔画看上去如同字母的脚的字体称为衬线字体。

图 10.7 衬线字体示例

在选择字体时，除了以上因素，设计师还必须关注用户在阅读字体时的体验。正如本书第 6 章所述，在设计过程的每一步，设计师都需要考虑用户是否可以顺利识别所展示的内容。

逐步明确设计对象并洞察他们的需求之后，设计师就可以据此做出满足用户需求的设计决策。当设计师更深入地研究设计过程，尝试在增强现实和虚拟现实中添加字体时，往往会发现一些尚未解决的问题（通常情况下，这些问题会随着项目进展而被解决）。当然，设计师可以参考自己在网页或移动设备中最熟悉的字体解决方案，利用已有经验来帮助设计扩展现实中的用户界面。需要注意的是，一旦开始在扩展现实环境中添加字体，需要考虑的因素数量常常会指数级增加。

10.1.3 扩展现实专用字体

随着字体创作的快速发展，我们在设计增强现实体验时所面临的一系列独特挑战也将逐步得到解决。例如，产品和字体设计师尼提什·亚达夫[二]基于自己的研究成果设计了增强现实字体系列"ARone"。如图 10.8 所示，该字体包括多种字重，适用于低分辨率到高分辨率的增强现实设备，能够在增强现实环境中为用户带来高质量的文本阅读体验。该字体系列还包括拉丁文和梵文字符集。

如今，各家扩展现实头部公司都不约而同地推出独家字体，以提升使用其产品的用户体验。魔术飞跃（Magic Leap）公司[三]就推出了自己独有的系统字体 LominoUI。正如其在设

[一] 无衬线字体（Sans-serif），指西文中没有衬线的字体，与汉字字体中的黑体相对应。与衬线字体相反，该类字体通常是机械的和统一线条的，它们往往拥有相同的曲率、笔直的线条、锐利的转角。——译者注

[二] 尼提什·亚达夫（Niteesh Yadav），来自印度的平面设计师，专注于字母及排版设计。——译者注

[三] 魔术飞跃（Magic Leap），一家位于美国的 AR 公司，成立于 2011 年。——译者注

计指南中所描述的那样：

　　LominoUI 字体具有更高易读性，用户即使是长时间使用我们的设备，也不会感到不适。LominoUI 字体还提供了丰富的字体调色选项，使文字内容在用户界面的呈现更有层次。这款字体的字母间距较宽，即使是小号字体也易于辨认。其柔和的字母曲线、流畅的衔接，以及开放的终端扩展性共同赋予了 LominoUI 字体广阔的应用空间。[10]

图 10.8　ARone 字体示例

设计师：Niteesh Yadav

　　扩展现实专用字体往往需要在各种不同的环境中呈现，同时适配各类不同体验，因此，扩展现实字体设计最关键的需求是兼容性，也就是说，我们需要字体灵活适应于不同的展示环境。

　　微软公司并未为其发布的头戴式设备 HoloLens 系列单独创造字体，而是选择了在 HoloLens 界面统一使用微软应用程序的默认字体：SegoeUI。以下是微软对这一字体的描述：

　　（SegoeUI 字体）能够在各种屏幕尺寸和像素密度下保持最佳易读性，提供干净、轻盈和开放的美感，与系统内容相得益彰。[11]

　　总体来说，为了保证兼容性，微软公司在其增强现实设计中应用了与自有其他数字平台相同的字体，而不是为其专门创造独家字体。

10.1.4　字体的可读性

　　在进一步讨论之前，首先要理解易读性和可读性的区别。正如此前所述，字体的易读性指用户在阅读文字时是否可以容易轻易区分出不同的字符，更多与字体设计本身有关。而字体的**可读性**通常会直接受总体设计思路影响，指的是用户阅读文字的难易

知识拓展
可读性：字体可读性与字符间距和词语排列有关，可读性强意味着内容流畅，方便阅读。

程度。例如，如果设计师把黑色的文字置于深灰色的背景上，那么由于前景和背景之间的颜色缺乏对比，此时会降低字体可读性。然而，如果换一个不同颜色的背景（呈现较高对比度），该字体的可读性会显著提高，但易读性并不变。在设计过程中，设计师对于颜色的选择将直接影响到用户对字母的辨认和理解。

设计师可以选择一系列设计方法来提高字体的可读性。其中相当一部分方法的应用原理仍然离不开字体设计的基础知识，设计师常常只需要根据基本设计原则，针对扩展现实的特点进行对应优化。设计扩展现实项目时，请牢记下列指导原则：

保持字符间距。增大字符间距，即两个（或多个）字符之间的空间距离，将有助于提高可读性。大量显示屏上所显示的文字四周会带有隐约的光晕效果，在这种情况下，设置合适的字符间距可以避免这一光晕效果与周边字母发生重叠。如图 10.9 所示为 ARone Halo 字体示例，展示了字体中不规则形状的字母在增强现实显示器渲染下的呈现效果。该系列包含多种字重，可以适应不同分辨率的头戴式显示器。这一原理也适用于窄体字，当用户从不同角度观察窄体字时，它们可能变得更加窄，甚至会导致字母看起来仿佛重叠。因此，请确保你所设计的字符间距足够大，以避免此种情况发生或选择略宽的字体。

图 10.9　ARone Halo 字体示例

设计师：Niteesh Yadav

少即是多。减少文本数量，尤其是减少大段的文字使用，往往是一种更好的设计方法。尽管我热衷于优化文字排版，但假如能够以视觉方式传达某些信息，那么就不应以纯文字呈现。设计师可以使用提示工具、说明性字体、隐式字幕⊖和音轨对文字内容进行补充。请牢记，在扩展现实中阅读大量的字体，尤其是小尺寸字体，会加重用户的阅读负担，影响体验

　⊖　隐式字幕，在电视、DVD 等可让听力不佳者开启观看的字幕，也称封闭式字幕。——译者注

的整体感受。在扩展现实空间里，并非只有用沉浸式或增强式的文字才能构建一组完整对话，有的时候不妨考虑使用音频完成一部分信息传递。同时，快速闪现的字幕更利于用户获得积极体验，特别是对新用户而言。

注意大小写。假如体验中的一整段文字描述都是大写字母，那么显然，这段文本的可读性不会太好，不过，适当使用大写字母可以突出文本中的标题或重点短语，为文本增加层次感。全篇使用大写字母，尤其由大写字母构成的矩形文本块会进一步降低可读性。相反，由大小写字母相结合所形成的有机字体可以有效提高用户的阅读速度。

限制每行字数。为防止用户产生视觉疲劳，请将每行的字符数限制在 50 ~ 60 个。如果一行中字数过多，阅读者很可能会在阅读过程中丢失视觉重点，而不得不从每行开头重新阅读。

关注字重。对字重进行优化可以给设计带来层次，同时帮助引导用户视线。需要注意的是，设计师应该尽量避免设置极端的字重。一般来说，相较于细体和特粗体而言，常规字体、中型字体或粗体字体更加易读。

风格扁平化。对人眼来说，二维字体通常比三维字体可读性更高，而被挤压或拉伸的字形往往更难阅读。要知道，人眼并非天生习惯阅读三维字体，因为生活中我们熟悉的大部分阅读内容都是二维的。不过，字体商标设计是一个例外，因为它最主要的设计目的就是方便人们在三维空间中阅读和辨识。

当你为沉浸式体验选择和设计字体时，首先需要确定一个核心问题：这个字体的主要用途是功能还是美观？在虚拟现实中，字体设计常常被视为风格化元素。这一点在游戏设计中更为突出。设计字体风格的主要目的是为游戏设定某种氛围或基调，而字体可读性在此刻并不重要。例如，在 VR 赛车游戏中，赛道两旁道路标牌的字体风格会给玩家带来仿佛置身于真实赛道上的感觉，但标牌上文字的具体含义通常并不影响游戏成败。反之，在增强现实和混合现实中，字体设计往往偏重功能性，文字含义也是构成整体用户体验的重要一环。例如，在 AR 导航体验中，用户找到目的地的必要条件就是能够清晰阅读街道和其他地标的名称。因此，设计师要确保字体清晰，同时设置合适的字体层次结构，以提高文本的辨识度和可读性。

10.2　视觉对比度

在设计字体时，设计师应当考虑字体与用户之间的阅读距离。显然海报或广告牌与用户的阅读距离要比宣传册或明信片之类介质更远。因此，设计师需要根据用户和设计元素之间的距离（见图 10.10），进行针对性设计决策。

在扩展现实中，设计师也许不需要根据用户的实际阅读距离来选择字体。相反，需要考虑的是读者与字体之间的最小距离，以及这一最小距离是否会随着用户动作而发生改变。在扩展现实体验中，字体通常有以下几类：

图 10.10　不同显示媒介的阅读距离不同

❏ 三维字体；

❏ 静态字体（例如是界面设计的一部分）；

❏ 锚点式字体；

❏ 响应式字体。

为印刷媒介选择字体时，应当先确定当前要选用的字体类型是**标题字体**还是**正文字体**。（可能还有其他需要设置字体的地方，例如 URL 或文章标题，但其所涉及的文本量通常较少，在此不做赘述。）

同时，需要将不同媒介的阅读距离纳入考虑，针对性进行文字设计，设计师需要根据显示屏的大小和比例确定文本的字号大小及排版布局。例如，在二维设计中，名片通常存在标准的尺寸，尽管有经验的设计师会在设计名片的过程中考虑用户体验，不过最关键的决策因素仍然是页面排版的美观性以及所展现的内容主题。

对于沉浸式体验设计来说，这类设计思路并不适用。在沉浸式设计中，设计师应当以用户为中心进行设计，在此基础上再考虑与用户周围空间的适配性。在这个过程中，需要引入相近性⊖的概念。设计师尼提什·亚达夫在其硕士论文和正在进行的关于"增强现实的字体设计方法"的研究中，在字体位置排版中引入了建立空间区域的概念 [12]。如图 10.11 所示，图中展示了三类主要空间区域与用户视觉层次的关系，尽管扩展现实领域中不同研究者和厂商对其称呼各异，但空间区域这一概念是一致的。常见的三类空间区域具体如下：

❏ UI 区域；

❏ 焦点区域；

❏ 环境区域。

> **知识拓展**
> 标题字体：报纸头条或和文章标题使用的字体；字号通常为 16 磅以上。
> 正文字体：文章正文段落中使用的字体，需方便长时间阅读；字号通常为 8 ～ 12 磅。有时也称为正文。

⊖　相近性：设计中的相近性指彼此接近的设计元素被认为是相关的，而彼此隔开的元素则被认为属于单独的组。文本设计中相近性的应用包括用上下空白把句子分组形成段落，精心设计标题周围的空白表明它们与哪些段落相关联，对应部分的文本通常比前一部分的文本更靠近标题。——译者注

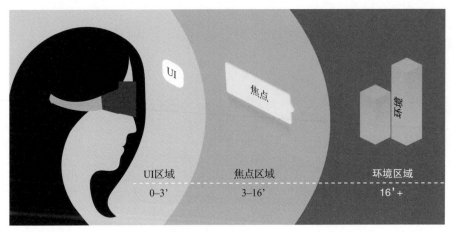

图 10.11　空间区域与用户视觉层次的关系

UI 区域。这一空间区域内显示的文本距离用户最近。在 UI 区域内，文本与移动设备或头戴式显示器的摄像头相锚定，这样可以保证无论用户所处的环境如何变化，字体在用户视野上的显示位置始终保持不变。这一设定能够为体验中的用户提供空间感，并通过稳定的展示效果实现页面导航，以增强用户对于体验的信心。由于 UI 区域的文本距离用户的阅读距离最近，因此字号不需要设置得太大。不过，不同技术方案所锚定的阅读距离会有所不同，如智能手机锚定用户的阅读距离通常会比头戴式显示器更远。还需要注意的是，不同设备的像素显示存在区别，这也会影响近距文字的可读性。

因此，设计师需要针对用户在空间中的实际视角进行字体设计与规划，针对用户在空间中的不同姿势（如坐着、站着或走着）来确定 UI 区域字体的位置。同时需要考虑如何针对性调整文字设计，以适应用户在空间内的位置变化？此外，用户的视线方向是另外一个变量，可以根据用户的观看位置改变观看内容。用户的视线方向可以从中心视点开始，在水平和垂直方向上扩展。

焦点区域。焦点区域通常比 UI 区域距离用户更远，是展示文本的最佳位置，也是放置体验核心内容最理想的区域，不妨将主要的体验内容和关键文本置于这一区域。焦点区与用户的距离在 3 到 16 英尺。

环境区域。比焦点区域更远的空间区域统称为环境区域。这一区域可以用于定位、地理标记、在体验中增加额外的环境背景等。由于环境区域距离用户最远，它可以为用户提供方向性指示，告知他们在体验中最远可以探索的地方，或者为他们正在近距离体验的内容提供背景介绍。

除了将空间区域纳入考虑，设计师还需要基于用户的视线落点选择放置文本的最佳位置，这也是以人为本这一理念在文字设计中的应用体现。也就是说，设计师需要根据用户视线的移动，来确定放置体验内容的位置。在这一过程中，设计师首先要根据设备位置来确定用户视野。通常来说，人的视野最佳垂直范围在水平视线 0° ～ 35° 之间，阅读在此区域外的内容有可能造成颈部酸痛或眼睛疲累。假如将文本放置在该水平线之上，用户必须抬起头来才能看到全文本内容，这可能会使他们感到颈部疲劳；同样，假如将文本放置在水平线以下 40°～60° 甚至更低的区域，也会使用户在阅读文本时感到疲惫（见图 10.12）。对于大篇幅的文本或较长的段落来说，这一点尤其关键。在以上两种情况下，用户头部的垂直移动（抬头或低头）都会影响在垂直方向上的视线，但用户头部也可以向左或向右的水平移动。毫无疑问，我们希望用户看到（并与之互动）的主要对象在视野中心位置，不过要知道，大部分情况下，设计师不可能将一切内容都压缩在画面的中心区域。字体的最佳放置范围是视线中心点左右 45° 的区域（见图 10.13），如果用户大角度转动头部，则可能会造成字体模糊和失真。当人们左右小幅度侧头以进行观察时，最佳的水平视野范围是 94°，略大于视觉中心向左和向右 45° 的区域。当头部大幅度转动时，能够看到的视野范围可以增加到 154°。人眼单次观看能够覆盖的最大视野范围是 204°。

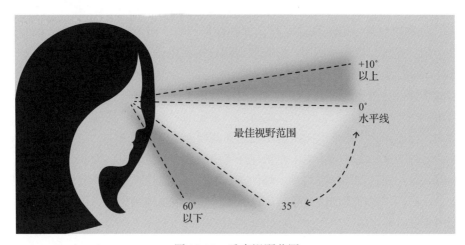

图 10.12　垂直视野范围

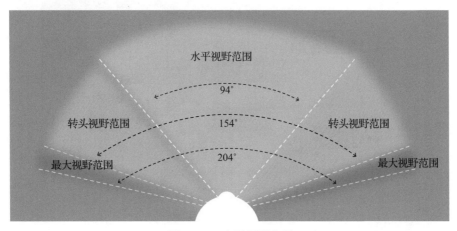

图 10.13　水平视野范围

在设计 3D 体验时，需要针对不同空间区域的文本选用不同的字体，这也是字体设计中的重要一环。

沉浸式字体。这种字体是动态的，能够展现出三维立体效果，不过为了保证可读性，实际采用的往往是二维平面字体。沉浸式字体需要与三维环境融为一体，因此，它应当与其所在平面的视线方向一致。这就意味着，如果你想让用户感到字体完美地融入空间之中，那么就需要使它遵循与所处空间相同的投射规则。想要妥善放置沉浸式动态字体，要么依赖空间计算技术对空间模型进行绘制，要么让用户自行选择垂直（或水平）平面来放置字体。然后，当用户移动时，沉浸式字体将依靠运动追踪技术与用户的相机一起移动，或者通过锚点来确定位置。

UI 字体。UI 字体属于静态字体，它往往以二维形式固定展示在屏幕上的某一位置，如导航栏、屏幕顶部或底部。这一字体类型对于用户体验优化来说非常关键，它可以为用户提供识别信息，例如应用名称或体验名称。同时，UI 字体也可以用来构建菜单视图，告知用户某一给定位置上存在哪些操作选项。UI 字体必须便于用户发现、找到和使用，它在改善用户的无障碍（可及性）体验方面起着重要的作用。

锚点式字体。这类字体固定于环境中的某个特定平面或物体之上。当用户在环境中移动时，锚点文本将与其锚定的对象一同移动。例如，导航体验中的指示文字需要锚定在其周围的建筑物之上，以帮助用户确定自己前方地标的名称。这些视觉标签锚定在物理环境中的真实建筑物上，因此，当用户在探索时始终能够看到每个建筑物的准确名称。如图 10.14 所示，锚点式字体固定在一个特定的位置或对象上，以使用户能够识别该对象的信息，图中这一增强现实导航应用程序原型中的地点标签就应用了锚点式字体。

> 小贴士：最好将字体保持在所设计内容的中心区域，以避免在视线边缘的字体像素发生模糊。以下是需要记住的最佳设计视野范围。
> 视野范围：94°
> 转头限制范围：154°
> 单次观看最大视角：204°

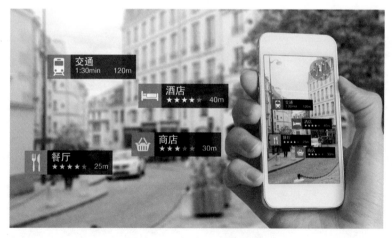

图 10.14　锚点式字体示例

摄像师：NicoElNino，就职于 Shutterstock

响应式字体。就像在设计网站时必须针对桌面显示器、平板电脑和移动设备的尺寸比例分别创建响应式界面一样，响应式设计这一概念也同样适用于扩展现实环境。目前，头戴显示器中通常采用的是像素或位图类字体，而非具备可扩展性[⊖]的矢量或轮廓字体。在增强环境中，体验内容和文本都会随环境发生动态变化，而响应式设计可以保证设计对象无论远近、无论视角都可以被用户看到。这同时意味着字体需要在不同观看距离下都保持清晰可辨。就像我们在 CSS 中使用 em[⊖]单位来缩放文本以适应屏幕宽度一样，增强现实中的响应式系统也有类似优势。它能够根据用户的移动路径和观察视角自动调整字体，以获得最佳可读性。

在探讨字体设计中的响应需求时，为增强字体的层次感与对比度，通常会采取使字体颜色根据环境光进行动态调整这一策略。这项技术现已基本成熟：用户能够看到，iPhone 可以基于可用光线自动调整屏幕亮度。这一功能的实现原理就是当照明光源变化时自动触发字体颜色变化。目前，一个解决方法是选用一款对比强烈的背景，以将字体和背景区分开，保证它们之间的差异足够大。研究表明，将浅色字体放置在较暗的背景下时展示效果最好，因为这一方式提供了最高的对比度。

> 小贴士：白底黑字这一颜色搭配思路并非在所有的设备上都能提供好的展示效果，因为纯黑色通常无法完美呈现在透明的显示设备上，而许多增强现实和混合现实都选用该类显示器。如果显示设备无法展示纯黑色，那么，字体和背景之间可能没有足够的对比度，这会影响可读性。

10.3　精细控制

你可能已经意识到，在增强现实和混合现实中的实践存在很多不可控因素。关于这些技术，最令人兴奋的方面之一是，用户可以在各种各样的环境和场景下使用它们。然而，从设计角度来看，缺乏对于环境的控制力（以及环境因素的不可预测性）将会为设计师带来许多挑战。为了避免让失控的环境因素破坏设计，设计师应当抓紧一切可能的机会，尽量实现精细控制。为了确保用户按照预先设定的方式与文本进行互动，设计师需要在设计中引入稳定性和可预测性，确保交互体验的质量。

10.3.1　字体位置

精细控制的第一个方法是将文本始终放置于同一位置，从体验开始的第一分钟，直到结束。当用户看到文本在同一个地方反复出现之后，他们就会主动在那个地方寻找所需的信息。这适用于为用户提供导航的 UI 文本，也同样适用于三维空间内的沉浸式说明。

例如，在 tagAR 应用中，姓名标签总是出现在每个人的头部正上方，人们可以轻松看

⊖　可扩展性，一种能够评价系统扩展能力的设计指标，高可扩展性代表着弹性，也就是说，在系统不断扩展的过程中，相应软件能够保持旺盛的生命力，通过很少的改动（甚至只是硬件设备的添置），就能实现整个系统处理能力的线性增长，实现高吞吐量和低延迟高性能。——译者注

⊖　em：代表设计元素中一个字体所占字符，常用在文字首行缩进。具有继承性。——译者注

到对方的名字，并且能够在看到名字的同时与其进行目光接触（见图 10.15）。当看到这种情况发生两三次后，用户就会明白那是数字增强标签出现的地方，在之后的每次体验中，他们都会尝试在这个位置寻找标签。

图 10.15　移动应用 tagAR 所展示的增强姓名标签

另一个例子是投影于汽车前方道路的 GPS 指示标记，该功能将显著提升用户的驾驶体验。在开车时，每个转角的风景可能不尽相同，但前方的道路看起来却总是一样的。因此，通过识别体验中的共性元素（无论体验地点位于何处），设计师可以据此确定一系列可预测的因素，并以此指导设计。设计师可以预测道路的颜色，它将是一个纯色的背景（大多数时候），据此，设计师可以在设计中为文本选择最合适的颜色，并确定最合适的阅读距离。人们只有在汽车行驶时才能看到平视显示器（HUD）[⊖]，所以可以假设用户在使用这一功能时大概率是坐在驾驶座上，同时正在透过车前窗看向前方的道路（而非看向其他方向）。事实上，这将有助于司机在驾驶时集中注意力。通过预测用户在使用体验时的大致视线方向，可以帮助设计师确定文字应该放在什么位置。当确定以上这些常量之后，便会消除一些最初担心的不可预测性。

10.3.2　文本样式表

在体验中，为了让用户从认知角度将特定文字风格与特定功能相联系，设计师需要为不同风格的文本赋予明确的功能角色。例如你可以使用标题字体来标识重要信息，以及使用正文字体进行提示或说明。当反复看到这类文本（并了解其所表达的功能）之后，用户就会

⊖　平视显示器（Head Up Display，HUD）是普遍运用在汽车上的驾驶辅助仪器。平视的意思是指驾驶员不需要低头就能够看到他需要的重要资讯。——译者注

知道这类文本意味着什么，因为他们会将其与之前看到的相同风格的提示文本联系起来。实质上，设计师应该创建一个文本样式表，就像在网页设计中所创建的网页样式表⊖一样。在整个设计中，所有的文本字体与功能匹配都应该统一依照文本样式表处理，这有助于保持设计系统风格一致。系统化设定文本风格这一方法会带来多种好处。其中最显著的一点是可以大大节省设计师和用户的时间。当然，对于初学者来说，为每一类文本设定文本风格确实会比较耗时，不妨从下列几类文本开始：一级标题（h1）、二级标题（h2）、附加标题（最多 6 个）、正文文本（p）。

一旦确定好文本样式表，你就可以在每次添加文本时快速调用正确的文本样式。这将使整个体验保持一致的视觉风格和感知效果。对于用户来说，这也会明显提升体验的加载速度（统一的风格样式意味着更少的代码，更少的下载数据量以及更短的显示时间），同时，有助于其快速理解文本样式与功能之间的关联设计。文本样式表的其他优势还包括提高文本的可访问性和可搜索性。在体验中依据文本样式表进行设计，将使设计师更容易确认目标内容的位置，提升浏览及测试的效率。

10.3.3　文本呈现方式

增强现实体验允许用户自由移动，这为用户观看设计元素的角度带来了多种可能。用户可以在体验中按照自己的想法查看任何特定元素，包含文本。然而，与观看 3D 对象不同，用户只有位于正确的位置、面向正确的角度，才能完整阅读文本。因此，设计师需要精细控制用户在三维空间阅读文本的视角，最常见的方法是让文本始终正面面向用户。文本的定位和方向相对于用户和其视线而言保持不变。为了确保用户在任何角度观看字体时都不会出现**透视失真**的现象，通常会在设计中添加额外的视线控制效果。当用户从极端角度观看三维空间中的文本时，字体常会发生弯曲和变形（见图 10.16），从而降低信息可读性。某些时候，我们能够以此创造一些视觉上的有趣效果，但同时会大大降低可读性。除了固定字体方向，设计固定的

> **知识拓展**
> 透视失真：在极端角度观察三维环境中的物体时，物体外观往往会发生扭曲变形。

字体大小比例（无论在何种阅读距离上）也有助于用户的观察和理解。增强现实体验中，场景中的不同元素有时会采用不同字体。因此，根据字体与用户的距离进行缩放的规则也许是有意义的。不妨想象一下你在超市里寻找某一商品的场景：你可以看到远处的商品标签，但由于距离太远，实际上看不清标签上的内容。如果想要提升用户体验，那么让顾客能够更容易地阅读远处的文字也许是一种可行方案。如果能够使用字体一致、字号相同的标签，并根据用户的视线方向确定它们的摆放位置，就可以使用户即便在远处也能够迅速找到正在寻找的商品，至少能够看清所有商品名称。

⊖　网页样式表简称为 CSS。网页样式表用形象的话来描述就是将网页的规范"一气呵成"。通过 CSS，网页可以遵循统一的文字格式，使得各个网页做到完整一致，对大型网站的多人编辑非常有用。——译者注

图 10.16　透视失真示例

10.3.4　定制化设计

　　扩展现实体验中，用户的感受会根据其物理位置和所处环境的不同而发生动态变化，设计师可以基于这一点进行定制化设计。基于用户研究所获取的数据，设计师可以分析确定体验最常发生的地点，然后针对主要的体验地点为每个用户创造不同的体验。通常来说，在第一次开启体验时，用户需要输入其所在物理环境的信息。设计师可以为用户提供一个备选地点列表，以方便其提供地点信息，也方便自己针对不同选项进行定制化设计。他们的答案可以像选择室内或室外一样简单，就能够用以激活不同的设计。例如，室外环境通常光线更强，因此设计师可以根据它们的选择来定制化设计体验中的文字风格和元素风格。

　　关于环境的另一典型可选项是白天或夜晚。用户可能已经熟悉了智能手机的夜间模式。在开启或关闭夜间模式时，屏幕对比度会发生变化，使手机显示屏在明亮环境下（显示为白底黑字）或黑暗环境下（显示为黑底白字）更容易阅读。这一功能可以根据用户所处的环境动态改变屏幕亮度，实现定制化体验。尽管夜间模式的实现原理相当简单，仅仅改变了屏幕对比度，但它可以极大改善用户的使用体验。

　　根据字体种类不同，用户可能希望某些字体在空间中若隐若现，以提供更强的沉浸感，或者反之，希望所有字体在空间内可见，以提升可读性。这是另一种情况，即定制化设计能够允许用户自行选择观看内容的方式。在用户决定下一步去哪里的时候，显示全部导航标签会更加直观。当完成决策后，用户可以选择将标签隐藏在物理空间中，同时提供导航标记以帮助识别正确的位置。允许这种类型的定制实际上意味着将一部分控制权交到用户手中。

通过在 AR 体验中设计可定制的选项，设计师允许用户自行控制体验。也就是说，此类设计方法能够赋予用户定制自己体验的权利，允许其根据实际需要灵活调整，以确保字体的可读性。这也是 AR 体验最吸引人的理由之一，即体验会根据所处环境而改变，而不是采用一刀切的设计方案。如果能够在项目研究阶段就预先了解到用户想要自行控制哪些内容，那么就可以据此设计多种解决方案，在将控制权交到用户手中的同时，设计师可以自己保留整体设计风格的控制权。这种定制化的设计选择也会使体验更容易被用户接受。

请记住，无障碍需求可以是永久性的，也可以是暂时的或根据环境而变化的。即使在白天，患有偏头痛（尤其是容易由强光引起偏头痛）的用户也可以使用这些控件降低体验交互界面的亮度，这样可以有效减少在阅读文本时的不适，提供这些选项可能会带来意想不到的好处。

另一种能够根据用户所处的物理空间定制体验的方法是空间计算技术。正如我们在第 3 章中所谈到的，这项技术通过对用户空间进行三维扫描来创建物理空间的一个数字副本。三维扫描技术可以为用户带来深入的定制体验。当扩展现实应用程序对用户所处空间信息了解更多时，它将能够以一种更智能、也更恰如其分的方式为其选择适当的呈现效果。这些定制化技术也是对未来的预示：这项技术能给我们带来什么。为扩展现实进行创作有着其他领域无法想象的巨大优势，设计师可以在此完成独特的、个性化的体验创作。在任何地方，你都可以添加这些定制化的细节，这可以帮助用户和设计者充满控制感，即使是在真实世界中我们所无法控制的对象。

10.3.5　极简设计

为保证交互体验，我们需要再三确定在文本中哪些信息必不可少。为此，设计师需要仔细检查体验中所包含的所有文字信息，以尽可能地提高用户阅读效率。正如我们此前所讨论，在扩展现实体验中，阅读大量文字会影响用户体验。因此，你需要（至少从视觉上）将文字范围缩小到必要内容，避免任何不必要的信息呈现。更好的方法是探索除文本之外，是否有其他方式来表达所需要的信息。

尽管我很擅长文字排版，但我们必须意识到，文字不一定是高效传达想法或行动的最佳方案。可以使用简单的图标、箭头、插图、照片、视频，甚至是将这些元素进行有机组合，形成可视化图表，就能够以视觉方式传达相同的信息，进而缩短文本篇幅。为了使这一工作顺利进行，你必须努力缩减文本篇幅，以及高效进行信息呈现。特别是在使用移动增强现实设备时，屏幕空间就如同豪宅面积一般珍贵。因此，设计师要尽可能充分利用交互元素或 UI 元素进行信息提示，以留下足够多的空间让用户进行互动体验。在理想情况下，文字尺寸应该足够大，以便于用户阅读，同时用户可以根据自己的偏好将其最小化或关闭，以回到不被干扰的全屏扩展现实体验。你可以通过使用扩展窗口、弹出式窗口和其他用户可以控制的 UI 元素来最大化你所拥有的空间。

在本章中，你需要掌握的核心思想是高效展示信息。在扩展现实环境下进行字体设计会遇到很多挑战，从适配低分辨率的屏幕开始，到选择能够适应各种观看距离的最佳字体，再到所有其他问题。这些设计挑战揭示了在体验中高效展示文本信息的必要性。因此，当你尝试体验自己设计的整体用户旅程时，请确保每个环节的文本都是必要的。

作为设计师，首先，你需要清晰确定每项文本元素在用户旅程中出现的目的。然后，尝试问自己是否有其他方法来实现这一目的。这有助于文本信息的高效呈现，帮助克服目前存在的增强字体设计挑战。例如，我们可以在增强现实体验启动之前添加指导信息，以传达需求和阐明用户所处环境中可能干扰其体验的所有因素。如果采用这一设计，我们就不必在用户进行体验时再次为其呈现这些文本内容。这一方法便是高效信息呈现这一设计理念的体现，既可以优化新用户的用户体验，又可以在用户离开舒适区之前管理其预期，为增强现实体验的顺利进行奠定基础。由于设备屏幕所能提供的视野和空间有限，设计师要确保每个元素都有其存在的目的，以尽可能高效地使用每个像素。

设计挑战

制作增强现实视力检测表。

这一挑战的目的是帮助测试增强现实环境中不同阅读距离下的字体设计。

1. 根据本章相应章节的建议，选择三种你认为在增强现实中可读的字体和字重。

2. 使用 Adobe Illustrator 或 Photoshop 软件，设计一个视力表，每行填入不同字母。不妨按顺序添加以下字母，并遵照最后的效果图添加换行符。

EFPTOZLPEDPECFDEDFCZP

3. 依次为每一行添加字母，如图所示，逐行降低字体的字号。

4. 将此文件保存为 JPG 文件。

5. 启动 Adobe Dimension，在基本形状库中选择"平面"。

6. 使用平面上的"部件"工具，在 z 轴（蓝色轴线）上旋转平面，使其垂直上升，就像你曾看过的传统视力表那样。然后在 x 轴（品红色轴线）上定位平面，使其悬空。

7. 现在，将视力表锚定在平面上。首先，将鼠标移动到屏幕右侧，在"场景面板"中选择"平面图层"。然后，点击图层箭头，查看自定义属性。找到"属性面板"后，双击"基础颜色"。最后，从"选择颜色"切换到"选择图像"。在这里，你可以上传之前保存的 JPG 图片。

8. 根据需要，调整视力表的锚定平面位置，确保这些字母可以正常显示。

9. 现在，有趣的部分真正开始了。我们要把该文件分享给 Adobe Aero。在 Adobe Dimension 中，选择"文件"→"导出"→"选定为 Aero"。在弹出的窗口中选择"导出"，然后将文件保存在"云端文件夹"中。这应该是默认文件夹，如果你没有看到它，可以在"用户文件"中找到这一文件夹。

10. 使用移动设备或 iPad 启动 Adobe Aero 应用程序。当提示"选择图像"时，从你的云端文件夹中选择导出的视力表文件。将其投射在平面上，这样你就可以开始视力测试了。

11. 确保你能够从不同阅读距离清楚地观察图像。不妨先从近距离查看视力表，然后向远离它的地方退后几步，再次进行观察。这一过程中，字母的可读性产生了怎样的变化？请做好记录。

12. 根据你的发现，更换不同的字体并重复这个过程，尝试确定哪些字体可以在你的下一个 AR 项目中使用。

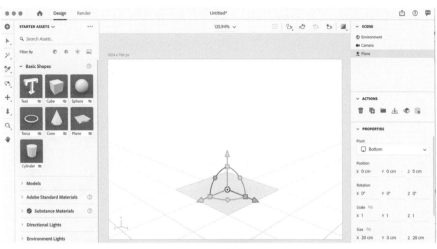

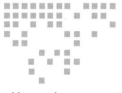

第 11 章

色 彩 设 计

在本章中，我们将研究如何在扩展现实中使用颜色。颜色的呈现离不开光，因为颜色是由不同波长的光产生的。接下来，我们将探索如何妥善利用光线与色彩这两种属性，以创建一个可用的和真实的 3D 体验。本章内容如下所述。

颜色外观模型：色彩的创造方式直接影响其展现方式。我们将逐一讨论不同的混色模式，以及在扩展现实中创建真实颜色的最佳设置。

光的相互作用：人只能看到被照亮的物体。光照可以带来不同的外观效果，甚至能够改变物体给人带来的整体感觉。掌握标准照明设置方法有助于你对光照的理解，更进一步，你可以根据自己的经验定制光照效果。

动态适应：增强现实场景中，我们常常无法确定具体的背景环境和光照条件，那么，为了让数字元素更为逼真，应该如何设计光照系统？答案是，模拟逼真的光照环境。

11.1 颜色外观模型

当一个人说出"红色"这个词时，假如旁边有五十个人在听，那么，可以预料他们的脑海中会浮现五十种红色。毫无疑问，这些红色将会截然不同。[13]《色彩构成》一书的作者约瑟夫·阿尔伯斯如是说，他因对人颜色感知的深入研究而闻名。我们与色彩互动的方式以及对色彩的理解称得上是千人千面，各有不同。颜色能够给人们带来情感上的冲击，因为我们为身边的各种色彩赋予了不同的文化含义。并非所有的红色都具备一样的含义。有的代表着激烈，有的代表着热情，有的充满着生活气息，有的具有警示性。有许多变量可能会影响我们看待颜色的方式。反之亦然，我们看待颜色的方式对颜色传达给我们的信息也会带来不可忽视的影响。

人们习惯用**色彩空间**这一术语描述显示器或打印机再现色彩信息的能力。例如，你需要令自己设计的体验与相应介质（包含实物载体和数字载体）甚至特定设备所使用的色彩空间相匹配，才能确保它们能够按照你的设想呈现出来。同理，你会发现设计软件通常允许用户自行设置色彩模式。

知识拓展
色彩空间：使用一组数值表示颜色的抽象模型，它决定了能够在设备上准确再现色彩信息的色彩配置文件的格式。我们经常用到的色彩空间主要有 RGB、CMYK 等。

在传统印刷品设计领域，确保颜色的准确性对于品牌标识和市场营销非常重要，因此，潘通公司创建了潘通色卡配色系统[⊖]。无论打印机是什么型号，无论客户来自哪里，理论上，这一标准化配色系统都能够保证与所选的色彩空间保持一致，它是根据纸张上的涂层和印刷过程而制定的。所以，当你选择名片配色时，可以参考潘通色卡选择一模一样的颜色。潘通色卡的选色模式类似于装修时需要根据油漆样品为墙壁选择最适合的色彩效果。这也意味着，当你使用相同的纸张与相同的潘通色卡编号重新印刷名片时，新名片的配色效果将与你的第一份订单丝毫不差。

对配色系统的需求来自人们对不同方法呈现出的颜色的感知，尤其是人们对颜色的处理方式逐渐从在纸张上涂抹颜料开始转向在屏幕上展示颜色。对设计师来说，这种需要调整颜色以补偿文件格式所带来噪声的需求也许并不新鲜，但当你开始将物理和数字空间结合在一起，并努力追求创作真实感时，新的问题出现了。设计者需要某种可预测的模型来保证色彩信息的准确传递，马克·费尔柴尔德在其著作《彩色外观模型》中，将这一模型描述为"彩色外观模型"：彩色外观模型即至少包含关于亮度、饱和度和色调等颜色外观相关属性的预测模型。[14]

这些彩色外观模型的确定依赖两项独立因素：物理原理或人类的感知。从物理学的角度来看，颜色可以做加法，也可以做减法。如图 11.1 所示为 RGB 和 CMYK 两种混色模式的比较，这两种模式分别通过减少或增加颜色来创建其他颜色。

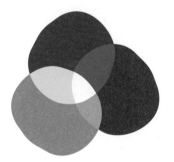 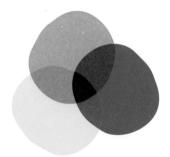

加法混色/ RGB　　　　　　　　　减法混色/ CMYK

图 11.1　加法混色与减法混色

⊖　潘通色卡配色系统，中文译名为"彩通"。是享誉世界的涵盖印刷等多领域的色彩沟通系统，已经成为
　　事实上的国际色彩标准语言。——译者注

11.1.1 加法混色

加法混色的原理是将光源三原色按照不同比例叠加在一起，以黑色介质为基础，通过增加红色、绿色和蓝色光来创造出各种颜色。RGB（红色、绿色、蓝色）色彩空间便使用这种加法模型来构建的。这一混色模式为红、绿、蓝三种颜色分别指定一个介于 0 和 255 之间的数值以表示其基本亮度。将这三个值组合在一起，可以产生超过 1600 万种颜色。惠普和微软在 1996 年联手设计了 sRGB 色彩配置文件，专门用于屏幕显示和网页浏览。另一种常用的 RGB 颜色配置文件格式是 Adobe RGB[⊖]。

> 小贴士：对于大量扩展现实设备来说，8 位 sRGB 彩色格式是首选的色彩配置文件输入格式。

在加法混色模式（如 RGB）下，如果将所有颜色混合在一起时，就会得到白色。也就是说，在 RGB 模式中，黑色是没有颜色的（用（0，0，0）表示），这意味着黑色在扩展现实空间中是透明的。在出现较大面积的黑色区域或深色区域时，这一特性会更加明显，但在小范围颜色区域通常容易被忽视。在扩展现实空间中，用户需要借助周围的光线来感知深色。

白色被视为 RGB 模式下最亮的颜色，它能提供最高的对比度和能见度，除非背景异常明亮（在这种情况下，白色将会变得难以分辨）。然而，众所周知，强光会给眼睛带来不适，因此用户可能会倾向于移动设备以避免直视强光。在分析用户行为时，你也要记住这一点：大块的白色区域会显得非常明亮，甚至会使用户不得不移开视线，就像我们会有意识地避免直视太阳一样。你可以酌情选用少量的白色来高亮特定的内容，但要避免其亮度过高而让人无法直视。对一部分设备来说，大面积的亮色（如白色）区域会因视觉强度过高而产生失真。

每种颜色都有一个以 HSB 或 HSL 格式[⊖]来表示的特定值。这种格式为颜色的色调、饱和度和亮度（或明度）提供了数值。

11.1.2 减法混色

减法混色模式通过混合基础颜料来产生颜色。一些颜色的光波波长会被颜料吸收使其看不见，而其他颜色的光会发生反射，形成可见的颜色。减法模式最为常见的颜色配置文件称为 CMYK（青色、品红色、黄色和黑色）。理论上，将青色、品红色和黄色以相等比例组合时，就会产生黑色。由于这种颜色配置文件以颜料色彩为基础，因此在印刷行业中广泛使用。实际上，CMYK 这一模式名称中的 K 字母最初便源自印刷过程中的印版一词（key plate）。应用 CMYK 模式印刷的过程也称为"四色印刷过程"，指使用这四种颜色有机组合来产生设计中所

> 小贴士：如果基于 CMYK 模式付印，用放大镜仔细观察，则可以看到色彩由一个一个"像素点"组合而成。

⊖ Adobe RGB 是 Adobe 公司于 1998 年提出的实用性色彩空间，它拥有比 sRGB 宽广的色彩空间和良好的色彩层次表现。——译者注

⊖ HSB 即色调、饱和度、明度（Hue、Saturation、Brightness）。HSL 是一种将 RGB 色彩模型中的点在圆柱坐标系中的表示法。这两种表示法试图做到比基于笛卡儿坐标系的几何结构 RGB 更加直观，是运用最广的颜色系统之一。——译者注

有需要的颜色。CMYK 配置文件用于胶印和数字印刷过程。这四种颜色可以组合产生超过
16 000 种不同的颜色。

　　因此扩展现实采用了不同的显示技术，我们通常不会选用减法混色方法。除非需要在
体验中使用现实世界中的印刷介质。例如，设计者可以使用 CMYK 混色模式对相机拍摄的
照片进行扫描，基于此创作图像元素，并进一步制作增强内容。但是，体验中涉及的所有数
字内容都应该以 RGB 格式为主，只有这样才能够更好地适配屏幕显示。

11.1.3　线性空间与伽马校正

　　静下心来，花些时间观察你周围的光与影，后者实际上更为重要。注意光线投射下来
形成的区域以及物体遮挡住光线所产生的阴影之间的关系，它可以告诉你很多关于光线本身
的信息。光影效果会直接影响人们对颜色的感知。光线直射的区
域最亮，随着阴影加深，颜色也会逐渐变暗。你可以在任何 一个
彩色平面上观察到光影现象，比如一面粉刷过的墙。当光线照射
在墙面一隅时，你会看到墙面颜色的不同色调以这一**亮部**为中心
氤氲开来。当光线投下的影子越来越暗，墙壁**暗部**的颜色看上去
也显得越来越深。

　　现实世界中，光的亮度是线性的。这意味着从明到暗的渐变也是线性的。光的强度会
影响从明亮区域到阴影区域过渡的速率（或斜率）。在处理数字图像时，如果同样基于线性
色彩空间进行设计，保持线性的明暗渐变，那么，屏幕上所显示的颜色可能与真实世界给你
的感觉不一致。相对于浅色区域，人眼更容易察觉深色区域的差异。为了平衡这一情况，常
常采用伽马校正处理明暗变化。如图 11.2 所示，在暗度递增情境下，图中展示了线性色彩空
间与非线性伽马校正显示效果的差异。当颜色的暗度按照一定的速率增加时，我们会发现，

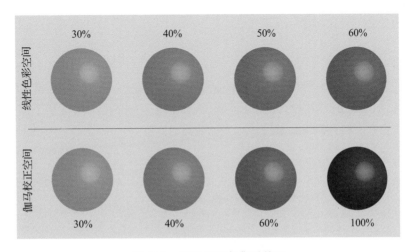

图 11.2　线性空间与伽马校正

在较暗的范围内，人眼很难感知到物体以线性速度变暗的效果。图 11.2 的上半部分展示了 10% 暗度增量带来的视觉效果：从 30% 增加到 40%、50%、60%。然而，只有对于线性色彩空间中较高对比度的部分来说，人眼才可以感觉到显著的明暗变化。图 11.2 的下半部分展示了非线性色彩空间的明暗变化效果，暗度增量从 30% 到 40%、60% 和 100%，你可以更清楚地看到颜色稳步变暗。

约瑟夫·亚伯斯[⊖]深入研究了这一现象。他发现人眼对暗部变化比对亮部更为敏感。因此，在设计数字图像时，需要为暗部区域赋予更高的精度与更多变的色彩。为了适应大脑对暗部区域的高敏感性，常采用**伽马校正算法**（又称为色调映射）。

理论上，一旦图像（或图形）经过伽马校正，它就可以在视觉上"正确地"呈现。然而，这并非我们在现实世界中所看到的样子。为了以数学上更为准确的方式编码现实世界中的信息，我们通常采用**线性色彩空间**来建模物理世界。

传统意义上，伽马色彩空间是设计师工作的标准颜色空间，不过，线性色彩空间可以提供更精确也更真实的渲染。因此，扩展现实应用及游戏设计大多倾向于使用线性色彩空间，以为其作品带来真实感。线性色彩空间也成为 Unity 和 Unreal Engine[⊜]等专注于沉浸式体验的软件标准。

> **知识拓展**
>
> 伽马校正：以非线性方式增加图像对比度，以适应人眼感知和显示设备功能。伽马颜色空间是指线性色彩空间中的像素值经过伽马校正得到的颜色空间。
>
> 线性色彩空间：在由黑到白的整个域中，线性色彩空间中像素点的数值与其视觉亮度之间的关系保持线性。

请记住，只有在适配的设备上，颜色才能够正常显示。这意味着，设计师必须仔细确认所部署的平台支持的色彩空间。一部分头戴式显示设备仅支持线性色彩空间，而另一部分仅支持伽马色彩空间。还有一部分设备允许两者结合：即带有伽马校正的线性色彩空间。最好在设计过程开始，就能确定色彩空间配置。在设计过程中切换色彩空间将会改变光影效果和纹理外观，可能会导致最终的体验效果不太理想。因此，如果你不得不在设计过程中更改色彩空间，请务必记得更新相应元素属性。

11.1.4 体验的可用性

成功设定适合的色彩空间之后，下一步要考虑的是选择能让体验更具亲和力的配色。如前所述，体验的可用性[⊜]在设计需求层次中十分重要。如果用户觉得某个体验难以上手，就会简单地认定它不符合需求，然后转身去寻找其他体验。

⊖ 约瑟夫·亚伯斯（Josef Albers，1888 年 3 月 19 日—1976 年 3 月 25 日），出生于德国威斯特伐利亚博特罗普（Bottrop Westphalia），德国画家、设计师，极简主义大师。——译者注

⊜ Unreal Engine，由 Epic 公司开发，是世界知名授权最广的游戏引擎之一。——译者注

⊜ 可用性是交互式 IT 产品系统的重要质量指标，指的是产品对用户来说有效、易学、高效、好记、少错和令人满意的程度，即用户能否用产品完成他的任务，效率如何，主观感受怎样，实际上是从用户角度所看到的产品质量，是产品竞争力的核心。——译者注

想要筛选能够提升体验可用性的颜色，不妨参考下列因素：

❑ 易读性和可读性。

❑ 对比度。

❑ 自然饱和度。

❑ 舒适度。

❑ 透明度。

易读性和可读性

易读性和可读性不仅需要考虑字体（文本）的颜色，还需要考虑文本周围元素的颜色。为了确保文字易于阅读，可以使用某种带有颜色的形状作为背景，帮助区分文本与背景环境。所选形状的颜色与字体颜色应该具备足够的对比度，以确保清晰可辨。黑色背景上的红色文字往往很难阅读，因为它们都属于深色调。尝试选择不同色调的颜色，避免在深色背景（形状）上搭配深色字体；相反，深色字体搭配浅色背景，或亮色字体搭配暗色背景都是较好的选择。

> 小贴士：扩展现实中，白色是文本和图标最常用的颜色。

对比度

当两种颜色在明度或饱和度上接近时，它们之间将在视觉上相互干扰（如图 11.3 所示）。为了避免产生这种结果，设计者需要选择视觉上能够形成对比的颜色进行搭配。这通常意味着可以将特性相反的颜色放在一起，如高饱和度与低饱和度搭配，或者高明度与低明度搭配。

图 11.3　颜色干扰

对于优化体验的可用性来说，对比度的设计至关重要。保证所选颜色的对比度，也就保证了用户体验的视觉效果。妥善运用对比度甚至可以满足用户的特殊需求，即使这些需求会随用户所在环境的变化而变化。

除了对比度，尽管颜色的调整对于提升视觉效果也会有所帮助，但请切记不要只把颜色作为视觉指标。如果将 UI 元素设计为只依靠改变颜色为用户提供反馈，那些色盲的用户将会丧失体验的机会。因此，除了颜色的变化，一定要添加另一项色彩要素（饱和度、明度），使反馈更具包容性。

请记住，每位用户进行增强现实体验时的背景环境和光线条件都可能会有所不同。这意味着，高对比度的元素设计几乎成为了必然选择，只有这样，用户才能够无论在明亮或昏暗的环境中都拥有清晰的视野。有时渐变效果可以帮助分离前景和背景。然而，这只建议在移动增强现实中使用，即用户使用手机自带的相机来查看增强场景。如非必要，请尽量避免使用渐变效果，因为它们会导致部分头戴式显示器设备视图中出现条纹。

自然饱和度

纯色指的是一种颜色的最纯净形式，即没有掺入任何灰色的完全饱和的色彩。纯色鲜艳明亮又充满活力。**自然饱和度**会增加去饱和色调的亮度。如图 11.4 所示，最左边球体的颜色是完全饱和的，最鲜艳最明亮，自然饱和度也最高。自左到右，加入的灰色逐渐增多，颜色逐渐倾向于去饱和。

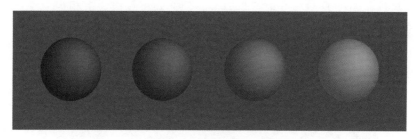

图 11.4　自然饱和度

调整饱和度能够改变颜色的能量，从而改变整体体验。明亮的橙色和红色会比低饱和度的绿色或灰色更能吸引人们的注意力。

舒适度

毫无疑问，良好的用户体验前提是令用户感到舒适。如果你选择的颜色对比过于强烈或造成太多压力，就会让用户感到不适。当不适感上升到一定程度时，可能会导致用户离开体验，转而去寻找更舒适的体验。在扩展现实中，大面积应用某种颜色，尤其是高饱和度和高明度的颜色，将会使用户的眼睛感觉不适。所以，酌情使用亮色能够有效吸引眼球，但大量使用会适得其反。

评估体验舒适度的最佳策略是让用户进行测试，甚至你可以选用不同颜色组合来设计测试，看看哪种组合最受欢迎。因为从设计师的电脑上迁移到部署体验的设备上时，颜色往往会发生变化，所以，及时对体验进行测试非常重要。请不要忘记在用户实际使用的设备上测试所设计的颜色搭配，然后根据测试结果进行调整以提高易用性。

透明度

不同型号的显示器显示出的颜色也有所不同。随着技术的发展，光学透视显示器（如微软 HoloLens 2、增强现实眼镜或智能眼镜）能够直接向用户提供物理世界的视图，并将虚拟对象同步添加到用户视图中。对用户来说，能够看到周围的世界会让他们感到安全和舒适，所以，所添加的数字内容都要略微透明，以便用户能够透过它们看到背景环境。视频透视显示设备（如需要透过摄像头观察物理世界的移动增强现实体验）则需要考虑不同的因素。因为在基于视频透视技术的体验中，图形与对象将直接嵌入相机视图中，所以它们可以完全不透明地显示。

需要注意的是，对于目前的一部分光学透视显示器来说，黑色往往也被显示为透明的，除非环境非常明亮，否则并不需要为它设计独立图层。无论采用什么技术，都可以用类似的方法处理透明度。如果你能够确定 3D 模型或对象的透明度，那么可以为 UI 元素（如按钮等交互功能）保留不透明的颜色，以便它们能够被一眼看到。用户界面的可读性和易用性是一切设计的重中之重。

场景中的光线条件会直接影响人们对颜色的感知，因此，为了确保用户看到正确的颜色，设计师还需要将照明情况纳入考虑。

11.2 光的相互作用

"相机唯一能捕捉到的就是光线"这是伟大的人像摄影师格雷戈里·海斯勒的座右铭。这句话揭示了光线条件对于捕捉一个瞬间是多么重要。同理，无论是 3D 场景中使用摄像机，还是将数字元素融入现实世界，都离不开光。像海斯勒这样的摄影师已经把整个职业生涯奉献给了光影艺术。如果你想拍摄一部电影，甚至会有专人从事灯光设计。无论从哪个层面来说，光的运用都极为重要，不过，作为一名扩展现实设计师，你并不需要对光影设计的一切了如指掌。不要被看似深奥的工作细节吓到，现在，让我们来逐一分解 3D 照明设计的关键因素。

在场景中（或物体上）的光线调校并非仅是简单地将其变亮或变暗；从某种角度来看，它恰恰是让物体看起来真正归属场景之中的秘密。身临其境的沉浸感依赖光影的妥善运用。

除了设计风格上的区别，人们会希望数字世界中的光照条件尽可能与真实世界中相同。那么，尝试学习物理空间中的光影变化是必经之路。这一点并不令人惊讶，因为源自真实世界的扩展现实设计灵感比比皆是。如果体验在户外进行，那么在数字场景中模拟日光就势在必行。总而言之，设计光照系统时需要考虑很多因素，以下列出部分仅供参考：

- ❑ 光源类型。
- ❑ 光源颜色。
- ❑ 照明设置。
- ❑ 光照方向和距离。
- ❑ 光线强度。
- ❑ 阴影设计。

这些因素中的每一项都可以拆成多个子项，我们将逐一进行讨论。

11.2.1 光源类型

当你确定色彩布局时，还需要考虑照明设计：首先，需要确定最受关注的核心区域。最明亮最有活力的颜色会最先吸引用户注意力。场景中高亮显示的区域将影响整体视觉层次，所以，你所添加的每一种光源都应该经过深思熟虑。为了帮助你实现理想的照明效果，不妨先回顾一下 3D 建模软件中常见的不同种类的光源。根据具体使用的设计软件不同，设计师所看到的光源关键字也会相应不同，图 11.5 中展示了 3D 应用中最常用的光源类型和可视化效果。

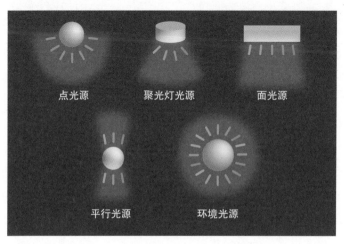

图 11.5　光源的常见类型及其可视化效果

点光源：点光源就是从一个点向各个方向发射光线，就像灯泡和蜡烛一样。这种光源由某个特定位置向所有方向均匀照射，不受方向旋转的影响。

聚光灯光源：聚光灯光源的工作原理就像舞台设计中所使用的聚光灯一样。它只会在一个方向上发射光，设计师可以根据需要移动光的方向。舞台上为独奏演员打光就属于典型的点测光。

聚光灯光源投射出的光柱是圆锥形的，设计者可以自行定义其属性。比如，你可以控制聚光角度（即光柱宽度）和羽化程度（光柱边缘的柔和程度）。聚光角度越大，投射下来的椭圆就越大，聚光角度越小，投射下来的椭圆就越小。0% 的羽化参数将使光柱边缘明暗切换的线条干脆利落，而 100% 的羽化会使光柱边缘呈现淡出效果。

面光源：这种光源局限于单个对象内，通常是矩形或球形等几何形状。例如矩形荧光灯和软膜灯箱。

无限光源或平行光源：无限光是一种光线平行而且没有衰减的灯光类型，太阳光就是一种无限光。对平行光源来说，光源的位置并不重要，重要的是光线的方向和亮度。

环境光源：环境光适用于整个场景。你不能选择环境光源的位置，调整它就是调整场景的整体亮度。从一扇窗户洒进来的（非直射）自然光即为典型的环境光源。

11.2.2 光源颜色

如果你曾经购买过灯泡或装饰圣诞树的小彩灯，那么，相信你已经对光有多少种不同的颜色有了初步的认识。有时候，即使你只想要"纯白色"的光，仍然会面临大量的选择。究其原因，没有光是真正意义上的白色。白色的光由三种颜色组成：红色、绿色和蓝色。正如前文中讨论的那样，将三原色光以不同的比例混合，就能够改变我们看到的光的颜色。

光具有色温属性，它可以是暖的，也可以是冷的，这取决于不同颜色的混合比例。色温的单位是开尔文（K）。如图 11.6 所示，2700K 是温暖偏黄的白色；7000K 是冷色调更蓝的白色；中午时分太阳光的色温大约 6400K。设计师选择的灯光颜色对物体的整体外观有很大的影响，甚至可能比材质带来的影响还要大。

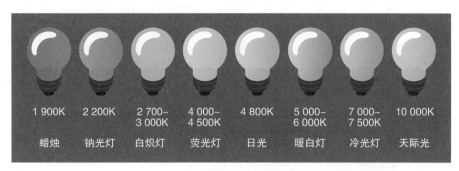

图 11.6 色温示意图

11.2.3 照明设置

与在真实世界中类似，数字场景中需要的光源可能同样不止一个。例如，尽管拥有透过窗户洒进来的自然光，坐在书房里伏案工作的人往往还会再打开一盏台灯。向场景中添加额外的光源时，控制好光源之间的关系十分重要。为了高效完成这一点，设计者常会为所添加的每个光源定义相应角色。光源的角色设定与光源类型息息相关。进行照明设计时，不妨从一系列常用的基本照明设置开始。然后，随着对光源的深入了解，以及各个光源之间的协同关系，这时候就可以尝试自定义照明设置，以使灯光能够充分体现场景特有的氛围。

柔光照明

如果场景中需要均匀分布的光照，柔光照明是最好的选择，如图 11.7 所示的一盏球形的柔光灯向四周洒出均匀的光线。顾名思义，柔光照明光线较为柔和，没有明显的阴影，适于反映物体的形态和色彩，赋予整个视觉场景温和平静的整体感受。柔光照明常用于肖像摄影。设计柔光照明时，需要注意光源的尺寸，它通常比目标物体要大，还需要注意光源的位置，它通常离目标物体较远。

小贴士：最好在为对象添加材质和纹理之前就定义照明设置，以观察灯光在灰色模型上的光影效果。对于初学者来说，这种观察和练习特别有帮助。

图 11.7　柔光灯示例

单点照明

单点照明技术意为使用点状光源，其优势在于可以相对灵活地创造一个动态的环境气氛。在（照射对象上）光线没有照亮的地方，单点照明能够带来轮廓更分明的阴影效果。如图 11.8 所示为单点光源照射在 3D 球体上的示意图，单点光源能够带来更加生动鲜明的光影效果。

图 11.8　单点照明示例

三点布光

三点布光法使用了三种光：主体光、轮廓光和辅助光，在整体照明设计中，每种光都有其特定的作用。图 11.9 所示的 3D 球体周围设置了三盏灯，以展示主体光、轮廓光（背光）和辅助光的光源位置。

❑ 主体光：通常它用来照亮场景中的主要对象及其周围区域，是场景中的主光。

❑ 轮廓光：通常用它来照亮拍摄主体的背部，轮廓光的主要作用是将主体与背景分离，帮助凸显空间的形状，打造景深。

❑ 辅助光：它用来填充阴影区以及被主体光遗漏的场景区域，调和明暗区域之间的反差。

在摄影、电影、电视，甚至 3D 建模等典型场景的照明设计中，三点布光常被用作默认设置。

图 11.9　三点布光示例

日光布光

　　对于日光布光来说，场景中只有　个光源：太阳。如果你想模拟室外场景，那么可以尝试使用直射阳光来提供照明。在光源足够明亮的情况下，这种方法将产生更明显的轮廓阴影，就像真正的阳光一样。然而，与真实世界不同的是，在 3D 场景中设计师可以轻松地移动太阳的角度，以此模拟各个时刻的阳光，无论是日出、正午还是日落，如图 11.10 所示。

图 11.10　日光布光示例

设计师：Baeige

背光照明

主光源从背后照射物体称之为背光（见图 11.11）。这种布光技术并不常用，但如果运用得当，它可以根据需要为场景带来神秘感和戏剧性。背光照明将在光线和物体之间形成强烈的对比，通常会产生剪影并模糊暗处细节。

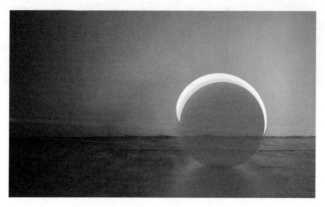

图 11.11　背光示例

环境布光

环境布光法是指从导入到项目中的图像中提取照明。如图 11.12 所示，根据背景图像的照明效果设计布光，并在 3D 球体上进行复制。在使用高动态范围图像（high-dynamic-range imagery，HDRI）时，采用环境布光的效果最好，因为这种格式下影像的亮度数据（尤其是最暗和最亮的色调）能够在更大的范围内被捕获。这意味着图像文件中存储了更多的照明数据（它是 32 位图像，而不是标准的 8 位图像）。高动态范围图像可用于在 3D 场景中复制原场景中的照明效果。环境布光技术能够快速生成可用的照明配置，并允许设计师在此基础上加以改进。

小贴士：在环境中添加平滑表面时，注意其反射效果，因为它们可能会反射意料之外的光线。这就是所谓的镜面反射。

图 11.12　环境布光示例

11.2.4　光照方向和距离

光影关系本身就能够提供大量信息，这也是为什么设计师要格外注意控制明暗过渡。控制阴影边缘清晰度的方法有很多种。光源离得越远，阴影边缘就越模糊，当光线变弱时，阴影强度也会变弱。这种沿外侧边缘的减弱称为**衰减**。设计师可以按照实际需求控制衰减半径和距离。较大的半径尺寸和较长的距离会使光线缓慢衰减，光影明暗交接处将呈现渐变模糊。相反，较小的半径和较短的距离会引起光线剧烈的衰减，从而为阴影带来清晰的边界感。

知识拓展
衰减：一种光影视觉关系，光线强度的减弱意味着距离光源越来越远。

光影边界的锐利程度可以通过**羽化**来控制，羽化程度越高，光影边界就越柔和。设计师可以根据具体需求控制边界的锐利程度。对于任何锥形光源（如点光源）来说，这种方法都可以取得良好的效果。

知识拓展
羽化：计算机图形学术语，指图像编辑中对图形边缘的平滑、软化或模糊。

11.2.5　光线强度

一旦你确定了光源种类、光源位置、它们在场景中的角色，以及颜色属性之后，下一步就是确定它们应该有多亮。光线强度默认值为 100%（最高亮度），设计师可以对其进行编辑使光线变暗。有时候，光线强度也被称为能量。

小贴士：设计者可以独立修改场景中某一光源的强度，如使一盏灯比另外一盏亮，以优化体验设计。

11.2.6　阴影设计

有光的地方就会有阴影，因为光在传播过程中总会发生衰减（或被另一个物体遮挡）。没有阴影，光就不会被认为是真实的，场景也就无法给人以沉浸感。人之所以能够感知物体在空间中的位置，阴影起着重要作用。如果看到物体的影子离本体很远，我们就会知道这个物体悬浮在空中（至少离投影平面有一定距离）。紧密连接在物体底部的阴影会告诉我们，物体是被放置在这一平面上的。人们还可以根据影子的特点来判断场景中光线的种类。例如，自然光往往能够产生比人造光更强的阴影。

"软光"和"硬光"实际上指的是不同的光所产生的阴影特征。软光能够为主体提供更加均匀的光线，同时也拥有边缘模糊的阴影。相反，硬光对应的光线更强烈，投射的阴影边缘也更锐利。

小贴士：相对于目标对象来说，光源越大，光线看起来就越柔和；光源越小，阴影边缘就会越锐利。

在 3D 软件中，利用阴影暗度和阴影扩散等属性，设计师可以自行定义阴影的外观。图 11.13 所示的 3D 渲染作品突出了主光源（夕阳）的位置，展示了光线在洞穴内逐渐转化为阴影的过程。离阳光越远，阴影就越暗。阴影暗度属性用以描述阴影具体有多暗。扩散也被称为羽化，用以控制阴影边缘的柔和或尖锐程度。羽化值高，则阴影边缘会更模糊；羽化值低，则阴影的边缘会锐利而清晰。

图 11.13　阴影示例

设计师：Baeige

　　现在，我们已经掌握了一系列数字空间中常见的照明概念，接下来将探讨照明设计如何适应物理空间中不断变化的光线。

11.3　动态适应

　　怎样才能基于数字元素创造出真实的沉浸感？答案是复制现实世界。在动态背景环境中，光线（与光线特性）会不断变化。就像孩子们看到大人的手势就会本能地自己重复这个动作一样，软件也可以尝试模仿，如谷歌的 ARCore 和苹果的 ARKit 框架都可以对环境光进行评估并将其以数字形式重现。这些软件所使用的基本方法名为**照明估计**。基于传感器、摄像机和算法，计算机能够对用户所在的物理空间进行建模，并根据所收集的照明数据，为将被添加到这一空间中的数字对象生成类似的照明和阴影。为了保证高效和准确，这一分析行为将贯穿整个体验过程，并针对照明和环境条件的实时变化进行调整。显然，这是 ARCore 和 ARKit 框架的关键竞争力之一。

知识拓展
照明估计：基于传感器、摄像机、机器学习及数学方法，动态收集并提供场景中各项照明数据的过程。

11.3.1 照明估计

照明估计方法能够结合计算机技术和增强现实开发框架，对以下元素进行统一分析：

❑ 亮度。

❑ 光源颜色。

❑ 颜色校准。

❑ 主光方向。

❑ 环境光强。

❑ 环境遮挡。

亮度

通过测量场景中各个点的亮度值，能够计算得出整体照明强度，然后将其应用于所有数字对象。这种方式计算出来的照明强度也被称为像素强度，它根据计算环境中的平均照明强度来相应调整整体亮度。

光源颜色和颜色校准

设计师可以实时检测白平衡，据此对场景内的数字对象进行颜色校准，使之更匹配环境中光源的颜色。不断检查和调整色彩平衡可以让光影切换更加平滑自然，而不是突然的调整。这能够增加场景的科幻感或真实感。

如果你针对 3D 模型设置了相关的亮度属性，则在模型根据光照估计的结果进行颜色校准的同时，该属性将保持不变。

主光方向

在向场景中添加数字对象时，通过识别主光，设计师能够利用软件工具确保其具有与周围其他对象相同方向的阴影。主光控制还能够使场景的高光区域和反射影像均以与环境相匹配的方式，正确定位在目标对象之上。图 11.14 中的 3D 渲染图片展示了一个从窗口进入的突出主光源。由于主光源位于室外，使得场景内部处于阴影之中。首先，我们来观察一下阴影。在数字环境中设计照明时，通常会希望所有的阴影和高光都来自同一平行光源。在设置环境照明条件时，假如光影关系出现差错，观众们通常无法察觉这一点。他们可能会发现灯光给自己的感觉不太对，但是由于这是其大脑接收到的信号，他们不会意识到感觉不对的具体原因。作为设计师，我们希望能够避免这一情况的发生。在对阴影方向进行校准之后，接下来要关注的是光线强度和阴影衰减。光线强度太高会导致整体场景出现不和谐感，反之亦然。

环境光强

完整的照明设计离不开多种光源协同工作，对设计师来说，掌握场景中存在的其他光源也很重要。作为照明估计数据采集的重要部分，ARCore 复用了谷歌提出的"环境探针"理念，这一设计为整个场景添加了广角环境光，以使整体色调更为柔和。为匹配物理空间中的环境光，也可以利用环境探针调整整体光强。这种额外添加的环境照明能够与平行光一起，共同帮助数字对象无缝融入场景。同样，环境光强设计有助于设计者复制或模仿现实世界中的场景。

图 11.14　主光方向

设计师：Baeige

环境遮挡

根据照明设计，一旦物体成功地反射了环境光，下一步就需要设计反射光对物理空间的影响。当你在计算机中添加光线时，计算机会相应地为其添加阴影。这些阴影需要投射在物理空间中，才能使数字对象更加真实。为此，设计师需要注意以下两件事。

❑ 添加环境光时，它应该在物体上投下阴影，这一阴影会对周围物体产生遮挡效果。

❑ 当光线照到物体本身时，比如，当光线照到一块布料上时，每条褶皱都应该形成阴影。

对于砖墙这类对象来说，每块砖头的凹槽里都应该有阴影。环境光会同时照射在多个表面，每一个表面都会产生属于自己的阴影。一旦这些阴影投射在环境中，就会形成组合效应。不妨回想一下，如果你在桌子上放一个玻璃杯，光线会穿过杯子，在桌子上投下一个有趣的阴影。如果桌子上放着另一个物体，比如一个盘子，这个盘子也会投下阴影，也可能承接一部分杯子投下的阴影。为了使数字场景更加逼真，物体投下的阴影不应该只落在锚定的平面上，还应该落在周围的其他对象上，就像在现实世界中会发生的那样。这种阴影投射被称为**环境遮挡**。

知识拓展
环境遮挡：通过添加环境光源，来模拟对象自身（及其周围其他对象）的阴影。

11.3.2　环境反射

如图 11.15 所示为金属球反射周围环境的图像，注意每一个能够反射环境光的区域，尝试从反射图像中重构场景空间。根据物体的材料不同，反射率也会相应变化。在场景中添加数字对象，特别是具有金属或玻璃表面的对象时，它应该以反射的形式对周围光线做出反应。对于虚拟对象来说，反射必须是实时发生的，并能够自适应空间条件，以赋予物体真实感和可信度。

图 11.15　反射

创建 3D 对象时，可以通过调整扩散度、粗糙度和金属度来控制对象的反射效果。

扩散度

3D 对象的每种材质都具有基础颜色或纹理。调整对象的**扩散度**属性会影响其表面所反射光线的数量和颜色。扩散度是一种均匀铺设于材料表面的属性。当物体发生旋转时，用户观察到的扩散度保持不变。同时，因为扩散意味着光线均匀分布，所以它能够带来漫反射效果。在 3D 软件中，如果不进行任何更改，默认的扩散底色为白色。

> 知识扩展
> 扩散度：光在物体表面上的均匀分布。

粗糙度

物体表面反射光线的方式与其表面属性关系密切。如果物体表面像汽车的镀铬保险杠一样光滑和闪亮，那么它将具有很高的反射率。但是，如果物体表面像岩石或砖块的表面一样遍布微小凹凸和裂缝，那么其反射率显然会较低。粗糙度这一属性可被用以调整对象表面粗糙或光滑的程度。增加粗糙度或采用更亮的颜色会使光线倾向于扩散到整个表面，使物体看起来没那么光滑。同理，降低粗糙度或采用较暗的颜色能够使材质看起来平滑而有光泽。

有光泽的材质表面会产生明显的高光[○]。高光区域指物体表面反射光线最亮的小范围区

○　高光是一种美术用语，光源照射到物体然后反射到人的眼睛里时，物体上最亮的那个点就是高光。高光不是光，而是物体上最亮的部分。——译者注

域。随着观察者在场景中的位置变化，物体表面反射高光的位置也会发生变化，因为高光位置是由光源的相对位置所决定的。

金属度

设计者可以定义一系列参数来确定对象表面的金属性或非金属性。折射率表示的是物体控制光线穿过其材料的能力。无法穿过物体的光会反射回来，因此，金属度更高的表面会发生更强烈的反射。掠射角能够控制镜面反射的程度。如果物体表面像镜面那样光滑并且有较高折射率，它会显得很有金属质感。设计师可以调整这些属性，进而更改对象外观，来定义其质感。对于光滑如镜的金属感对象来说，这将增加对物体表面环境反射的需求。反射表面也会捕捉颜色和反射图像。所以，放在绿色房间里的金属物体也会呈现出绿色色调。

场景真实感与深度感的创造离不开光线和色彩。在设计数字对象时，应格外注意其与周围环境的关系。要创造良好的体验，设计师需要从选择合适的颜色外观模式开始，不断添加并调整自定义照明选项，基于观察者所在的物理环境为数字对象设计自适应特性。

设计挑战

照明设计

这一挑战将告诉你如何基于 Adobe Dimension 进行照明设计。首先，在场景中添加一个球体。先不要为球体赋予任何材质属性，这样你就可以看到照明方式对物体表面的影响。基于本章中学习的知识，在场景中逐一创建以下内容：

- ❏ 单点光源（包含软光和硬光）。
- ❏ 三点布光（主体光、轮廓光和辅助光）。
- ❏ 日光。
- ❏ 背光。
- ❏ 自定义光照条件。

完成每项任务后，可以转到渲染选项，将其保存为对应的 PNG 文件。不妨根据任务内容对文件进行命名。你可以将这些图像保存在文件夹中，并在设计更复杂的 3D 模型时用作参考。由此，日积月累，你也会拥有一个属于自己的照明设计数据库。

第 12 章 *Chapter 12*

音 效 设 计

在本章中，我们将探讨音效设计如何在创造沉浸式体验中发挥重要作用。从声音的产生原理开始，到如何在数字空间中创造声音，在 3D 声音体验中有一系列惊人而美妙的内容。本章主要内容如下所述。

视听同步：在音效设计中，设计师首先要了解人耳听到声音的机制。只有在掌握听觉原理的基础上，才能够发现在扩展现实中再现声音的最佳方法，进而创造身临其境的系统化声音体验。

空间音效：与物理空间中一样，扩展现实中的声音同样具有方向和距离。本章将详细介绍几种创造三维音效的主要技术。

增强音频：就像增强现实可以在用户的视野之上增加一层视觉效果一样，设计师也可以在用户听到的内容中增加一层环境音效。

语音体验：伴随技术进步，扩展现实设备正逐渐解放用户双手，一切都在向免提化的方向发展，语音成为一种用户与计算机交互的有趣方式。

12.1 视听同步

在继续阅读之前，请先完成一个小任务。带上笔记本和笔，选择一个能舒适待上五分钟的地方坐下。室内或室外都可以，也可以在任何地方。如图 12.1 中的女士静静地坐在草地上倾听声音。当保持静止并有意分辨声音的来源时，人们更容易主动倾听。

1.闭上眼睛，保持静止。将注意力集中在听觉系统上。尽量避免移动头部和颈部，也不要把脖子转向声音来源的方向。

2. 聚精会神，倾听你所听到的声音。尝试自行判断听到的具体是什么声音。

3. 再进一步，尝试确定这些声音的来源。它们是来自近处还是远处？具体来自哪个方向？以自己为原点，尝试判断声音发生在身前还是身后？左边还是右边？高处还是低处？

4. 5 分钟后，在白纸中间画一个圆圈代表自己的位置，把你刚刚听到的声音标在圆圈周围。如果感觉声音来源很近，就把它们画在离你较近的地方；同样，如果感觉很远，就把它们画在较远的地方。

图 12.1　倾听

摄影师：Mimagephotography，就职于 Shutterstock

现在，请先完成这个小尝试，然后再回到本章内容中来。这样，你会对我们接下来探讨的内容产生共鸣。

在这个小练习中，那些有暂时或永久性听力障碍的人可能会遇到一些困难。不过，只要他们能够感知声音的振动，同样可以完成这个练习。这个练习的目的是让你重温在自然环境中感受声音的过程。

在尝试分辨并画出声音来源时，你会注意到自己感知声音的方式，同时回顾如何才能确定声音的来源，这就是所谓的**声源定位**。你可能会惊讶地发现，人们仅依靠声音就可以判断出空间和距离关系。通常我们会认为，发声响亮的声音离我们的距离更近，发声细微的物体则离我们较远。然而，事实并非如此。当有人在你耳边低语时，即使音量很低，听起来也会非常响亮；然而，发生在几英里（1 英里 = 1 609.344 米）外的雷声听起来也可以相当响亮。

> **知识拓展**
> 声源定位：听者利用环境中的声音刺激确定声源方向和距离的行为。

这一反常识现象的原理在于，声音并非静止的，而是在不断移动的。声波的传播过程从发声物体振动开始，直到声音击中物体表面或被物体吸收结束，这中间所传播的整个距离都可能会让你捕捉到声音信号。当你走到宽敞的室外环境，大喊一声"啊"时，你可能听不到任何回声；然而，当你进入隧道或走到桥下，大喊"啊"时，你会听到相应的回声。这是因为声波在平坦、光滑的表面上发生了反射，将声音反射回你的耳朵里。这些平坦的表面（如隧道内的墙面）有助于声波反射和继续传播。声音将不断持续回荡，直到声波在空气中失去能量。通常来说，配有地毯和柔软材质的房间会比配有坚硬内表面的房间更难产生回声，因为房间内有更多的地方阻止粒子的振动，进而抑制回声产生。由此，我们可以发现，房间环境可以直接影响用户的听觉体验。这就是为什么环境条件对于沉浸式体验来说极其重要。

12.1.1　听觉产生的原理

声音由物体的振动产生。当物体振动时，粒子不断相互碰撞，将振动转化为声波发送到人的耳朵，更具体地说，发送到耳膜。当声波到达耳膜时，会令耳膜以同样的频率振动。然后，人耳内的耳蜗将声波所产生的物理振动转化成电信号，也就是人脑可以读取的格式。要做到这一点，声音必须沿着听觉神经从耳朵传到大脑。声音必须依靠某种元素或介质进行传播，如空气、水，甚至金属。尽管你可能已经足够熟悉听觉产生的过程，但在进行声音设计时，你还需要了解声音的几个关键属性，包括音调和响度。

人耳可以听到不同强弱的声音，我们需要一种方法来测量声音的强度。这就是**响度**，其单位用分贝（dB）来表示。

作为参考，以下案例可以帮助你掌握生活中常见声音的响度：

❑ 窃窃私语的响度在 20 ～ 30dB 之间。

❑ 正常讲话的响度约为 50dB。

❑ 吸尘器的响度约为 70dB。

❑ 割草机的响度约为 90dB。

❑ 汽车喇叭的响度约为 110dB。

> 小贴士：尽管人们使用分贝来测量声音大小，但响度的变化并非线性。人的最低听觉阈值是 0dB，而导致疼痛的声音阈值是 120dB。

音调的变化取决于物体振动的速度。振动越快，音调就越高。**音调**高低用频率来衡量，即发出声音的物体每秒周期性振动的次数。人耳可以听到多种音调，但无法有效感知过低和过高的音调。频率用以衡量声波物理波形的周期，而音调指声音听起来有多高或多低。

> 知识拓展
> 响度：声音的强度，取决于声音传播的空间距离。
> 音调：声音的高低，取决于声音振动的频率。

频率的单位是赫兹（Hz）。人的听觉范围是 20 ～ 20 000Hz，对频率在 2000 ～ 5000Hz 之间的声音最为敏感。那些经历听力损伤的人，往往会首先损失对高音调的感知力。

为了在扩展现实中对音效进行再创作，设计师首先需要以某种数字格式记录声音。通常来说，数字音频按时间顺序对音频信号的声波进行编码，每种音频信号的频率不同。表 12.1 对这些格式进行了细分。

表 12.1　音频文件格式

未压缩音频格式	无损压缩音频格式	有损压缩音频格式
PCM 脉冲编码调制	FLAC 自由无损音频编解码器	MP3 动态影像专家压缩标准音频（层面 3）

（续）

未压缩音频格式	无损压缩音频格式	有损压缩音频格式
WAV 波形音频文件格式	ALAC 苹果无损音频编解码器	AAC 高级音频编码
AIFF 音频互换文件格式	WMA 媒体音频	WMA 媒体音频

应该选择哪种声音格式？这个问题的答案取决于你的具体工作内容。

- **采集和编辑原始音频**：可以选用未压缩音频格式，这种格式下的声音质量最高。设计者可以在处理和编辑音频文件后对其进行压缩，以降低文件大小。
- **处理音乐或语音**：可以选用无损压缩音频格式，它可以保持较好的音频质量，同时文件体积较大（但是没有原始音频那么大）。
- **传输和共享音频**：可以选用有损压缩音频格式，它的文件体积较小，更方便分享。

12.1.2　音效的实现原理

声音的传播原理类似水波，从一个中心点开始，慢慢向外延伸传播，随着离中心点越来越远，音量也逐渐变得越来越低（即越来越安静）。即使声音来自很远的地方，人们仍然可以辨别出声音的来源，至少可以识别声源的大致方向。人们可以分辨出身后的脚步声与另一条走廊上脚步声的不同，可以分辨出餐厅是人满为患还是空荡荡，这其中最大的影响因素是餐厅里人们的交谈声。听到的聊天声越多，意味着里面的顾客越多。

这些声音提示可以帮助用户在进入空间时帮助其获取空间相关背景信息。这也意味着，音效能够为体验额外增加一层信息，进而帮助用户进一步理解周围发生的事情。

在前面的章节中，我们已经讨论过人们如何借助光来理解空间中的景深，同样，人们也可以借助声音来计算空间中的距离。例如，使用声纳（声音导航和测距技术）可以测量声音反射所需的时间。这一技术常用于船只和潜水艇在海上的导航，也用以测量海洋的深度。

12.1.3　扩展现实的音效应用

恰当使用音效可以在多个层面上增强用户对于空间的理解。在扩展现实中，音效设计主要有以下三种方式：

- 环境音效。
- 反馈音效。
- 空间音效。

模拟环境音效

模拟环境音效可以为扩展现实增加一重真实性，真正创造一种"如临其境"的感觉。当一列火车向你驶近时，你会听到车轮在铁轨上行驶的声音、发动机的轰鸣声、蒸汽的吹拂声，以及哨声、喇叭声或响铃声。这些声音会在无形中增强你对火车驶近的感知。

这类明确具体的音效可以让人立刻联想到火车这一概念，但也有一些不太明显的环境音效能够令人感到真实。不同层次的环境声音或背景噪声可以为用户营造出一种空间感和情绪。如果你想给用户营造出一种在室外的感觉，你可以把鸟儿叽叽喳喳的鸣叫声和风吹过的声音加入音轨。这些环境音效虽然在整体音效中并不突出，但会无形中为体验增加一种真实感。就像你在本章开始时做的听觉练习一样，真正"聆听到"空间里的全部声音是很重要的。通过这种感知，你可以注意到环境中所有声音，据此设计出真正让用户沉浸其中的环境音效。在设计音效时，要注意倾听一切能够在环境中模仿和复现的声音，以重新创造场景。不过需要注意，一些持续循环的白噪声，如风扇声、风声或海浪声等，在扩展现实场景中的表达效果并不好，所以要尽量避免设计该类音效。相对而言，有明确开始和停止的环境音效对环境的整体干扰更少，有助于增强听众对环境的理解。

在增强现实和混合现实环境中设计音效时，设计师可以考虑借助用户所在的物理空间中的自然环境噪声。例如，如果预先知道用户身处室外，而体验场景也是对室外环境的模拟，那么就可以考虑让自然环境噪声成为体验的一部分。然而，如果希望用户在体验中听到某些特定的声音，那么就需要在设计音效时便将其包含在内。设计师应该在详尽了解所有可能存在的环境声音基础上进行音效设计。在设计户外导航体验时，设计师应该在设计体验前就明确这个体验的发生场景需要具备哪些元素、存在哪些常见噪声，进而设计户外场景的对应环境音效。任何你想让用户在环境音效基础上听到的声音，都必须提前在设计中做好规划。

反馈音效

在扩展现实空间中，反馈音效能够指引用户进行正确的互动，适当的反馈音效有助于提升用户体验。当用户选中某个交互元素时，如果听到相应反馈音效，就能在其心中强化成功激活该元素的印象。这类反馈音效可以是轻微的点击声，也可以是响亮的钟声。只要确保以前后一致的方式设置反馈音效，用户就会将这些音效与他们正在进行的互动联系起来。

音效提示还可以引导互动。设计师可以用音效来引导用户看向某个方位或移动到另一个位置，以确保他们可以看到视线以外的物体。它也可以用于虚拟空间中，当用户接近体验空间边缘时，可以利用反馈音效提醒用户并引导用户重新回到核心位置。

创造声音深度

人耳对声音具备三维分辨能力，因此，设计师在扩展现实中重新构建音效时，需要考虑如何反映环境的深度。这一方式也可以用以为用户提供环境信息，如发声物体的距离远近。这是在扩展现实中进行音效设计的重要组成部分，接下来，我们将深入探讨如何令所设计的音效具备深度感。

12.2 空间音效

要在空间环境中重新创造音效，设计师需要了解两点。

❑ 声音是如何录制的。

❑ 声音是如何通过扬声器（或耳机）播放的。

传统音频类型有单声道和立体声两种。二者区别在于声道（麦克风）的个数，单声道由单一麦克风录制，而立体声由相距一定距离的两个麦克风共同录制。日常生活中，笔记本电脑和手机播放的声音就是立体声，通过让听众左右双耳听到不同的声音，它能够为声音创造深度感，最终带来三维音效体验。360° 环绕立体声的概念也盛行多年，环绕声即为多声道系统，由分布于所在空间各个方向的多个扬声器共同发声，进而为听众创造完整的三维音效体验。环绕立体声常围绕坐在固定位置的听众进行设计，其最常见的应用场景是电影院。

12.2.1 定点音频录制

为了使创造的立体声更加自然，设计师可以选择**立体声**录音格式。为此，在录制时，需要将两个拾音器放在对角位置，确保每个拾音器位于独立空腔内，以模拟人耳的位置和腔室。这是为了尽可能重现类似人耳听到声音的方式。其后，最好能够用耳机播放录制好的声音。因为声音是以模拟人耳的方式定向捕获的，所以也需要以类似方式来聆听。通常来说，在 VR 体验中，用户常会通过耳机或头戴式设备内置的扬声器来聆听音效，所以立体声录音格式恰好匹配了用户的使用场景：以与用户体验音效一致的方式来设计音效，无疑能够提供极佳的效果。

另一种可以创造身临其境的声音类型的方式是**全景声**，这种声音格式在用户未能佩戴耳机的情况下也可以模拟真实的音效。全景声使用四个通道（W、X、Y 和 Z）创建声音，而不是传统立体声标准的双通道。全景声麦克风的功能相当于将四个麦克风合并为一。立体声和全景声的区别可以类比为 2D 电影与 4D 电影的差异。全景声麦克风共有四个拾音器，这些拾音器以四面体状排列，每个拾音器指向不同的方向。在录制声音时，每个方向的声音都被记录在对应的通道上，形成环状收声。如图 12.2 中这支森海塞尔全景声拾音器正在记录来自大自然的声音，它能够同时从四个方向捕捉音频。与传统音频相比，全景声能够构建令用户身临其境的声音景观。

> 知识拓展
> 立体声：一种录制双声道声音的方法，指的是用两个全向麦克风录制定向声音以创造三维声学体验的技术。
> 全景声：一种录制四声道声音的方法，指的是从一个点开始环状捕捉声音，以再现三维声学体验的技术。

全景声并不是一个新概念。它由英国国家研究发展委员会在 20 世纪 70 年代提出，确切来说，由工程师迈克尔·泽根主导完成。尽管这项技术已经存在了几十年，但由于缺乏稳定的商业化渠道，一直未被成功大规模应用。到了 VR 时代，全景视频的炫酷体验推动了全景声的真正发展，也向我们展现了这一技术的现代化趋势。

全景声这一空间音频技术的神奇之处在于，设计者可以在沉浸式体验中的某个确切位置重现整体空间音效。通过在用户站定的某一位置播放音效，可以让用户在该地点身临其境地听到管弦乐队的演奏。全景声可以显著加强这种"临场感"或"身临其境感"。尽管视觉效果对于创造临场感来说十分重要，但视觉只是其中一个因素。由于人会调动所有感官来理解场景，所以，沉浸式音频可以和视觉效果一样增加场景的真实感。这种感受越是真实，人们就越能在情感上、精神上和身体上与体验紧密相连。

图 12.2　全景声拾音器

从单一地点进行音频采集（无论采用立体声音频采集还是全景声音频采集）的一个缺点是，整个音频采集过程依赖于某个固定点来完成，麦克风需要在捕获音频时保持静止。然而，人不可能一动不动。即使坐着，也依然会向声音或图像的方向转头以保持舒适。当用户移动时，就可能会离开音频录制对应的固定地点。因此，设计师需要在音频编辑过程中进行适当调整。与此同时，为了让用户拥有最好的沉浸感，大多数耳机或者头戴式显示器都有内置头部追踪器，可以随用户的动作来调整音频。声音相对于用户耳朵所在的位置确实会改变方向感，这也将直接影响到用户对声音的混响、频率、音调和强度的感知。

12.2.2　案例研究

现实中，多数扩展现实体验都是私人化的，用户一般头戴耳机，沉浸在属于自己的虚拟空间内进行体验。然而，现在有一种新技术可以允许用户在体验中进行社交与协作。当前，市面上对于这一功能的需求越来越迫切。在现实社交场合中，声音可能无法与用户同步。不过，基于扩展现实技术，设计师可以将声音设计为在一个空间内是静态的，随着用户在扩展现实空间内的移动而发生改变。

"天堂"项目就是一套声音互动艺术装置，通过 16 至 24 个扬声器向观众展现其艺术主旨和设计理念，图 12.3 展示了 2016 年的威尼斯国际表演艺术周上，观众对"天堂"的互动声景效果作出的反应。该项目由交互设计专家道格拉斯·昆和音效设计专家洛恩·考文顿合作，创造了一套完全沉浸式的声音体验。该项目可以将从自然世界中提取的虚拟音效组合起来，为用户（通常限定在 4 至 8 人）创作一个独有的"自然声音协奏曲"。[15] 当用户在空间中移动并挥舞手臂时，传感器被激活，根据用户的动作合成并播放来自荒野和自然的声音，组成一曲即兴音乐。这支音乐由每个用户在空间内的互动方式形成，独一无二。由于用户在空间中的运动轨迹各不相同，"天堂"所合成的"协奏曲"的密度、音量和混响也各有差异。

图 12.3 "天堂"装置艺术项目

注：照片使用已获得主创 Douglas Quin 的许可

"天堂"项目打破了人们对于现实空间和虚拟空间的惯常理解，重塑了体验空间的概念。设计者道格拉斯·昆和洛恩·考文顿认为，该项目主要面临的挑战是需要根据用户的位置变换设计不同的音效效果（即声音协奏曲）。通常来说，现实空间展览由于自带自然环境的音效，设计师需要设计的环境音效较少，而虚拟空间中的展览则需要更多的音效规划，尤其是要考虑到声音与展览环境之间的反射和回响。图 12.4 所示为"天堂"展览准备安装时，设计师使用精确的平面图（包括立面图）创作了一套虚拟设计环境，以提前为体验提供虚拟现实环境的设计原型。图 12.5 所示为"天堂"这一展览项目的幕后设计蓝图，展示了其安装环境。图上的数字代表扩音器的摆放位置，绿色的长方体对应参观者站立的位置。红色的大圆圈代表着无形的声音区域，当参观者做出某一动作时，就会激活对应的某种音效。带有彩色小球的三角形是特定声音的声源（小球的尺寸代表音量大小）。

主创洛恩·考文顿将设计空间互动音频比为一个可随时响应的舞伴。在现实空间中，设计师无法预判用户下一步会做什么动作，因此，必须对其接下来的动作做好准备，提前规划好对应的反馈。

考文顿和昆将他们的互动体验项目比作一个复杂的反应系统。正如昆所说，"某种程度上，声音是世界给出的反馈信号之一。与其把音频看为是背景音乐，不如把音频看为一种行动和反应。"如果有人抬抬手，就给出对抬抬手这一动作的反馈；如果有人跺跺脚，就给出对跺跺脚这一动作的反馈等。

图 12.4　虚拟设计环境

注：照片使用已获得经主创 Lorne Covington 的许可

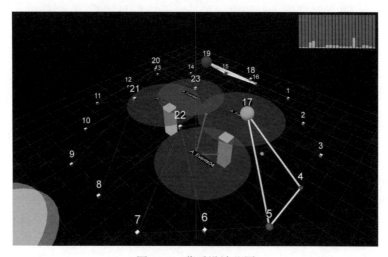

图 12.5　幕后设计蓝图

注：照片使用已获得主创 Lorne Covington 的许可

这种互动方式使得"巧妙共享生活中的美好片刻"成为可能。在这个艺术装置中，昆和考文顿与观赏者共同分享了愉悦的片刻，作为创作者，他们十分享受观察观赏者在体验中的互动过程。可以说，每位观众的积极互动与设计者共同创造了独特的声音协奏曲。

12.3　增强音频

不妨想象一下，在你听着音乐或语音导航指示时，还可以同时听到四周的汽车引擎声、警笛声和喇叭声。这就是**增强音频**的力量。在生活中，当人们戴上耳机时，或多或少会屏蔽掉周围杂音，甚至还可以选择使用降噪耳机来完全屏蔽周围声音。在一些场景下，这个功能是非常实用的。然而，还有一些时候，例如在车水马龙的街道上走路或骑车时，为了保证行路安全，不应当完全隔绝外界的声音。也就是说，有时我们需要允许用户听到周围物理环境的声音，不能直接将环境声音全部屏蔽。

知识拓展
增强音频：为环境中的数字音效进行加层设计，但不屏蔽环境中的声音。

增强音频，又称开耳式音频，指的是在用户听到的周围环境音效上添加另一层音效。这一功能能够使用户在接收导航指示、电话通话、听有声书或音乐时仍然与周围世界保持联系。

当前，已经有许多厂商在推出搭载增强音频功能的智能眼镜，又称音频眼镜。多数音频眼镜都采用了太阳镜的外观，因为太阳镜在户外的使用频率最高。不过，许多厂商也推出了可定制的眼镜设计，方便用户根据自己的需求进行个性化定制。

Bose 公司是第一批涉足音频眼镜的公司之一，在 2018 年 SXSW[⊖]音乐节上，它首次使用 3D 打印模型向大众展现该技术。作为一个科技从业者，我对以高品质扬声器和耳机闻名的 Bose 选择进入 AR 领域感到十分好奇，于是我果断入手尝试。当我戴着 Bose 研发的 AR 眼镜步行游览奥斯汀时，我迅速意识到增强音频对于沉浸式体验的重要性。首先，通过蓝牙功能将手机与音频眼镜相连。由于这款眼镜主要依赖智能手机的处理器，因此可以保持佩戴的轻巧与凉爽。Bose 公司巧妙地设计也在于此，他们没有重新发明一个手机中已有的功能，而是巧妙地利用了设备原本的功能。在步行游览时，我的语音导航可以通过眼镜上的微型扬声器指引我选择正确的路线。

其后，在我接近旅行景点时，这款音频眼镜能够实时定位我的位置，然后通过导航系统播报导览信息。由于使用的是手机 GPS 定位功能，这一体验可以个性化定制，不限时间和地点，这样我就可以按照自己的节奏学习。最后，这款眼镜最厉害的功能是，在一边走路一边听着语音导览的同时，我依然可以与周围的人进行交流。这一功能当场就被证明是有效的。当日，和我同行的朋友发现有一位知名演员来参加电影节首映式，当我沉浸于音频眼镜的导览讲解时，居然可以及时听到朋友们的召唤。尽管遇到名人这种事情并不是每天都会发生，但它确实证明了用户在聆听音频体验时还可以听到周围声音的意义所在。

实际上，Bose 的这款音频眼镜（以及同期其他厂商的音频眼镜）并不能展示任何特殊的视觉效果，它们仅为我们提供了增强音频服务。重要的是，它们可以让用户无须拿出手机，就可以进行语音交流。从本质上说，这类音频眼镜可以视为耳机或耳塞的替代品，其差别在于音频眼镜允许用户在播放的同时听到周围的环境声音。

12.3.1　增强音频的工作原理

音频眼镜在两条镜腿上各装有一个扬声器。位于两侧的扬声器有助于在呈现声音位置

　⊖　西南偏南（South by Southwest）音乐节是每年在美国得克萨斯州奥斯汀举办的音乐盛会。——译者注

和方向的同时保持其私密性。扬声器常装置于镜腿靠近太阳穴的位置，这可以使用户清晰地听到增强音效，同时又不影响听到其他声音。扬声器的朝向一般设计为从脸颊指向脑后，也就是说，扬声角度正好朝向用户双耳，以有效避免佩戴者周围的人听到声音。即使在 3D 打印的音频眼镜原型中，眼镜也不会向外界泄露太多声音，即使站在用户两侧的人也很少听到声音。

除了扬声器，音频眼镜还会内置头部运动传感器，可以将多轴点的信息同步发送到用户的智能手机上。这使得手机上的眼镜软件既能够知道佩戴者的准确位置，也能知道他们当前看向的方向。这些信息能够帮助应用软件为用户提供指引，例如，如果能够时刻掌握佩戴者位于道路的哪一侧，就可以确保他们在整个过程中能够看到体验的关键部分。

尽管不同品牌的音频眼镜在功能上存在差异，但其设计理念是一致的。音频眼镜中内置的微型定向扬声器能够使佩戴者在听到增强音频的同时，自动降低周围环境的背景噪声。部分眼镜还有根据用户所在环境自动调整音量的功能。该功能在汽车音响中较为常见，可以根据汽车的行驶速度相应调整播放音量。

具体来说，作为免提化体验的一大进步，如果设备能够根据用户所处空间自动调整播放音量，就可以最大限度地降低用户手动调整耳机或眼镜的频次。这一功能会让那些山地车骑行爱好者很喜欢。

12.3.2 不止于说

在一场完整的对话中，"聆听"只是一半，用户需要发出自己的声音，提供反馈或者获取更多信息。为了便于沟通和反馈，音频眼镜上普遍会搭载一个麦克风，与用户手机上的语音助手相连（本章下一节将会详细介绍）。在旅途中那些不方便双手操控的时刻，这一功能可以使用户通过音频眼镜唤起手机上的电话拨出或语音备忘录功能。当前，随着个人隐私日渐受到重视，各个厂商的音频眼镜都添加了允许用户自定义是否开启麦克风功能的选项。实际使用时，这一因素往往也会是用户考虑的关键。如果你购买了音频耳机，请确保自己能够控制何时开启麦克风功能。

为了提升视听体验，音频眼镜还会在镜腿上除麦克风控制按钮之外配备多功能按钮，用户可以点击、触摸或滑动该按钮，以调整音量、选择曲目或开启导航功能，而无须直接访问手机。

12.3.3 如何购买音频眼镜

尽管 Bose 公司最近宣布将停产音频眼镜系列产品，但截至本书写作时，这款产品依然可以在官网购买到。Bose 是第一个进入音频眼镜市场的公司，但由于盈利未达预期，Bose 决定不再继续生产该系列眼镜。一位 Bose 公司发言人在接受采访时表示，"Bose AR 系列眼镜收获的市场反响并没有达到公司预期。

小贴士：假如你患有近视，有相当一部分智能眼镜都提供内置镜片的方案，你可以自行选配近视镜片。

这并不是 Bose 公司第一次失败的商业化尝试，不过公司会继续尝试运用前沿技术改善 Bose 用户的使用体验。这也是 Bose 公司的核心优势所在，技术研发不仅是为了公司发展，更是为了追求不断提高用户体验。"

众所周知，技术的每一次进步都在朝着更伟大的进步迈进。在当前音频眼镜的基础上，新的产品也在不断出现。

自 Bose 公司推出首款音频眼镜以来，许多科技公司开始加速生产蓝牙眼镜的步伐。其中的佼佼者是亚马逊的 Echo Frames，这款产品在眼镜中内置了亚马逊经典的 Alexa 助手。用户可以在任何时候使用语音唤醒自己的家庭助手。其他即将面世的产品包括 GELETE、Lucyd、Scishion、AOHOGOD、Inventiv 和 OhO 的音频眼镜。

此外，还有一部分音频眼镜搭载了除语音通话外的更多功能，如可捕捉实时动作的摄像头。这一领域处于领先地位的是 Snapchat 公司推出的 Spectacles 蓝牙音频太阳镜。

音频眼镜可能仍然作为独立的音频设备存在，增强音频也可以被整合到完整的视听眼镜中。但无论哪种情况，音频发展的基础都是音质的不断优化。

12.4 语音体验

如今，语音交互界面已经成为用户界面的一种常见形态。由于语音界面可以根据用户所在环境和具体情况进行定制，这一交互模式已经走入了千家万户，被广泛应用在汽车、智能手机、智能手表和扬声器中。当前，语音助手 Alexa、Siri 和 Cortana 也已经家喻户晓，成为人们日常生活中不可分割的一部分。

人们已经习惯于与真实的人进行声音沟通，与电脑所发出的机械声音进行沟通往往会令人感到不适。为此，像亚马逊、苹果和微软这类科技公司都在尝试赋予语音设备助手一个人的名字，以使其更加平易近人。重要的是，我们希望能够使用户感觉到他们真的在与这些界面进行"沟通"，而不是机械地给他们下命令。正如亚马逊在 Alexa 的开发者资源中所言"与他们交谈，而不是单方面给他们下达指令"。[16] 这一设计理念也得到了《为语音而生》一书的作者，也是斯坦福大学研究人员的克里夫特·纳斯和斯科特·布瑞克的认同。他们的研究证明，用户与语音界面的关系模型高度类似用户与真实人的关系模型，因为这是人参与对话的最典型表现。

在讨论下一项技术时，不出意料，我们将迎来更多的缩写。你需要记住以下两个缩写。

❏ VUI 为**语音用户界面**。

❏ NLP 为**自然语言处理**。

语音交互界面的一个典型例子是 Alexa 语音助手，它能够与用户进行互动对话。不过，算法与人进行互动所面临的最大挑战是，需要理解对话的上下文，以完全理解对话内容。此时，虚拟

知识拓展

语音用户界面：利用语音识别技术，与计算机界面进行交流。

自然语言处理：利用人工智能技术将人类语言翻译成可被计算机理解的表达方式。

语音助手就需要通过自然语言处理（NLP）技术，（结合对话的上下语境）来理解具体内容。在这一过程的起始阶段，往往由语音用户界面（VUI）设计师提供交互脚本，用户可以基于此逐渐训练语音助手，以使它能够理解自己的需求。就像我们在学习外语时通常需要先理解单个词汇的含义一样，虚拟语音助手实际上也需要通过类似的方式理解人的语言指令。

随着手机上可供运行的扩展现实体验越来越多，免提化甚至可能会成为体验的一个亮点，被各大厂商推广宣传，用户可以采用自己喜欢的方式进行体验。如果目标体验需要在智能手机上运行，那么你需要了解如何设计适用于手机的体验。值得注意的是，与图形用户界面（GUI）不同，语音用户界面（VUI）并不需要设计丰富复杂的视觉效果。但无论如何，不应该将语音交互界面看作是视觉交互界面的替代品。

12.4.1　无可替代

设计师需要再三提醒自己，避免陷入某种思维定式，认为语音交互是视觉交互的一种替代。例如，在体验中增加语音输入组件并不能完全替代键盘的作用。你还需要意识到，语音交互与视觉交互的设计方法是完全不同的。如果你向用户展示一个键盘，基于过去使用键盘的经验，用户很快会明白要如何操作。键盘存在的本身就会向用户传达他们需要逐一输入每个字母、数字或符号。如果他们能够像在电脑上那样用双手来完成，那么在扩展现实世界里使用键盘是一件很容易的事。但是，如果用户必须使用鼠标来控制键盘以输入某个很长的关键词或密码，且必须将光标单独移动到每个字母上才能够完成输入，那么这项任务无疑会引起用户强烈的反感。克服这一艰巨任务的方法是提供语音输入选项来代替手动输入，毕竟说出一个词往往比（用鼠标控制着键盘）把一个个字母打出来要容易得多。然而，对用户来说，这种数据输入过程与传统的 QWERTY 键盘甚至九宫格键盘有很大的不同，几乎没有人熟悉这一过程。

当用户看到字母表或标准的 QWERTY 键盘时，他们会把过去的经验与之联系起来，很容易找到他们想要选择的字母。图 12.6 展示了通过全息投影与朋友进行交流的场景，图中的虚拟键盘即为完整的 QWERTY 键盘。但当面对语音输入界面时，用户会不自觉地把自己与其他人交流的经验联系起来，以此作为互动参考。

设计师需要在 UI 设计中告诉用户可以通过语音进行交互。这通常会用一个麦克风图标来表达。当然，也可以直接用语音形式提示用户当前的交互方式。设计一个用于开始对话的问题，例如"我能为你做什么？"可以让用户知道自己能够在体验中进行语音交流。设计师可以根据具体设备和体验场景来设计语音互动，以最有效的方式向用户展示体验的语音互动功能。

在日常交谈中，你会首先做什么？对大部分人来说，在谈话开始前往往会先确保对面的人做好了倾听的准备。但是，如果你需要对着电脑说话，显然就无法通过肢体动作或眼神接触来判断对面是否接收到了你的信息。所以，设计师需要在体验中设计出一种积极的倾听状态。

图 12.6　虚拟键盘

摄影者：Peshkova，就职于 Shutterstock

　　尽管现实生活中的对话并没有视觉效果，但在扩展现实中添加视觉效果是十分有益的：设计师可以使用视觉效果来让用户知道设备正在聆听，甚至可以替代用户所习惯的与人交谈时的眼神交流。这类视觉效果可以是一种视觉变化，如打开（扩展现实场景中的）一盏灯或展示一段彩色动画，这样用户就知道他们所说的话被接收到了。

　　例如，苹果公司已经在所有设备上设计了独家定制动画：当用户看到苹果设备所特有的紫色、蓝色、白色相间的彩色圆圈时，他们会意识到设备已经准备好，正在等待接收语音命令。因此，音效设计并非视觉效果的替代品，而是一种完全不同的交流方式，也正因如此，设计师需要重新进行界面设计。

> 小贴士：设计师可以利用视觉提示向用户提供反馈，从而让用户知道设备已经准备就绪，正在倾听。

12.4.2　上下文语境

　　在交流时，人们往往会通过上下文语境来确保沟通处于同一频道。扩展现实中，在知道设备已经准备就绪、开始倾听时，用户会意识到自己可以开始讲话，但在没有提示的情况下，他们往往不知道该说什么。显然，在语音界面中，用户无法像使用虚拟键盘那样看到视觉提示。因此，最好为用户提供一些语音选项，例如"你可以问我这些……"，然后提供几个选项。在现实生活中，你可能对"按 1 与人力资源部门交谈，按 2 与前台交谈"的提示比较熟悉，这些生硬的自动提示往往令人反感，因为它们所代表的含义是片面的，无法真正与用户发生对话。要设计有效的对话语境，设计师要从理解用户的目标开始。

　　我们此前谈及的所有问题都可以归结于这一点：确定用户目标。在定义项目目标、规划项目雏形、完成用户调研、创建用户流程之后，设计师就可以开始预测用户可能会需要的一些选项。你可以通过列出一组问题或提出一系列开放式问题来让用户知道他们的选项。

进行用户访谈时，最好的做法是提出开放式问题或复合式问题。这可以使受访者在回答问题时同时给出相关背景。如果提问包含两个小问句的复合问题，那么对方在回答时自然会对答案进行澄清。例如当你问"你最喜欢用什么方式冲泡咖啡，你在里面放什么？"时，对方一般会在回答中具体说明他们在回答哪个问题，例如"我最喜欢的泡咖啡方式是用法压壶，我喜欢在里面加一点奶油。"而不是回答"法压壶、加奶油"。传统媒体采访不会重复展示主持人的问题，因此，在回答中获取环境上下文极其重要。以上这种问答方式指出了人交流的一个重要方式：我们喜欢确保答案包含详尽而正确的背景。当问题不止一个时，这一点尤其重要。

在语音界面中，对上下文的理解至关重要，这是因为人往往不会在语音命令中提供必要的上下文。在语音设计中，让计算机提出开放式问题（或有多个选项的问题），将使用户在回答中提供更多的上下义信息，进而有助于设备成功地理解用户要求。因此，设计师应当充分利用机器学习和自然语言处理的力量，设计命令脚本，进而构建能够对特定语音命令给出相应反馈的系统。

12.4.3 脚本设计

不妨回忆一下，在现实生活中，你可以用许多方式表达否定："不、不行、不可以、不谢谢……"以上仅大致列举了一部分表达否定的短语，实际上还会有更复杂的口语表达。设计师需要充分考虑可能提出的问题，列出用户可能给出的答案，然后在设计中将这一反馈与激活下一步联系起来。在传统计算机的屏幕上，用户的选择数量是有限的，接收到用户的点击或输入动作之后，计算机会根据该动作加载对应内容。在语音界面中，人机互动只依赖于口语。

在设计语音界面时，一个重要步骤是设计脚本。脚本需要包含对话的动态特性，图 12.7 展示了对"你最近怎么样？"这个问题所收集到的潜在回答的脚本。请注意，你需要收集所有可能的答案，以帮助语音助理了解如何对每个答案进行回应。一个成功的脚本应该经过多级用户测试，以确定用户可能回答的内容以及所有回答方式。当用户没有从给定数量的选项中进行选择时，该脚本可以帮助将用户的回答转化为计算机可理解的内容。

虽然如果用户直接回答"是"或"不是"

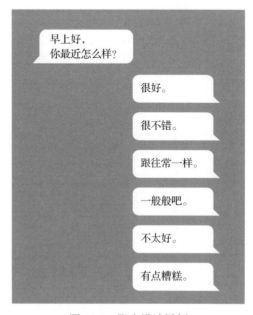

图 12.7　脚本设计样例

时，很容易告诉计算机下一步该做什么，但是，用户往往未必会直接使用这些词语。计算机可能很容易理解"是"和"否"之类的命令，但如果用户像对其他人说话一样表达"今天就到此为止"，或者"我困得仿佛要跌入沙包里"时，计算机很难直接理解这句话的含义，除非有人教它。如果不理解这一文化背景，计算机可能会理解为你要去找个沙包运动一下，而不是睡觉。那么，应该如何预测用户的反应并将其纳入脚本？最直接的方式是从用户的真实对话中学习。

设计对话时，设计师需要结合脚本进行用户测试，收集所有可能的反应，确保体验的完整性。在整个过程中，设计师必须完成足够多轮次的用户测试，才能够保证交互设计的质量。不妨想一下颜色、图像选择和复制是如何为印刷品或网络上的设计奠定基调的。同样，声音的音质、情感和回应的内容也将为声音体验设定基调，这显然并非易事。要做好这一点，通常需要一个设计语音用户界面的专业团队。好在，当对话脚本创造完成之后，我们可以将其扩展到多个场景进行使用。

另一个关键点是，成功为语音助手设计音色和惯用语后，实际上就为它们赋予了自己的个性。实际上，现在有大量用户已经与他们的语音助手建立了相当深厚的情感联系，例如为它起专属姓名、给它好评、把它当作家庭一员等。通过对话这种形式，人们可以与设备建立一定的联系，进而产生信任感，这都有助于体验的私人化。不妨想象一下，当一个人直呼你的名字时，你是不是会感到亲切。如果它还能学习和知道你喜欢的设置和话术呢？如果它可以在和你交流的过程中了解你的偏好并迎合它，甚至提供明确的帮助来减少你的焦虑呢？这就是语音体验可以做的。语音脚本的设计来自真实用户与朋友和同事的对话经验，因此，随着智能对话技术的发展，用户开始像信任人一样信任它们也就不足为奇了。

设计可以直接决定体验质量，因此，设计师应当尽早对体验中的音效进行规划。注意到声音在物理世界中的巨大作用之后，人们开始尝试利用声音在 XR 体验中创造更多的沉浸感。适当的音效设计可以显著提升体验的真实感，增强空间感，甚至帮助用户与计算机深入交互。

设计挑战

声音定位设计

在本章的开头，你已经扮演过听众的角色，聚精会神地聆听自己周围的声音。在这一挑战中，你可以根据之前经历的感受，结合本章所学，设计属于自己的声音景观。

首先，勾勒一张声音定位图，类似你在聆听周围声音时所画的那样。但这一次你要设计出具体声音效果，以及对应的声源位置。

❑ 评估这项体验的应用场景，确认体验环境属于 VR 还是 AR，这将决定所需规划的环境音效。

❑ 将自己代入用户角度，评估声音的距离和强度。

如果你想更进一步，可以自己录制音效导入声音编辑器软件，如 Apple Logic Pro 或 Adobe Audition 进行编辑。

为了创造一个完整的沉浸式体验，你需要将编辑好的音效导入相应的 3D 设计程序，如 Unity Pro 或 Unreal Engine，这些软件将帮助你在空间中确定音源位置。

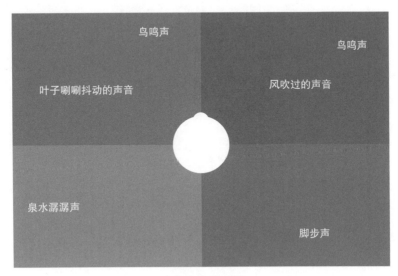

声音定位示意图

Chapter 13 | 第 13 章

设 计 实 践

至此，相信你已经掌握了扩展现实体验设计所需的绝大部分知识与技能，是时候付诸实践了。本章包括以下内容。

开发程序：这是设计师经常提出的问题。好消息是，你可以基于项目的具体情况做出自己的选择。

敏捷工作流程：不断回顾并检查你的设计是如何与每个主要的设计里程碑一起工作的。扩展现实项目通常由一系列小迭代构成，比起马拉松，更像是接力赛。

不断试错：不存在完美的技术，有时你需要先着手尝试解决问题，然后，根据过程中发现的问题不断修正解决方案。

用户体验测试：怎么才能判断当下的设计是否已经准备好可供发布了？从用户的反馈中寻找答案。

隐私保护：对设计师来说，任何时候，都不要忘记保护和尊重使用你产品的用户。

13.1 开发程序

毋庸置疑，我会写代码。不过，我肯定称不上专业程序员。我的编程生涯始于 Flash 时

⊖ 原文 Sprint，也有译作冲刺，敏捷管理专有名词，指敏捷项目团队完成一定数量工作所需的短暂、固定的周期。在 Scrum 框架中，庞大且复杂的产品将被拆分成一个个小的片段，通过一系列被称为"Sprint"的迭代来完成。——译者注

代的 ActionScript[⊖]。没有听说过这一语言很正常，现在已经没有什么人用它了。当时，在 21 世纪初，由于需要我开始使用它，因为这是我可以设计理想界面的唯一工具。随后，我在交互设计方面的工作让我逐渐走上了学习 HTML 和 CSS 的道路。这始于自定义网页体验的愿望，最终我希望能够创建一个完全自定义的体验。

随时学习需要使用的工具贯穿了我职业生涯的始终。

会写程序真的是太棒了。我非常鼓励设计师学习和理解编程语言的基础知识，利用它们创造体验。学习 HTML、CSS 和 JavaScript 这类语言，掌握"对话式"的编码技能。扩展现实设计师要尽量掌握中级程度的编程语言，但是并不需要熟练到高级程度。毕竟，你首先是个设计师，不是程序员。编程技能对你来说只是辅助技能，可以帮助你提高设计水平。适当掌握编程语言能够让你：

❑ 独立定制体验。

❑ 理解事物的结构。

❑ 理解元素之间的关系。

❑ 了解潜在的交互限制。

❑ 帮助你与程序员高效合作。

例如，设计师通常会向程序员提交一份完整的平面设计，附上相关功能说明。会编程的设计师往往会多做一步：导出所有独立元素（包括图标、按钮和其他 UI 元素），以独立文件存储每个元素，这将会大大简化与程序员的后续沟通过程，提升项目开发效率。当然，这只是掌握编程技能所带来的众多益处中的一个例子。具备探索和测试某个特定平台的能力，能够帮助设计师把控从设计到实现再到测试的完整周期，整体优化项目效果。

如今，在线上线下均有大量课程讲授 HTML、CSS、JavaScript 或 Swift 的入门教程和相关知识。就程序设计这一领域来说，一旦你对编程方法有了基本了解，就可以马上着手测试所学到的技能。掌握编程最好的办法是边做边学；在陷入困境时，只要你试着坚持下去，坚持多做一点，往往就会度过难关。对于新手来说，学习编程的社区里往往都有着极其丰富的学习资源，每个项目都是独一无二的，尽管每次实践都可能出现棘手的问题。当发现问题时，请不要担心，你可以尝试自行寻找答案，也可以向社区中其他开发者求助。

13.1.1 团队协作

尽管我们提倡设计师掌握编程知识，但这并不意味着你应该亲自完成所有的开发工作。显然，专业开发人员会更擅长编写代码。即使掌握了编程语言，受精力和专业所限，设计师们也很难深入了解扩展性、安全性和跨平台开发等方面的最佳实践。就编程工作而言，毫无疑问程序员的开发效率要高得多，毕竟这是他们的本职工作。那么对设计师来说，深入钻研

⊖ ActionScript（AS）由 Macromedia（现已被 Adobe 收购）为其 Flash 产品开发，最初是一种简单的脚本语言。AS 是一种完全的面向对象的编程语言，功能强大，类库丰富，语法类似 JavaScript，多用于 Flash 互动性、娱乐性、实用性开发、网页制作等领域。——译者注

程序设计技术真的有必要吗？是否应该把你的技能集中在你的优势上？

作为一名自由职业者和项目管理者，我逐渐意识到，让每个人做最擅长的事情才能实现利益最大化。实际上，如果能够雇佣到在你不熟悉领域深耕多年的专家提供帮助，尽管你需要支付一定费用，但毫无疑问，项目的整体效益会得到提升。在职业生涯早期，我曾经也有过"如果我自己有能力完成，为什么要付钱给别人去做呢？"这种想法。现在，我意识到，这个问题的答案是"因为他们比你更擅长"。

掌握编程技能会为你带来另一种选择。对于设计师来说，具备使用"程序语言"进行交流的能力可以帮助你的职业生涯更进一步，它有助于发掘新技术的潜力，为设计带来更多可能。在此基础上，你可以尝试自行构建实验项目。就像咨询公司能够为平面设计师量身定制网页开发项目一样，市面上当前也存在类似的 3D 或 XR 设计服务。选择这一方案的好处在于，设计师不再需要从零开始编写一套完整的代码，只需要在现存代码的基础上进行修正就可以定制符合设计创意的体验，项目开发效率得以大大提升。当然，你必须首先对编程有足够的了解，才能理解存量代码并进行优化。

13.1.2　3D Web 框架

在开展代码实践后，有大量基于 Web[⊖]的编程框架，将允许你探索 3D 对象、沉浸式体验以及其底层代码，它们通常是并排的。通过这种分屏视图，设计者可以同时检查设计效果和代码，探索视觉元素和源代码之间的关系。

为了令 3D 体验能够直接在 Web 浏览器中运行，其代码设计必须遵循 Web 标准。当前常见的设计规范是 WebGL[⊜]，它是一款用于渲染 2D 和 3D 交互式图像的 JavaScript API，无须安装任何插件。这使得扩展现实体验，甚至相关 3D 交互元素都可以独立存在于 Web 空间中。部分场景下，还可以利用 WebXR[⊜]技术，将这些体验部署到 VR 或 AR 设备上，供用户进行体验。理想的 Web 标准允许人们在访问网站的几秒钟内就能够享受到 XR 体验，无须在设备上下载任何应用。

尽管 Web 技术已经足够令人兴奋，但还有更令人期待的未来，即 WebGPU 标准的落地，这一标准被众人视为 JavaScript 的未来，能够为不同背景的开发人员与工程师提供具备"现代 3D 图形计算能力"的大规模协作平台。这一标准由 WCG 团队（Web Community Group）定义，这一团队的成员主要来自谷歌、苹果、微软等科技巨头。作为合格的扩展现实设计师，没有人会错过 WebGPU 的关键信息。随着它逐渐成为 3D 设计的 Web 新标准，

⊖　Web 一词在多数语义环境下可理解为网页框架，但在扩展现实领域不仅限于此含义。在编程领域，Web 为专有名词，一般不做翻译，本节中亦不做翻译。——译者注

⊜　WebGL（Web 图形库）是一个 JavaScript API，可在任何兼容的 Web 浏览器中渲染高性能的交互式 3D 和 2D 图形，而无须使用插件。——译者注

⊜　WebXR 是基于网页的 XR 应用程序，可以用来支持一些本地 XR 应用不那么适合的场景，比如一些短小精干时效不长的营销推广页面、在线沉浸式视频、电商、在线小游戏和艺术创作等。——译者注

扩展现实设计在 Web 环境中的体验一定会越来越出色。

目前，Web 体验开发离不开 HTML 与 JavaScript。众所周知，Web 领域的 3D 集成仍然面临众多挑战，针对这些挑战，市面上也涌现出了一系列不同框架提供相应解决方案。这些框架将帮助设计师在现存的技术与扩展库的基础上，更好地完成基于 Web 的体验。

不妨从以下几款框架开始，学习 Web 版扩展现实体验设计。

A-FRAME（www.aframe.io）：用于构建三维增强现实与扩展现实体验的 Web 框架。作为一款基于 HTML 设计的框架，它对用户极为友好，无须安装任何额外软件就可以直接使用。我强烈推荐初学者从这一框架开始着手设计，因为它所拥有的大量高质量文档能够在相当程度上降低学习的门槛。与此同时，A-FRAME 的文档可读性很高，用户可以一边阅读文档，一边尝试理解代码和对象之间的关系。A-FRAME 与下文提到的 THREE.JS 框架结构类似。

THREE.JS（www.threejs.org）：一款基于 WcbGL 设计的框架，能够在 Web 浏览器中创建并展示数字 3D 动画。

AMAZON SUMERIAN（aws.amazon.com/sumerian）：基于 WebGL 和 WebXR 设计的服务，能够在浏览器中实现三维 AR 和 VR 应用。

BABYLON.JS（www.babylonjs.com）：一款基于 JavaScript 库开发的实时 3D 处理引擎，可以利用 HTML 在浏览器中展示 3D 图形。它支持 WebGL，也支持 WebGPU，虽然目前仅适用于部分启用该功能的浏览器，但这是新征程的开始。

PLAYCANVAS（www.playcanvas.com）：一款基于 WebGL 开发的开源 HTML 游戏引擎，用以构建 VR 和 AR 体验。

随着各式框架的蓬勃发展，部分软件公司也开始尝试提供集成开发平台。框架能够为创作者提供基础设计方法，而由各大公司提供的工具与平台则更进一步，直接帮助用户创建 AR/VR 内容，甚至提供团队协作模式与发布平台，用户可以在此直接访问创作内容。当前，排名前三的扩展现实集成开发平台分别 MetaVRse 3D/XR engine、Amazon Sumerian 和 8th Wall。8th Wall 为设计师提供了世界一流的 Web 增强现实开发平台。这一平台的特色是云化开发环境，基于 WebAR 技术，用户可以直接在 Web 浏览器中创建项目、团队协作与发布内容。当然，这些可以高效发布的平台往往要收取较高的价格。然而，大部分情况下，你需要付给平台的钱仍然比自行设计和开发一款完全独立的应用程序要少，而且，你可以以最少的代码量（甚至无须编写任何代码）完成发布。

当涉及代码时，对于设计师来说，你不需要精通所有技术细节，你只需要知道应该从哪里找到答案。这意味着，你需要选择靠谱的个人或团队合作。了解适合应用平台的编程语言相当重要，如果设计人员能够通过自行阅读代码来试着理解其所实现的功能以及实现方式，会大大提升团队的开发效率。此外，你还可以掌握一点调试方法，这既可以使你能够独立解决运行中的问题，还可以加深你对代码如何影响体验的理解。总的来说，一定要认清自己的优势，并充分发挥这些优势来推进工作中的每个项目。

13.2 敏捷工作流程

在所用技术并不完美时（实话实说，所有的技术都算不上完美），那么最好不断检查设计效果是否符合你的预期。每一次开发迭代都应该内置阶段性测试，迭代检查当前项目在3D 空间中的效果。对于在 2D 空间设计 3D 作品的项目来说，这一点尤为重要。一次性完成过多设计内容风险很高，看起来团队快速“完成”了一个设计，但是在测试的时候，一旦发现它实际上不能按照预期方式工作，就会导致整个团队不得不从头再来。这将浪费大量的时间和资源。相反，如果我们一边设计一边测试，那么就可以根据每个迭代的测试效果在全局和细节上不断调整解决方案，以满足目标要求。

迭代是**敏捷工作流程**的核心概念。迭代周期定义的理念是，团队所有成员都应该不断检查项目的阶段性成果，共同努力，确保项目在各个层面都如预期的那样运行。人们通常会对自己的想法产生路径依赖，所以，在花费更多时间与投入更多精力之前，应当尽早测试，获得反馈，根据测试结果及时对计划进行调整，才能够保证最大化资源利用效率。很多时候，由于技术所限，实现效果与你的想象相距甚远。在这种情况下，越早发现问题越好。或者迭代测试结果获得一致好评，这样，你就能够知道它值得投入更多的时间和资源，获得更进一步的发展。

13.2.1 敏捷模型与瀑布模型

顾名思义，瀑布工作流程与敏捷工作流程恰恰相反，它（就像瀑布一样）是自顶向下的，每个阶段完成后，下一个阶段才开始。首先，启动并完成研究阶段；然后，完成设计阶段；最后，完成开发阶段。逐一完成这三个阶段后，最后开展测试。瀑布流程的设计会带来一系列问题：它无法促进团队协作，也无法在测试过程中发现问题。所有的问题都将在项目结束时浮出水面，这可能会带来巨大交付风险。更重要的是，很可能直到最后时刻，团队才会发现起始假设出现了致命错误，甚至会导致最终产品无法交付。设想一下，假若你负责的项目在结项测试时忽然发现了不可修复的问题，而项目设计和整体功能早已经获得批准，那么，你将不得不尝试向所有人解释为什么项目无法获得预期成果，并对整个过程进行回溯。最好避免以上这些风险。

敏捷工作流程将项目分成一个个小迭代，鼓励团队一起工作，逐一迭代开发。完成一个小迭代的测试工作之后，可以相应校准设计草图。完成一个小迭代的编程工作之后，也仅针对这一小部分进行测试。在进入下一部分工作之前，整个团队将对当前的阶段性成果进行重新评估。图 13.1 展示了瀑布模型与敏捷模型的差异。在瀑布模型中，我们往往在完成一个阶段之后才开始下一个阶段的工作；而敏捷模型则更倾向于多次迭代的开发方法，尝试在每次迭代中交付增量的产品特性。在敏捷工作流程的任何一个节点，都允许团队根

> 知识拓展
>
> 敏捷工作流程：以迭代模式协作开发解决方案的过程。敏捷方法贯穿项目的各个领域，以保障设计、实现和测试的各个阶段性结果都符合预期。

据当前获得的信息对项目计划进行调整。

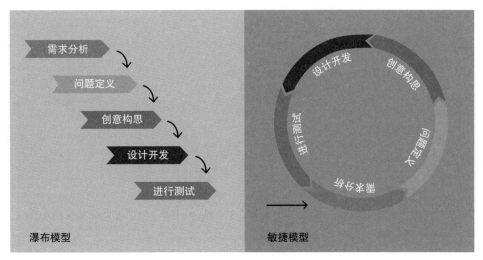

图 13.1 瀑布模型与敏捷模型

敏捷工作流程这一概念已经被大量从事技术工作的团队，特别是软件开发团队所接受，尤其受到了网站开发、移动应用开发以及交互式（沉浸）体验开发团队的欢迎。在 2001 年，许多软件工程师一起提出了敏捷宣言（agilemanifesto.org）。经历了充分的碰撞与讨论，他们将敏捷方法的核心内容总结如下 [17]：

❑ 工作的软件高于详尽的文档。

❑ 客户合作高于合同谈判。

❑ 响应变化高于遵循计划。

为了支撑敏捷工作流程的核心实践，这些开发人员还列出了 12 条原则。这些原则的侧重点各不相同，总体来说，包括了项目管理与开发过程中的关键亮点，如尽早交付与持续交付、支持需求变化、重视团队合作（开发人员、业务合作伙伴和项目的其他关键成员共同参与决策），以及频繁交付等概念。在敏捷工作流程中，团队目标是在项目早期就基于最小化可行产品（Minimum Viable Product，MVP）进行迭代，在整个工作流程中，随时可以将可用的产品（即使只具备基本功能）提交给客户进行测试，并在此基础上不断迭代。

对互动体验工作室与相关设计团队来说，敏捷宣言已经成为团队工作流程优化的热门法则。人们很容易接受敏捷这一设计理念，因为他们能够轻松认识到它所带来的价值；时至今日，在各行各业中，敏捷工作方法依旧饱受欢迎。它对团队精神的重视甚至改变了办公室的物理布局。传统意义上的办公室会依据角色分工划分为不同工作区，比如，所有设计人员都坐在一个区域，而所有开发人员都坐在另一个区域，业务团队和营销团队往往是分开的。敏捷方法的流行带来了新的工作模式：项目团队作为一个整体坐在一起，不同角色在共享空间中各司其职，在项目的每一步都进行协作。

无论项目规模大小，敏捷方法都可以发挥其独特价值。哪怕你是一个人在工作，也会有众多因素将你引向敏捷工作流程。敏捷最重要的元素是持续测试，在整个设计流程中的任何一个节点，团队都可以看到作品的模样。测试、分析与迭代将贯穿设计过程的每个环节，以帮助产品不断完善。

13.2.2 Scrum[一]方法

对于设计师来说，最常用、最有效的迭代实践方式之一是 Scrum。作为一种敏捷方法，在 Scrum 中，整个开发周期被拆分为若干个小的迭代周期。在每个小的迭代中，团队会尝试快速探索一个领域。这些迭代必须实现一个完整的循环才能有效。结合敏捷理念、项目重心与日程计划，项目管理人员可以将整个设计过程分为一系列背靠背的迭代周期，基于此不断循环探索，迭代推动项目前进，如图 13.2 所示。

> 知识拓展
> Scrum：一款基于敏捷的开发框架，用于开发、交付和持续支持复杂产品。在这个框架中，整个开发过程由若干个短的迭代周期组成，每个短的迭代周期关注特定的开发需求，通过定期循环逐步展开探索，以明确需要什么样的改变。

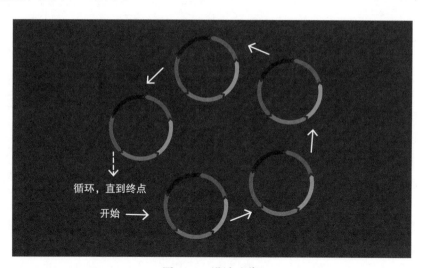

图 13.2　设计迭代

例如，你想创建一款支持用户游览增强现实社区的 AR 体验。当用户到达不同的位置时，只要掏出手机扫描面前的房子（或任何其他地标建筑），就可以看到这个建筑百年之前的样子，老照片会以增强图层的形式覆盖在实时图像上。设计这一产品的核心理念是帮助人们了解这条街道的历史，挖掘其中的点滴故事。那么，如何使用 Scrum 方法进行这一产品的设计呢？ Scrum 这一方法之所以存在，是因为大部分情况下它能够帮助我们解决关键挑战或冲突，同时使团队中的每位成员都能够对项目做出贡献。构思设计迭代时，可以尝试从

　　[一]　Scrum 这个名字来源于英式橄榄球的一种争球方式，在中文环境中一般沿用原文不作翻译，由此，本书中亦不作翻译。——译者注

下列初始问题着手：

❑ 确定最适合这项体验的技术方案，比如，是提供独立应用程序供用户下载，还是基于 Web 技术制作轻量化体验？

❑ 测试最适合作为扫描目标的对象。路牌，建筑，还是存在其他对象更适合扫描识别？

❑ 是智能图像识别方案更准确，还是定位服务方案更精准？

❑ 体验时，用户对所在位置进行分享是否会带来隐私风险？

❑ 基于 AR 技术展示的内容属于哪一种格式？视频、音频、照片还是 3D 模型？

❑ 在一天中的不同时间段进行参观，体验会有什么变化？

❑ 这条街道的交通状况如何？对于走在街上的行人来说，被手机分散注意力是否安全？

你可以设计一系列小型迭代，以帮助团队找到这些问题的答案。记住，不要试图一次性为这条街上的所有建筑找到最佳解决方案，相反，一次只聚焦一幢建筑进行体验设计反而会更迅速地解决问题。首先，作为一个团队，项目组需要共同决定为这幢房屋展示什么内容。然后，在此基础上，不妨亲自去这条街道上走一走，从不同视角想象所展示的内容，尝试探索用户进行体验的最佳视角。毋庸置疑，亲自站在这个位置会让你更容易确定哪些关键元素利于图像识别。这幢建筑容易被看到吗？是否有足够的空间进行识别定位？对于那些匆匆而过的行人来说，他们是否会选择驻足体验？

此外，时刻保持对技术方案可行性的把握也很重要，这就是为什么在项目早期阶段就需要程序员的参与。对于最开始的几个设计迭代来说，我们不需要过度考虑实现细节。第一轮是针对不同设计选项进行测试，看看哪种方案产生的结果最可靠。如果第一轮设计决定使用某幢建筑作为任务对象，不妨设计如下流程：首先，令用户将手机摄像头对准该建筑，通过摄像头采集图像，将该建筑识别为任务目标；成功识别后，激活增强场景菜单，将增强图像覆盖在该建筑图像上，逐一解释该建筑不同区域的历史；此时，用户可以根据自己的兴趣选定相应区域，依据弹出的不同选项深入探索，如选择观察该建筑内部的装修，选择观看视频史料，或选择欣赏历史照片。

类似地，我们可以递归为每一层级的体验进行设计，保持小步快跑、迅速迭代。不妨选定某建筑的一个房间作为基点，设法让用户知道选择了哪个房间，基于此，构思需要定义哪些菜单选项。然后针对设计蓝图进行开发，推进测试。记住，设计团队需要经常实地勘察建筑目标识别这一环节的工作状态，以及体验用户与当前设计的交互模式。

1. 做好笔记，进行研讨。

2. 决定什么可行，什么不可行。

3. 保留有效特性，抛弃无用特性。

4. 设计一个新的体验。

这就完成了一次迭代。在下一次迭代中，团队将基于第一次迭代的产出进行改进。根据第一次迭代的进展情况，你可以重新选择社区中另一幢建筑物为目标，也可以选择不改变观察视角，只是尝试以不同的方式构建同一交互内容。基于第一次迭代的经验，你可以对接下来的选择做出更准确的判断。在每次迭代中，团队中的每个人都会为解决问题贡献自己的一份力量，不断迭代调整，以改善用户体验。

13.3　不断试错

只有在绝对理想的世界中，应用程序才会在第一次测试时就能完美地、毫无差错地工作。我们需要引入**调试**作为开发过程的一部分。

知识拓展
调试：对妨碍程序或软件正常运行的缺陷和错误进行识别、分析和解决。

术语"bug"指的是导致某个（与预期不一致的）问题的编程缺陷，尽管 bug 一词到底源于何处颇有争议，但不可否认的是，IT 领域已经沿用这一术语多年。调试代表着极强的解决问题的能力。图 13.3 给出了调试示例，无论对于移动应用程序开发项目来说，还是对于其他增强现实体验设计项目来说，逐行检查代码以识别和解决错误是保障软件流畅运行的关键。调试的过程通常包含以下步骤：

1. 识别是否存在 bug。
2. 隔离 bug。
3. 努力找出原因。
4. 设计解决这一 bug 的方法。
5. 尝试解决 bug 并进行测试，以确保问题得到解决。

图 13.3　调试示例

摄影师：Zakharchuk，就职于 Shutterstock

虽然这个过程看起来非常简单，但是隔离某个 bug 并找出导致这一 bug 的原因通常不是容易的事情。澄清一下，测试和调试不是一回事。这两项操作对项目开发过程来说同样重要，但它们扮演着不同的角色。

测试是开发人员为了寻找可能存在的问题而进行的检查。与基于人的用户测试不同，当我们独立讨论"测试"一词的时候，通常指由计算机进行的各项检查。一般来说，开发人员可以让计算机在几分钟之内通过在大量场景中运行代码，以识别出对应问题。测试过程中，或多或少会发现一些问题，一般来说，测试程序会针对每个问题返回相应错误代码。

调试指的是对测试发现的错误进行溯源并尝试修复的过程。在完成调试后，开发人员一般会重新进行测试，以确认错误已经被解决。

在调试过程中，团队需要根据实际情况，从数不胜数的技术方案与调试程序中选取最合适的一套方案来识别问题。总的来说，无论哪种技术方案和程序代码，都离不开"不断尝试"这一主题。解决错误的最好方法是尝试新的策略，如果不起作用，就尝试下一种策略。在这一领域中，值得关注的调试方法主要有两类：单元测试和敏捷测试。

❑ **单元测试**是为了识别错误出现的位置，程序员通常会为某一特性函数或某一小段代码编写测试，观察其工作结果是否符合预期。单元测试程序会自动逐段对代码进行检查。如果单元测试执行失败，那么测试程序将报告一个错误，指出故障发生的位置。除了识别错误，单元测试的方法还可以帮助程序员将重点集中在需要解决或调试错误的部分。

❑ **敏捷测试**是通过持续迭代不断完成交互循环、频繁进行测试。与传统上设计师在完成整个体验设计后将输出文件转交给开发团队和测试团队不同，敏捷测试策略是在整个设计流程中，设计师都会与程序员们一起工作，将每一个元素的设计、开发与测试融为一体，贯穿整个项目过程。然后根据当下迭代循环的反馈进行优化，随即进入下一个迭代循环。在每个迭代中，团队会根据项目需求完成一部分特性的设计、开发和测试。基于敏捷测试方法，根据开发人员的反馈，设计师能够及时对设计方案做出调整。更棒的是，无论在开发过程中遇见什么问题，都可以随时返回到上一次成功构建的版本。

扩展现实设计项目通常更需要设计师与开发人员的紧密合作。虽然你可能不会亲手进行调试，但在尝试定位复杂问题的根因时，设计师所特有的创造性思维和解决问题的策略往往能够在关键时刻发挥作用。对设计师来说，掌握基础调试技术能够有效降低沟通成本并提升工作效率。

13.4 用户体验测试

毫无疑问，每一位设计师都期待自己所设计的产品能够正式发布。那么，应该如何确定发布的时机？什么时候才能认为设计已经完成？如何评价设计是否足够优秀？或者，当截止日期来临的那一天我们就发布，无论设计是否完成？

如果可以，不妨回到项目最开始的构思阶段，重新回顾你的设计目标，这些目标是否都已完成？显然，没有谁可以独立回答这些问题，除非这项体验只为一个人设计。目标受众才是决定这项体验是否成功的关键。想知道这种体验是否能够令受众满意，最好的方法就是亲自去问他们。成功的项目离不开用户体验测试。在设计过程的最后一步，我们应该与用户一起确认整个团队的工作是否达到了预先设定的目标。

13.4.1　定性测试

用户测试这一过程是将自己视为学生，而将用户视为老师。不要认为用户的反馈是在质疑你的设计决策。定性的用户测试可以通过下列**可用性测试**来实现：

❏ 在受到一定约束的环境中观察使用情况。

❏ 在自然环境中观察使用情况。

❏ 在虚拟环境中观察使用情况。

❏ 进行用户访谈。

> 知识拓展
> 可用性测试：针对某一用户群体，测试给定体验的易用性实践。

如何观察

在观察用户进行体验测试时，不要期望用户完成某些操作，你要做的事情只是观察他们实际做了什么，以及在进行这些操作的时候用户的面部表情。最重要的是观察和学习在没有任何人指导的情况下，用户会如何进行体验。不要对用户产生任何干扰，只需要单纯观察他们是如何开展体验的，注意他们的表情与反馈。对用户进行体验的观察越是深入，能够带来的收获也就越多。在观察用户进行体验这一过程中，用户进入体验的前三十秒非常重要。你需要在用户正式开始流程之前就做好观察的准备。如果有可能，可录像，这样，后续你可以随时选定某个时间点重新再看一遍。如果无法录像，那么你需要仔细地观察，记下笔记以备后用。在观察时，请注意用户做的那些看起来不太正确的事情，分析这一举动是什么原因引起的。这并不意味着用户做错了什么，而是我们需要反思自己是否在设计中提供了什么存在误导性的提示。观察者需要格外注意触发并开始沉浸式体验的环节：他们对所处环境发生变化的反应是什么样的？

请记住，面对新产品或新体验时，人们的互动方式主要基于他们以前的知识储备和交互经验。用户本能地会期望在熟悉的地方（比如菜单或设置）中可以找到熟悉的选项。同样，在面对全新的扩展现实世界时，用户将会尝试按照自己最熟悉的交互方式来进行探索。当然，你不可能知道用户过去的所有经历，所以设计师往往只能选择遵循在移动应用和网络体验中用户熟悉的交互惯例。

在观察用户与你的设计如何进行互动时，请务必注意：

❏ 他们的操作顺序。

❏ 他们（尝试进行）的互动方式。

❏ 用户痛点及失败案例。

❏ 成功的互动模式。

造成互动失败的原因可能是用户试图与某些实际上不存在交互选项的对象进行互动，

或者相反，你期望用户能够与某个对象互动，但他们却忽略了它。请记下所有有效的和无效的互动设计。其中哪些让你吃惊？哪些让你兴奋？

然后，在重新启动用户体验之前，一定要让用户体验完整的互动流程，观察他们完成交互的步骤。最后，根据用户的面部表情、肢体语言以及所提供的即时反馈，评估用户的总体满意度。这些都是评价用户体验设计效果的重要指标。请记住，在可用性测试中，我们并非在评估体验的功能设计有多完美，那应该是在此之前需要完成的事情。相反，你需要整体把握用户的使用体验，以及确定当前的产品设计中是否提供了足以支撑用户完成体验的操作提示。

基于位置的观察

毫无疑问，观察可以让我们学到很多东西。从线下交谈到线上会议，我们有各种各样方法可以开展观察测试。例如，一些观察可以在一个受控的环境中进行。让用户到某个特定的地方进行测试显然可以使测试过程更顺利。然而，对于创新体验设计测试来说，这样做可能无法真实地反映用户在现实世界中的交互策略。当然，如果你想要测试的是虚拟现实类体验，那么可以选择在受控环境下进行测试，你只需要确保用户拥有合适的设备和软件环境就足够了，记住找一个可以在观察用户的同时掌握其头戴设备内的实时景象的位置。

然而，对于增强现实项目来说，仅在受控环境下进行测试可能无法获得理想的效果，因为 AR 项目的测试需要尽可能覆盖各种场景。在这种情况下，不妨基于用户偏好，选择其感觉更自然的环境进行观察，这将为你带来更有价值的反馈。在用户测试中，请务必覆盖室内和室外、清晨和傍晚、明亮和昏暗等不同场景和时段，甚至，你需要在不同的 Wi-Fi 信号强度和蜂窝信号强度下进行测试。限制条件的选定有助于帮助团队识别物理环境中可能出现的问题。有些问题可能与具体设计关系不大，但能够让你了解自己所设计的体验会因环境因素产生怎样的变化。

你也可以选择在虚拟环境中观察用户体验。这类观察可以通过视频会议平台（如 Zoom 或 Google Meeting）进行。毫无疑问，基于线上会议的用户观察会受到客观条件的限制，因为观察者只能从对准用户的摄像头这一固定角度进行观察。所以，如果条件允许，可以让用户通过将移动终端与其头戴式设备的同步来实现这一点。在实时观察用户面部表情与肢体语言的同时，如果能够拥有包含其视野场景在内的这些信息，那么基于视频会议的用户观察将不失为一项可行选择。更棒的是，基于视频会议的观察方法可以极大扩展用户测试的范围，那部分无法进行当面访谈的用户将不再处于你的视野盲区，测试能够覆盖的用户类型与场景特性都将更为多样化。同时，采用这种测试方法还可以简化视频录制的过程，不需要任何额外设备。这可能会有助于你记录整个观察过程，以备后续使用。在用户允许的情况下，使用这个虚拟选项，只需要简单点击就能备份整个测试过程。

综上所述，每种观察选项都有其利弊，你需要根据待测产品的具体情况进行权衡。一般来说，最常见的选择是将所提到的多种观察方式有机组合，以便于在不同的条件下，以不同的方式对用户进行测试，更全面地收集数据从而改善用户体验。

值得注意的是，知道自己正被观察的用户会比自发进行测试的用户付出更多努力以成功完成体验。毫无疑问，每个用户都希望能够实现他们的体验目标，但是那些清楚自己正被观察的用户确实会比普通用户花费更多的时间进行尝试，也更为关注体验最终的结果是否成功。

用户访谈

在完成用户体验过程的观察后，不妨坐下来与用户交流一下，讨论一下他们刚刚经历过的体验。用户访谈允许用户从自己的角度提供见解，描述自己的体验感受；若是可以将用户访谈的结果与所观察到的内容有效结合，将会使用户测试更为全面准确。原则上，你需要事先准备好访谈问题清单，对接受测试的每个用户提出同样的问题。当然，你也可以根据所观察到的实际情况即兴提出一些问题。用户访谈时，最好选用开放式问题，以鼓励用户在回答中提供更多细节，而不仅仅用简单的"是"或"否"进行评价。通过用户访谈，你可以发掘用户最关心的问题与痛点，并与其讨论可能的解决方案。除了询问用户的整体感受，你还可以收集用户关于体验改进的建议。

要注意，用户访谈这一形式，使得用户只会对你所提问的事情作出回答。与此同时，用户的回答也并非百分百诚实，部分用户可能会倾向于美化自己的感受，认为给你一个正面反馈会更为"友好"。通过观察，你可以直接看到用户的表情与反应，而不是仅仅依赖他们的描述。另外，如果在一段时间后才开展用户访谈，那么用户对体验的感受与描述也可能会略有不同。直接对用户进行观察所带来的反馈是最准确的，也是最及时的。

定性测试并非基于实际收集的可测数据，而是依赖于人的肉眼观察与受测用户的主动反馈，所以，定性测试的结果可能会受到主观观点和偏见的影响，甚至可能会为整体体验评估引入风险。实践中，通过观察与访谈，团队往往能够评估用户的交互流程与情绪反应，并据此形成体验的改进建议。尽管这种方式通常很有效，但形成这一结果的整体逻辑仍然缺乏事实依据。所以，我们通常会将定性测试与定量测试结合使用。

13.4.2　定量测试

作为对用户观察与用户访谈这类定性测试的补充，定量测试基于可供分析的统计数据。因为数据直接来自事实行为，不会受观察者的观点所影响，所以，一般情况下，会认为定量测试能够提供更真实的信息，为提高可用性给出更精准的建议。

当然，虽然定量测试所收集到的数据可以覆盖诸如用户视线落点、成功率、操作时长等典型统计信息，但它并不能（像人那样）直接告诉你产品存在的问题与具体改进措施。这就是为什么只有将定性测试与定量测试相结合，才能够提供全面的反馈。对扩展现实领域来说，进行定量测试的方法主要包括：

❑ 问卷调查（体验中 / 体验后）。

❑ 眼动追踪。

❑ 生理反应监测（心率、运动等信号）。

❑ 应用程序生成报告（基于预定义的控制点）。

问卷调查

在完成用户访谈后，不妨继续以问卷的形式进行调查以收集更多信息。如前讨论，用户访谈需要面对面进行，这可能会促使一部分用户美化其行为或回答以展示友善。而当填写调查问卷时，他们的回答可能会更诚实，也更直接。

以问卷的形式进行调查更便于收集评分，采集到的数据能够直接用来进行统计，进而对假设与猜想进行验证。虽然在完成体验后进行调查往往更为常见，不过，如果能够在扩展现实的体验过程中设计几个关键反馈节点，也许能够带来意想不到的好处。这种方式能够及时收集用户在体验时的感受与反应。请始终记住，设计调查问题时措辞要尽可能简洁，回答起来要尽可能容易，并且要与用户所使用的设备尽可能匹配。通常来说，提供相应选项供用户选择和评价是一种不错的方法，但是，要求用户（尤其在没有键盘的情况下）手动输入一段话就有些强人所难了。随着扩展现实技术的发展，你也可以考虑将问题融入体验场景中，并允许用户以语音的形式进行响应，显然，这是一种可以将调查问卷与体验内容无缝结合的方法。

眼动追踪

随着眼动追踪技术的发展，在扩展现实体验过程中，可实时追踪用户的视线落点。在 XR 体验中，可以通过追踪瞳孔的位置与角度（见图 13.4）收集用户视线落点数据。在扩展现实体验中，基于头戴式显示设备，可以对用户视线落点的追踪更加准确。对扩展现实场景来说，眼动追踪技术所收集的数据可以为方案设计的层次与流程提供宝贵的改进建议。

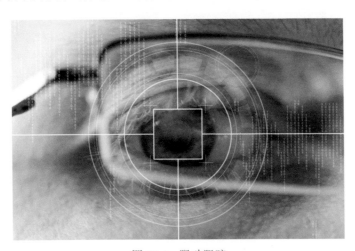

图 13.4　眼动跟踪

摄影师：MaximP，就职于 ShutterStock

生理反应监测

一部分 VR 头戴设备可能会导致恶心或晕动病[⊖]，这通常是由于用户视觉上所观察到的状

⊖　晕动病，即晕车病、晕船病、晕机病，以及由于各种原因引起的摇摆、颠簸、旋转、加速运动等所致疾病的统称。——译者注

态和身体的真实状态不一致所引发[○]。在虚拟现实中，用户无法感知自己所在的物理空间，这也会导致晕动病的发生。在体验过程中，用户所感知的任何不适症状都应该被记录下来（同时应该与体验中引发这一症状的确切时刻建立关联），以便对体验进行安全性与可用性评估。如果许多人都在体验中的某个时刻感觉不舒服，这就清楚地表明需要对此进行调整。

在实际操作中，根据体验内容的类型不同，往往会增加额外的健康信号监测设备，以收集更多相关数据，例如用户的实时心率。监测用户的心率可以协助识别体验引发的各种身体反应。当用户沉浸在你所设计的体验中时，可以依据所收集到的数据洞察到用户当前的状态：舒适、焦虑、恐惧甚至是疲惫。

生成报告

如果你所测试的产品能够通过网络连接给定的独立应用程序或软件，则用户就可以自行提交其操作流程的报告。这将有助于收集数据，包括：用户启动的会话数量、用户在每个页面的具体访问时长、用户在交互中所选的选项信息，以及（如果）程序崩溃时产生的相关错误数据。对这些数据进行分析能够验证各项统计假设，进一步了解用户的参与度与满意度。如果程序发生崩溃，这些数据可以帮助识别导致崩溃的原因。

回到最初的问题，怎么确定体验设计已经完成？

答案是：当用户在你面前完成体验，亲口告诉你他们的感受，并且所收集到的数据也能够支持这一结论：你成功创造了一项能够满足他们期望的、积极的用户体验。

可达性测试

在用户测试阶段（以及将体验融入现实生活的整个过程中），一项重要的测试内容是确保你的体验具备可达性，能够满足不同种类用户处于不同层次的需求。在整个设计过程中，我们需要时刻考虑可达性所依赖的关键条件。这些可达性考虑因素是设计体验的重要部分。作为用户测试反馈的一部分，可以检查以下内容的可达性。

姿势和位置：确保用户可以不仅限于某种固定姿势（如只能坐着）进行体验。

立体声场：基于立体声场设计，用户能够感知到与物理世界中类似的三维空间距离。在扩展现实领域中，我们有更大空间用以发挥立体声场的潜力。当然，为了使这一技术能够覆盖更多用户，可以为需要的人提供将立体声场转换为单声道音频信号的选项。

多模态感知：充分调动用户的多种感觉，来增强体验的情感联系，并提供更多交互选项来满足用户的需求。可选的交互方式包括但不限于：语音、文本、视频、图片、触摸、手势、视线追踪等。为了覆盖更多用户，可以为用户提供文本到语音转换（语音合成）以及语音到文本转换（语音输入）的选项。

字幕：为音频信号提供字幕。

颜色与对比度：确保场景中的色彩设计能够提供足够的对比度，以帮助用户看清场景

○ 最常见的例子就是坐着或站着用手柄来操控角色移动时，视觉上他得到的信息是"我在移动"，然而负责感知身体状态的中耳前庭器官却给大脑发出"我没动"的信号，这种矛盾的信号会让大脑认为"自己"处在一个不正常且危险的状态。——译者注

中的元素。

可读性：允许用户改变字体大小和调整文字与背景的对比度。

定制化：允许用户根据不同照明条件下调整屏幕亮度，或减少一次展示的元素数量。定制化选项允许用户进行必要的调整，以获得最适合自己的体验。这还可以为用户提供一个选项，以展示视野之外的对象。

根据可达性测试的结果，设计师可以选择调整相应体验设计，以使产品能够覆盖更多用户，为那些受到视觉障碍、听觉障碍或行动不便影响的群体提供与健康群体相同的体验。随着进行体验的时间、地点和场景的不同，对体验的可用性与可达性的需求也会发生变化。提前将相关因素纳入考虑，对提升整体用户体验至关重要。

13.5 隐私保护

扩展现实技术能够让你以前所未有的方式去行动、学习新事物。它采用了一种全新的体验现实世界的方式，这在以前简直无法想象。扩展现实技术赋予你"超能力"的同时，也意味着你有责任善用它们帮助你周围的人。我们有很多不同的方式来使用扩展现实所带来的能力，所以，要为自己所做的选择负责。在扩展现实这一领域中，常见的问题包括数据泄露、隐私问题和技术偏见。

作为一名设计师，你有责任保证自己所创造的体验首先是正面的、无害的；其次，我们希望你所创造的体验对用户所产生的影响是积极的。回顾本书所讨论的所有设计要点，体验设计需要关注的焦点自始至终只有一个：用户。在"以人为本"的指导原则下，尽最大努力保护用户的隐私与权利无疑十分重要。

扩展现实体验与个人隐私信息密不可分，图 13.5 展示了人们随身佩戴的可穿戴设备，它们时刻为我们提供数据，尤其是经过处理的数据。设备能够获知用户所看到的、听到的一切。扩展现实技术能够对用户所在的空间了如指掌，甚至能够跟踪用户日常生活中的每个习惯与细节。实际上，随着扩展现实体验逐渐成为个体生活的一部分，个人隐私信息保护这一问题也越来越受到重视。

大型创新变革往往需要一段时间来形成新的标准。这段时间一般不会太长，因为基于创新技术进行创作的人会越来越多，他们的工作将（有意或无意地）逐步形成事实标准。这些年来，我们目睹了社交媒体乃至互联网领域的标准是如何设定的。与此同时，我们也逐渐看到了缺乏隐私保护标准所带来的负面影响。典型的负面案例是脸书公司数据泄露事件，数百万脸书（Facebook）用户的个人数据未经本人同意就被第三方机构获取。从这个案例开始，用户逐渐意识到个体隐私的重要性，在创建账户和使用电子设备时也变得更加谨慎。扩展现实领域目前正发展到最重要的时刻，幸好，我们仍然有足够的时间来设立标准，以确保用户的数字资产能够得到保护。现在是时候把这件事情做好了。正如前文所讨论，扩展现实是极为私人的体验，对个人隐私的保护在这一领域尤为重要。

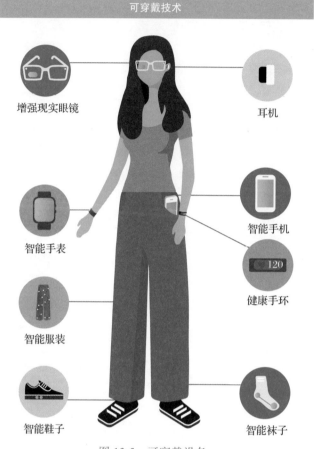

图 13.5　可穿戴设备

13.5.1　隐私分级

　　想象一下，当你走进一家餐馆时，按照惯例，你会拿到一份纸质菜单；现在，基于扩展现实技术，你可以通过智能眼镜查看一份数字形式的菜单。最特别的是，这份菜单完全是为你量身定制的。它清楚你的饮食忌讳和口味偏好，它甚至可以结合这个餐厅的特色，为你提供在这个季节最棒的饮食建议。例如，对于无麸质饮食的人来说，智能眼镜能够轻松分辨出菜单上哪些食物可供安全食用，这简直再方便不过。然而，至少在今天，如果想要确定一家餐厅提供哪些无麸质食物（大多数情况下餐厅不会为无麸质饮食的客人准备一份特殊的菜单），解决方案仍然会相当复杂：你需要查阅每道菜所需的烹饪原料列表，甚至需要让服务员从后厨把调味用到的瓶瓶罐罐拿到桌子上让你检查配料表，如果对方愿意配合的话。

　　对一家餐馆来说，为具有不同饮食偏好的顾客提供个性化菜单选项几乎是不可能的。但是，当每位顾客都随身佩戴了一款保存了他们所有偏好的设备时，私人订制菜单这项服务可以立即变成现实。虽然这可能对一部分用户很有帮助，但是对另一部分用户来说，可能会让他们感到隐私受到了侵犯。换言之，不同类型的顾客喜好构成了隐私分级的基础。

在用户的认知中，不同类型的个人数据涉及的隐私程度不同，所受重视程度也有所不同。一般来说，一个人不会认为自己对哪些食物过敏属于隐私，但大概率会把自己的身份证号码作为隐私数据处理。对于位置信息是否属于隐私数据这一话题，人们产生了较大的分歧。一部分用户会拒绝分享自己所在的位置，而另一部分用户会认为便利性比保护位置数据更重要。在设计一款产品时，了解不同用户群体所期望保护的不同层次的隐私数据相当重要。在隐私数据分层定义中，我们定义外层数据通常包含更少的个人信息，而更多的是用户愿意分享的信息；内层数据涉及更多个人信息，必须得到更大程度的保护。

在进行移动增强现实体验时，应用程序往往会在拍摄前弹出一条消息通知，要求用户允许调用相机来开展 AR 体验。当然，移动应用也需要为访问相册、共享位置或启用麦克风分别获得相应授权。隐私数据授权机制均由手机制造商统一进行管理，如果应用开发团队不遵守相关隐私协议，那么其应用程序将不会被批准发布。为便于管理，隐私授权机制会对其中部分选项提供不同的控制级别。例如，对于分享所在位置数据这一选项来说，用户可以选择“总是分享”“从不分享”或者“只在使用该应用程序时分享”。在设计体验时，设计团队应充分考虑如何将隐私控制权交到用户手中。用户的隐私数据实际上只属于他们自己，所以，理应让用户自己决定如何使用这些数据。

用户应该对自己的数据有掌控权。在进入体验（或应用）前，用户应当知悉：

❏ 自己当前正在分享什么信息。

❏ 应用程序将会如何使用这些信息。

❏ 自己最终能够获得怎样的体验。

这意味着，用户数据仅能用于其已经同意的目的。随着技术的发展，数据将成为新的资产，因此也会受到相应保护。幸运的是，相关法律法规的制定者已经开始采取一系列行动，确保用户数据能够得到保护，从而也保护了用户的权益。

13.5.2　AR Cloud

为了确保增强现实这项技术能更好地实现，方法之一就是设计一套连接物理和数字世界的标准，开放而积极的标准能够带来更大的创作空间与市场价值。这一领域中，最早成立的大规模标准组织是增强现实开放云协会（Open AR Cloud Association，OARC⊖），这一组织始终致力于推行“增强现实云（AR Cloud）”的相关标准。OARC 组织的愿景是为存储在 AR 云中的数据创建相应标准、指南和工具，以提供保护，并以分级隐私保护的形式维护用户权利。为了做到这一点，OARC 已经开展了一系列与扩展现实相关企业及专业开发团队的合作，共同创建能够存储和保护用户信息的云技术。按照 OARC 的设计理念，数据不应该由商业巨擘持有，这可能会导致与其合作伙伴和利益相关方共享数据的风险，数据应该由以

⊖　openarcloud.org。

保护数据为使命的开放组织持有。

随着技术的发展，人们创造的数据越来越多，个人设备的空间不足以保存我们所有的数字信息，这促使了云数据这一技术领域的出现与发展。对增强现实技术来说，能够在需要的时候，特别是在基于可穿戴设备进行开发时，及时访问数据至关重要。显然，对于增强现实领域中常见的可穿戴设备来说，本地存储空间、重量、散热等都会成为影响用户体验的关键问题。毋庸置疑，AR Cloud 这一能够根据实际需要存储并访问信息的技术为增强现实的发展提供了一个很好的机会，增强现实的未来由云计算和大数据驱动。当前，市场上已经涌现出了各式各样的云数据，它们通常是由企业创建的，企业也希望从用户数据中获取一些反馈。实践证明，OARC 关于用户隐私保护的想法带我们朝着正确方向迈出了一大步。

人们已经习惯智能手机能够跟踪自己所在的位置并了解其购物偏好，但是，扩展现实技术的飞速发展意味着我们的设备将能够掌握我们看到的一切，智能眼镜甚至比我们自己还要清楚我们视线所在的每一个细节。随着摄像头不断普及和使用，保护所收集的数据这一隐私变得更加重要。云有望成为一处可以保存我们与之互动的空间数据的地方。为了确保用户能够理解并接受这一点，OARC 正在尝试建立一套保护数字信息的标准。我们相信，在不久的将来，私人信息将能够存储在安全空间并直接交给用户，届时，信任将成为新的商品。

13.5.3　面部识别

正如之前讨论的，相机功能已经不仅限于捕捉某个瞬间，它还可以同时获取空间相关数据。这也将**面部识别**技术推向成熟，图 13.6 展示了基于动态特征点与网格特征，对人面部进行 3D 识别检测的场景。这项技术在解锁智能手机时非常有用，能够帮助判定当前用户的身份，以及进行授权。

> **知识拓展**
> 面部识别：将实时摄录的面部数据与数据库中的数字面部模型进行匹配，以进行身份识别的技术。

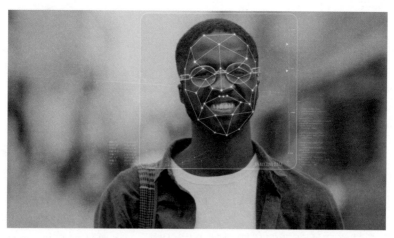

图 13.6　面部识别

摄影师：Fractal，就职于 Shutterstock

　　然而，这项技术也许会带来一个更大的问题，即统计偏见。据《华盛顿邮报》在一项国家级研究项目中发布的信息：基于所选用的算法和搜索类型，亚裔或非裔美国人被错误识别的可能性是白人的 100 倍。研究数据显示，美洲原住民面部识别的假阳性率是所有种族中最高的；从系统角度来看，面部识别算法针对不同族裔面部数据识别结果的准确性具有很大差异。[18]

　　这一研究结果同时表明，相比于男性，女性面部数据更容易被错误识别。我们需要格外注意此类信息，因为大量扩展现实体验将面部扫描识别作为其核心功能之一。

　　如果我们仅将扫描到的面部数据用于数字内容设计，例如 AR 化妆、AR 表情包这类应用，那么，面部识别的准确度可能没那么重要。然而，对于执法部门基于面部数据对嫌疑人进行识别这类应用场景来说，准确性将会是最重要的设计目标。

　　计算机科学家兼数字化转型活动家乔伊·博拉维尼领导成立了"算法正义联盟（Algorithmic Justice League）"这　组织，其愿景是监督各商业公司使用智能算法进行决策时的公平与公正。正如博拉维尼在其 TED 演讲"如何对抗算法中的偏见"中所说，计算机视觉使用机器学习技术来进行面部识别。这一技术的工作原理为：收集足量的人面部数据用来创建训练集，同时告诉计算机"这一样本属于人脸，这一样本属于人脸，这一样本不属于人脸……"。随着技术的进步，你可以基于这一原理教会计算机如何识别其他的人脸样本。然而，如果训练数据在采集时就未能获取足够多样化的样本，那么，偏离既定标准较多的面孔将难以被识别。[19]

　　算法正义联盟致力于践行"技术面前，人人平等"这一理念。

　　在使用人工智能技术帮助决策时，不存在任何误差。它要么能够 100% 准确工作，要么根本不起作用。想象一下，当你打开最喜欢的地图应用并输入某个目的地时，你当然希望它能够带你去正确的地方。如果这一应用无法准确提供导航路线，那么它实际上就不能成功完成任务。你会认为它是不能使用的。那么，对于面部识别这类应用来说，用户为什么要接受准确率低于 100% 的情况呢？如果识别的结果不是 100% 准确，那么它实际上就没有起到作用，没有用户会使用不够准确的面部识别应用。

　　在将扩展现实体验带入我们生活的现实世界时，设计团队需要考虑各种各样的影响因素。是否应该自行开发代码？如何判断应用已经开发完成？如何确保应用的可靠性？如何保护用户隐私数据？回答这些问题最好的方法是在设计过程中始终将它们纳入考虑。当第一次经历整个过程时，你可能会将更多注意力放在对技术的理解上，如理解不同领域的专用词汇，逐一确定各项技术、色彩与视觉层次的最佳设计方案。这是很好的开始。但是，当真正开始创造一种超越练习或设计挑战的体验时，你需要考虑它对用户产生的整体影响，以及如何以用户为中心设计完整的体验。扩展现实技术能够提供给人前所未有的体验，在你尝试将它所带来的超能力赋予用户时，一定要仔细对每一个交互细节进行检查。

设计挑战

完整循环

　　在本书最后一项设计挑战中，你将经历从开发到测试的完整 AR 设计流程。当然，我们并不会在这一环节中设计一款完美的 AR 产品，而是完成一个小型敏捷设计迭代。

　　这一迭代中，你需要选择一项想要创建的交互方式，然后进行测试。首先，请确定一款用来测试增强现实交互效果的程序或服务（如 Adobe Aero）。然后依据下列步骤完成挑战：

　　1. 提出设计思路。

　　2.（在透明纸板上）将其勾画出来。

　　3. 想象用户如何与你所设计的数字元素交互。怎么才能告诉用户操作方法？为此进行设计。

　　4. 想象进行体验时的背景和用户所在位置。为此进行设计。

　　5. 创作 3D 内容。

　　6. 补齐所需的 2D 内容。

　　7. 导出设计文件。

　　8. 添加行为：这包括触发器（用以启动交互流程）和动作（交互流程触发后，需要展现的场景）。

　　9. 上线体验。

　　10. 测试。获取反馈。不断完善。

　　11. 现在，你已经完成了敏捷工作流程中的一个设计迭代。这只是开始。

未来发展

熟知技术原理和设计方法后，现在，你已经来到本书的最后一章。本章既涵盖你在独立设计扩展现实项目时所需纳入考虑的下一步流程，同时也涉及扩展现实行业的未来发展趋势。最终，我们希望本章能够带领你打开通往扩展现实设计领域的大门。本章具体内容如下所述。

发展方向：经过前面几章的学习，现在你已经基本掌握了扩展现实的设计流程，接下来你需要做的是更进一步，继续学习高级设计技能。

打破常规：随着扩展现实技术的发展，人们所习惯的显示方式也随之改变，现在，是时候创造数字技术的未来了。

扩展现实前景：现下，各式各样的设备和屏幕都在吸引我们的注意力，我们需要将它们统一整合到一个空间内。这将帮助人们重塑接触信息的方式，让人们以全新的视角拥抱周围世界。

14.1 发展方向

如果你已经认真完成了前面章节的设计挑战，我们相信，现在你应该完整掌握了扩展现实的全部设计流程，那么，下一步该做些什么？答案是，亲手创造你想要的未来。你可以尝试设计一个利用扩展现实技术提高人们生活质量的项目，并为之构造一套具体的实现方案。这可以是一个小而美的设想；记住，小步快跑。不妨从相对简单的概念入手，每个概念都会指引你走向下一个概念，而下一个概念又会在实践中进一步延展，通过这样的方式，你可以快速完成创意的创造和探索过程。最好的创意往往源于生活中的真实经历，因此，在构思和推进扩展现实设计时，充分参考你在现实生活中的亲身体验。

尽管扩展现实技术尚未被大规模普及应用，但这不应该阻碍你设计的前行步伐。相反，这正是你应该现在开始学习的理由。或许目前市面上尚不存在一副完美的 AR 眼镜，但你可以在这一期间先基于其他技术开展设计，这样，当更好的设备出现时，你可以领先前行。

请相信，技术进步不是一个"是否会发生"的判断问题，而是一个"迟早会发生"的时间问题。如果你一直等待所谓"完美设备"的出现，那当它出现时，你会发现为时已晚，所以，最好从现在就开始。我们希望，在读完这本书时，你会对值得关注的各个设计领域均有所了解。以下几条建议将有助于你未来的设计生涯：

- ❏ 设计自定义的 3D 模型。
- ❏ 学习和探索扩展现实技术体验的不同形式。
- ❏ 尝试在不同设备上测试同种颜色和字体，评估显示效果的差异。
- ❏ 观察用户与物理空间中 3D 物体互动的方式，以激发设计灵感。
- ❏ 尝试感受视听效果如何影响整个体验。
- ❏ 学习 HTML 和 JavaScript 编程技术。

掌握以上这些技能将帮助你迈出设计的第一步，使你成为一个更专业、更受市场欢迎的沉浸式体验设计师。

14.1.1 借助已知技术

在展望扩展现实技术的未来时，最佳的评价方式是不做任何评价。反过来说，你可以多多关注那些预示未来技术方向的线索。以苹果公司为例，你可以基于现有的技术来设计一个体验原型，但更好的方式是，整合这一公司的全部产品系列：AirPods 的头部追踪技术（以创建具备空间感的音频）、Apple Watch 的触觉反馈和手势识别技术、iPhone 12 Pro 搭载的 LiDAR 扫描器（提供深度感应功能），以及苹果公司提供的手机 AR 平台，来创建一套完整的感官体验。如果我们能够有机融合这些技术创造出新的应用，那么，所有这些单独的技术能力都会为下一步的发展提供线索。因此，与其等待苹果公司推出真正意义上的全套扩展现实设备，不如挖掘其现有产品系列的技术潜力，从现在开始设计你心目中的体验。

上述举例仅涉及苹果公司的技术，你当然也可以选择其他公司的技术成果作为平台组件。通过研究该公司当前发布的产品阵容，你可以将其有机组合在一起设计扩展现实体验。这将使你在下一个"新"产品发布之前领先一步。

14.1.2 为热爱创作

如果你希望创作更多的扩展现实作品，那么就不要只是坐着等待完美的客户找上门来。事实上，你所设想的完美客户永远不会到来。除非有人强力推荐你，否则，如果你没有某类项目的设计经验，你不太可能得到该类工作的机会。在求职中，招聘机构和创意总监希望看到的往往是优秀的项目作品，以此确保候选人有能力胜任这份工作。你可能会想，"如果没有人愿意雇佣我，那么我怎么才能在自己的作品集中拥有相关项目经验呢？"答案是：为自己进行创作，为热爱进行创作。只有你自己才是你最完美的客户，因为你会比其他人更了解自己，也更能驱动自己。因此，你需要养成独立创作的习惯，并坚持不懈。

明确以上这点，你就可以开始创作一个自己真正感兴趣的项目，这一过程可以培养、探索、拓展你在 3D 设计、交互设计领域以及增强现实、虚拟现实技术领域的技能，并相应进行强化。如果你想日后成为沉浸式设计领域的专业人员，那么你就需要在作品集中展示自己对于三维空间设计的理解与成果。请记住，不积跬步，无以至千里，再好的方法也无法胜过日积月累的练习。你可以先给自己设定一个目标，如一项持续 30 天的设计挑战。在此期间，每天花 10 ~ 15 分钟创作一些元素。你可以从自定义 3D 模型设计开始，在这一基础上，逐步增加材质特性和灯光效果。

当然，为使这一方法奏效，你必须坚持每天练习，不断精进。不过，你可以把每天练习的时间设置得短一些，这样执行起来就不会觉得太过困难。之所以建议进行时长为 30 天的设计挑战，是因为人们形成一个习惯通常需要 30 天时间。需要提醒你的是，在第十天左右，你的新鲜感和兴奋感会开始减弱，甚至可能会后悔开始这一挑战。因此，你要提前做好克服这一状态的准备，为这一天预留一个你一直期待的、令人兴奋的任务。然后，当度过这一低谷之后，你会重新振作起来，继续向前攀登。随着技能与经验的逐渐增长，你慢慢会看到自己工作成果不断完善，不断从中获取成就感与满足感。这一正向反馈能够有效推动你到达终点。

在结束了为期 30 天的设计挑战后，你可能会选择继续或创建下一个设计项目。每完成一个项目，你就可以把它添加到自己的作品集中。这些项目将充分体现你的设计技能、创意角度和职业态度，也将成为你获得下一份相关工作的核心资本。

14.1.3 从周围世界汲取灵感

如果你希望在 3D 和沉浸式设计领域继续精进，那么，不妨多关注自己所处的物理环境，从中获取设计灵感。我们在现实世界中生活，每天都和周围的环境不断互动，毫无疑问，你天生就是三维空间的专家。然而，和大多数人一样，你可能对所处的空间环境习以为常，甚少停下来关注身边的物品、对象和任务。如果你沉下心来，把注意力放在与周围环境的互动中，不断观察、日积月累，就可以在日常生活中不断发现新的设计灵感。

例如，在观察厨房这一日常空间时，你可以思考以下几点问题：

❑ 如何打开电器。
❑ 如何打开冰箱门。
❑ 如何知道该怎样打开食物包装。
❑ 如何拿起餐具。
❑ 如何知道该怎样把食物准确地送到嘴里。
❑ 用什么角度倾斜杯子可以既喝到水又不会把水洒到脸上。

在设计扩展现实中的交互动作时，对这些任务实现路径的思考将给你启发和帮助。这些问题的答案涉及用户界面、用户意图、手势设计以及感官体验的创造，只要你在生活中注意观察并思考，你的身边就存在着数百个设计问题的答案。妥善应用从物理空间中所汲取的灵感，将使你设计出来的体验更加自然，更易于理解，因为用户对它们无比熟悉。正如艺术家安迪·沃霍尔⊖所说，"你需要在生活中那些习以为常，甚至不屑一顾的事物中发现不凡"。要做到这一点，你需要关注生活中的细节，改变对它们的固有看法。你可以尝试从不同的角度看待事物，观察其他人与物体的互动，甚至尝试以不同于以往的方式与物体进行互动。图 14.1 展示了一款增强现实应用 Sous Chef AR，该应用能够为用户提供烹饪教学的沉浸式体验。除了烹饪指导，Sous Chef AR 还可以在用户界面上显示所有辅助烹饪的信息：虚拟计时器、数字温度计、食材清单等。Sous Chef AR 旨在为厨师提供一个兼具教学功能与实用价值的体验。图中显示了如何利用橱柜和炉灶上方的空间向用户提示烹饪流程，以帮助用户做出可口的饭菜。此外，它还能够在用户界面视图空间中提供分步指导，用户可以在各个视角看到。

图 14.1　Sous Chef AR

设计师：Tanner Hogan

14.1.4　体验的触发因素

在你致力于扩展自己的沉浸式作品集，并尝试加强对于物理世界中各种互动模式的感知时，你还需要着重思考如何使自己的作品脱颖而出。一种显而易见的方式是创造令人震撼、身临其境的视觉效果。然而，对于一款真正的产品来说，即使它拥有美丽夺目的 3D 图

⊖　安迪·沃霍尔（1928—1987 年），波普艺术的倡导者和领袖，也是对波普艺术影响最大的艺术家。他大胆尝试凸版印刷、橡皮或木料拓印、金箔技术、照片投影等各种复制技法。除了是波普艺术的领袖人物，安迪·沃霍尔还是电影制片人、作家、摇滚乐作曲者、出版商，是纽约社交界、艺术界大红大紫的明星式艺术家。——译者注

像、丰富绚丽的色彩搭配、无缝顺滑的用户体验，但如果用户不进入该体验，就完全无法发现其令人心动的一面。因此，另一种可以在用户心中留下更为强烈、持久印象的方式是如何吸引用户进入体验，这对于沉浸式体验来说至关重要。事实上，将用户带入 AR 体验的触发因素将在用户心中留下持久印象，如果设计师设计得足够精巧的话。

不妨想象妈妈带着孩子在商场中购物的场景，孩子通常不愿意被放在购物车里，他们希望能够自由探索；与此同时，妈妈需要在超市里买到目标商品。在这个场景中，每个人都有不同的需求。然而，不妨设想，当他们走进商场时，孩子在显眼的位置发现了一张有意思的海报，并把它指给妈妈看。妈妈看了一眼海报，发现上面有一个捉迷藏的游戏，这或许可以让孩子在自己购物时有事可干。

这个捉迷藏的游戏规则如下：在商场某处藏着一个孩子最喜欢的卡通人物（不妨称之为超人一号），孩子需要找到这个人物。同时，整个商店里还隐藏着一系列游戏线索，所以孩子也需要时刻注意周围的环境。通过扫描二维码，母亲就可以启动这个 AR 体验。然后，孩子可以用手机扫描商场的每个角落，寻找其中的隐藏线索，与此同时，妈妈则可以不受干扰地完成购物。在这个体验中，商场的各处隐藏着 AR 线索和实体线索，每一个线索背后都包含着一个小知识。当孩子最终发现超人一号时，它可能藏在过道尽头的某个产品后方，这一搜寻任务便宣告结束。当孩子用手机识别到该目标时，便会自动启动一个通关动画"超人一号找到了！"游戏宣告结束，妈妈此时也完成了购物任务，可以高高兴兴地带着孩子回家了，本次商场购物的目标顺利达成。

在这个故事中，真正发挥作用的是散落于商场各处的触发 AR 体验的二维码。一开始的显眼海报吸引了孩子的注意，从而促使妈妈扫描二维码开启体验。整个商场中往往还有其他可供扫描的二维码，以防第一个被忽略。故事最后，也是某个产品上的特定标记触发了通关动画，让孩子知道自己赢得了游戏。这些体验的"切入点"对于吸引用户进入体验来说意义重大，需要设计师精心设计。假如没有这些"切入点"，用户就无法享受到这款体验。

为了促进更多人尝试 AR 体验，我们需要在周边环境中尽可能广泛地布置体验的"开启按钮"，以使潜在参与者可以发现并开启体验。在后疫情时代，无接触概念已成为人们日常生活中的一个重要存在，这使得二维码在人们生活中扮演的角色更为重要。人们已经习惯于扫描二维码来获取内容，甚至会互相扫描对方手机上的付款码进行转账操作。使用二维码上传和下载信息也更为常见，比如扫描餐厅的点餐二维码下单，或在公园里扫描二维码以获取浏览地图。扫码过程意味着人们只需碰触自己的设备，而不用接触其他物体，这种方式可以有效杜绝病菌的传播风险。全社会对于无接触扫码的适应也为 AR 体验的普及创造了条件，设计师可以利用二维码作为进入 AR 体验的入口。

即便是年幼的儿童，比如我 5 岁的孩子，也已经学会了用手机识别乐高积木说明书上的二维码，只要用手机扫描一下，就能看到一步步搭积木的 3D 讲解。当我的孩子意识到二维码背后所代表的互动内容时，他现在无论走到哪里，只要看到二维码都想尝试扫一下。尽管二维码从 1994 年就已经产生，但人们接受它的整个历程却十分漫长。二维码最初诞生于汽车工业，首先由丰田公司用于追踪汽车零件。这些二维码比他们的前身条形码拥有更为强大的功能，其容纳的数据是条形码容纳数据的 100 倍以上。当前，二维码已经被证明是 AR 体验最合适的触发入口之一，即便是在后疫情时代，也有极大概率继续沿用下去。这种在物理世界中发现二维码并扫码进入的方式，可以显著扩展不同区域中用户与数字世界的连接方式。

14.2 打破常规

毫无疑问，可穿戴设备和 AR 技术的进步将改变当前已知的显示技术的未来。人们所观看的"屏幕"将不再局限于矩形的显示屏，而是可以在任何地方与想看的信息进行交互。不妨想象以下场景：

- ❑ 你正坐在沙发上看一部电影。
- ❑ 当你走到另一个房间时，你可以继续看同一部电影。
- ❑ 当你躺在床上时，你仍然可以看同样的电影，这次是在天花板上观看。
- ❑ 你随心所欲地不断变化位置，在这个过程中，你可以一直不受干扰地观看这部电影。

比这些更重要的是，你还可以与相应视觉内容进行互动。我们不必把目光从一个屏幕移动到另一个屏幕，就可以随时随地看到所需的信息。当你在厨房做饭时，你可以在炉灶上方看到心仪的菜谱，可以在菜谱上选中相应选项以观看每一步的操作说明，甚至可以观看第一称视角的操作演示视频。在这种情况下，整个世界都可以成为新一代的屏幕，而你所处的环境就是新一代的用户界面。

下列技术的进步将有助于打破传统矩形屏幕的显示方式，推陈出新。

- ❑ 扩展现实技术通用性的提升。
- ❑ 可穿戴技术的进步。
- ❑ 简洁且易于分享的发布流程。

14.2.1 扩展现实技术通用性的提升

正如前一节关于触发因素的讨论，AR 体验入口是提高人们对增强现实和扩展现实整体认知的必要步骤。当人们发现有越来越多的地方可以开展扩展现实体验后，就会有更多人愿意尝试将扩展现实作为交流媒介。在广播电视领域，扩展现实已经在体育和家庭类栏目中悄然出现。2020 年，威瑞森（Verizon）⊖电视台和梅西感恩节大游行⊜合作，除了游行现场的实体气球，还在电视上为在家观看电视的观众添加了 AR 气球以烘托游行气氛，这为游行增添了额外的魔力。在社交媒体和网络领域，AR 增强功能的应用也变得更加突出。

⊖ 威瑞森（Verizon）是美国最大的无线运营商，截至 2021 年第二季度末拥有 1.212 亿用户。公司当前在美国、欧洲、亚洲、太平洋等全球 45 个国家经营电信及无线业务，公司在纽约证券交易所上市。——译者注

⊜ 梅西感恩节大游行（Macy's Thanksgiving Day Parade）始于 1924 年，是由美国梅西百货公司主办的一年一度的感恩节大游行。游行在感恩节上午 9:00 开始，持续三个小时，数万人参加，声势浩大。——译者注

视频

随着流媒体直播的不断发展，AR 技术有了更多用武之地。现在，各种体育赛事直播中已经广泛采用了增强现实技术，与此同时，这种信息形式的发展速度还在持续增长。随着在家办公和社会距离的需求不断强化，人们对视频会议的功能需求已经大大增加。在此基础上，大量视频会议平台推出了许多有趣的 AR 滤镜，包括动画贴纸和虚拟背景，这些滤镜可以掩盖使用者凌乱的房间，甚至可以把房间背景变成某处度假天堂。

在虚拟现实空间中，聚会和虚拟办公空间已经成为人们一种新的连接方式，无论他们身在何处。如 VRchat，你可以与朋友以自定义的 3D 数字形式互动。更好的是，如果你没有 VR 头戴设备，你也可以通过网络浏览器访问这些聚会。

移动扩展现实技术

移动设备是扩展现实的未来，移动扩展现实应用当前已经存在（甚至可以说是无处不在），同时也是如今扩展现实技术的主要应用焦点。这一技术能够将计算机的处理能力与 AR 的移动性相结合，无需固定位置，随时随地都可以进入体验。未来，5G 技术的应用将使移动设备拥有更强的处理能力，甚至可以实现高分辨率图像与 360° 视野的完美融合。就像 3G 的普及推动了移动视频的使用，4G 的普及使社交媒体和移动应用程序进入人们视野一样，许多人相信 5G 技术可以使 AR 和 VR 成为主流应用。比如，用户借助移动 AR 技术可探索博物馆中丰富的藏品，如图 14.2 展示的就是手机上的增强现实应用 T- 博物馆应用程序，用户通过该应用程序可以在手机上观赏梵高的《星夜》作品。

图 14.2　增强现实应用 T- 博物馆

设计者：Cuseum

扩展现实的社交应用

实际上，扩展现实的早期使用案例大多发生在社交领域，因此，我们有理由期待，热衷于社交创新的那部分用户会一如既往地接受和采用扩展现实技术。这一领域的典型应用包括自拍滤镜、为人像照片添加特效等。这一应用在游戏领域也广受欢迎，尤其是在社交游戏中，玩家可以在沉浸式虚拟空间中与他人一起游戏。随着移动 AR 技术不断演进，用户可以从不同设备联机，进入同一数字场景。这可以极大地增加桌面游戏的趣味性，并且有助于同类型游戏的进一步普及。AR 增强现实桌游 Tilt Five[⊖]的走红就是一个典型例子，意味着增强现实能够成为多人社交活动。如图 14.3 所示，Tilt Five 通过使用专有的 AR 眼镜、反光游戏台和魔杖式手柄，使玩家能够在共享 3D 全息环境中进行桌游和电子游戏，享受独特的社交体验。

图 14.3　Tilt Five 增强现实桌游

设计师：Jeri Ellsworth，Tilt Five 公司首席执行官

网页版应用

互联网的普及能够让用户在在线网站浏览 3D 场景和 AR 体验，而无需下载独立应用程序。这也使得网页应用成为一种受欢迎的选择。网页版应用使用户可以更为方便地进入体验内容，减少体验过程中可能发生的意外。用户有时可能会无意进入一个 AR 体验：他们可能不经意间扫描到某一个触发体验机关，从而在不知不觉中进入沉浸式体验。

随着浏览器对扩展现实支持程度的增加，未来将会有更多的扩展现实体验选用网页作为载体。如 Mozilla[⊜]的 WebXR 浏览器插件和谷歌的 Model-Viewer[⊜]为我们展示了移动 AR 的美好前景。

⊖ Tilt Five 为 AR 全息桌游游戏，由 AR 娱乐系统提供商 Tilt Five 公司于 2019 年推出。当前已发布 16 款桌游应用。——译者注

⊜ Mozilla，一个非营利性基金会，于 2003 年成立。其旗下主要产品是火狐浏览器（Mozilla Firefox）。——译者注

⊜ Model-Viewer，3D 模型查看器，可用于查看 Web 上的 3D 模型并与之交互。——译者注

14.2.2 可穿戴技术的进步

相对于其他领域的飞速发展，可穿戴设备领域的技术进展较为缓慢，特别是 AR 眼镜领域出现了一系列失败的探索，以及随之导致的兼并和收购。在这一领域，创作一款强大的产品面临着许多挑战。因此，可能还需要几年才能等到一款真正可行的产品。那么，业内到底在期待一款怎样的 AR 眼镜呢？

❑ 外观时尚，不至于让佩戴者看起来像科幻电影中的人物一样另类。当前市面上的 AR眼镜仍然需要实现风格和功能之间的平衡。

❑ 发热范围可接受，不至于让用户感到不适。合格的增强现实设备需要在工作过程中保持低温，避免过度发热。要做到这一点，需要将核心计算芯片尽可能搭载于外部平台，如 AR 云平台或智能手机。

❑ 有较高的视野和显示质量，以实现真正的沉浸式体验。

❑ 电池寿命足够长，且不会造成额外的机器发热。

❑ 佩戴体验舒适。

因此，从本质上讲，与其说人们在等待一款理想的 AR 眼镜，不如说真正等待的是处理器、显示器、光学、传感器技术的进步，以及用户整体佩戴体验的改善。早期 AR 眼镜生产商试图使用现有屏幕的改进版本来达成这些功能，但纷纷宣告失败，这些尝试证明智能眼镜无法直接应用传统的显示设备，市场亟需发明一款全新的、适于 AR 眼镜使用的显示设备，以方便人们进行增强现实体验。截至本书写作时，这一领域已经出现了几家一直保持领先地位的公司。例如，Vuzix 公司正在开发的微型 LED 显示屏可以搭载在可穿戴设备的任意位置。还有一些公司与知名眼镜生产商展开合作，例如 Facebook 与雷朋眼镜公司（Ray-Ban）的合作探索。这些合作意味着不同领域的领先者们强强联合，携手探索在该领域取得突破性进展的路线。图 14.4 展示了用户在佩戴 Blade AR 眼镜时，可以点击镜腿侧面的交互式触控板进行操控，以及与其他体验者进行互动。

图 14.4 Vuzix Blade AR 眼镜

14.2.3 简化发布与共享流程

尽管各式各样扩展现实体验的创作平台如雨后春笋般出现，但是当完成体验设计后，发布和分享体验仍需耗费大量资源。许多内容创作者如今正面临这一难题，由于预算或技术限制，他们在最终发布体验时经常会遇到预料以外的限制。

正如我们在本书中探讨的那样，创建扩展现实体验时，设计者需要在多种程序、软件和硬件之间做出选择。因此，在开始创建体验之前，设计者就需要综合考虑和测试最终在何种平台发布体验，这主要取决于平台具备的技术支持或客户的具体要求。

随着 Unity Pro[⊖]和 Unreal Engine[⊜]软件率先实现将虚拟现实体验推送到头戴式显示器上的功能，虚拟现实体验的发布路径也已相对清晰。然而，在不同设备上分享体验仍面临许多阻碍。不同可穿戴设备对于所适用的业务场景都有不同的审验流程和要求。例如，头戴式显示器 Oculus 要求应用软件遵循设备的内容要求和数据使用准则，Oculus 会检查体验在虚拟现实方面的性能，并确保体验中的图像符合设备准则。

只有在确定以上检查全部通过后，Oculus 才会允许应用程序发布。尽管 Oculus 应用实验室（App Lab）目前为测试用户提供了无须通过认证即可访问临时体验版本的服务，但是，市面上大多数扩展现实公司仍需要开发者先获取相关许可证明才能发布应用，这同时也会带来一笔费用。总的来说，虽然遵循相应发布准则和要求能够有效控制体验质量，但这一环节也确实增加了创造和发布体验的复杂性，这也使得小型独立团队发布体验的难度进一步增大。

在增强现实领域中，当前已经存在大量可用于发布体验的软件可供选择，其中很多在此前章节也已提及，但它们也带来了一些额外的挑战。先行者 Adobe 公司发布的 Adobe Aero[⊜]软件作为设计优先、无需代码的 AR 设计平台，极大提高了设计师的自主权。然而，这一软件的功能并不完备，且常常发生故障。移动扩展现实创作平台拥有更多的开发选项，但创作者必须在独立应用程序或网页版体验之间做出抉择。通常来说，体验的设计性和功能性与设计成本和时间之间难以同时满足，因此，创作者需要在二者之间进行取舍和平衡。

假如想要提高开发效率，那么 WebAR 无疑是最快速有效的选择。然而，目前可以开发 WebAR 的创作平台都需要支付订阅费和高额的商业许可费。即便体验发布后也需要按月支付订阅费，以保证体验顺利上线。这意味着，为了保障用户体验，创作者还需要额外支付几个月的成本。另外一类平台按照用户数和产生的数据流量收费，如果体验的受众较少，这种

⊖ Unity Pro，一个跨平台的电脑游戏开发环境。可以让设计者创建运行在 20 多种不同操作系统上的应用程序，包括个人电脑、游戏控制台、移动设备、互联网应用等。——译者注

⊜ Unreal Engine，一个面向 PC、Xbox 360、iOS 和 PlayStation 3 的完整开发框架，其中提供了大量核心技术、内容创建工具，以及支持基础设施内容。——译者注

⊜ Adobe Aero，由 Adobe 公司发布的 AR 创作工具，能够允许设计师在 AR 环境中构建和分享沉浸式体验，无需任何编程技巧。第一版 Aero 于 2019 年发布，当前 Aero 已经免费登录苹果 iOS 商店，支持智能手机和平板电脑。——译者注

选择相比前者的成本可以更低一些，但成本依然难以预先计算。对于预算较紧的中小公司而言，无法预测的成本依然是一个挑战。

正如其他技术趋势一般，随着时间推移，扩展现实领域所面临的早期挑战都将逐步得到解决，今天创作者面临的困扰也会在不久的将来成为历史。随着扩展现实技术的广泛运用，将投入更多资源来解决这些挑战，以实现空间计算技术的重塑与革新。可以说，目前我们正处在一个令人兴奋的时期。尽管它现下并不完美，但这不应该阻止你挖掘它潜力的脚步。

14.3 扩展现实前景

不妨留心观察人们在商场里购物、在办公室工作，甚至在家中娱乐的行为，你可以发现其背后都有一个共同的元素：计算。这些计算单元的外观未必都是电脑，它们可能以传感器、屏幕、按钮，甚至是芯片的形式存在。但无论形式如何，它们都无处不在。在每一个日常任务背后，都有计算设备在不停运转。

我们已经生活在了万物互联的时代。物联网创建了一个可被感知、控制和编程的无形智能网络架构，基于无处不在的、实时运转的千亿台计算设备，将人们与数字生活连接起来。从智能门铃、汽车中控，再到恒温空调和婴儿监视器（或宠物摄像头），再到智能扬声器和声控灯具。人们把这些"微型计算设备"装在包里、戴在手腕上、放在手心中，以便不断保持与周围的人和事物的联系。同时，物联网还将人们与社交网络紧密相连。

我们刚刚仅仅是列出了生活中随处可见的智能设备，甚至还未提到真正的台式电脑和笔记本电脑。毋庸置疑，这些智能设备可以有效帮助我们完成日常生活中的各种任务。然而，由于这些设备间彼此独立，每台"计算机"都在争夺人们的视线，并把注意力从一块屏幕不断转向另一块屏幕。就像此刻我在电脑屏幕前写作时，我的手机和手表上不断弹出消息通知，不断转移我的注意力。在这么多信息的不停提示下，能不受干扰地完成工作可以堪称奇迹。

14.3.1 宁静技术

当周围的铃声、钟声、消息提示音和振动声已经覆盖了周围人说话的声音时，人们实际上就已经失去了集中注意力的能力。这也是为什么它常被称为中断技术。当然，你也可以关闭这些消息通知，但有多少人能真正做到这一点？又能持续多久？客观来说，这些设备上的各项提醒设置都是为了使用户更专注于这一款产品。然而，当你拥有的设备越多，你收到的提醒信息也就越多，这也意味着你需要关注的屏幕也越多。

这个问题生动地解释了为什么人们需要扩展现实技术。在多个设备争夺人注意力这一大背景下，人们需要重新评估生活中的诸多屏幕和传感器，并将它们统一到同一个平台（或枢纽）上进行控制。

人们需要科技进步，但不需要随之而来的过度干扰。通过扩展现实技术，人们可以在拥有接受信息能力的同时，将注意力集中在同一空间。你可以在进行某项任务的同时看到其他的事件通知，然后根据实际情况，判断这个事件需要立刻解决还是可以等待稍后完成。相比此前需要在不同设备和屏幕之间切换的方式，扩展现实技术可以将所有设备统一连接到一副智能眼镜上，用户只需要关注眼前这一块屏幕就可接收到全部信息，同时解放双手。用户不需要停下手中正在做的事情去检查其他消息，它们可以在同一空间、同一视图中无缝发生。对于不重要的通知，用户可以先将其搁置在一旁，继续专注于手中的工作，并更加关注周围的人和环境。

这就是"宁静技术"⊖理念产生的基础。人们面临的信息越来越多，但是人的注意力却是有限的。不断的消息干扰和注意力的分散导致人们渴望脱离技术的打扰，重新找寻平静的感觉。技术应该帮助解决问题，而不是创造更多问题。可以预见的是，如果能够充分发挥扩展现实技术的潜力，与人们对于宁静技术的需求相结合，将会共同塑造通信技术的未来。

想象一下，未来你可以把所有的消息通知、电子邮件、语音信息都集中在一个平台上统一处理，而且不需要脱离现下环境或暂停手头任务。当然，做到这一点要植根于对用户需求的精准把控，做到这一点还需要时间。也因此，设计宁静技术应该是一个持续渐进的过程。宁静技术将用户从疲于回复不同设备通知的状态中解救出来，使用户可以无缝处理来自不同设备的信息。通过减少周围屏幕的数量，人们可以专注于一个能提供我们所需要的全部信息的空间。

正如本书之前所讨论的，科技工作者常常会倾向于成为该领域第一个做出新的或创新事情的人，尤其是在扩展现实这一新领域。然而，过分急于求成而忽略用户需求或未能遵循完整的设计过程，往往会导致糟糕的用户体验。因此，合适的方式是先思考，后动手设计。为了保证设计出优秀的产品，哪怕在初始阶段多花些时间也是值得的。试想，如果一款设备使用户感到焦虑，那么谁会愿意使用它呢？而如果这个设备给人的感觉安静有序，它或许可以成为用户生活中的必备工具。

14.3.2 未来可期

现今，我们比以前更需要 AR 技术。人们已经离不开这些分散注意力的移动设备，甚至不断地想要低头看手机。在大街上，随处可见行人们边过马路边回信息，而不注意看迎面驶来的车辆。增强现实设备以及在不久的将来可能面世的 AR 眼镜，将使人们能够抬起头来，重新关注到我们周围的世界。假设你收到一条十万火急的信息，即使正在过马路也必须立刻阅读，那么，至少智能眼镜可以帮助你安全地做到这一点，因为它可以让你不必把目光放在手中的手机上，只需要保持平视就可以在视线前方看到消息。

⊖ 在 1996 年的论文《设计宁静技术》中，马克·韦瑟和约翰·布朗首次提出了宁静技术（Calm Technology）的概念。他们认为计算系统的目的是简化复杂性而非增强，好的设计应该在提供信息和宁静之间找到平衡。——译者注

于是，在扩展现实设计中，我们还需要考虑人们的观看姿势，以及随之而来的对人体工程学舒适性的需求。扩展现实技术的发展将通过更精准的脊柱定位来提高用户的舒适度，从而让内容呈现方式适应用户的需求，而不是把用户需求放在次要位置。在扩展现实技术应用之前，你在看电脑时即使感到颈部疲劳，也不得不继续忍受，因为这是可以看清电脑屏幕的唯一方法。但我认为，技术应该切实改善人们的生活质量，而不是让用户在使用中感到不适。因此，在设计体验时应将用户舒适度放在首位，让用户可以真正以个性化方式定制自己的物理空间，然后再添加数字组件。有了可穿戴式 AR 甚至 VR 设备之后，可以说，扩展现实应用给人类描绘的未来将会更加美好。

14.3.3　远程工作

作为管理者、设计师和教授，我通常要花大量的时间在会议上。当我的角色是管理者时，我需要在会议中倾听、学习、理解和探讨各类公司战略话题。当我的角色是设计师时，我需要在会议中具体讨论设计作品，以便在产品面世前尽可能对其进行完善。当我的角色是教授时，我需要在会议中指导学生，与他们谈论工作、生活和未来。

在开会过程中，如果你环顾整个会议室，可能会发现每个人都在盯着自己面前的电脑设备，或者是在做笔记，或者是在搜索相关信息，当然，也有人在做与会议完全无关的事，例如晚上的活动安排。理论上讲，开会的初始目的是让所有人可以聚在一起沟通讨论。然而，现实中，每个人都只看着自己眼前的小屏幕，而不是一起看着某块共享大屏幕。当然，有时会议中会用到投影仪，或许是为了保持团队在同一方向，或许是为了展示其他信息。然而，投影仪通常难以互动。投影仪的字号普遍较小，因此人们往往会更愿意在自己的电脑上调出投影文件，以便更轻松地阅读，同时还可以随时添加注释。

在疫情暴发时期，这些线下参加的会议不得不转为线上。这一转变反而使许多人意识到，有时线上虚拟会议的效果比线下更好。试想一下，如果每个参会人员的会议界面成为视频会议的一部分，那么如何提升其参与度呢？答案你应该已经见过了：共享文件功能以及投票表决功能，还可以通过聊天窗口使更多人参与沟通。然后，神奇的事情发生了：会议不再像从前一样冗长，而且能够提前结束，这并非个例，许多线上会议都体现了更加高效这一特质。

假如一定要将所有人聚集在同一空间，那么不妨尽量采用能够利用这种物理聚集的活动形式。不妨想象一下，所有人围坐在一张可以互动投影的桌子旁，每个人都可以与内容进行交互，沟通组织、结构和计划，而不是只是低头看着自己的屏幕。所有参与者都专注于这个空间，对齐同一个目标，并为之一起努力。假如某项任务实际上不需要这种物理意义上的聚集，那么，我们会更推荐省时省力的远程会议。

14.4　扩展物理空间

在前面几节讨论的内容中，隐含着一个共同的主题：如何利用扩展现实技术扩展人们所处的物理空间。如图 14.5 所示，来自 Argodesign 公司的马克·罗尔斯顿和贾里德·菲克林共同提出了交互式灯光的概念。交互式灯光将投影技术与计算机视觉相结合，利用光线投射创造出可随时更换位置、控制日常物品、实现团队协作的多用户界面。这一概念设计为施耐德电气公司提供了一款将光影技术巧妙融入环境的用户界面。

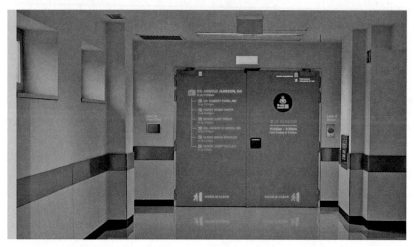

图 14.5　交互式灯光

公司：Argodesign；创始合伙人：Mark Rolston、Jared Ficklin；创意技术专家：Jarrett Webb；客户方：施耐德电气

　　回归到具体设计中，这一技术的具体操作路径、目标用户、主要场景、展示形式等都将由设计师自主决定。现在，当你知道自己能够影响全世界人所处的物理环境，你是否会感到跃跃欲试？

　　重要的是要记住，人们需要一定的缓冲时间才能接纳新技术。每款新应用和新设备的面世，都意味着我们距离扩展现实技术真正落地日常生活又近一步。作为设计师，你可以借助用户现有的知识储备，逐步引导他们走出舒适区，开始第一次的扩展现实体验。如果用户感觉体验中的一切事物都太过陌生，那么，这种压倒性的距离感很可能会使用户想要逃离。不妨回想自己从零开始学习扩展现实设计的心路历程，用户第一次接触扩展现实时的过程也与之类似。因此，设计师同样要循序渐进，一步步在用户现有的知识基础上构建新知识，以使用户逐步接受。

　　尽管你可能会盼望尽快将自己的产品推向市场，但欲速则不达，请记住并遵循本书中强调的设计过程。每个设计步骤都必不可少，都是为了给用户创造更好的体验。重要的是，时刻记住你设计的动力，用户，你的设计思路决定了他们参与体验的方式。

　　如果你还记得本书开头所描述的壮美峡谷景观，那么，请记住，听到或读到关于大峡谷的描述和身临其境所带来的感受完全无法相提并论，设计沉浸式体验同样如此。作为设计师，你需要首先令自己充分沉浸其中，将注意力专注于自己的所有感官，认真体会每项感官的变化。这些宝贵的体验经历会成为你灵感的开端，也会不断提醒你不要让设计重心远离用户需求。每位用户都是独一无二的，他们的需求各不相同，因此，设计师要真正做到虚怀若谷，考虑用户的各种需求，并将其纳入设计框架。

毋庸置疑，在不久的将来，扩展现实将在我们的生活中扮演重要角色。这既包括目前已经广泛应用的增强现实技术，也包括能够将我们带入全新世界的虚拟现实技术。3D 沉浸式体验可以将人们从物理环境的限制中解脱出来，将人所处的空间扩展到更广阔的数字世界。

参 考 文 献

[1] Gibson, J.J. (1966). *The senses considered as perceptual systems*. Houghton Mifflin.

[2] "The Crystal Goblet or Printing Should be Invisible" from Warde, B. (1956), *The crystal goblet, sixteen essays on typography*. Sylvan Press.

[3] Feix, T., Romero, J., Schmiedmayer, H., Dollar, A. M., & Kragic, D. (February, 2016). The GRASP taxonomy of human grasp types. *IEEE Transactions on Human-Machine Systems, 46*(1), 66–77.

[4] Holmes, K. (2018). *Mismatch: How inclusion shapes design*. The MIT Press.

[5] Saffer, D. (2014). *Microinteractions*. O'Reilly Media.

[6] Toptal. (2021). *Product designer job description template*. www.toptal.com/designers/product-design/job-description.

[7] Ostroff, D. (2014, September 8). *The details are not the details*. Eames Office.

[8] Norman, D. A. (2004). *Emotional design: Why we love (or hate) everyday things*. Basic Books.

[9] Fredrickson, B. (2009). *Positivity*. Harmony.

[10] Magic Leap. (2021). *Typography*. Magic Leap Developer.

[11] Microsoft. (2020). *Typography in Windows Apps*. Microsoft Build. docs.microsoft.com/en-us/windows/uwp/design/style/typography.

[12] Yadav, N. (2017). *Type design considerations for augmented reality* [Master's thesis, University of Reading, UK]. www.niteeshyadav.com/research.

[13] Albers, J. (1963). *Interaction of color*. Yale University Press.

[14] Fairchild, M. D. (2013). *Color appearance models*. Wiley.

[15] www.veniceperformanceart.org/the-art-week/fragile-body-material-body-2016/artists/douglas-quin-lorne-covington.

[16] Cutsinger, P. (2018 June 7). How building for voice differs from building for the screen: Talk with your customers, not at them. Alexa Blogs, Amazon.

[17] Beck, K., Beedle, M., van Bennekum, A., Cockburn, A., Cunningham, W., Fowler, M., Grenning, J., High smith, J., Hunt, A., Jeffries, R., Kern, J., Marick, B., Martin, R. C., Mellor, S., Schwaber, K., Sutherland, J., & Thomas, D. (2001). *Manifesto for agile software development*. Agile Manifesto. agilemanifesto.org.

[18] Harwell, D. (2019, December 19). Federal study confirms racial bias of many facial recognition systems, casts doubt on their expanding use. *The Washington Post*.

[19] Buolamwini, J. (2016, November). *How I'm fighting bias in algorithms* [Video]. TED. www.ted.com/talks/joy_buolamwini_how_i_m_fighting_bias_in_algorithms.